その裁きは死

アンソニー・ホロヴィッツ

JN090098

実直さが評判の離婚専門の弁護士が殺害された。裁判の相手方だった人気作家が口走った脅しに似た方法で。現場の壁にはペンキで乱暴に描かれた数字“182”。被害者が殺される直前に残した謎の言葉。脚本を手がけた『刑事フォイル』の撮影に立ち会っていたわたし、アンソニー・ホロヴィッツは、元刑事の探偵ホーソーンによって、奇妙な事件の捜査にふたたび引きずりこまれて――。年末ミステリランキングを完全制覇した『メインテーマは殺人』に並ぶ、シリーズ第２弾！驚嘆確実、完全無比の犯人当てミステリ。

登場人物

ダニエル・ホーソーン……ロンドン警視庁の顧問。元刑事
アンソニー・ホロヴィッツ……作家
リチャード・プライス……離婚専門の弁護士
スティーヴン・スペンサー……リチャードのパートナー。画廊経営者
オリヴァー・メイスフィールド……リチャードの法律事務所の共同代表者
ヘンリー・フェアチャイルド……リチャードの近隣住民
アキラ・アンノ……作家
エイドリアン・ロックウッド……アキラの元夫。不動産開発業者
ダヴィーナ・リチャードスン……インテリア・デザイナー
チャールズ（チャーリー）・リチャードスン……ダヴィーナの夫。リチャードの同級生。故人
コリン・リチャードスン……ダヴィーナの息子
グレゴリー（グレッグ）・テイラー……リチャードの同級生。建設資材会社の経理部長
スーザン（スー）・テイラー……グレゴリーの妻

ドーン・アダムズ……………………出版社の社長
デイヴ・ギャリヴァン……………洞窟救助協会の責任者
レナード（ロフティ）・
ピンカーマン……………………資産調査業の元警察官
カーラ・グランショー……………ロンドン警視庁警部
ダレン・ミルズ……………………ロンドン警視庁巡査
ジル・グリーン……………………アンソニーの妻。『刑事フォイル』のプロデューサー
ヒルダ・スターク…………………ホロヴィッツの著作権エージェント

その裁きは死

アンソニー・ホロヴィッツ
山田　蘭　訳

創元推理文庫

THE SENTENCE IS DEATH

by

Anthony Horowitz

This book is published in Japan
by TOKYO SOGENSHA Co., Ltd.
Japanese translation rights
arranged with Nightshade Limited
c/o Curtis Brown Group Limited, London
through Tuttle-Mori Agency, Inc., Tokyo

目次

その裁きは死

わが友ピーター・クレイトン（一九六三年六月二十日―二〇一八年六月十八日）に

1　《場面《シーン》二十七》

いつもなら、わたしはドラマの撮影現場に立ち会うのは大好きだ。さまざまな部門の腕利きが集結し、ともにひとつのものを作りあげていくのは、何と心躍る眺めだろう。しかも、何万ポンドという費用をかけて生み出されるその映像は、ほんの九ヵ月か十ヵ月前、自分の頭の中から芽生えたものなのだ。その場に立ち会える幸せを、わたしはいつも噛《か》みしめていた。

とはいえ、その日ばかりは話が別だった。寝坊をして、わたしはあわてて家を飛び出した。携帯はどこにも見あたらない。頭痛もしはじめている。じめじめした十月の朝、車から降りながら、こんなところに来たのがまちがいだった、いっそ家で寝ていたほうがよかったと、わたしはすでに思いはじめていた。

その日は重要な撮影になる予定だった。『刑事フォイル』シーズン7の序盤、フォイルの運転手であるサム・スチュワートが登場する場面だ。わたしの好きな役者のひとり、ハニーサックル・ウィークスが演じるサムは、いまやこのドラマの揺るぎない柱とも呼ぶべき存在となっている。サムの台詞《せりふ》を書くとき、わたしの耳には、いつもその声が生き生きと響くのだ。シーズン7の幕開けでは、サムはもう結婚し、警察を辞めていて、いまは核物理学者の秘書をしている。サムの登場場面は印象的なものにしようと、わたしはすでに決めていたし、それを応援するためにも、現場に顔を出さなくてはと思っていたのだ。

以下が、わたしの書いたその場面だ。

《場面二十七》戸外、ロンドンの街路（一九四六年）、昼

買い物袋を手に、バスを降りるサム。しばし足を止め、いましがた聞かされた悪い知らせを反芻《はんすう》する。そのとき、アダムが自分を待っているのに気づき、驚く。

サム　「アダム！　こんなところで何を？」

アダム　「きみを待っていたんだよ」

ふたりはキスをする。

アダム　「ぼくが持つ」

アダムはサムの買い物袋を受けとり、ふたりは歩いて家に向かう。

活字で見れば、なんということもない一場面だ。だが、わたしには最初から、これがひどい頭痛の種になるだろうことはわかっていた。妻のジル・グリーンはこのドラマのプロデューサーだが、〝ロンドンの街路〟という文字を見るたび、まちがいなくうめき声を漏らすのだ。ロンドンでのロケは費用がおそろしくかさむうえ、さまざまな難題が山積で、いつだってとんでもなく面倒なことになる。この都市の何もかもが全力を挙げ、ありとあらゆる手を尽くしてカメラを止めにかかっているように思えることもしょっちゅうだ。飛行機が頭上を通過する。空気ドリルや車のアラームが、突如として怒りに満ちた声をあげる。パトカーや救急車がけたたましいサイレンを鳴らして通りすぎる。いついつ撮影を行うのでこの区域に車を駐めないでくださいと、いくら注意書きを貼り出しておいても、必ず車を動かし忘れる人間はいるし、さらに悪いことには、われわれが駐車料金を払ってくれるのを期待して、わざと車を駐めていく人間さえいる。テレビや映画のプロデューサーは無尽蔵に予算を使えるものと、誰もがあたりまえのように信じているが、悲しいことに、それは事実とはほど遠い。ひょっとしてトム・クルーズなら、思いつきでブラックフライアーズ橋やピカデリーの半分を通行止めにできるのかもしれないが、英国のたいていのテレビ局にとっては、さっき紹介した些細な一場面を撮影することさえ、ときとして困難を極めるものなのだ。

車を降りながら、わたしはタイム・スリップした気分をしばし楽しんでいた。ここは一九四六年の世界。制作チームはヴィクトリア様式の家が並ぶ通りを二本どうにか押さえ、そこを完璧に戦後のロンドンの風景に変貌させていた。地上波や衛星放送のアンテナは、ツタやプラスティックの瓦で隠す。現代ふうのドアや窓には、何週間も前に寸法を測り、作っておいた枠をかぶせる。道路標識や街灯は目立たないよう工夫し、道路に描かれた黄色い線の上には、フラー土と呼ばれる粉末を何袋も撒く。そして、こちらで用意した大道具を並べるのだ――鮮やかな赤の公衆電話ボックスやバス停、戦後何年にもわたってロンドンのそこここで目についた、爆撃により破壊された建物の残骸を模したもの。ダウン・ジャケット姿で動きまわる人々、撮影用の照明、カメラ移動車、どこまでもうねうねと伸びるケーブルさえ無視すれば、すべてがほんものと見まごうばかりだった。

周囲には大勢の人々が立ち、撮影が始まるのを辛抱づよく待っている。撮影スタッフに加え、それぞれ四〇年代ふうの衣装や髪型で当時の人々に扮した背景美術スタッフも、三十人ほどが待機していた。セカンド・アシスタント・ディレクターが所定の場所へ動かしていく何台もの車を、わたしはひとつひとつ目で追っていった。オースティン・プリンセス、モーガン4／4、そして荷馬車。この場面で何よりも目を惹くのは、サムをここで降ろす二階建てのバス、AECリージェントⅡだ。サム役のハニーサックルは、ドラマ内での夫役の俳優とともに道路の向かい側に立っており、わたしを見て片手を挙げた。だが、その顔に笑みは浮かんでいない。何かまずいことが起きているのを、わたしは悟った。

カメラを探してあたりを見まわすと、ディレクターのスチュワート・オーム、そして撮影スタッフたちと、ジルが何やら話しこんでいるのが見える。みな、どことなく深刻な顔つきだ。わたしはすでに、いささか良心の呵責《かしやく》を感じはじめていた。今回のエピソード「新たなる戦い」のためにわたしが書いた脚本は、ニュー・メキシコで行われた核実験の場面で幕を開ける（スチュワートは明けがたの砂浜で、潮が満ちてくるまでの二時間にその場面をどうにか撮りおえた）。続いてロンドンのソ連大使館、リヴァプール港、さらにはロンドンの官庁街にあるMI6の本部と、次々に舞台は移り変わるのだ。制作する側にとっては難題ばかりだというのに、加えてこの《場面二十七》のロンドン街路の撮影は、あまりに配慮が足りなかったかもしれない。何もこんな設定にしなくても、サムに歩いて帰宅させることだってできたはずだ。いきなり玄関前に帰りついたところからでもよかったのに。

スチュワートはわたしに気づき、こちらに近づいてきた。年齢はわたしよりたった一歳上にすぎないのだが、その白髪と白いあごひげに、いつもわたしはいささか気圧されてしまう。とはいえ、われわれはすでに二話にわたってともに仕事をしているし、しばしのこととはいえ、スチュワートがまたこのチームに戻ってきてくれたことが、わたしには嬉しかった。「この場面の撮影は無理だな」スチュワートは口を開いた。

「何があったんだ？」何があったにせよ、原因は自分の脚本にあるのではないかという、不条理な不安を振り切るようにして尋ねる。

「問題が山積みでね。ここでは二台の車を動かさなきゃならん。天気もこんなだし」そのときは、ちょうど雨が降り止んだばかりだった。「どっちにしろ、撮影開始は十時まで待たないと、警察から横槍が入るしな。そのうえ、バスが故障しているときた」

わたしはあたりを見まわした。AECリージェントⅡは、ちょうど現場から牽引されていくところだ。代わりのバスが、すでに到着している。「あれはルートマスターじゃないか」わたしは指摘した。

「わかっている。わかっているさ」スチュワートはうんざりした顔だった。ルートマスターがロンドンの街路を走るのは五〇年代なかば以降だということは、お互いよく理解している。「だが、代理店が代わりによこしたのはあのバスだったんだ。まあ、いい。いざとなったら、撮影後にコンピュータで修正するよ」

つまり、CGを使うということだ。ひどく高くつく解決法ではあるが、場合によってはこんなにありがたい奥の手もない。空襲で焼け野原になったロンドンの風景を再現できたのは、まさにCGのおかげだった。セント・ポール大聖堂の近くまで行かなくても、その前を車で通りすぎる映像を作りあげることだってできるのだ。

「ほかには?」

「いいか、そもそも、この場面の撮影には九十分しかかけられない。十二時にはここを明けわたさなきゃならないからな。その中で四カット撮らなきゃならないなんて、とうてい無理な話だよ。そこで、きみさえよければ、ここのサムとアダムの会話は削りたいんだがね。サムがバスから降りるところだけ撮影して、帰宅したときにアダムと顔を合わせることにしたいんだ」

そう聞いて、わたしはいささか得意な気分になった。さっきも触れたように、撮影現場では、ほかの全員があれこれ忙しく動きまわっているのに、脚本家だけは何もすることがない。それもあって、ふだんは撮影に立ち会わないようにしているのだ。もともと、わたしはどうもめぐり合わせの悪い星の下の生まれらしい。撮影中に携帯の着信音が響きわたると、それはたいていわたしの携帯と相場が決まっている。だが、今回はディレクターがわたしの助言を求めてきたのだ。スチュワートの言うとおり、そう変更しても物語の筋道には何の問題もないことを、わたしはすぐに見てとった。

「かまわないよ」

「よかった。きみなら、きっとわかってくれると願っていたんだ」きびすを返し、スチュワートは去っていく。その背中を見おくりながら、脚本の変更はわたしが現場に着くずっと前から決定していたことを、わたしは悟っていた。

とはいえ、その会話を抜いたとしても、ここの場面はかなり厳しい撮影になりそうだった。スチュワートはまず一度リハーサルをして、それから本番にかかるつもりでいるが、これがまた、なかなか込みいったカットなのだ。まず、走ってきて直角に曲がるバスを並走して追えるよう、二百メートルにわたってカメラの軌道が敷いてある。バスは角を曲がってすぐ停まるが、カメラはそのまま移動しつづけ、二、三人の乗客が降り、最後にサムが姿を現すところで停まることになっていた。それと同時に、荷馬車も含めたほかの車が左右から通りすぎる。舗道では子どもたちが遊んでおり、そこをさまざまな人々が行き交う――乳母車を押す女、ふたり組の警察官、自転車に乗った男などなど。これをひとつのカットに収めるとなると、きわめて精密にタイミングを計らなくてはならない。

「さあ、全員、位置について！」

サムの夫役の俳優は、すでに待機用のトレーラーバスに帰されている。いかにもむっつりした顔だったのも無理はない。この撮影のため、きょうは明けがたから準備にかかっていたのだろうに。ルートマスターの運転手は、どう動くべきか説明を受けている。背景美術スタッフたちは、すでにそれぞれの位置で待機していた。わたしはカメラに歩みより、レンズの視野に入ってしまわないよう気をつけながら後ろに立つ。チーフ・アシスタント・ディレクターがふりむくと、スチュワートはうなずいた。

「アクション！」

リハーサルは惨憺《さんたん》たる出来に終わった。

バスはあまりに早く着きすぎ、カメラはあまりに遅すぎた。サムは通行人にまぎれ、姿が見えなくなってしまった。その瞬間をねらったように、太陽に雲がかかる。馬はがんとして動こうとしない。スチュワートは撮影監督と手短に言葉を交わし、きっぱりとかぶりを振った。このまま本番の撮影に入るわけにはいかない。結局のところ、もう一度リハーサルをしなくてはならないようだ。

すでにもう、十一時を十分すぎている。撮影現場というものは、いつだってこうなのだ。誰も何もしていないように見える時間がえんえんと続いた後、ふいにさまざまな動きを凝縮したかのような濃密な時間が、ほんの数秒にわたって怒濤《どとう》のように流れる。それが、実際の撮影というわけだ。とはいえ、何も起きない間も、時はたゆみなく流れつづけている。正直に胸のうちを語るなら、わたしはもう、緊張に押しつぶされそうになっていた。先ほどスチュワートは、十二時までに撮影を終えなくてはならないと言っていた。つまり、何があろうと、十二時きっかりに終わらせなくてはならないということだ。向こうの交差点に目をやると、ほんものの警察官がふたり、一般の車や通行人が入りこまないよう交通規制をしている。あの警察官たちも、さっさと仕事を終えて帰りたいことだろう。このあたりの家の持ち主からとりつけた撮影許可にも、きっちりと時間が明記されているのだ。ここの撮影の責任者であるロケーション・マネージャーも、いかにも不安げな様子でたたずんでいる。こんなところに顔を出さなければよかったと、わたしはしみじみ後悔しはじめていた。

アシスタント・ディレクターはメガホンを手にとると、新たな指示を叫んだ。「スタート位置に戻って！」乗客役たちが大儀そうにのろのろと乗りこむと、ルートマスターはバックで元の位置へ戻る。子どもたちも、さっき遊んでいた場所へ戻された。馬は角砂糖をひとつ、口に入れてもらう。幸い、二度めのリハーサルはさっきよりも多少はましな出来だった。カメラは予定どおりのタイミングでバスを追い越したし、サムは無事にバスを降り、その場を歩き去ることができたのだから。馬も合図どおりに歩き出したものの、向きを変えて歩道に上がってしまったので、ここは失敗といえよう。幸い、けが人はいなかった。スチュワートはカメラマンと何ごとかささやき交わし、リハーサルはこれで終わりと決定を下した。ジルはじっと腕時計を見つめている。時刻は、いまや十一時三十五分だ。

これから撮影するのは重要な場面であり、ドラマの宣伝となる要素が満載のため、スチール写真を撮るためのカメラマンも呼んであったし、撮影後にハニーサックルとわたしにインタビューをしようと、記者もふたりほど顔を出していた。このドラマを放映する局、ITVからも重役がふたり駆けつけて、心配そうに撮影を見ているほか、安全管理スタッフや、セント・ジョン救急隊の救急医療士も待機している。それに加えて電気技師や照明、チーフから下っ端《したっぱ》までのアシスタント・ディレクター、メイクアップ・アーティスト、小道具係……ありとあらゆるスタッフがずらりと並び、残り時間三十分を切ったこの撮影がどうなるか、固唾《かたず》を呑んで見まもっている。

最終チェックが行われ、ちょっとした不具合がいくつか見つかり、いつ終わるともしれない沈黙が続く。わたしの手のひらは、いまやじっとりと汗ばんでいた。だが、そうこうするうちにようやく、どんな撮影でも必ず耳にする決まり文句のやりとりが聞こえてきた。

「録音は?」

「録音、回ってます」

「カメラ?」

「カメラ、回ってます。はい、すべてOK……」

「場面二十七。テイク・ワン」

カチンコが鳴った。

「アクション!」

カメラがこちらに向かって軌道を走り出す。バスがエンジン音をあげて発進する。子どもたちが遊ぶ。弾むような足どりで、馬が命令どおり荷馬車を曳きはじめる。

だが、まさにそのとき、どこからともなく一台の車が姿を現した。どう見ても現代、まごうかたなき二十一世紀のタクシーだ。これがせめて黒いタクシーだったら、バスといっしょにCGで修正することだってできただろう。だが、車体は白と黄色に塗り分けられているうえ、何かの新アプリの広告が鮮やかな赤で描かれ、前のドアから後ろのドアにかけて〝次回のご利用を五ポンド割引〟と麗々《れいれい》しく謳《うた》っている。このにぎやかな外見に加え、運転手は窓を全開にして、ラジオから流れるジャスティン・ティンバーレイクの曲を大音量で響かせていた。そして、撮影現場のまさにど真ん中で車を停める。

「カット！」

スチュワート・オームは、ふだんは人当たりのいい穏やかな人物だ。だが、その顔はみるみる険悪になり、いったい何が起きているのかを確かめようと、モニターから視線を上げる。言うまでもなく、こんなとんでもない手ちがいは、本来なら起きるはずもない。車輛の交通は、警察が規制してくれている。わたしたち撮影チームもスタッフを現場の両端に配置し、歩行者が入りこまないように気を配っているのだ。どんな車であれ、そこを突破できるはずはないのに。

心臓が締めつけられるような感覚。これから何が起きようとしているのか、いやな予感が湧きあがってくる。

予感は的中した。

タクシーのドアが開き、男が降り立つ。終戦翌年の扮装をした通行人役を少なからず含む大勢の人間に囲まれ、その視線を一身に浴びているにもかかわらず、男はいっこうに気にする様子はなかった。いかにも自信たっぷり、どこか楽しげにさえ見えるのは、自分の求めるものを手に入れることしか頭になく、そのためにほかの誰がどんな迷惑をこうむろうと頓着《とんちゃく》しない、自己本位な性格のせいだ。長身というわけでもなく、筋骨たくましいようにも見えないが、いざとなったらけっして喧嘩に負けることはない、そんな雰囲気を漂わせている。茶色とも灰色ともつかない髪はごく短く、とくに耳の周りはきっちりと切りそろえてあった。血色の悪い、どこか不健康そうな顔に、暗い茶色の瞳がいかにも無邪気そうに輝いている。黒っぽいスーツに白いシャツ、細いネクタイは、これといって特徴のない服装をわざと選んでいるのだろう。靴はぴかぴかに磨きあげられていた。歩き出した男は、明らかにわたしを探している。わたしは胸のうちでつぶやかずにはいられなかった――わたしがここにいることを、どうして知っているのだろう?

モニターの後ろに身を隠す間もなく、わたしは見つかってしまった。

「トニー!」いかにも愛想のいい――そして、全員の耳にまちがいなく届いたであろう呼びかけ。

スチュワートは怒りもあらわに、わたしをふりむいた。「きみの知りあいか?」

「ああ」認めるほかはなかった。「ダニエル・ホーソーン。探偵だ」

撮影スタッフが、まじまじとわたしを見つめた。ＩＴＶから送りこまれてきたふたりの女性は、信じられないといった表情で何ごとかささやき交わしている。ジルは何とか申しひらきをしようと、そのふたりに歩みよった。その通りに立つ全員が身じろぎもせず凍りつく姿は、そのまま〝かつてのロンドン〟と題された絵はがきの一枚のようだ。馬でさえ、もううんざりだという顔をしている。

二度めのテイクにより、どうにか制限時間ぎりぎりで撮影は終わった。編集でつなぎ合わせ、この一連の流れをまとめるだけの材料は何とかそろったようだ。実際に放映された場面では、先ほど述べた電話ボックスや、荷馬車とその曳き馬、（はるか遠くの）ふたりの警察官、歩いて遠ざかっていくサムを見ることができる。残念ながら、背景美術スタッフたちのほとんどは、乳母車を押す女性や自転車の男性も含めて、結局は画面に登場せずに終わった。サムは買い物袋を提げていたはずだが、それも映ってはいない。

そして、撮影がすべて終わるころには予算もついに底をつき、あのいまいましいバスの修正も、とうとうできないままとなってしまった。

2　ハムステッドの殺人

わたしは自分に割り当てられた控え室――横道を少しばかり入ったところに駐めてある、ウイネベーゴ製のトレイラー——にホーソーンを待たせ、ケータリング車からふたりぶんのコーヒーを買ってきた。戻ってみると、ホーソーンは机に向かい、「新たなる戦い」の脚本の最新稿をぱらぱらとめくっているところだった。そんなものを読ませるためにここへ上げたわけではないのにと、胸に苛立《いらだ》ちが広がる。とはいえ、少なくともいまはタバコを吸ってはいない。きょうび、知りあいじゅうを探しても喫煙者などほとんど見あたらないが、ホーソーンはいまだ一日あたりひと箱は吸いつづけており、だからこそコーヒー・ショップで打ち合わせをしようというときも、店外の席に坐るしかないのだ。

「きみが来るとは思わなかったよ」わたしはトレイラーに乗りこんだ。

「あまり嬉しくなさそうな顔だな」

「まあ、実のところ、いまはひどく忙しくてね……どうやらきみはそんなことも知らず、撮影現場のど真ん中にタクシーで乗りつけてくれたようだが」

「あんたに用があったんでね」ホーソーンはわたしが向かいの席に腰をおろすのを待った。

「例の本はどうなってる？」

「もう書きあげたよ」

「あの題名は、やっぱり気に入らないんだがな」

「だとしても、きみの意見を容れるつもりはないね」

「わかった！　わかったよ」ホーソーンは視線を上げ、こちらをじっと見つめた。まるで、どうしたわけか、これといった理由もないのにわたしに当たり散らされているとでもいわんばかりだ。その瞳はまるで泥のような色をしているくせに、どうしてこんなにも澄んで無邪気に輝くことができるのか、ただただ驚くほかはない。「きょうはご機嫌が悪いってわけか。おれのせいで寝すごしたってわけじゃないのは、あんただってわかってるだろうに」

「わたしが寝すごしたなんて、誰から聞いた？」わたしはみすみす見え透《みす》いた罠に踏みこんでしまった。

「それに、なくした携帯もいまだ見つかってないんだろう」

「ホーソーン……！」

「だが、まあ、外でなくしたわけじゃないからな」驚くわたしにかまわず、先を続ける。「自宅をよく探してみれば、きっと見つかるさ。それから、ひとつだけ忠告しておこう。マイケル・キッチンがあんたの脚本を気に入らないっていうんなら、別の役者にすげ替えることを考えるべきじゃないか。おれにやつあたりする前にな！」

わたしはまじまじとホーソーンを見つめ、いま浴びせられた言葉をただただ反芻《はんすう》するほかはなかった。いったいどうしてそんなことを見透《みす》かされてしまったのか、どの件をとってもまったく見当がつかない。マイケル・キッチンは『刑事フォイル』の主演俳優であり、この新シリーズの内容については、たしかにわたしとさんざん議論を戦わせてきた。とはいえ、妻のジルはもちろん知っているものの、ほかの誰にもそのことをうちあけたことはない。それに、自分の寝起きについても、目がさめたら携帯が見つからなかったことについても、けっして誰にも話してはいないはずなのに。

「いったい、きみはここで何をしているんだ、ホーソーン?」わたしは詰問した。初めて顔を合わせた日から、わたしは一度たりともこの男をファースト・ネームで呼んだことはない。そんなことのできる人間が、はたして存在するものだろうか。「いったい、わたしに何の用がある?」

「新たな殺人事件が起きてね」ホーソーンはその核となる言葉を、いつもの奇妙なアクセントで長く引き延ばしてみせた。〝新たなさつじーん・じけーん〟と、まるで心から楽しんでいるかのように。

「それで?」

ホーソーンはこちらを見て、目をぱちくりさせた。こんなことまで説明しないとわからないのか、とでも言いたげだ。「あんたはきっと、その事件について書きたいだろうと思ったんだよ」

『メインテーマは殺人』をすでに読んだ読者なら、わたしが脚本を書いていたテレビドラマ『インジャスティス』の顧問として、ダニエル・ホーソーン元警部を紹介してもらった経緯は、よくご存じのことだろう。もともとはロンドン警視庁に勤務していたのだが、児童ポルノ売買の容疑者がコンクリート製の階段から転落するという事故の後、職を辞することとなった。事故のとき、容疑者のすぐ後ろに立っていたからだ。その結果、ホーソーンは職を失い、生計を立てる新たな道を探さなくてはならなくなった。こういう場合、多くの元警察官は警備関係の職に就くのだが、ホーソーンは犯罪をあつかう映画やテレビドラマの制作会社に協力するといる。

う形で自分の能力を生かす道を選び、そこでわたしと出会ったというわけだ。とはいえ、警察はけっしてホーソーンと完全に手を切ったわけではないことを、わたしはすぐに知ることとなる。

内部で〝泥沼案件〟と呼ばれるたぐいの――つまり、そもそもの最初から、解決が困難だとわかっている――事件が起きたとき、警察はホーソーンに協力を要請するのだという。殺人犯のほとんどは、粗暴で考えなしな連中ばかりだ。たとえば、とある夫婦が喧嘩を始める。往々にして、どちらも酒を過ごしていることが少なくない。やがて、どちらかがハンマーを手にとり――ばしっと一発――それで終わりだ。指紋、あたりに飛び散った血痕、そのほかありとあらゆる証拠が鑑識によって採取され、事件は二十四時間以内に解決する。さらに、今日《こんにち》ではそこらじゅうに防犯カメラがあり、たとえ犯行現場からこっそり行方をくらまそうとしても、その愉快な後ろ姿は、まずどこかしらのカメラがしっかりとらえているものなのだ。

犯行前にいささかなりとも作戦を練った、いわゆる計画殺人はめったに起きるものではないが、おそらくは科学捜査に頼りすぎているせいか、現代の警察はそうした事件に手を焼くことが多い。たとえば、ITVで放映されたテレビドラマ『名探偵ポワロ』の脚本を書いたとき、ある回でわたしが使った手がかりを例として考えてみよう。犯行現場に残されていたのは、Hというイニシャルを刺繍《ししゅう》した女性用の手袋だった。現代の刑事たちは、その手袋がいつ、どこで、どんな生地を使用して作られたか、サイズはいくつか、この二週間でどんなものに触れたかを、すべてつきとめることができるだろう。だが、そのHと思われたイニシャルが、実はロシア語のNであり、別の誰かに罪を着せるために犯人がわざと落としたものだなどとは、なかなか思いあたらない。こういう人並み外れた洞察力が求められる事件では、ホーソーンのような人間が必要となるのだ。

残念ながら、ロンドン警視庁はさほど気前よく報酬を払ってくれるわけではない。そんなわけで、『インジャスティス』の仕事を終えてしばらく後、わたしはホーソーンからある企画を持ちかけられた。自分が捜査する事件について、本を書いてみないかというのだ。それは、純然たるビジネスの申し出だった。本の表紙に載るのはわたしの名前だが、印税はきっちり半分ずつに分ける。そんな提案を呑むべきではないことは、そもそもの最初からわかっていた。わたしは自分で物語を創作する人間であり、事件の真相を求めてあちこち歩きまわったりはしたくない。何よりも、自分の書く本の手綱《たづな》は、自分が握っていたかった。みすみす登場人物のひとりに――それも、永遠の脇役に――成り下がるなどまっぴらだ。

だが、どうしたわけか、ホーソーンはわたしをうまいこと口説きおとした。その結果、わたしは文字どおり殺されかけるはめになったのだが。その事件の一部始終は、まだ出版こそされてはいないものの、すでに原稿にまとめてある。とはいえ、実のところ、この本の前途にはさらなる問題が待ちうけていた。新たにわたしの本を引き受けてくれた出版元――《ペンギン・ランダムハウス》のセリーナ・ウォーカー――は、三冊まとめての契約を結びたいというのだ。エージェントにせっつかれ、わたしはそれに同意してしまった。売れているかどうかは関係なく、これは作家ならではの性《さが》というものだろう。三冊の契約となると、それだけ未来は保証されることとなる。これから自分がどんな仕事をするか、具体的な計画を立てることができるのだから。しかし、それは、三冊を書きあげなくてはならない責任と表裏一体の安心でもある。未来が不安なら、働くしかないというわけだ。

もちろん、ホーソーンにもこの事情は伝えてある。だからこそ、この夏ずっと、わたしは電話が鳴るのを待ちながら、同時にこのまま電話が鳴らなければいいのにと願いつづけていた。ホーソーンはまちがいなく、希有《けう》な才能の持ち主だ。前回の事件を、まるで子どもの遊びのように鮮やかに解いてみせた、その手並みはとうてい忘れられない。わたしときたら、すべての手がかりが目の前に提示されていながらも、何ひとつ気づかずに見すごしてしまっていたのだから。とはいえ、人間としては、こんなに癪《しゃく》にさわる相手もいない。むっつりした一匹狼で、自分の伝記ともなる本の書き手となるわたしにさえ、個人的なことは何も話そうとしないのだ。その態度には、ひかえめに言ってもぎょっとさせられることがしばしばある。のべつまくなしに汚い言葉で毒づき、タバコを吸い、あまつさえわたしを〝トニー〟呼ばわりするのだ。現実の世界から自分の作品の主人公を好きに選べるものなら、こんな男はけっして選ばないだろうに。

そして、今度はこれだ。『メインテーマは殺人』の原稿を書きおえてほんの数週間後、どうやってかわたしの居場所をつきとめ、こうして姿を現す。書きおえた原稿は見せていないから、わたしがホーソーンをどう描写しているかはまだ知られていない。できるだけぎりぎりまで読ませずにおこうと、わたしは心を決めていた。

「それで、今度は誰が殺されたんだ？」わたしは尋ねた。

「被害者の名はリチャード・プライス」心当たりがあるはずだといわんばかりに、ホーソーンは言葉を切った。実のところ、そんな名は聞いたこともなかったが。「弁護士だ。離婚弁護士でね。新聞でもよく名前を見かける。名の知れた顧客をどっさり抱えてたんだ。いわゆる有名人《セレブ》というか……そんな連中をな」

耳を傾けているうちに、たしかにその弁護士の名には憶えがあると、わたしは思い出していた。この撮影現場に向かう車中、ラジオのニュースで流れていたものの、うとうとしてなかば聞き逃してしまっていたのだ。リチャード・プライスが住んでいたのはハムステッド、わたしがよく犬の散歩に出かけるあたりだ。報道によると、自宅で何ものかに襲われ、ワインのボトルで殴られて殺害されたという。そう、たしか、ほかにも何か言っていた。知られた通り名があるという話だ。〝鋼のマグノリア《スティール・マグノリア》〟だったか？　いや、ちがう。それはサー・ポール・マッカートニーの代理人となって、ヘザー・ミルズとの揉めに揉めた離婚訴訟を仕切った弁護士、フィオナ・シャックルトンの別名だった。プライスの通り名は〝なまくらな剃刀《かみそり》〟だ。どうしてそんな名がついたのか、さっぱり見当がつかないが。

「それで、犯人は誰なんだ？」

ホーソーンは哀れむような目でこちらを見た。「それがわかってたら、相棒、わざわざおれがこんなところに来るもんか」

たしかに、少なくともひとつ、ホーソーンは真実を言いあてていた。わたしは疲れていて機嫌が悪い。「それで、警察からきみに捜査協力の依頼があったんだな？」

「そのとおり。今朝、電話が来てね。それで、すぐにあんたのことを思い出したんだ」

「それはそれはご親切に。いったい、この事件の何がそんなに特別なんだ？」

その疑問に答えるべく、ホーソーンが上着の内ポケットから写真の束を取り出す。わたしは身がまえた。脚本や小説の下調べのため、犯行現場の画像はこれまでも何度となく見てきたが、凄惨《せいさん》な暴力の実態にはいまだしりごみしてしまう。何の配慮も斟酌《しんしゃく》もなく、ぽんと目の前に投げ出された生々しい事実。画像が白黒だという点も、逆によくないのかもしれない。濃い黒に写った血は、よりいっそう怖ろしく見えるのだ。ふだんテレビドラマで見かける死体は、しょせんその場に横たわった俳優の姿にすぎない。実際の死体は、まったくの別ものなのだから。

とはいえ、一枚めの写真はどうということはなかった。生前のリチャード・プライスが、カメラに向かってポーズをとっている。後ろに撫でつけた灰色の長い髪、秀《ひい》でた額にわし鼻。顔立ちの整った、なかなか感じのいい人物だ。セーターを着て、いかにも満足げにほほえんでいる。自分がもうすぐ殺人事件の被害者となるなど、夢にも思っていないにちがいない。右腕に置かれた左手の薬指には、金の指輪がはめられていた。なるほど、妻がいたのか。

次の写真では、すでにプライスは死んでいた。むき出しの木の床に倒れ、両手を上に伸ばして、死人ならではの奇妙な角度に身体をねじ曲げている。周囲にはガラスの破片が散らばり、大量の液体がぶちまけられていた。血液にしては色が薄すぎるから、おそらくワインと血液が混じりあっているのだろう。写真は左から、右から、上からも撮影されていて、想像の余地などいっさい残されていない。わたしはさらに別の写真へ進んだ——喉頸《のどくび》まわりのぎざぎざした傷、虚空を見つめる目、かぎ爪のようにねじ曲がった指。接写された死。こうした写真の数々を、いったいホーソーンはどうやって、こんなにも早く手に入れたのか、不思議に思わずにはいられない。おそらくは電子データを送ってもらい、それを自宅でプリントアウトしたのだろう。

「リチャード・プライスは未開栓のワインのボトルにより、前頭部から額にかけて殴打された」ホーソーンは説明にかかった。言葉づかいがたちまち警察用語に切り替わるところが、なんとも興味ぶかい。たとえば、〝殴られた〟は〝殴打された〟となる。〝前頭部〟というのも、そんな言葉のひとつだ。まるで気象予報士の解説のように、すらすらと専門用語が口から流れ出してくる。「その打撃により重度の挫傷を負い、前頭骨に放射状骨折が見られるが、それは直接の死因じゃない。ワインのボトルが砕けたってことは、つまりボトルにかかった力の幾分《いくぶん》かは分散したわけだからな。殴打されたプライスは床に倒れこみ、犯人の手には砕けたボトルの首が残った。犯人はそのボトルの首をナイフのように使い、プライスの喉に突き立てたんだ」被害者を接写した写真の一枚を、ホーソーンは指さした。「ここと、ここに。二度めの刺《し》突《とつ》は鎖骨下静脈を貫通し、胸腔《きょうこう》に達した」

「じゃ、死因は出血多量だったんだな」と、わたし。

「いや」ホーソーンはかぶりを振った。「おそらくは、その前に死を迎えてるはずだ。おれの見るところ、この刺突により心臓に空気《くうき》塞栓《そくせん》を起こして、それが命取りになったんだろう」

その声に、哀れみの響きはなかった。ただ、事実を述べただけだ。

わたしはコーヒーをひと口飲もうとカップを手にとったが、それが写真の中の血液と同じ色をしていることに気づき、またテーブルに戻した。「被害者は裕福で、豪邸に住んでいた。強盗が押し入っても不思議はないだろう。いったい、どうしてこの事件がそれほど特別なのか、わたしにはさっぱりわからないな」

「実のところ、それにはいくつも理由があってね」ホーソーンはいかにも楽しげに答えた。「プライスはかなりでかい案件を担当してた……一千万ポンドの財産をめぐる離婚訴訟をな。もっとも、元妻の側はさほどもぎ取れなかったようだが。アキラ・アンノって女性でね。あんたなら知ってるだろう？」

最後まで読んでもらえれば理由は明らかになるが、わたしは本書でこの女性の名を変更せざるをえなかった。だが、それがよく知っている名だったのはたしかだ。小説家、詩人であり、主だった文学祭でいつも講演をしている女性。これまでに二度ブッカー賞の候補に挙げられており、コスタ賞、T・S・エリオット賞、女性作家のための文学賞《ウィメンズ・プライズ・フォー・フィクション》をこれまで受賞しているほか、つい最近では〝その独創的な文体と繊細な散文を称え〟ペン／ナボコフ賞を受賞したところだ。《サンデー・タイムズ》紙やそのほかの高級紙に——おもにフェミニズムや性差別問題について——よく寄稿している。ラジオの出演も多く、BBCラジオ4のディスカッション番組『モラル・メイズ』、あるいはインタビューや音楽などを流す『ルース・エンズ』に出ているのを、わたしも聞いたことがあった。

「プライスの顔にグラスのワインをぶちまけたっていう話は聞いたよ」この逸話はこのところSNSをにぎわせており、わたしもよく知っていたのだ。

「それだけじゃないんだ、相棒。この女はプライスを、ワインのボトルでぶん殴ってやると脅したんだよ。混みあったレストランのど真ん中でね。大勢の人間が、その言葉を聞いてる」

「じゃ、その女性が犯人じゃないか！」

　ホーソーンが肩をすくめたのを見て、何が言いたいのかはわかった。現実の世界では、それだけの条件がそろっているなら、事実は火を見るより明らかというものだろう。だが、ホーソーンが属している――そして、わたしに書かせようとしている――世界では、こんな罪の告白ととれる言葉も、まったく逆の意味を持つことがあるのだ。

「アリバイでもあったのか？」わたしは尋ねた。

「犯行時刻に、自宅にはいなかったことがわかってる。どこにいたのか、はっきりとは誰も知らないんだよ」ホーソーンはタバコを一本抜きとると、火を点《つ》ける前に指の間で転がした。わたしは自分のポリスチレンのカップをそちらに押しやった。まだコーヒーが半分ほど残ってはいるものの、灰皿には使えるだろう。

「じゃ、すでにひとりは容疑者がいるわけだな。ほかに、何かおかしなところでもあるのか？」

「それを、いまあんたに説明しようとしてるんだよ！　プライスの自宅はちょうどリフォームしてるところで、玄関ホールにペンキの缶やら何やらがどっさり置いてあった。あんな豪邸だからな、もちろん《デュラックス》あたりの安いペンキじゃない、《ファロー&ボール》社製の高級塗料だ。ひと缶につき八十ポンドはするしろもので、いちいちミミズ《ヴェール・ド・テール》色だの、ツタ色だの、砒素色《ひそいろ》だのって名前がついてるやつさ」嫌悪感を隠そうともせず、ホーソーンは吐き捨てた。

「さすがに〝砒素色〟は、きみのでっちあげだろう」と、わたし。

「とんでもない。おれがでっちあげたのは〝ツタ色〟だけだ。あとのふたつは、ちゃんとメーカーの色見本に載ってる。プライスが選んだのは、緑煙色《りょくえんしょく》というやつだ。それで、問題はここなんだよ、トニー。犯人はプライス氏をぶちのめし、豪勢な楢板張《ならいたば》りの床に伸びた血まみれの氏を尻目に、ペンキの刷毛《はけ》で壁に文字を描いたんだ――三つの数字をね」

「どんな数字を？」

「１８２だ」

「それがどんな意味なのか、さすがのきみにもまだ心当たりはないんだろうな？」

「そう、いろんな可能性は思いつくね。たとえば、北ロンドンには百八十二番の路線バスが走ってる。まあ、プライス氏がそんな公共交通機関を利用していたとは思えないがな。さらに、ほんの数キロ西のウェンブリーには《クラブ１８２》ってレストランがある。〝大嫌い《アイ・ヘイト・ユー》〟のネットスラングにも使うよな。四人乗り飛行機にも《セスナ１８２》って機種があって――」

「わかった、わかった」わたしはさえぎった。「それを書きのこしたのは、まちがいなく犯人なのか？」

「内装業者って可能性もあるが、おれはまずないと見てる」

「ほかには？」

口に持っていこうとしていたタバコが、ぴたりと宙で止まる。ホーソーンはその暗い瞳で、挑むようにこちらを見た。「これだけ話して、まだその気にならないってのか？」

「なんともいえないな」

それは、わたしの本心だった。リチャード・プライス殺害事件を作家としての視点から吟味してみた結果、とりあえず現時点では、誰が犯人だろうとたいして興味は持てない。いちばんあやしい人物は、どう見てもアキラ・アンノだろう——作品は一冊として読んだことはないものの、名前だけでも聞きおぼえのある女性が容疑者だというのは、それなりにおもしろくはある。ただ、さらに大きな問題があった。もしもホーソーンについて二冊めの本を書くとしたら、少なくとも八万語ほどの内容が必要となる。だが、この事件についてそれほど書くことがあるのかどうか、わたしはすでに危ぶんでいた。アキラは被害者をワインのボトルで殴ると脅している。そして、被害者は殺され、凶器はワインのボトルだった。つまり、犯人はアキラだ。これにて一件落着、となってしまうではないか。

さらに、被害者が離婚弁護士だというのも引っかかる。弁護士に何か恨みがあるわけではないが、これまでずっと、できるだけ避けようとしてきた人種なのはたしかだ。法律というものが、わたしにはどうにも理解できない。ごく単純な——たとえば、商標登録といった——問題で、なぜ何ヵ月もの時間、何千ポンドもの費用を費やすはめになるのか、いくら考えてもわからないのだ。自分の遺言を作るだけでもトラウマものの経験をさせられたし、その弁護士費用を払った結果、子どもたちに残す財産はがっつりと目減りしてしまった。著名な俳優を息子に持つ評判のいい老婦人、ダイアナ・クーパーについて書くのはたしかに楽しかったが、リチャード・プライスなどという、他人の苦しみを金もうけの種にしているような人物から、いったいどんな創造のひらめきが得られるというのだろうか？

「もうひとつ、おもしろい話があるんだ」ホーソーンはつぶやいた。その目は、まるでわたしの考えを読もうとしているかのように、じっとこちらを観察している——これまでの経験からしても、ときとして本当に読めてしまうらしいのだから困るではないか。

「どんな話だ？」

「凶器となったボトルのワインだよ。ポイヤック原産、シャトー・ラフィット・ロートシルトの一九八二年ものだ」まるで汚い言葉の羅列を吐き捨てるかのように、ホーソーンはフランス語をひとことずつ発音した。「ワインには詳しいか？」

「いや」

「おれもさ。だが、このワインは少なくとも二千ポンドはするって話だ」

「なるほど、リチャード・プライスは高級酒が好みだったんだな」

ホーソーンはかぶりを振った。「ちがうんだ。プライスは禁酒主義者だった。酒はいっさい口にしなかったらしい」

わたしはしばし考えこんだ。著名なフェミニストの作家が、公衆の面前でかけた脅し。緑のペンキで現場に描かれた謎めいた数字。とんでもなく高価なワインのボトル。そんな煽《あお》り文句が本のカバーの折り返しに並んでいるところが、ふと目に浮かぶ。だが、しかし……

「うーん、なんとも言えないな」わたしは答えた。「とにかく、いまはひどく忙しくてね」

ホーソーンはがっかりした顔になった。「どうしちまったんだ、相棒？　あんたなら、きっとこの事件に飛びつくだろうと思ったのに」

「とにかく、考える時間をくれないか？」

「おれはもう、これから現場に向かうところなんだよ」

無言のままのわたしの耳に、しばしその言葉の余韻が残る。

「ちょっと気になっていたんだが」まるで独り言のように、わたしはつぶやいた。「さっき、きみが言っていたことだよ。マイケル・キッチンのこと――それに、わたしの携帯のこと。どうしてわかったんだ？」

この話の向かう先を、ホーソーンは見てとった。「たいしたことじゃないさ」

「ただ、どうも好奇心をそそられてしまってね」わたしは間を置いた。「もし、きみの二冊めの本を書くということになれば、どうしても……」

「わかった、わかった。まあ、こんなに単純な話もないんだが」わたしが諦めようとしないのを見て、ホーソーンは先を続けた。「あんたが急いで着替えたのは見ればわかる。シャツのふたつめのボタンが、三つめのボタン穴にはめてあるからな。実のところ、昔ながらのありきたりな失敗だ。おまけに、今朝のひげ剃りは、鼻の下がおろそかになってるじゃないか。鼻の穴のすぐ下に、みっともない剃り残しがここからでもはっきり見えるんだ、正直にいわせてもらえばな。袖には歯みがき粉の染みが残ってる。つまり、洗面所に入る前に着替えてたってことだ。つまり、あんたは今朝飛び起きて、まずはあわてて服を着た。そこから考えて、たぶん目覚ましが鳴らなかったんだろうと思ったんだ」

「目覚まし時計など、わたしは持っていないよ」

「だが、iPhoneは持ってるよな。重要な予定――たとえば、撮影現場の訪問とか――があるとなりゃ、きっと目覚ましのアプリを使っただろう。ところが、どういうわけか、あんたはそうしなかった」

「だからといって、なくしたとはかぎらないはずだ」

「実をいうと、そっちに行くと伝えようと思ってね、おれはあんたに二度も電話をかけたんだが、応答がなかった。それに、もしちゃんと携帯を持ってたら、迎えの車の運転手はきっとあんたに電話して、いまそちらに向かってますとか、いま外で待ってますとか伝えただろうから、そんなに焦る必要はなかったじゃないか。それはそうと、電話にはあんたが出なかっただけじゃない、留守電にもつながらずに鳴りつづけたところをみると、電源は入っていたわけだ。つまり、マナー・モードにしたまま、家の中で見失った可能性が高い」

わたしが撮影現場に到着したとき、ホーソーンはその場にいなかった。わたしがどんな交通手段を使ったか、どうして知っているのだろう。「車が迎えにきたなどと、どうして決めつけるんだ?」厳しく切りこむ。「地下鉄で来たかもしれないじゃないか」

「あんたは『刑事フォイル』の大物脚本家じゃないか。そりゃ、テレビ局の連中も車を迎えにやるだろうよ。それに、今朝はほんの一時間前までひどい降りだったが、あんたは乾ききってるじゃないか。自分の靴を見てみろよ！　あんたはきょう、外を歩きまわってないってことだ」

「じゃ、マイケル・キッチンの件はどういうことだったんだ？　わざわざ話を聞きにいったのか？」

「そんな必要はないね」わたしがトレイラーに戻ってきたのを見て閉じた脚本の最新稿を、ホーソーンは指で叩いてみせた。「このピンクのページが、書きなおして差し替えた部分なんだろう？　ざっと目を通してみたが、書きなおしはどれもみな、マイケル・キッチンの演じる部分だったからな。あんたの書いた脚本に不満があったのは、あの男ひとりだけだったってわけだ」

「マイケルは脚本に不満なんかないさ」わたしは不機嫌に答えた。「ただ、ちょっと微調整をしただけだ」

丸めた書き損じがあふれかけているわたしのくずかごを、ホーソーンはちらりと見やった。

「なるほど、たいした量の微調整だな」

これ以上、わたしが撮影現場にとどまっている意味はなかった。むしろ、こんなことになってしまったからには、ホーソーンといっしょにいるところを誰にも見られたくはない。

「わかったよ」わたしは答えた。「行こうじゃないか」

3

《サギの泳跡《ヘロンズ・ウェイク》》

リチャード・プライスの自宅は、ハムステッド・ヒースの端から延びるフィッツロイ・パークという、ロンドンでももっとも人を寄せつけない通りのひとつにあった。実際に訪れてみると、ここはほとんど通りにさえ見えない。とりわけ夏には、ハムステッド・ヒース側から入ろうとすると、まずは『不思議の国のアリス』などの挿画で有名なアーサー・ラッカムの画集から抜け出してきたような古風な門をくぐり、ロンドンの中心地からさほど離れていないとはとうてい思えないような、四方をさまざまな植物に囲まれた場所に足を踏み入れることになる。木々が並び、薮が茂り、バラ、クレマチス、フジ、スイカズラ、そのほかありとあらゆる蔓《つる》植物が、まるでネバーランドのようなこの北ロンドンの地で、ほんのわずかな空間をも埋めつくそうと競《せ》りあっているのだ。射しこむ光さえ、どことなく緑がかっている。通り沿いの家はそれぞれ隣から距離があり、一軒ずつまったく似ていない。エリザベス様式を模した家もあれば、アール・デコ様式の家も、昔ながらの推理ボードゲーム『クルード』さながらの――煙突が立ち、傾斜のある軒に破風《はふ》のついた造りで、マスタード大佐が芝を刈り、ピーコック夫人とグリーン牧師がお茶を飲んでいるような――家もある。

そして、リチャード・プライスの自宅は、そうした家々とはさらにまったく異質な、攻撃的なまでに現代的な家だった。ここを設計した建築家は、ひょっとしたら国立劇場に通いつめすぎたのかもしれない。殺伐とした荒々しさを特徴とする同じブルータリズム建築で、工場で型に流しこまれたコンクリートをふんだんに使い、個人の住宅よりは公共の施設にしっくりきそうな、普通のサッシ三枚ぶんのガラスを縦に並べた窓が並んでいる。前庭に生えている日本ふうの蒲《がま》も、きっちり等間隔に植えこまれ、同じ高さにそろえられていた。二階から張り出したバルコニーには木材が張られているが、それも北欧のパイン材かバーチ材で、周囲に生い茂る木々とはまったく関係がない。

その家は、けっして大きくはなかった――せいぜい、寝室が三つか四つというところだろうか。だが、正方形や長方形の立体を重ね、片持ち屋根を多用したこの建築は、実際よりも大きく見える。わたしなら、こんな家に住みたいとは思うまい。これがロサンジェルスやマイアミなら、現代建築に含むところは何ひとつないが、ロンドンの閑静な住宅地、それもボウリング・クラブの隣にこんな家を建てるなんて。さすがにやりすぎだとしか思えない。

ホーソーンとわたしはバーモンジーからタクシーに乗りこみ、ハムステッド・レーンの坂を上って、ハイゲートの手前でふいに角を曲がり、今度はぐんぐんと坂を下りながら現実を離れ、〝都会にふっとまぎれこんだ自然の地〟の幻想的な風景をめざした。やがて目の前に〝ノース・ロンドン・ボウリング・クラブへ直進〟と記された標識のある交差点が現れ、右へ折れる。《サギの泳跡》と呼ばれるプライスの家は、すぐに見つかった。家の前に警察の車が何台か駐まり、玄関には立入禁止のビニールテープが貼られているし、スロー・モーションのような動きで庭を歩く白衣の鑑識課員や制服警官、騒ぎたてている記者たちの姿も見える。フィッツロイ・パークには歩道も、街灯もない。いくつかの家には防犯センサーが備えつけてあるものの、通り全体を見れば、防犯カメラの数も驚くほど少ないのだ。言ってみれば、人を殺すのにこれほど最適な場所もないだろう。

タクシーを降りると、ここで待っていてくれと、ホーソーンが運転手に指示する。わたしたちふたりはさぞかし珍妙な組みあわせに見えたにちがいない。ホーソーンはいかにもぱりっとしたスーツとタイを着こなし、腕利きの仕事人らしい姿だ。いっぽう、わたしのほうはといえば、撮影現場にいたときのまま、背中に『刑事フォイル』と刺繍《ししゅう》の入ったキルティング・ジャケットにジーンズという恰好だということに、いまになって気づいたときている。記者がふたりほどこちらをふりかえったのに気づき、地方紙の一面に載せられてしまったらどうしようと不安になったわたしは、ジャケットの背中が見えないよう斜めに歩きながら、着替える時間があったらと悔やむばかりだった。

ホーソーンのほうはわたしのことなど忘れ、まるでずっと行方をくらましていた息子がようやく家に帰ってきたような足どりで、意気揚々と私道を歩いていく。殺人事件が起きると、この男はいつだってこんなふうだ。それ以外のことは何もかも、頭の中から消えてしまう。これほどまでひとつのことに集中する人間を、わたしはいままで見たことがない。ホーソーンはふと立ちどまり、並べて駐めてある二台の車を調べた。一台はSクラスのベンツで、黒いクーペ。堅牢な高級車だ。小粋《こいき》な弟という風情《ふぜい》で隣に駐めてあるのは、六〇年代のMGロードスターだった。郵便ポストのような赤い車体に黒いボンネット、きらめくワイヤーホイールの、いかにもコレクター向けの車だ。ホーソーンがボンネットに触れるのを見て、わたしも急いでその車に歩みより、同じようにしてみた。

「ここに駐めてから、まださほど時間は経ってないな」と、ホーソーン。

「エンジンがまだ温かい……」

ホーソーンはうなずいた。「ご名答、トニー」

数センチ開けたままの助手席の窓にちらりと目をやると、車内の匂いを嗅ぎ、それから巡査が番をしている玄関に歩みよる。そのまま家に入るのかと思ったら、ふいにホーソーンはかたわらのきっちりとした長方形の花壇に目をとめた。玄関の両側に造られたその花壇には、まるで行進している兵士たちのように、蒲がすっくと立ちならんでいる。ホーソーンがしゃがみこんだのを見て、わたしもそちらに目をやると、まるで誰かがつまずいて踏んでしまったかのように、玄関のすぐ右側の蒲が何本か折れていた。殺人犯のしわざだろうか？　だが、そう尋ねるより早くホーソーンは立ちあがり、巡査に名前を告げると、家の中へ入っていった。

自分だけ巡査に足止めされるのではと不安になり、わたしは思わずあやふやな笑みを浮かべてみせた。だが、どうやらわたしのこともすでに話を通してあったらしく、無事に中に入ることができた。

《サギの泳跡》は、中の造りも一般の住宅とはちがっていた。主だった部屋は、壁やドアで仕切られてはいない。ゆとりのある玄関ホールから、一方にはいかにも最先端のキッチン、もう一方には広々とした居間と、それぞれの空間がお互いに融けこんで変化していくという趣向だ。奥の壁は一面ガラス張りで、美しい庭が見わたせる。アメリカン・オーク材の床には絨毯《じゅうたん》を敷きつめず、さまざまな大きさの敷物があちらこちらにセンスよく配置されていた。家具は現代ふうのデザイナーもので、壁に飾られているのは主として抽象画だった。一見すっきりして見える内装も、細心の注意を払って計算しつくされているのがよくわかる。たとえば、ドアの取っ手や照明のスイッチにはすべて、プラスティックではなく磨きあげられた鋼鉄が使われていて、どこかパリやミラノの雰囲気を感じさせた。おそらくは、ひとつひとつカタログからじっくりと選びぬかれたものばかりなのだろう。内装はほぼ白を基調としていたが、どうやら最近になって、プライスはささやかな彩《いろど》りを加えることにしたらしい。玄関ホールにはペンキの缶がいくつか、刷毛《はけ》といっしょに養生シートの上に置いてある。ドアが開いたままの洗面所への入口は、はっと目を惹く黄色に塗りあげられていた。キッチンの窓枠は、レンガ色に塗り替えられている。プライス弁護士は家庭を持っているのだろうとわたしは思いこんでいたが、この家はいかにも裕福な独身男の住まいというたたずまいだ。

先を行くホーソーンに追いついたとき、大柄な、どうにも感じの悪い女性が、目の前のものをひじで押しのけるようにして、キッチンから姿を現した。明るい藤色のパンツ・スーツに、黒いタートルネックのセーターという恰好だ。どうして、こんなにも感じの悪い印象を受けるのだろう？　けっして服装のせいではないし、ずんぐりした肩とぼってり肉のついた顔立ちの、明らかに太りすぎな体格のせいでもない。そう、体格は関係ないのだ。これは、主としてこの女性の態度のせいだろう。わたしたちに対していまだ口を開いてもいないのに、すでにしかめっつらをしている。眼鏡があまりに大きすぎ、目があまりに小さすぎるせいもあるが、そもそもこの女性自身が自分を意地悪く喧嘩腰に見せようとしていて、マスカラのように悪意を塗りたてた目で世界をにらみつけているのだ。とはいえ、わたしがもっとも目を奪われたのは、その髪だった。まちがいなくほんものではあるのだろうが、まるでデパートのマネキンがかぶっている安もののかつらめいて、どこまでも真っ黒、ナイロンのようにてかてかと光っている。何というか、どうにも本人の頭から生えているように見えないのだ。首には金のネックレスを掛け、その下には紐に付けた名札がぶらさがっている。たっぷりとした胸に、水平に引っかかっている名札には《カーラ・グランショー警部／ロンドン警視庁》と記されていた。身のこなしはすばやく好戦的で、まるでアリーナに入場したレスラーのようだ。犯罪者なら、きっとこの姿に怖れおののくにちがいない。わたしは何ひとつ悪いことをしていないというのに、それでもふと不安にさせられた。

「いらっしゃい、ホーソーン」見かけによらず、意外にも陽気な口調だ。「あんたが来るって話は聞いてた」

「やあ、カーラ」

ふたりは知りあいらしい。しかも、それなりに友好的な間柄のようだ。ホーソーンはこちらに向きなおった。「こちらはカーラ・グランショー警部」見ればわかることを、あらためて口にする。だが、わたしを警部に紹介しようとはしない。向こうも、わたしには興味がなさそうだった。

「詳しい内容はもう受けとってる？」雑談なしに、グランショー警部はいきなり本題に入った。低く感情のこもっていない声で、とくに耳につく訛《なま》りはない。「事件の第一報は？　写真は？」

「ああ、もらった」

「署の連中は仕事が早いね！　死体が発見されたのは、つい今朝のことなのに」

「発見者は？」

「家政婦。ブルガリア人。名前はマリエラ・ペトロフ。話を聞きたきゃ聞けるけど、時間の無駄かな。何も知らないもの。この家で働くようになって、やっと六週間……ナイツブリッジのまともな斡旋《あっせん》業者からの紹介だって。ベスナル・グリーンに住んでて、夫とふたりの子どももあり。一日の最初の仕事は、プライスのためにハイゲートから焼きたてのパンと牛乳を買ってくること。家政婦はキッチンで、朝食の準備を調えた。そして書斎に入り、プライスを見つけたってわけ。遺体はもう運び出したけど、現場を見たかったら案内するよ」

「見せてもらおう」

「じゃ、これを……」食事前にナプキンを配るような、ごく自然な手つきで、グランショー警部はビニールの靴カバーを取り出し、わたしたちに差し出した。

わたしはいささかがっかりしていた。この事件の担当がメドウズ警部であることを、心のどこかで期待していたからだ。あの警部に会ったのは、ダイアナ・クーパーが殺害された事件を追っていたときのこと。その後、わたしの行きつけのクラブでいっしょに飲んだことさえある。

メドウズとホーソーンの関係に、わたしは興味があったのだ。ふたりはかつての同僚だが、お互いに反目しているのはすぐに見てとれた。メドウズはなかなか口を割らないうえに、高くつく相手ではある（クラブで飲んだときは、時間あたりいくらで金をとられた）。だが、わたしはホーソーンのことをもっと知りたかったし、あの警部はまだまだ有益な情報を握っているはずなのに。

それだけではない。この先もホーソーンの登場する作品を書いていくつもりなら、メドウズ警部は重要な役割を担う登場人物となるはずだった。ホームズには、レストレード警部がいたではないか。ポワロには、ジャップ警部がいた。モース警部は、ストレンジ警視正とよくぶつかる。写真には必ず光と影が必要なのと同じで、頭の切れる私立探偵には、対照的に頭の回転の鈍い警察官が不可欠なのは、もはや自明の理といってもいい。こうした存在がいなければ、探偵の明晰《めいせき》さが引き立たないのだ。わたしは何も、メドウズが愚鈍だなどと決めつけるつもりはない。だが、クーパー夫人が殺害されたとき、あの警部は押込み強盗のしわざだと決めつけ、みごとに大はずれしたではないか。

自分の好きなように選べるものなら、わたしは喜んで、すべての事件現場でメドウズ警部と鉢合わせしていたことだろう。だが、言うまでもなく、ロンドンには三万人を超える警察官がいる。チェルシー（前作の殺人事件が起きた場所だ）の現場で出会った警察官が、ハムステッドの現場にも現れる可能性など、万にひとつもない。そんなわけで、わたしはグランショー警部に案内されて居間を横切りながら、今回の事件をあつかう作品では、この女性はあまり重要な役どころにはなるまいと判断していた。感情を交えず淡々と仕事をこなしており、自分が何をすべきかよく理解しているように見える。わたしにも、何の興味もないようだ。

居間を突っ切り、たった二段の階段を下りると、そこが書斎だった。板張りの床に、ほとんど飾り気のない空間で、どこか会議室めいている。仕事机はない。その代わり、白い革と鋼鉄の椅子が四脚、並ぶ本棚と窓の間に置かれたガラスのテーブルの周囲に配してある。天井には部屋の幅いっぱいに細長い天窓があり、そこから陽光が射しこんでいた。テーブルにはコーラの缶が二本あり、一本はタブが開けてあった。

遺体はすでに運び出されてはいたものの、どこでリチャード・プライスが死んだのかは一目瞭然だった。べとべとした暗赤色の液体――赤ワインと血液の混合物――が、床に広がっていたからだ。さらに怖ろしいのは、遺体はもはや存在しないというのに、どこに頭が、肩が、そして突き出された片方の腕があったか、残された跡からはっきりと見てとれることだった。割れたボトルは、いまだ一部の破片がラベルにぶらさがったまま、その痕跡のただ中に転がっている。

わたしの視線は、本棚にはさまれた壁に惹きつけられた。先ほどホーソーンが話してくれたとおり、三つの数字が緑のペンキで乱暴に描かれている――１８２と。それぞれの数字からペンキがしたたり、まるでホラー映画のポスターのようだ。三つの数字は不ぞろいでぎくしゃくしており、8の字は1と2よりいくらか大きい。数字を描くのに使った刷毛は、床に放り出されており、床板に緑の染みがついていた。

「殺された時刻は、八時から八時三十分の間だそうよ。この家にいたのはプライスひとりだけだったけど、七時五十五分を回ったころ、誰か客が来たのはわかってる。近所の住人、ヘンリー・フェアチャイルドが犬を散歩させていて、誰かがハムステッド・ヒースから出てくるのを見てたんだって。その目撃者からは、あんたもじかに話を聞きたいよね。この通りの向こう端の家の住人でね。ピンクの建物で……《ローズ・コテージ》って屋号。この通りの家には番号が振ってなくてね。あまりに豪邸ぞろいで、番号なんて失礼だとでも思ってるんじゃないの」

グランショー警部の顔にちらりと笑みがよぎる。「どの家にも浮かれた屋号がついててね……《サギの泳跡》みたいな。そもそも、何のつもりでそんな名前にしたんだか。それはそうと、フェアチャイルド氏は退職しててね。なかなか素敵な人物だった。あんたもきっと、おしゃべりを楽しめるんじゃないの」

「プライスは自宅でひとりきりだったのか？」

「昨夜はね。同性婚で所帯を持ってはいるんだけど、連れあいのほうは留守だった。クラクトン・オン・シーに、ふたりで別荘を持ってて。連れあいは一時間ほど前に帰ってきて、あたしらに出くわしてね、かなりの衝撃だったみたい。いまは上の階にいるけど」あの赤いMGのエンジンが温かかったのは、そういうわけか。「いまもひどい状態」グランショー警部は続けた。「ほんの数分しか話してないけど、もう支離滅裂でね。目が流れ出しそうな勢いで泣いてるから、部下にお茶を淹れさせるはめになったくらい」言葉を切り、鼻を鳴らす。「しかも、ご所望はカモミール茶」

わたしははらはらしながらこの話に耳を傾けていた。ホーソーンのあまりよろしくない特徴のひとつに、あけすけな同性愛嫌いがある。前回の事件捜査で、容疑者宅を訪問した後にその感情をぶちまけられたのは、いまだ記憶に新しい。さらにつけくわえるなら、いまの最後のひとことを聞くかぎり、カーラ・グランショーも同じような考えの持ち主なのだろう。もっとも、グランショー警部が嫌いなのは、同性愛者というよりハムステッドの住人のほうなのかもしれないが。

「連れあいの名はスティーヴン・スペンサー」警部は続けた。「それ以上のことは、こっちもあまり聞き出せてなくてね。そもそも、まともに話を聞けてないし。でも、プライスが殺される前、最後に話した相手がこの連れあいだってことは、ほぼまちがいないようよ」

「電話で？」

「昨夜八時にね」ホーソーンがこの情報の意味を理解するのを、グランショー警部はじっと見まもった。「そう、そういうこと。犯人がおそらく家のすぐ外にいて、玄関に近づきつつあるくらいのときに、スペンサーはちょうど電話をかけてきたの。近所の住人、フェアチャイルド氏は、まさにその時刻に誰かが入っていくのを見てるんだけど、犯人の特徴は何もわからなくてね。もう、すっかり暗くなってたし。距離もあったしね。プライスは電話を切り、犯人を迎え入れた——知ってる相手だったんじゃないかな。飲みものを勧めてるんだから」

ガラスのテーブルに置かれた二本のコーラの缶に、わたしはちらりと目をやった。

「つまり、ワインは飲まなかったってことか」と、ホーソーン。

「栓を抜いた形跡はなし。報告書を見た？　このワイン、二千ポンドの値札が付いてたって！」グランショー警部は頭を振った。「この国は、こういうところがおかしいよね。北部じゃフードバンクが貧乏人に食べものを配ってるってのに、このハムステッドじゃ、ワインのボトルごときに迷いなく大金を注ぎこむ連中がいる。まったく、わけがわかりゃしない」

「リチャード・プライスは酒を飲まないはずだが」

「スペンサーによると、これは依頼人からの贈りものだったみたい。それだけは、どうにか聞き出したってわけ。依頼人の名は、エイドリアン・ロックウッド」

「アキラ・アンノの夫だ」わたしは口をはさんだ。ラジオで離婚のニュースを聞いたとき、その名が出てきたことを思い出したのだ。

「まあ、〝元〟がつくけどね。プライスはロックウッドの代理人として離婚訴訟に臨んだの。結果として、妻に厳しい裁定が下ったってわけ」

ワインのボトルで殴ってやると、アキラ・アンノはプライスを脅した。これは、とうてい偶然とは思えない。もっとも、客の大勢いるレストランでそんな宣言をしておいて、そのとおりの方法でプライスを殺害するというのも、とうてい正気の沙汰ではないが。

その間に、ホーソーンは壁に描かれた緑の数字に注意を向けていた。「これについて、あんたはどう考えてる？」

「182？　別に、何ひとつ思い浮かばないけど」グランショー警部は鼻を鳴らした。「そりゃ、あんたは楽しいでしょうよ、ホーソーン。こんな数字が描いてあったおかげで、あんたが呼ばれたんだから。どっかのひねくれたろくでなしが、くだらない冗談を仕掛けたつもりになって喜んでるだけのことなのに」胸の前で、がっしりした腕を組む。「まあ、ふたつの可能性が考えられるかな。ひとつは、リチャード・プライスが何かを伝えようとした。もっとも、頭をかち割られる前じゃないと無理だけど。プライスを殺した後、犯人が描いたと考えるほうが自然よね。でも、正直なところ、これもしっくりこなくてね。だって、明らかな証拠を残したい犯人なんて、どこにいる？ いっそ、自分の頭文字でも描いといてくれたらよかったのに」

ふと、警部は言葉を切った。「ひょっとしたら、ワインに関係があるのかも」

「シャトー・ラフィットの一九八二年ものか」と、わたし。

「だって同じ数字じゃない、九が抜けてるだけで」初めてわたしに気づいたといわんばかりに、グランショーはこちらにちらりと視線を投げた。その小さな目がわたしにとまったほんの一瞬、まぎれもない不安が背筋を走り抜ける。だが、警部はまた、すぐに視線をそらした。「この件はあんたにまかせるよ、ホーソーン。こういう安っぽいお飾りつきの殺人事件は、個人的にあんまり好きじゃないしね。そういうのは、そこの『刑事フォイル』氏にやってもらえばいい」

背中の文字が警部に見えないよう必死に隠していたというのに、とっくに気づかれていたとは。わたしの正体は、ホーソーンからすでに聞いていたのだろうか。

「指紋は？」ホーソーンが尋ねた。

グランショー警部はかぶりを振った。「出なかった。何もかも、開けてないコーラの缶まできれいに拭きあげてあったから。出たのはプライス自身の指紋だけ。開いてたほうの缶からはプライスのＤＮＡが検出されたし、唇にはコーラが付着してたって」

「それで、あんたはどう思うんだ？」

「そんなこと、あたしがあんたに話してきかせると本気で思ってる？」カーラ・グランショー警部はまっすぐにホーソーンの目を見すえたが、その声に本心からの敵意は感じられなかった。

「あんたは勝手に自分の日当を稼いでればいい。上の連中があんたを必要だって思うんなら──まあ、あたしにはそう思えないけどね──払った金に見あう結果が出るかどうか、上の連中の好きにさせとくよ」

その場にすっくと立ったまま、グランショー警部は自分の二の腕を指でとんとんと叩いていた。だが、やがてふっと態度を軟化させる。「あたしらが最初に訪ねていくのは、ミズ・アンノのところかな。まだ居場所がつかめなくてね──携帯を切ってて、連絡がつかないんだ──わかりしだい、あんたにも知らせる。あたしはこれから、上にいるプライスの連れあいの話を聞くから、よかったらいっしょに来るといい。その後は、さっき話した近所の目撃者のところへ行ってみるんだね。何かあったら、あたしの携帯の番号は知ってるはず。でも、これだけは言っとくよ、ホーソーン」ずんぐりした指を突きつける。「あんたがつかんだことは、あたしにも知らせる。わかったね？　どんな進展も、こまめに連絡してもらうからね。そして、逮捕はあたしがやる。あたしを出し抜こうとしようもんなら、あんたのタマを引きちぎって、子どものよくやる木の実遊びみたいに、紐を通して割れるまで振りまわしてやるからね。わかった？」

「おれを警戒する必要はないさ、カーラ」ホーソーンは無邪気な、尊《とうと》くさえ見える笑みを浮かべてみせた。「おれは助けになりたい一心で、ここに来てるんだから」

その言葉は、わたしにはとうてい信じられなかった。一匹狼などというものが実在するとしたら、まさにホーソーンのような人間のことなのだから。いつの日か、この事件の犯人を逮捕するときがくるとしたら、グランショー警部はまちがいなく、それを新聞記事で知るはめになるだろう。

「じゃ、行くよ」

グランショー警部はどかどかと書斎を出ていった。わたしも、さっさとその後に続きたかった。この部屋にたちこめる、血液とワインの混じりあった胸の悪くなるような臭いが、どうにも鼻について仕方がない。吐き気がじわじわとこみあげつつあったが、もしも殺人現場で吐いてしまったりしたら、どんな面倒なことになるかはわたしにもよくわかっている。だからこそ一刻も早く出ていきたいのに、ホーソーンはなぜか、すぐに警部の後を追おうとはしなかった。

「おれがあんたなら、あの女には気をつけるね」ホーソーンはささやいた。

「グランショー警部のことか?」

「頼むから、あの女の前では何も漏らすなよ。悪いことは言わない。あいつは性根が腐ってるんだ」

「わたしには、まっとうな人間に見えたがね」

「それは、あんたがあの女を知らないからだよ」

わたしたちは二階へ向かった。

4　最後の言葉

二階へ延びる白い石板の階段は、一段一段がまるで壁から突き出して、何の支えもなく宙に浮いているように見える。かたわらには鋼鉄の手すりが走っていて、上り下りのときにはここにつかまるというわけだ。カーラ・グランショーはどすどすと階段を上っていき、もっと静かな歩きかたでホーソーンがそれに続く。階段を上りきると、そこは一階の居間を見おろす回廊のような造りになっていて、右側にも左側にもドアが並んでいる。

訪問客がうっかり一階に落ちないよう、ぐるりと立ちならぶ柱の一本に、もうひとりの刑事が寄りかかり、わたしたちを待っていた。グランショー警部より華奢《きゃしゃ》で小柄な男性で、砂色のふさふさした髪をし、口ひげを生やしている。茶色の革ジャケットをはおっているのは、昔のテレビドラマにならい、グランショー警部を刑事スタスキーに見立てて、自分はハッチにでもなったつもりだろうか。いや、ひょっとしたら逆かもしれない。

「そこの部屋です、警部」

「ありがと、ダレン」

グランショー警部は先に立ち、壁に飾られた、一階とはまったく異なる趣《おもむき》の美術品は無視して、めざす部屋に向かう。わたしは大学で美術史を学んでおり、エリック・ラヴィリオスの水彩画とエリック・ギルの木版画は見分けることができた。エリックという名の芸術家の作品を集めてでもいるのだろうか。最上階となる二階は、全体として一階よりもきちんとした印象を受けた。床には絨毯《じゅうたん》が敷きつめられ、どの部屋もきっちりと壁で区切られている。グランシヨー警部はダレンが示した部屋のドアをノックすると、返事を待たずにドアを開け、中に足を踏み入れた。入ってみるとそこは図書室で、床から天井までの書棚がびっしりと四方の壁沿いに並んでいる。書棚が途切れているのは、正面の私道を見おろすふたつの窓と、大画面テレビが壁に掛けられているところだけだ。そのほか、部屋には白い革張りのソファが二脚、ガラスのテーブルがいくつか、そしてまがいものの――模造品というべきか――シマウマの毛皮の敷物が置かれている。

スティーヴン・スペンサーは白いソファの片方の端に、背中を丸めてうずくまっていた。リチャード・プライスの写真、自分の写真、あるいはふたりで撮った写真を納めた写真立てが、その周囲にずらりと並べてある。しわの寄った麻のシャツに、淡い青のコーデュロイのズボン、ローファーという恰好だ。年齢は三十代前半というところで、連れあいより十歳ほど若かったのだろう。こんなにも目を泣き腫《は》らし、頬が赤らみ、金髪が湿ってぺしゃりとつぶれていなければ、なかなかの美青年だっただろうに。体格はかなり痩せぎすで、首がひょろりと長いせいで、喉ぼとけが突き出して見える。ハンカチを握りしめた左手に目をやると、薬指に金色の結婚指輪がはめられていた。ホーソーンに見せられた写真で、リチャード・プライスがはめていたのと同じ指輪だ。

こうして五人が集まってみると、この部屋はかなり狭く感じる。グランショー警部はもうひとつのソファにどすんと腰をおろし、脚を広げて坐った。ホーソーンは窓ぎわに陣どる。わたしはジャケットの背の刺繍《ししゅう》が見えないよう、ドアの脇で背中を壁に押しつけていた。わたしたちに続いて部屋に入ってきたダレンは、いかにもくつろいだ様子で立ったまま、これ見よがしにメモ帳とペンをかまえる。

「いまのお気持ちは、ミスター・スペンサー？」グランショー警部が尋ねた。同情のこもった口ぶりではあるが、いかにもそらぞらしく慇懃《いんぎん》無礼《ぶれい》で、まるで運動場で転んで膝をすりむいた子どもをなだめているかのように聞こえる。

「とうてい信じられませんよ」スペンサーの声は、悲しみにしゃがれていた。ハンカチを握りしめる手に、よりいっそう力がこもる。「最後に会ったのは金曜だったんだ。またね、って別れて。それが、まさかこんな――」言葉が途切れる。

そのすべてを、ダレンはメモ帳に書きとめた。

「どうしても、いま話を聞く必要があるのはわかっていただけますよね」気づかいのかけらも感じられない口調で、警部は続けた。「質問に答えていただくのが早ければ早いほど、こっちも捜査に早くとりかかれるんですよ」

スペンサーはうなずいたものの、口はつぐんだままだった。

「いましがたサフォークから戻ったばかりと聞きましたが……」

「エセックスです。クラクトン・オン・シーですよ。ぼくたち、そこに別荘を持ってて」写真の一枚を、スペンサーは示した。一九三〇年代に流行したような曲線を描くバルコニーと平屋根が特徴の、こぢんまりした白い建物だ。写真で見ても、あまり現実味が感じられない。

「いっしょに行かなかったのはなぜ？」

スペンサーは大きく息を吸いこんだ。「リチャードが来たがらなかったんですよ。仕事がたくさん残ってるからって。それに、土曜の午後には誰か来る予定が入ってたらしくて。ぼくは母の面会があったから。フリントンの老人ホームに入ってるんですよ」

「お母さん、さぞかし喜んだでしょうね」

「母はアルツハイマーを患《わずら》ってて。ぼくが会いに来たことも、きっと憶えてないでしょう」

「きょうは何時に別荘を出たんですか？」

「朝食後に。掃除をして、鍵をかけて出てきました。たぶん、十一時ごろだったと思います」

「向こうを出る前に、プライス氏には電話をしなかった？」

ダレンはここまでのやりとりを逐一ノートに書きとめていたが、このとき、ふいにペンが止まった。いっぽう、わたしも自分のｉＰｈｏｎｅを取り出し――例の件は結局はホーソーンの推理が正しく、わたしはここに来る前に自宅に寄り、ｉＰｈｏｎｅを回収してきたのだ――そっと録音を始めていた。警察の事情聴取を録音するのは法に触れる行為なのだろうか。まあ、そうだとしたら、いずれわかることではあるが。

「かけてみたんですよ。でも、出なかったんです」スペンサーはふたたびハンカチを握った手で、目尻をぐいと拭った。「ぼくといっしょにいればよかったのに。いっしょに住むようになって、もう九年になります。何だっていっしょにやってきたんだ。この家だって、いっしょに買った。リチャードにあんなことのできる人間がいるなんて、とうてい信じられませんよ。あんなに優しいやつは、世界じゅう探したってめったにいないのに」

「月曜の午前中は、いつも仕事は休みなんですか？」グランショー警部の声には、いまやまったく感情がこもっていなかった。その姿の何もかも――坐りかた、ずっしりと重たげなプラスティックの眼鏡、プディングを流しこむ型のような形の黒髪――すべてが、まるで相手の感情に寄り添うのを拒否しているかのように見える。

スペンサーはうなずいた。「日曜の夜にA十二号線を走るのは避けようと、ぼくたちは決めていたんですよ。渋滞がひどいから。もしもリチャードがいっしょだったら、今朝は明けがたに向こうを出ていたでしょうね。いつだって、仕事と真剣に向きあう人間だったんです。でも、ぼくのほうは誰かに雇われてるわけじゃない。ベリー・ストリートの、ちょうど《クリスティーズ》の角を曲がったところに画廊を持っていましてね」なるほど、それでギルやラヴィリオスの作品が飾ってあるわけか。「店を開けるのは火曜から土曜までで、月曜はいつも家で仕事をしてるんですよ」

「昨夜、プライス氏と電話したという話でしたね」さっきホーソーンと話していた件を、グランショー警部は持ち出した。

「ええ。ちょうど八時ごろでした」

「どうしてそんなにはっきり憶えているんですか?」

「昨日は二十七日で、サマータイムの時間を戻す日だったでしょう。別荘じゅうの時計を直しおえたところで、自分の携帯から電話したんですよ」スペンサーは携帯を取り出し、いくつかのボタンを親指で押し、自分の通話記録を見た。「ほらね!」大声をあげる。「八時ちょうどでしたよ」

「クラクトンくんだりで、まともに電波が入るんですかね?」このとき初めて口を開いたホーソーンの声からは、敵意がにじみ出さんばかりだった。まあ、いまに始まったことではないが。

スティーヴン・スペンサーは、この問いを無視した。

「お連れあいとはどんな言葉を交わしたのか、聞かせてもらえますか?」グランショー警部が尋ねた。

「ぼくがどんな調子か訊いてくれました。あとは天気のこと、ぼくの母のこと……いつもの話題ですよ。リチャードはちょっと元気がなかったな。ずっと担当していた件について、いまだ気にかかることがあると言ってました」

「担当していた件というと?」

「離婚訴訟ですよ。リチャードが離婚弁護士だったこと、すばらしい成功を収めていたことはご存じですよね。先日まで、ちょうどエイドリアン・ロックウッドという不動産開発業者の代理人を務めたところだったんです。相手の奥さんは作家でね……ええと、たしか……アキラ……」苗字のほうは、どうしても浮かんでこないらしい。

「アキラ・アンノでしょう」わたしは助け船を出した。

「そうそう、それだ」やっと思い出せて、スペンサーは目を大きく見ひらいた。「知ってのとおり、あの女はリチャードを脅したんですよ。レストランでいきなり近づいてきて、ワインを顔にぶちまけて。ぼくも、その場にいたんです！」

「そのときのこと、詳しく話してもらえますか？」

「真っ先にお話しすべきでしたね。どうして忘れてたんだか。でも、ここに帰ってきたらもう警察がいて、リチャードがあんな……」

言葉が途切れる。やがて気をとりなおすと、スペンサーは先を続けた。

「ぼくたちはオールドウィッチの《ドローネー》で夕食をとってたんです。先週の月曜日のことでした。あそこはリチャードのお気に入りのレストランで、よく仕事帰りに待ちあわせて……お互いの仕事場から便利な場所だったんで、食事をして、いっしょにタクシーで帰ることにしてたんですよ。とにかく、あの日はちょうど食事を終えたとき、ほかのテーブルの間から女がこちらに近づいてきたのが見えて。背は低くて、日本人っぽく見えたけど、ぼくは知らない顔だったな。すぐ後ろに、もうひとり別の女がついてきてました。

その女がぼくたちのテーブルの前で足を止めたんで、リチャードはそちらに目をやったんです。もちろん、それが誰なのか、あいつはひと目で見てとりました。でも、とくに困った様子もありませんでしたよ。礼儀正しい口調で『何かご用ですか？』とか何とかつぶやいてましたね。すると、その女は奇妙な薄笑いを浮かべ、あいつを見おろしたんです。そうそう、色つきの眼鏡をかけてましたよ。『このブタ！』が、女の最初の言葉でした。それから、離婚のことを言ってたな、あまりにひどい仕打ちだとか何とか。それからこちらに手を伸ばして、ぼくのワイングラスをつかんだんです。ぼくは赤ワインを飲んでて、食事は終わってたんだけど、まだ五センチくらいグラスに残ってて。一瞬、ぼくはわけがわからなくて、ひょっとしてそのワインを飲むつもりなのかと思いましたよ。でも、女はそれをリチャードの顔にぶっかけたんです。顔も、シャツもワインまみれになっちゃって。まったく、ひどい話ですよね。ぼくは警察を呼ぶべきだと思ったんだけど、あいつは騒ぎを起こしたくなくて、とにかく帰ろうと言うばかりでした」

「ほかに、その女性は何か言っていましたか？」

「ええ、そこなんですよ。ワインをぶちまけてしまうと、女はグラスをテーブルに置いて、いっそボトルで殴ってやりたかったとか何とか、そんなことを口にしたんです」言葉にしてみて初めてその重大さに気づいたとでもいうように、スペンサーはしばし口をつぐんだ。「ああ、そんな！　まさに、リチャードはそんなふうに殺されたんでしたね！」両手を突きあげ、左右から頭を抱える。「あの女は、これから自分がすることを予告してたんだ！」

「われわれは結論に飛びつくことはしません、ミスター・スペンサー」グランショー警部が口をはさんだ。

「結論に飛びつくことはしないって、いったいどういうことなんです？　あの女は自白した。自ら認めてるんだ。目撃者だって、十人以上はいたはずですよ」

「日曜の夜に電話で話したとき、プライス氏はその女性の名を出しましたか?」

スペンサーは考えこんだ。「いや。名前は口にしてません。でも、それに関連したことは言いましたよ。リチャードがあの案件を気にかけていたのはわかってます……《ドローネー》にいたときにも、ちょっと話題に出ましたしね。もっとも、あいつは慎重な性格だから、詳しいことは何も話しませんでしたが。とにかく、あの電話であいつが言っていたのは、オリヴァーと話したということでした。オリヴァー・メイスフィールドのことです。法律事務所の共同代表者のひとりで……《メイスフィールド・プライス・ターンブル》っていう法律事務所をやってたんですよ。何の話をしたのか訊こうとしたとき、呼鈴が鳴ったんです」

「呼鈴というと、この家の?」グランショー警部が尋ねた。

「ええ。電話の向こうで鳴ったのが聞こえて。リチャードは何か言いかけてたんですが、そこで話が途切れたんです。『いったい誰だろう?』あいつはそう言ってました。誰かが来るとは思ってなかったんですよ。ちょっと待っててくれとぼくに告げると、リチャードは電話を置きました」

「プライス氏も携帯で話していたんですね?」

「そうです。おそらく、廊下のテーブルに置いたんじゃないかな。しばらくは何も聞こえませんでしたが、やがて、木の床を歩くリチャードの足音が聞こえてきました。玄関のドアを開けた音も聞こえたような気がします。やがて、あいつの声が聞こえてきました。『いったい、どうして?』こう言ったんです。驚いたような口調でした。『もう遅いのに』って」

ここまでの話を、ダレンはずっとメモ帳に書きとめていた。そのペンが止まる。「そのとおりの言葉でしたか?」

今回は、スペンサーは躊躇せずうなずいた。「ええ、たしかです。『もう遅いのに』ってね。まちがいありません」

「それで?」

「それから、電話のところへ戻ってきました。後でかけなおすと言って、電話を切ったんです」

「誰が訪ねてきたかについて、何も話さなかったっていうんですか?」ダレンの質問のしかたには、どこか攻撃的で相手を威嚇《いかく》するような響きがある。こういう人間からは、おはようと挨拶されただけでも、こちらがびくびくしてしまいそうだ。「ほかに、ふたりの会話は何も聞こえてこなかった?」

「ほかには何も言ってませんでしたよ。さっき話したとおりです。リチャードはそこで電話を切りました」またしても、目に涙があふれてくる。「かけなおしてくるかと思って待ってたけど、それっきりかかってこなかったんで、きっと忙しいんだろうと思ってたんです。そういうこと、よくあったんですよ。リチャードは何かに夢中になると、のめりこんでしまうたちだったから。きょう、こっちに車で戻ってきたときも、家に警察の車が駐まってるのは見えたけど、まさかこんなことになってるだなんて……」

ホーソーンはなかば窓のほうに身体を向けながら、ここまでの話に耳を傾けていた。ふいにスペンサーをふりむき、口を開く。「なかなかいい車だ。窓は電動ですか?」

「えっ？」この質問に虚を突かれ、スペンサーはほんの一瞬、泣くのを忘れた。わたしのほうは、さして驚きはしなかった。これまでの経験から、ホーソーンがいきなり何の関係もないように思える質問をぶつけるのには慣れている。けっして、わざと感じが悪い態度をとっているわけではない。感じが悪いのは、この男の地なのだ。

「昔の型の車でしょう」ホーソーンは続けた。「何年型ですかね？」

「一九六八年です」

スペンサーは唇を固く引きむすび、どうにかしてくれとばかりにグランショー警部へ視線を向ける。それに応じて、警部は主導権を握りなおしにかかった。「お連れあいがワインのボトルで殴られたのはご存じですよね。銘柄は、シャトー・ラフィット・ロートシルトでした。これは、エイドリアン・ロックウッドから贈られたボトルですか？」

「断言はできませんが——ええ、たぶん、そうだと思います。すばらしく高価なワインだと、リチャードが言ってました。自分は酒を飲まないのに、金の無駄だとも」

「プライス氏は禁酒主義者でしたね」

「ええ」

「だったら、この家に酒は置いてないってわけだ」ホーソーンが口をはさんだ。

「いや、実のところ、キッチンにはいろいろ置いてますけどね——ウイスキーやジン、ビール、そのほか何やかやと。ぼくはときどき飲みますから。でも、リチャードはいっさい飲まなかった。それだけのことです」

カーラ・グランショーはホーソーンを見やり、にっこりした。だが、笑ったからといって、これっぽっちも感じがよくなるわけではない。うわべこそ上機嫌に見せてはいても、その裏側には刺々《とげとげ》しい悪意がひそんでいることに、わたしはしだいに気づきはじめていた。「そっちのほうは、まだほかに訊きたいことある？」グランショー警部がホーソーンに尋ねる。

「ひとつだけ」ホーソーンはスペンサーに向きなおった。「土曜の午後に来客の予定があったと、さっき話してましたね。誰が来るはずだったのか、プライス氏から聞いてませんか？」

スペンサーは考えこんだ。「いや。ただ、来客があるって話だけで、誰とは言ってませんでした」

「さあ、これだけ聞けばもう充分じゃない？」ホーソーンが不満げなのにもかまわず、グランショー警部は割って入った。「こっちはこれからスペンサー氏の正式な供述調書を作らなきゃいけないし、あんたはもう帰ったら？」

「そっちがそう言うならな、カーラ」

この場の主導権をけっして渡さないグランショー警部に、わたしはなかば感嘆さえおぼえていた。メドウズ警部とは正反対のタイプだ。ホーソーンにはけっして勝手なことをさせず、この場を支切っているのは自分だということをつねにはっきりさせておく。わたしたちふたりは部屋を出て階段を下り、玄関を出た。外気に触れたとたん、ホーソーンはタバコに火を点《つ》ける。その間、わたしはあらためて折れた蒲《がま》の周囲を調べ、足跡を探した。案の定、土が深く窪んだ小さな跡がひとつ見つかる。これは誰かがつま先で踏みこんだのか、あるいは（わたしが思うに）女性のピン・ヒールが穿《うが》った穴と考えたほうが可能性が高いかもしれない。

「間抜けなやつだ」ホーソーンがつぶやいた。

「グランショー警部のことか？」

「スティーヴン・スペンサーだよ」ホーソーンが煙を吐き出す。「やれやれ！　あの部屋には、もう一秒だって長居はごめんだね。あの男のへなへなした手首ときたら、いまにも手がもげて落ちそうだったじゃないか」

「その件は、それくらいにしておいてくれ。前にも言ったはずだ。他人の性的指向をそんなふうに茶化《ちゃか》すなとね。わたしはとうてい我慢できないし、そんな話を本に書くわけにはいかないんだから」

「自分の本だ、好きなことを書きゃいいさ、相棒。それに、おれが言いたいのは性的指向のことじゃない。やつの演技力だ。あんな話、ひとことだって信じられるか？　涙ぼろぼろ流して、おまけにハンカチなんぞ握りしめて。息を吐くように嘘を垂れ流してたくせに」

いましがた見てきた光景を、わたしは思いかえしてみた。あれが嘘だなどと、にわかには信じがたい。「心底から動揺していただけじゃないかな」

「まあ、動揺はしてたかもな。だが、それでも何か隠してることには変わりない」目の前には、さっきのＭＧロードスターが駐まっている。手にしたタバコで、ホーソーンはその車を示した。

「エセックスだろうがサフォークだろうが、そんな海岸沿いの町からこの車でここまで走ってきただなんて、絶対にありえないいな」

「どうしてわかる?」

「さっきの写真に写ってた別荘には、車庫がなかった。この車が、海辺で三日間も外に駐めてあったように見えるか? カモメの糞ひとつ、どこにもこびりついてないってのに。それに、フロントガラスには虫の死骸が見あたらない。A十二号線を百五十キロ以上も走ってきて、一匹の羽虫にもぶつかってないって? おれが見るに、あの男はもっとずっと近いところにいたはずだ。それも、誰かといっしょにな」

「それはどうしてわかるんだ?」

「さあな。まあ、推測さ。助手席の窓は数センチ開いてるが、窓は電動じゃない。助手席に乗ってた人間が窓を開けた可能性が、五分《ごぶ》はあると見ていいだろう。ひとりで運転していたんなら、はるばる助手席ごしに手を伸ばさなきゃならないからな。いったい、どうしてわざわざそんなことをする必要がある?」

「なるほど。ほかにもまだ何か?」

「ああ。もうひとつな。リチャード・プライスの最後の言葉だ。『もう遅いのに』ってやつさ。どうも奇妙だと、あんたは思わなかったのか?」

「どこが奇妙なんだ?」

「だって、日曜の夜八時だろう。思わぬ人物が訪ねてきたとはいっても、知ってる相手だ。中に招き入れて、飲みものを出してるくらいだからな。たしかに、暗くはなってただろうさ——冬時間になったばかりだし——だが、けっして遅くはないだろうよ」

「じゃ、それもスティーヴン・スペンサーのでっちあげだっていうのか？」

「それはどうかな。おそらく、その話は本当だろう。だが、奇妙なことには変わりない。ひょっとしたら、プライスが言った〝遅い〟は、時間のことじゃないのかもな。何か別のことを意味してたのかもしれない」

わたしたちはこんな会話を交わしながら、警察の車や鑑識課員たちを後ろに残し、フィッツロイ・パークをたどりはじめた。ここまで乗ってきたタクシーも、いまだメーターを回しながらわたしたちを待っている。運転手は新聞を読んでいた。来たときに折れた交差点を通りすぎる。目の前には女性用の遊泳池やそのほかの池が点在する、ハムステッド・ヒースの裏側の景色が広がっていた。そこからほんの数歩で、《ローズ・コテージ》に到着する。その名のとおり、たしかにピンクの美しい家で、道から引っこんで花と茂みになかば埋もれ、自分だけの小さな世界にこもっているかのようだ。もっとも、来《きた》るべき冬に備え、すべてのバラは刈りこまれていた。ホーソーンが歩みより、玄関の呼鈴を鳴らすと、すぐさま家のどこかで犬の鳴きたてる声が聞こえてくる。

長いこと待たされた後、八十代くらいの男性がドアを開けた。はおっているのは、麺棒で編んだのかと思うほどゆるゆるのカーディガンだ。そこに立っているだけでも、みるみるカーディガンの中で縮んでいるかのように見える。犬の姿はどこにもなかったが、どこかの部屋に閉じこめられたまま、いまだに玄関の外に向かって吠えたてていた。

「ミスター・フェアチャイルド？」ホーソーンが尋ねた。

「ああ。例の殺人の件かね?」老人の高い声は、まるで質問するだけでなく、何もかも疑ってかかっているかのように響いた。「知っていることは、すべて警察に話したんだがね」

「われわれは警察に協力してましてね。ほんの数分、時間を割《さ》いていただければ助かるんですが」

「話してもいいが、家に上がってもらうわけにはいかん、すまんがね。ルーファスは知らん人間を嫌うのでな」

ルーファスというのは、おそらく犬の名前だろう。

「なんでも、昨夜おたくは何ものかが《サギの泳跡》へ向かうのを目撃したそうですね」

「《サギの泳跡》だって?」

「リチャード・プライスの家ですよ」

「なるほど。あの男の家なら知っとるよ」老人は咳ばらいをした。「その野郎がヒースから出てきたのは、わしがちょうど家に帰りついたときだった。わしはいつも、夕食を終えてから寝るまでの間に、ルーファスを散歩に連れ出すのでね。そんなに歩くわけじゃない。すぐそこのボウリング・クラブまで行って、また戻ってくるだけさ。それだけあれば、ルーファスも用を足せる……そういうことだ」

「それで、何を見たんです?」

「たいして何も見ちゃおらん。もう暗かったしな。誰かがヒースから出てきたというだけだ、懐中電灯を持ってな」

「懐中電灯？」ホーソーンは驚いたようだった。

「聞こえなかったかね？　言ったとおりだよ。その野郎は懐中電灯を持っておった。風体《ふうてい》がよく見えなかったのは、懐中電灯のせいだったといってもいい。光がまぶしくて、目がくらんでしまったのだ。距離もかなりあったしな」老人は《サギの泳跡》の先にある公園の門を指さした。「どうもおかしいとは思ったのだよ、夜のあんな時間にひとりでここを歩くとはな。動物も、何も連れていなかった。少なくとも、わしには何も見えなかったな」

「それが男だったというのはたしかですか？」

「何だって？　男か女かなんぞ、わしにわかるものかね。懐中電灯のせいで何も見えなかったのだからな」

「その〝野郎〟が懐中電灯を持っていたと、いましがた聞きましたがね！」ホーソーンは、ほとほとうんざりしているようだった。その目つきからも、真一文字に引きむすんだ唇からも、それとわかる。ホーソーンの肩を持つわけではないが、ヘンリー・フェアチャイルド老人には、どこかおそろしく相手をいらいらさせるところがあるのはたしかだった。グランショー警部が〝なかなか素敵〟と評したのは、きわめつけの皮肉だったにちがいない。

「男か女かなんぞ、わしにはわからんし、何色の服を着ていたかなんぞと訊かれても、それもわからん。もう、何もかも警察には話したんだがね。そいつに気づいたのは、わしが家に入ろうとしたときだった。だが、そのときはとくに何も気にはならなかったのだよ、今朝になって、殺人事件やら警察やら何やら大騒ぎなのを見るまではな」

「何か聞こえませんでしたか?」

「何だって?」老人は片手で耳を囲いながら問いかえしたが、はからずも、その動作が質問の答えとなった。

「お気になさらず。最後に、あとひとつだけ。時間についてはたしかですかね?」

　老人は腕時計に目をやった。「三時十分前だ」

「そうじゃなくて」ホーソーンが声を張りあげる。「犬を連れて外に出た時間のことですよ。八時五分前だったと、警察に話しましたね。その時間に、まちがいはありませんか?」

「まちがいなく八時五分前だったよ。犬を出すのは夕食の後なんだが、わしは『鑑定します《アンティークス・》、あなたの骨董《ロードショー》』が始まる前に戻りたかったのでね、玄関を出るときに腕時計を見たのだ」

「ご協力に感謝しますよ、ミスター・フェアチャイルド」

「こうなったら、あの家も売りに出すしかないだろうな。言わせてもらえば、わしはこうした騒ぎは好かんのだ……どやどやと、こうして大勢の人間が集まってきたりな。平穏な、静かな暮らしをわしは愛しとるのだよ」

　家の奥では、ルーファスが声をかぎりにけたたましく吠えつづけている。

「でしょうね。まったく、うっかり殺されてしまうとは、プライス氏も軽率なことをしたものだ」皮肉たっぷりに、ホーソーンはうなずいた。

　わたしたちはまた、小径《こみち》を戻った。待たせておいたタクシーに乗るのかと思いきや、その脇を素通りし、そのまま《サギの泳跡》の前も通りすぎる。「いいか、どうにも意味が通らないんだ」歩きながら、ホーソーンはつぶやいた。「フェアチャイルドのじいさんが真実を言っていると仮定しよう、たとえ耳は遠く、目はしょぼしょぼだとしてもな。　問題は、昨夜が満月だったってことだ」

「そうだったのか？」

「ああ」ホーソーンは周囲を見まわした。「たしかに、このあたりはかなり暗くなってただろうが、そこまで暗くはなかったってことさ。フェアチャイルドのじいさんだって、懐中電灯は持ってなかった――少なくとも、持ってたとは言ってなかったよな。だとしたら、謎の訪問者にはなぜ懐中電灯が必要だった？」

「家がわからなかったんじゃないかな」わたしは言ってみた。「屋号を読まなきゃならなかったのかもしれない」

ホーソーンは考えこんだ。「まあ、それもひとつの可能性ではあるな、トニー」

わたしたちはハムステッド・ヒースへの入口となる門にたどりついた。謎の訪問者は、ここから姿を現したのだ。目の前には草地が広がっており、十月の湿っぽい空気をものともせずに数人が散歩を楽しんでいた。わたし自身、もう十三年間にわたって犬を飼っており、ときにはここまで散歩にくることもある。左に向かえばケンウッドだし、まっすぐ進めばハムステッドやハイゲートにつながる広い道路、ハムステッド・レーンに出る。この一ヵ月はかなり雨が降ったので、大きな水たまりがわたしたちの行く手をふさぐように広がっていた。懐中電灯を手にした謎の人物が誰であろうと、ここを歩くにはかなり足もとを注意しなくてはならなかっただろう。そもそも、プライスの自宅の床に、泥のついた足跡がまったく残っていなかったのも驚きだ。ひょっとして、犯人は靴を脱いだのだろうか？

ホーソーンが同じ結論にたどりついたかどうか、わたしには知る由もなかった。深く考えに沈んでいるものの、いったい何を考えているのか、こちらに話してきかせる気はさらさらないらしい。

「さて、これからどうする？」わたしは尋ねた。

「きょうはこれで終わりだ。おれは、ハムステッド駅で降ろしてもらえればいいよ。明日、《メイスフィールド・プライス・ターンブル》法律事務所で会おう。捜査のとっかかりとして、まずはそこがいいだろうと思うんだ……少なくとも、アキラ・アンノの居場所がつかめるまではな。居場所がわかったところで、どうせグランショーが真っ先に話を聞きにいくんだろうし」

「実をいうと、明日はオールド・ヴィック劇場で会議があってね」と、わたし。「よかったら、朝十時にきみのところに迎えにいこうか？　そこから、いっしょに《メイスフィールド・プライス・ターンブル》に行けばいい」

ホーソーンは考えこんだ。乗り気でないのは明らかだったが、やがてふっと表情を和らげ、肩をすくめる。「わかったよ。まあ、いいさ……」

わたしたちは歩いてタクシーに戻った。メーターに目をやると、すでに六十ポンドを超えている。いつものことだが、これもわたしの支払いになるのはわかっていた。コーヒー代とタクシー代については、いつだってホーソーンはなかなか自分の財布に手を伸ばそうとはしないのだ。だが、そんなことはもはや気にならなかった。自分でも驚きではあったが、わたしはもう、すっかり興味をそそられていたのだ。あの壁に描かれた数字の意味は？　なぜ、スティーヴン・スペンサーは嘘をついたのだろう？　いったい誰がどんな理由でリチャード・プライスを殺したのか、真実が知りたくてたまらない。

この時点で、わたしはすでに手がかりを三つ見のがし、二つ読みちがえていた。

そして、さらに事態は悪化していく。

5　《メイスフィールド・プライス・ターンブル》

オールド・ヴィック劇場は、わたしの愛してやまない特別な場所だ。ロンドンでもっとも美しい劇場で、十代のころから通いつめていた。『ヘッダ・ガーブレル』に出演していたマギー・スミスや、『ザ・パーティ』のローレンス・オリヴィエ、トム・ストッパード作『ジャンパーズ』ワールド・プレミアでのダイアナ・リグを見ようと、立ち見席の切符を買いに並んだときの記憶は、いまでも鮮やかによみがえる。初めて書いた子ども向けの本が出版されるより前から、わたしはずっと戯曲を書きたかった。まるで魔法をかけられるかのような演劇の魅力はよく理解していたから、劇場の理事会に入らないかと誘いを受けたときには、ふたつ返事で引き受けたものだ――財務についても、安全衛生についても、慈善事業法についても、ほとんど何も知らない状態だったのだが。

とはいえ、その火曜の朝、会議があるというのは嘘だった。わたしのアパートメントから歩いてたった十分、ブラックフライアーズ橋を渡った先にあるホーソーンの住まい、リヴァー・コートに寄る口実がほしかっただけだ。

ホーソーンについて、わたしはもっと知りたかった。どうして階段から小児性愛者を突き落とし、刑事という仕事をふいにしてしまったのか。どうしてシンガポールに住む家主に代わり、あのがらんとしたアパートメントの部屋の管理をするため、ひとりあそこで暮らすことになったのか。半分だけ血のつながった不動産業者の兄の仲介だと、あのとき説明はされたものの、そんな取り決めはめったにあるものではない。別居中の妻は、わたしの本をまったく読まない十一歳の息子とともに、ガンツ・ヒルに住んでいるという。どうやら、いまだにホーソーンとも折にふれて会っているらしい。ホーソーンには、ふたつの趣味がある。ひとつは《エアフィックス》のプラモデル、とりわけ第二次世界大戦時代のものを作ること。もうひとつ、さらに意外な一面としては、読書会にも参加しているらしい。

だが、ここまでに明らかになったこれらの情報も、どこか作りものくさく感じられる……見えているのは本人そのものではなく、その身にまとう衣服にすぎない気がするのだ。もしも、ホーソーンの本を第三作まで書くつもりなら（それどころか、あの男がさらなる事件を追っていくのなら、このシリーズももっと長くなるかもしれない）、当然のことながら、主人公についてもっと詳しく知っておく必要がある。過去に何らかのできごとがあり、そのためにホーソーンは心に傷を負っているのではないかと、わたしはすでに確信しつつあった。具体的には、いったい何が起きたのだろう。事情によっては、あの男の常軌を逸したふるまいに、多少なりとも同情の余地が生まれてくるかもしれない。だからこそ、わたしはどうしても真実が知りたかった。何の原因もなく、単純に生まれつき不愉快な性格の人間を主人公に据えるわけにはいかない。だからこそ、わたしはこれまでホーソーンを形容するのに、〝不愉快な〟という言葉をできるだけ使わずにきたのだ――たとえばさっきの〝へなへなした手首〟発言を耳にしたときのように、いっそ使ってしまいたいと思うことは多々あったのだが。

ある意味で、わたしはあの男の力になりたいと願っていた。自身の伝記作家として、ホーソーンはわたしを指名したのだ。それなら、できるだけ共感のこもった視点であの男を描いてやりたいではないか。だが、問題なのは、ホーソーン本人が自分の個人的な事柄、私生活にかかわる事柄を、病的なまでにわたしから隠そうとしている点だ。ホーソーンの住まいにこうしてふたたび足を踏み入れる機会をつかんだからには、あの男がどうして現在のような性格となるにいたったのか、どんなことでもいい、手がかりとなるものをつかみたい。わたし自身、これだけいろいろな目に遭わされ、やめておいたほうがいいと第六感がさんざんささやいているのにもかかわらず、いつしかホーソーンを好きになりはじめているのはなぜなのか、その理由が知りたかった。

リヴァー・コートは一九七〇年代竣工、無数の四角形が寄り集まったずんぐりとした建物で、さして美しくは見えないベージュ色のバルコニーと、それでもテムズ川のほとりならではの景色を見晴らす、絶好の位置に陣どった長方形の窓たちを組みあわせたデザインが特徴だ。国立劇場をはじめ、数多くの劇場や美術館の集まるサウス・バンクへ向かうため、わたしはこれまで何度となく、それと知らずにこの建物の前を歩いてきた。これもまた、ロンドン暮らしの楽しみのひとつといえるかもしれない。興味ぶかい建物がぎっしりと詰まった、この巨大な都市では、思わぬ発見に驚かされることがしょっちゅうなのだ。こうしているいまも、たとえば自宅からほんの数分の小径を歩いてみれば、これまで存在も知らなかった建物との出会いがあるにちがいない。

翌日、わたしは約束より二十分早くリヴァー・コートに到着した。呼鈴を鳴らしても、中に入れてもらえないだろうことはわかっている。道路で待っていろとインターコムごしに指示され、せっかくの目論見も失敗に終わるというわけだ。だが、わたしはそれほど間抜けではない。住人の誰かが中から姿を現すのをじっと待ち、頃合いを見はからって、この建物とはまったく関係のない鍵をポケットから取り出してみせる。だが、そこで住人がドアを開けるのを見てにっこりし、ドアがふたたび閉まる前に押さえると、何食わぬ顔で中に入るというわけだ。

十二階へ向かうべくエレベーターを待ちながら、わたしはしてやったりとばかり、得意の絶頂にいた。だが、ひとりそこに立ちつくすうち、しだいに不安が忍びよってくる。何をねらってわたしが乗りこんできたのか、ホーソーンはすぐさま見抜くことだろう。これまでにも何度となく、あの男から皮肉を浴びせられたり、苛立《いらだ》ちをぶつけられたりしてきたが、心底からの怒りを買ってしまったことは、いまだかつて一度もない。だが、それもきょうまでのこととなるのだろうか。いや、それはあまりに残念すぎる。ホーソーンのほうこそ、このわたしを必要としているのに。別の作家に頼んだっていいのだと、これまで何度か脅されてはきたものの、あの男の伝記作家が務まる人間がそう簡単に見つかるとは、わたしにはとうてい思えなかった。

最上階に到着し、エレベーターの扉が開くやいなや、話し声が聞こえてくる。片方はホーソーンの声だ——誰かに別れの挨拶をしているらしい。こんなにも早く、まだ午前九時四十五分だというのに、部屋を訪ねてきた人物を送り出そうとしているのだ。向こうに気づかれないようエレベーターの中に身を隠したまま、そっと様子をうかがうと、そこには十八か十九歳くらいの青年がいた。もっとも、年齢にはさほど確信は持てない。距離もあったし、何よりその青年は電動車椅子に乗っていたからだ。それに加えて目を惹いたのは、青年がインド系、あるいはベンガル系であること、何型かはわからないが、一見して筋ジストロフィーを患《わずら》っているらしいこと。片手には車椅子のコントローラーが握られ、もう片手は膝の上に置かれている。人工呼吸器は装着していないものの、胸にはプラスティック製のボトルが取りつけられ、唇に届く位置へストローが伸びていた。短く刈りそろえた黒っぽい髪、まばらな頬ひげと口ひげ。そのひげがなければ、端整な頬骨に鋭い目、ヴァレンティノのような唇という映画スターのような整った顔立ちが、はるかに引き立って見えただろうに。

「じゃ、そういうことで。またな」ホーソーンの声が聞こえる。

「ありがとう、ミスター・ホーソーン」

「こちらこそ、ケヴィン。あんたがいなけりゃ、さすがにこれは無理だったよ、相棒」

いったい、何が無理だったというのだろう？　プラモデル作りに関することだろうか？　いや、そんなはずはない。だが、車椅子に乗った青年に、いったいホーソーンがどんな助けを求めたというのだろう？　あの男の謎を解く手がかりを求めてここに乗りこんできたというのに、これだけの手間をかけたあげく、さらなる謎に出くわすことになろうとは。

「じゃ、また」

「ああ。おふくろさんによろしくな」

ホーソーンは部屋に戻ろうとはしなかった。そこに立ったまま、ケヴィンがエレベーターに向かうのを見まもっている。

通路のこのあたりが薄暗かったおかげで、とりあえずホーソーンには見つからずにすんだものの、わたしはエレベーターの中に隠れたまま、いささか面倒なことになってしまったのを悟っていた。ここから出たら、すぐにホーソーンに見つかり、わたしがこっそり様子を探っていたことがばれてしまう。かといって、こちらに車椅子でぐんぐん進んでくるケヴィンのほうは、エレベーターから降りようともせずに身をひそめているわたしを見たら、いったい何をしているのだろうとあやしむにちがいない。考えた結果、わたしはエレベーターから降りずにいようと心を決める。ケヴィンが乗りこんできた瞬間、わたしは直前にエレベーターに乗ったものの、さてどこの階へ向かうつもりだったか度忘れしてしまったという顔をして、じっとボタンの列を見つめていた。そして、一階のボタンを押す。

「四階をお願いします」ケヴィンはわたしの隣に、扉のほうを向いたまま車椅子を乗り入れた。

扉が閉まると、わたしたちはふたりきり、ごく狭い空間に閉じこめられたものの、車椅子に坐っているケヴィンとの間には多少の距離がある。ケヴィンの頭は、革張りのふたつのヘッドレストに支えられていた。言われたとおり、わたしは四階のボタンを押した。じれったいほどのろのろと、エレベーターが下りはじめる。

「自分でも押せるんですけどね」と、ケヴィン。「十二階に上がるのは難しいけど」

「それはどうして？」わたしは尋ねた。

「ボタンに手が届かないから」

これは子どもとエレベーターの昔ながらの冗談をもじったものだと、一瞬の後、わたしは気づいた。「きみはここに住んでいるの？」

「ええ、四階に」

「いいところだね」

「ええ、景色がね」ケヴィンはうなずいた。

「川のほとりだからね」

青年は眉をひそめた。「川って？」

一瞬、わたしは凍りついた。目の前の川に気づかないなんて、そんなことがありうるのだろうか？　ひょっとしたら、それも障害のせいで？　そのとき、にやにやしているケヴィンと目が合い、わたしはまたしても冗談に乗せられたことに気づいた。やがて、ふたりとも黙りこんでじっと待つうち、エレベーターががたんと停まり、扉が開く。ケヴィンはレバーを前に倒し、車椅子を進めて通路に出た。

「いい一日を」わたしは声をかけた。いかにも米国ふうな挨拶だが、近ごろは気がつくとつい使ってしまう。

「あなたもね」

エレベーターはさらに下降し、一階に到着した。扉が開くと、上りのエレベーターを待っていた、どうやら夫婦らしいふたりが立っていて、降りようとしないわたしを見て怪訝《けげん》な顔をする。「押しまちがえましてね！」わたしは弱々しくつぶやいてみせた。ふたりはエレベーターに乗りこみ、おそらくは夫婦の住まいがあるだろう十階で降りていった。ふたたび扉が閉まり、やがて、ずいぶん無駄に時間を使ってしまったような気がするが、ようやく本来の目的の階に戻ってくる。

わたしはまっすぐホーソーンの部屋に向かい、呼鈴を押した。間髪をいれずドアが開き、いつでも出られるよう、すでにレインコートを腕に掛けていたホーソーンが姿を現す。わたしを見ても、さほど驚いた様子はなかった。もともと約束の時間より早く押しかけるつもりだったのに、エレベーターで下りたり上ったりしているうちに、いつしかほぼ時間どおりの到着となってしまっていたのだ。

「下の呼鈴を押してくれればよかったのに」ホーソーンは機嫌よく口を開いた。「わざわざ上ってこなくても」先に立って通路を歩き、ボタンを押してエレベーターを呼ぶ。「オールド・ヴィック劇場の会議はどうだった？」

「おもしろかったよ。来週は理事会があるんだ」

「まあ、おれたちの本を書く時間さえ確保してくれれば、後はどうでもいいが……」

「きみはそう言うと思ったよ」ホーソーンには嫌味など通用しない。本人はこんなにも嫌味たらたらなのに、自分に向けられた嫌味には驚くほど気づかないのだ。

エレベーターの扉が開く。わたしはもう、そろそろこの眺めにうんざりしはじめていた。またしても下降しはじめたエレベーターは十階で停まり、さっきこの階で降りた夫婦がまた乗りこんできて、わたしは息を呑んだ。ふたりは怪訝な顔でこちらをじっと見たものの、何も言わずにいてくれた。ホーソーンとは、とくに面識はないらしい。

ようやく建物を出たときには、わたしは心からほっとしていた。「先方は、わたしたちが行くのを知っているのか？」

「《メイスフィールド・プライス・ターンブル》の連中か？　ああ、知ってる。オリヴァー・メイスフィールドに電話しておいたよ。事務所はこの川を渡ってすぐのところにある……チャンスリー・レーンを折れてすぐだ」

「だったら、歩いていけるな」

ケヴィンは歩くことができない。異なる文化圏からやってきた、障害を持つ十代の若者。いったい、ホーソーンの部屋で何をしていたのだろう？　ふたりの会話は、まるで古い友人どうしのように聞こえた。事情を訊きたくてたまらなかったが、当然ながらそんなことを訊けるはずはない。

目的地に着くまで、わたしの頭はそのことでいっぱいだった。

ホーソーンの住まいを訪ねるために渡ったブラックフライアーズ橋を、またしても歩いて戻る。《メイスフィールド・プライス・ターンブル》の事務所は、中央ロンドン県裁判所の裏のケアリー・ストリートにあった。わたしの住まいから、すぐ先の角を曲がったところだ。ロンドンのこのあたりは法曹関係者が集まるところで、そのことを誰の目にも明らかにしようとしているかのようだ。最近のより現代的な建物でさえ、けっして奇をてらうことなく、どこまでも伝統を受け継ぐ意匠が守られている。

《メイスフィールド・プライス・ターンブル》の事務所は、かつて貴族の町屋敷だった美しい建物を、それぞれ専門分野を持つ法律事務所二社と分けあい、いちばん上のふたつの階を使っていた。古風なアーチ、切妻の軒下を飾る彫刻といった十九世紀の建物に、ゆったりとした開放的な空間をガラスの引き戸で仕切った二十一世紀の法律事務所が納まっているというわけだ。愛想のいい若い秘書の案内で角部屋の執務室に通されると、磨きあげられた重々しい机の向こうに、オリヴァー・メイスフィールドがわたしたちを待っていた。ここはもっぱら離婚をあつかう法律事務所だそうで――いわゆる婚姻法の専門家というわけだ――ひょっとしたら、悲嘆や憤怒《ふんぬ》に衝き動かされた依頼人から身を守るため、頑丈な防壁が必要なのかもしれない。

わたしたちを見て、メイスフィールドは立ちあがった。年齢は五十歳くらいだろうか、仕立屋であつらえた上質なスーツをまとった、いかにも押し出しのいい黒人男性で、丸みを帯びた額、こめかみのあたりに白いものが交じりはじめた黒髪も、まさにこの職業と地位にふさわしい。もともと飛び抜けて陽気な気質なのか、共同代表者が暴力的に殺された件でわれわれが話を聞きにきているというのに、機嫌のよさをどうにも隠しきれないように見える。目がきらきらと輝いていたというのは、けっしてただの慣用表現ではない。こんな場合に当然と思われる、いかにも沈痛で気づかわしげな表情を浮かべてみせてはいても、次の瞬間いきなり大声で笑い出し、わたしたちを抱擁して、一杯やりにいきましょうと誘いそうな雰囲気だ。

「さあ、どうぞ！　どうぞ、お入りになって」わたしたちはすでに部屋に入っているというのに、そんなふうに話を切り出す。いっそ芝居がかっていると形容してもいいくらい、朗々とよく響く声だ。「そこにかけてください。昨夜、警察のかたにも話したんですがね……まったくひどい話です。リチャードも可哀相に！　あいつとは長いこといっしょに働いてきましたからね。わたしにできることでしたら何でもやりますよ、ええ、喜んで！　コーヒーかお茶はいかがです？　え、いらない？　じめじめと鬱陶《うっとう》しい天気ですな。じゃ、せめてお水でも？」

わたしたちが腰をおろす間に、メイスフィールドは壁ぎわのテーブルに歩みよると、置いてあったボトルを手にとり、ふたつのグラスに水を注いだ。そのグラスをわたしたちに渡すと、また机の向こうに戻り、口を開く。「どこから始めましょうか？」

「プライス氏と最後に話したのはいつです？」ホーソーンが切り出した。

「日曜でしたね、事件の当日ですよ。夕方六時くらいのことでした」

「プライス氏から電話があったと」

「ええ、そのとおり」オリヴァー・メイスフィールドは大きなため息をついた。やることなすこと、すべてが普通よりいささか大げさすぎる印象だ。「わたしがどれほどつらい気持ちか、とうてい言葉では説明できませんよ。あいつはわたしに、助言がほしいと電話をしてきたんです。それなのに、ちゃんと話ができなかったんですよ」顔をしかめる。「わたしはちょうど、家内と音楽会を聴きにアルバート・ホールへ出かけるところでした。モーツァルトの『レクイエム』をね。最後の電話が、あんな間の悪いときにかかってくるなんて」

「それで、プライス氏は何と？」

「たいして、何も。つい最近の案件について懸念があると、以前から一度か二度うちあけられてはいたんです」ホーソーンの先回りをするかのように、メイスフィールドは補足した。「ロックウッド夫妻の離婚の件ですよ。ほら、ご存じのとおり、われわれには依頼人の秘密を守る義務がありますが、この件についてはすでにいろいろと世間にも明らかになっていますからね。これからお話しすることはすべて、あなたがたも簡単に調べられる事実ばかりです」

まずはこうして予防線を張った後、うちあけ話が始まる。

「本件の依頼人はエイドリアン・ロックウッド。妻のアキラ・アンノの理不尽なふるまいを理由に、離婚したいというご希望でしてね。詳しいことは説明するまでもないでしょう、新聞にあれこれ書きたてられていましたから。結局、つい先ごろ中央家庭裁判所で離婚が成立しましてね、その合意内容は、こう言っては何ですが、うちの依頼人にかなり有利なものとなったんですよ。十六日の水曜のことでした。ご想像のとおり、ミズ・アンノはこのなりゆきに――ひかえめに形容しても――かなり気分を害されたんですが、そんなとき、ほんの四、五日後のこと、リチャードとたまたまレストランで顔を合わせてしまったんですよ。オールドウィッチにある《ドローネー》という店でね。その結果、ミズ・アンノはいわゆる〝一般暴行〟と呼ばれる行為におよんでしまって。リチャードがその気になれば、おそらくはかなり厳しい立場に追いこまれることとなったはずですよ」

「たしか、プライス氏にワインをぶちまけたんでしたね」

「ええ、そのとおり」

「そして、脅迫もしたと」

「リチャードを罵《ののし》り、ボトルで襲ってやるという意味の言葉を投げつけたそうです。愚かしいふるまいではありますが、あの女性はもともと興奮しやすいたちですし、まあ理解はできますよ」

「プライス氏は懸念を抱いてたという話でしたね。詳しく聞かせてもらえますか？」ホーソーンは切りこんだ。

「はっきりしたことはわかりません。わたしは直接の担当ではありませんでしたからね。ただ、どうやら不実開示があったのではないかとリチャードは疑っており、いっそ合意を破棄すべきかとまで考えていたようです」

「恐縮ですが、ミスター・メイスフィールド、外国語は使わないでもらえますかね」

弁護士の目がすっと細くなり、先ほどまでの愛想のよさが幾分《いくぶん》か薄れた。「外国語など、もともと使ってはいませんよ、ミスター・ホーソーン。しかし、そんなふうにおっしゃるなら、引退した警察官だかなんだか知りませんが、そういうかたにも理解できるように説明しましょうか」

わたしは思わずにやりとしてしまい、その笑みがホーソーンに見えないよう、そっと顔をそむけた。

メイスフィールドは続けた。「高収入の夫婦が離婚する場合には、夫と妻のどちらも自分の収入、年金、預金額、不動産……つまり、総資産の目録を作らなくてはなりません。われわれの用語でいわゆるE用紙に、全項目を書き出すんですよ。このとき、往々にして夫か妻のどちらかが資産の一部を隠そうとすることがありましてね。これが露見すると、離婚の合意は——まとまったのが法廷内であろうと、法廷外であろうと——無効となり、双方とも最初からやりなおすことになります」咳ばらいをする。「これが合意の破棄です。ミズ・アンノには、目録に載せなかった収入源があるのではないかと、リチャードはにらんでいましてね。そのため《ナビガント》にも連絡し——」

「《ナビガント》というと？」

「ロンドンにあるコンサルティング会社ですよ。一流の財務監査の専門家がそろっていて、うちもよく依頼しています」

「では、その会社にアキラ・アンノを調べさせたわけですね？」

「ええ、調査を開始したのは事実です。ただ、途中でその必要がなくなりましてね。おそらくはミズ・アンノが自分の弁護士からの助言を聞き入れたんでしょう、ＦＤＲの直後、ロックウッド氏の条件を受け入れたので」

「ＦＤＲというのは？」今度はわたしが質問する。ホーソーンばかりを矢面《やおもて》に立たせるのが、さすがに気の毒になったのだ。

「ああ、すみませんね。金融分野における裁判外紛争解決《ファイナンシャル・ディスピュート・レゾリューション》のことです。まず理解していただきたいのですが、われわれとしては、依頼人が離婚裁判の最終審問まで進まないよう、ありとあらゆる手を尽くすんですよ。その前に合意を結ぶことができれば、それはもう何千ポンド、ことによっては何十万ポンドもの節約になりますからね。この件もそうなったということです。有利な立場にいるうちに終わりにしたほうがいいと、リチャードがミズ・アンノ側を説得したんですよ」メイスフィールドは両手の指を組みあわせた。「たしかに、ミズ・アンノにとっては手放しで歓迎できる結果ではなかったのでしょう――数日後に起きたことを考えればね。とはいえ、受け入れられないのはわかりますが、あれはミズ・アンノにとって最善ともいっていい結果だったんですよ」

「そうなると、ここがわからないんですがね」ホーソーンが口を開く。「この件はもう決着してる。リチャード・プライスは思いどおりの合意をまとめあげたわけだ。依頼人も満足し――」

「ロックウッド氏は大喜びでしたね」

「だとしたら、こうしてすべてが決着したってのに、日曜の夕方、プライス氏はどうしておたくに電話をかけてきたんです？」

「それぱっかりは、残念ながらわたしにもわかりませんね」

「プライス氏は何も言ってなかったんですか？」

メイスフィールドから何らかの情報が得られるとは、わたしは思っていなかった。依頼人の秘密厳守という原則と、ひとりの人間としての責任感、そしておそらくはホーソーンに対するうっすらとした嫌悪感に引き裂かれ、いかにも答えたくなさそうだったからだ。だが、最後には良心の呵責《かしやく》に耐えかねたらしく口を開く。

「リチャードの話を、もっとちゃんと聞いてやればよかったんだ！」メイスフィールドは叫んだ。「わたしが、どんなに自分を責めているか——しかし、先ほどお話ししたように、わたしは音楽会へ向かう途中で、開演に遅れたくなかったんですよ。話したのはほんの短い時間で、リチャードが動揺しているのは伝わってきましたがね。法曹協会の倫理問題ホットラインに相談してみようかと言っていましたよ。法曹協会となると、いわばわれわれのような事務所を管理する上位組織ですからね。そこに相談するというのは、かなり深刻な状況です」

「つまり、合意破棄にもつながりかねないと」

「ええ、そうなりますね。しかし、すでにこちら側が勝利を収めているというのに、合意破棄などする必要がどこにあります？　ミズ・アンノにしたところで、すでにそれなりの大金をせしめているわけでね、合意をいまさらひっくり返しても、何も変わりはしないでしょうに。もちろん、それが虚偽申告によって不当に前夫からもぎとった金だというのなら、話はまた別ですが、だとしても、しょせんうちの事務所が心配するようなことじゃありませんからね」

「それで、おたくはプライス氏に何と答えたんですか？」

「せっかく決着した件をいまさら蒸しかえしても仕方がない、そのことは月曜に話そうと、まあ、そんなところでしたね。楽しい夜をすごしてくれと告げて、電話を切りました」

リチャード・プライスは、楽しい夜などすごすべくもなかった。そして、月曜はついにやってこなかったのだ。

「プライス氏は、どうして〝なまくらな剃刀《ブラント・かみそり》〟などと呼ばれていたんですか？」わたしは尋ねた――ふいにのしかかってきた沈黙に耐えきれず、とりあえず頭に浮かんだことを口に出しただけではあったが。

メイスフィールドはにっこりし、わたしを見てうなずいた。「すばらしい質問ですね。それにお答えすることで、いま問題となっている件についても、かなりの程度まで説明がつくかもしれません。本来なら、われわれはそんな通り名など、とりたてて気にはしないんですよ。だが、リチャードはこれまで一度か二度、世間に知られた人物の依頼を引き受けていまして、そのときにマスコミから付けられた通り名がそのまま定着してしまったんです。リチャードはまぎれもなく鋭い剃刀でしたが、実直すぎるほど律儀な人間でもありました。どんな形であれ不審な点のある依頼人は引き受けたがりませんでしたし、また、何か思うところがあれば、つねに率直な言葉で相手に告げるんです。そのせいで、ミズ・アンノはずいぶん気分を害されたようですね。リチャードが書き送った文章はしごくまっとうな、しかるべき手続きに則ったものだったのですが、おそらくは言葉の選びかたが直截《ブラント》すぎたのでしょう」

「あえて言葉を飾らず、馬鹿を馬鹿と呼んでたってことですね」と、ホーソーン。

「わたしなら、そんな言いかたはしませんが。でも、まあ、そういうことです。リチャードは率直な人間でした。だからこそ、何か心にかかることがあれば、週末でもわたしに電話をしてきたのは、いかにもあいつらしい行動だったんです」メイスフィールドは頭を振った。「もっと真剣に話を聞くべきだったのに、とうてい自分が許せませんよ。リチャードとは、もう二十年近くいっしょに働いてきたんです。もともと《クリフォード・チャンス法律事務所》の同僚で、その後いっしょに独立を決めましてね。モーリスは衝撃のあまり、きょうは出社できなかったくらいです」

「モーリスというのは？」

「モーリス・ターンブル。もうひとりの共同代表者ですよ」

しばしの沈黙が広がるなか、この事務所がひどく静まりかえっていることを、わたしはいまさらながら意識していた。ケアリー・ストリートを行き交っているであろう車の音も、二重窓にきっちり遮断され、部屋の中には入ってこない。ガラスの仕切りの向こうには、秘書や補助職員たちが働いているのが見えるが、まるで音量を落とした映画を見ているかのようだ。わたしの経験からいうと、法律事務所はどこも静かなものと相場が決まっている。話し言葉で巨万の富を稼ぐ人種だからこそ、お互いの間では口数が少なくなるのだろうか。

これで事情聴取も終わり、あとは帰るだけだと思ったそのとき、ホーソーンがふいに口を開き、驚くような質問をぶつけた。「最後にひとつだけ、ミスター・メイスフィールド。亡くなった同僚の遺言については、何も話してはもらえないんでしょうね？」

遺言。それまでわたしが考えてもみなかった事柄ではあるが、たしかにリチャード・プライスはかなりの財産を持っていたはずだ。フィッツロイ・パークの自宅や、その壁に飾られていた高価な美術品の数々、クラクトン・オン・シーにあるという別荘、二台の高級車、ほかにもまだまだあるにちがいない。

「実をいうと、その件についてはほんの二、三週間前に、リチャードと話しあったところでしてね。遺言の執行者はわたしなので、リチャードの最後の望みについては、もちろんよく存じています」

話の続きを、ホーソーンはしばし待った。「それで、最後の望みというのは？」

またしても、メイスフィールドはためらった。ホーソーンに反感は抱いているものの、結局のところ、そんな理由で口をつぐんではいられないと判断するだけのわきまえはあるようだ。

「財産の大部分は連れあいが相続することになっています。北ロンドンの自宅と、クラクトン・オン・シーの別荘も含めてね。寄付先として、かなりの数の慈善団体も挙げられていましたが、連れあい以外の大きな遺贈先としてはたった一件、ダヴィーナ・リチャードスン夫人に十万ポンドほどを遺すと記されていました。もしも夫人の話を聞きたいということでしたら、秘書が住所をお教えしますよ」

「ええ、ぜひ話を聞きたいですとも」と、ホーソーン。その目に宿ったきらめきは、行く手に開いた新たな扉、聞きこみの新たな道筋をとらえたからこそなのだと、わたしにはわかっていた。「だが、プライス氏はその女性に対し、どうしてそんなに気前がよかったのか、まずはおたくから聞いておきたいんですがね」

「それはもう、わたしとはまったく関係のないことですから」わたしたちが訪ねてきたとき、あんなに陽気だったオリヴァー・メイスフィールドも、いまやそんな気分はきれいさっぱり吹き飛んでしまったかのようだ。ホーソーンと出会った人々は、えてしてこんな反応を示す。たとえるなら、ホーソーンは針、目撃者や容疑者はみな風船のようなものなのだろうか。「リチャードスン夫人はインテリア・デザイナーをしていましてね。リチャードとは古い友人で、息子の名付け親にもなってもらっているくらいです。電話番号をお教えしましょうか」コンピュータの画面に情報を呼び出し、紙片に書きうつすと、モニターごしにそれを差し出す。「それ以上のことは、本人から聞いてください」

事務所を出ようとしたとき、ホーソーンの携帯が鳴った。アキラ・アンノが見つかり、いますぐにでも話を聞けるという、グランショー警部からの連絡だった。

6　元妻側の主張

アキラ・アンノの住まいはホーランド・パークのどこかにあるという話だったが、わたしたちは自宅を訪ねなかった。おそらくは私生活に踏みこまれるのがいやだったのだろう、ノッティング・ヒル・ゲート署での事情聴取を希望するとの連絡があったのだ。ここはラッドブローク・グローヴの角に建つ、なかなか美しく印象的な警察署だったが、ロンドンの警察署の半分を閉鎖し、路上の制服警官を減らそうという華々しい計画の一端として、この原稿を書いている現在ではもう閉鎖されている。そんな計画のおかげで、ロンドンではナイフがらみの犯罪が急増したうえ、バイクに乗った引ったくりのせいで、路上でおちおち携帯も使えなくなってしまっているのだが。

グランショー警部がなぜ事情聴取にわれわれを呼んでくれたのか、わたしはどうにも理解できずにいた。前日の様子では、この捜査を一種の競争とみなし、必ず自分がホーソーンに勝ってみせると闘志を燃やしていたというのに。

「アンノって女が犯人にちがいないと、カーラは考えてるんだ」ホーソーンはそう説明した。

「だとしたら、なぜ？」

「自分が犯人を逮捕するつもりだからさ。おれを間抜けに仕立てあげたいんだ。おれもその場に居あわせた――しかし、自分が一歩先んじて犯人を挙げた、ってところを見せたいんだよ」

「きみはグランショー警部が嫌いなんだな」

「あんなやつ、誰だって嫌いだね」

わたしたちは身分証を見せ、警察署の中に通された。グランショー警部がこの事情聴取のために押さえていたのは、陰気な赤紫色に塗られた一階の取調室だった。窓には磨りガラスがはめられていて、外の景色は何も見えない。ねじで床に固定されたテーブル。プライス邸を彩《いろど》っていた《ファロー&ボール》社製の高級塗料などとは無縁の部屋だ。唯一の装飾は、壁に貼られた安全衛生庁の一連のポスターだけだった。

アキラ・アンノはどうにも居心地悪そうに、やたらごつごつとして頑丈な木の椅子の端にちょこんと腰かけていた。小柄な、どこか少年めいた女性だ。とりたてて背が低いというわけでもないのだが、まるで実物を縮小したかのような、いささか非現実的な雰囲気が漂っている。薄紫色を帯びた丸眼鏡をかけていても、漆黒《しっこく》の瞳の鋭い眼光は隠しきれない。眼鏡が載っているのは、陶器のような頰と、ひょっとして美容外科のメスさばきのおかげとも思える、とがった輪郭の鼻。あまりにまっすぐな黒髪は肩までの長さで、老いているようにも、若いようにも見える顔を縁どっている。出会った相手に人並みはずれて賢く聡明な印象を与えるのは、ひとつにはけっして笑わないせいもあるだろう。いまは明らかに不機嫌だ。オックスフォードから車を走らせ、ロンドンに戻ってきたばかりなのだという。元夫の弁護士が無惨な殺されかたをしたと知っても、とくに心を痛めるでもなく、むしろ自分がそれにかかわっているかもしれないと思われたことに怒り心頭のようだ。

わたしはこれまでに二度、アキラ・アンノと顔を合わせたことがある。

こう書いたからといって、わたしがアキラに、あるいはその作品に反感を抱いていたなどとは思ってほしくない。そもそもリチャード・プライスが殺された時点では、アキラの作品など、ほとんど読んだことはなかったのだから。せいぜい《ニュー・ステイツマン》誌に掲載されていた詩を二篇ほど読んだだけで、それもさっぱり意味がわからなかったものだ。初めて会ったのはエディンバラ文学祭。その六ヵ月後、ロンドンでの何かの出版記念パーティでもいっしょになった。女性の作品専門の出版社《ヴィラーゴ・プレス》のサイトで、プロフィールを調べてみたのはその後のことだ。それが、アキラについて抱いていた印象のすべてだった。

アキラ・アンノは一九六三年、ひとりっ子として東京に生まれる。銀行勤務の父の転勤で、九歳のときニューヨークへ引っ越し、以後はそこで育った。一九八六年、マサチューセッツ州のスミス大学を卒業し、それから間もなく小説『数多《あまた》の神々』でデビュー。「日本の鎌倉時代における女性の服従と家長制を描いた物語」だという。この小説は国境を越えた喝采を受け、熱狂的な書評が並んだものの、メリル・ストリープを主演に立てた長編映画への翻案は、さほど客足が伸びずに終わった。そのほか、よく知られた作品というと、『手水鉢《ちょうずばち》』『ヒロシマの涼風』、そして、米国での少女時代を回想して綴《つづ》ったという半自伝的小説『父がわたしを知ることはなかった』というところだろうか。そのほか、日本の詩である俳句をまとめた詩集も二冊出していて、最新の作品はつい今年の刊行。『二百句』という、中身そのままの題名だ。これまでの発言の中では「一冊の小説を書きあげるのには何年もかかる。自分にとってひとつひとつの言葉は、けっしてタペストリーのひと針ではない。どれも、それ自体がひとつのタペストリーだからだ」という言葉が世間に知られているが、実のところ、わたしには意味がよくわからない。

『数多の神々』映画化で撮影監督を務めた英国のカメラマン、マーカス・ブラントとの結婚を機にロンドンに移り、現在にいたる。しかし、夫から暴力を受け——この結婚生活については

《サンデー・タイムズ・マガジン》に九ページにわたって詳述され、後にBBCのドキュメンタリー番組『イマジン』の題材にもなった——二〇〇八年に離婚。子どもはいなかった。二年後の二〇一〇年、今度は不動産開発業者エイドリアン・ロックウッドと再婚し、多くの批評家の驚きが紙上を騒がせることとなる。

いつからか正確にはわからないが、アキラ・アンノは日本の伝統的宗教である神道、とりわけ生命のない物体にもある種の魂が宿るとするアニミズムの思想に傾倒するようになり、作品にもその影響が顕著に表れている。もっとも、わたしの知るかぎりでは、けっして神社に足しげく通っているわけではなく、それを言うなら神楽舞《かぐら》などを楽しんでいるわけでもないようだ。さらに他者性の本質を見すえること、生まれた地を離れ、まったく異なる文化の中で暮らすことから生じる二元的民族意識と断絶の感覚を探ることを、執筆の主題に据えているのだという。この最後の一文は、アキラのとある著作のカバーの折り返しから拝借した。

わたしが最初にアキラに紹介されたのは、エディンバラ文学祭で毎年恒例となっている作家のためのモンゴル風テント、ゲルの中でのことだった。このゲルはさほど大きくはないものの、静かでくつろげる場所で、コーヒーとちょっとした軽食が一日じゅう楽しめる——もう用済みとなって家に送りかえされていない作家なら、夜にはモルト・ウイスキーも供されるのだ。わたしは自分が書いた子ども向けの本について話すため、この文学祭に招かれていた。アキラ・アンノは詩の朗読会のため。わたしがひとりでゲルに腰をおちつけていたとき、ふいにアキラが出版社の社長、自分のエージェント、広報係、ふたりのジャーナリスト、カメラマン、そしてこの文学祭の総監督などの一団をしたがえ、どやどやとそこに入ってきたのだ。その日の恰好は、どうしたわけか男もののスリーピース・スーツに山高帽という組みあわせで、肩に留められた銀のブローチ――おそらくは日本の文字をかたどったものだろう――がなければ、まるでマグリットの絵から抜け出してきたような姿だった。

　そのとき、ゲルの中にはわたし以外にほとんど誰もいなかった。アキラが緑茶のカップを受けとり、いささかぐったりした卵とクレソンのサンドウィッチを断る。そのとき、わたしの存在に誰かが気づき、こちらは『女王陛下の少年スパイ！　アレックス』シリーズの著者ですとアキラに紹介したのだ。

「そう、それで？」

　これが、わたしにかけた最初の言葉だ。わたしはけっしてあの響きを忘れないだろう――そして、それに続く握手も。ほんの一瞬だけの、まったく気のない握手。すばらしいお仕事をされているんですね、などというようなことをわたしはつぶやいた。本心ではなかったが、何か言わなければどうにも場が持たなかったのだ。

「ありがとう。お会いできて何よりでした」この言葉のひとつひとつがタペストリーなのだとしたら、それはきっと剃刀鉄線《レザー・ワイヤー》で紡《つむ》いだタペストリーにちがいない。

　アキラはすでにもう、ほかにもっと誰か興味ぶかい人間はいないかと、わたしの肩ごしにゲルの中を物色するという、なんとも感じの悪い所業に出ていた。誰もいないことを見きわめると、さっさとわたしに背を向けて広報係と何ごとか相談し、まもなくまた一団を引き連れてゲルを出ていく。

　そのとき、わたしはさほど腹を立てたわけではないが、どうにも奇妙な印象は残った。文学祭という場は、どんなときもたいていはなごやかな雰囲気で、ぎすぎすと張りあうことはない。わざわざ喧嘩を売るような態度をとる作家になど、めったにお目にかかることはないのだ。だから、わたしもむやみに決めつけないことにした。ひょっとしたら、アキラは出番を控えて緊張していただけなのかもしれない。わたしだって同じだ。人前で話す経験をどれだけ積んでも、いつだって出番の前には気軽なおしゃべりなどできなくなる。そんなわたしを見て、無礼なやつだと腹を立てた人々も、これまで大勢いたことだろう。

　だが、それから数ヵ月後、出版記念パーティでふたたび顔を合わせたアキラに、またもや鼻であしらわれ、わたしもさすがにこれはわざとやっているのだろうと判断するほかはなかった。文学祭で会ったときのことはきれいに忘れてしまっていたようだったが、わたしが子ども向けの本を書いていると（あらためて）聞かされた瞬間、ふっとわたしへの興味が消える。文字どおり、その目に点《とも》っていた光が消えるのが見えたのだ。オノ・ヨーコふうの色つき眼鏡をかけるようになったのは、その後のことらしい。わたしにはいささか馬鹿げた趣味に思えるが。

　きょう、こうしてまた顔を合わせたアキラ・アンノは、いかにも高価そうな黒のパンツ・スーツに、淡いグレーの最高級カシミア織《パシュミナ》ストールを肩から片腕にかけて巻きつけている。向かいの席にはカーラ・グランショー警部が坐り、ダレンという名しか知らないもうひとりの刑事は部屋の脇に立って、もはや身体の一部のようなメモ帳を手に、しきりにガムを嚙《か》んでいる。

いや、ひょっとしたら噛んでいるふりをしているだけかもしれない。

グランショー警部はホーソーンを紹介したが、わたしにはひとことも触れなかった。まあ、おそらくはそのほうがよかったのだろう。ここにわたしが同席していることをアキラがどう思うか、まったく見当がつかなかったが、わたしの本に自分が登場させられるなどと聞いて、喜んでくれるとはとうてい思えない。そもそも、これは非公式の事情聴取なのだ。弁護士も同席してはいないし、あらかじめ権利の告知をすることもない。

「きょうはわざわざ署まで来ていただいてすみません」アキラに向かって、グランショー警部が切り出した。「ご承知のことと思いますが、リチャード・プライスが自宅で殺害されているのが昨日の朝に発見されましてね。いくつかお訊きしたいことがあるので、どうかご協力をお願いします」

アキラは肩をすくめた。「わたしで役に立てることがあるとは、とうてい思えないんですけれど。そもそも、プライス氏のことはほとんど知りません。元夫の代理人ではあったけれど、口をきいたこともありませんし。だいたい、話したいこともなかったんです。しょせん死を迎えた愛を食いものにして、他人の夢を壊すことを生業《なりわい》としていた人でしょう。ほかに、何を言えというんですか?」

おおよそ米国訛《なま》りではあるものの、かすかに日本人らしい抑揚も交じる、どうにも耳慣れない話しかた。柔らかい声には、まったく感情がこもっていない。ほとほとうんざりしているのが伝わってくる。

「あなたはプライス氏を脅しましたね」

「いいえ。そんなことはしていません」

「お言葉ですけどね、ミズ・アンノ、こちらは十月二十一日にレストラン《ドローネー》に居あわせた複数の目撃者の証言を得てるんですよ。その日、あなたもそこで食事をとっていた。レストランを出ようとしたとき、連れあいとテーブルについていたプライス氏に気づきましたね。そして、グラスのワインを氏にぶちまけた」

「頭から引っかけてやりました。当然の報いよ」

「氏をブタと呼び、ボトルで殴ってやると脅したそうですね」

「ただの冗談じゃないの！」その言葉には、ただならぬ敵意がこもっていた。まるで、誰の目にも明らかな事実をわざとグランショー警部が見すごして、自分に疑いをかけているといわんばかりだ。「わたしが引っかけたのは、グラスに残っていたほんの五、六センチぶんのワインだけ。そして、グラスで注文していて幸運だったわね、ボトルがあったらそっちを使ってやったのに、と言ったのよ。つまり、ボトル一本ぶんのワインを引っかけてやれたのに、という意味でね。ボトルで殴るとか、そんな意味じゃありません」

「プライス氏の殺されかたを見ると、その言葉の選びかたはいささか不穏当だったようですね」

アキラはしばし考えこんだ。レストランでのやりとりを頭の中で再生し、徹底的に分析しているのがわかる。まるで、あのできごとをひとつの短篇に――いや、俳句かもしれない――まとめあげようとしているかのように。漆黒の瞳の奥で、めまぐるしく動く思考。やがて、結論に達したところで口を開く。「自分の口にした言葉について、わたしは何ひとつ後悔はしていません。言ったでしょう。あれは冗談だったんだから」

「冗談にしても、あまりおもしろくはないようですが」

「冗談は必ずしもおもしろい必要はないと、わたしは考えているんです、警部。わたしの作品の中では、ユーモアというのは現状を覆すための道具にすぎないの。フランスの哲学者、アラン・バディウの著作を読めばわかることだけれど、そこでは冗談を、隠れていた真実を見出すための一種の破壊と定義しているんです。アランとは、以前ソルボンヌ大学でお会いしたことがあって。本当にすばらしいかたでした。敵を嘲《あざけ》ることにより、勝利を得る。そんな洞察を、アランはわたしに与えてくれたの。自分自身を正当化する必要など、わたしにはかけらもないけれど、わたしが《ドローネー》でしたことは、まさにその洞察に基づく行動だったのよ」

アキラ・アンノとアラン・バディウが深夜まで話しこむ姿を、わたしはまざまざと想像できた。ふたりでさぞかし大笑いしていたにちがいない。

「そのとき、あなたは誰と食事に来ていたんですか、ミズ・アンノ？」

「友人と」

「よかったら、その紳士の名を聞かせてもらえませんか」

「よかったら、その質問には答えずにおかせてもらいます。そもそも、紳士というのもまちがっているし。友人は女性よ」

グランショー警部は大きく息を吸いこんだ。そのかたわらでは、ダレンが何やら忙しくペンを走らせている。ふたりとも、相手からこんな口をきかれることに慣れてはいまい。「その食事のお相手が、もしもプライス氏に対するあなたの言葉を聞いていて、それは冗談だったと思うのなら、われわれにそう証言してもらえると、あなただって助かると思うんですがね」

「わかりました」アキラは肩をすくめた。「出版社の社長よ。ドーン・アダムズ」

「あなたの本を出している会社？」

「いいえ。ただの友人です」

ダレンはその名前をメモ帳に書き加え、下線を引いた。本筋とは関係のないこんなちょっとした情報を、なぜアキラはなかなか明かそうとしなかったのだろう。

「先週末はどこにいましたか、ミズ・アンノ？」

「リンドハーストの近くの別荘に。ここは、また別の友人の持ちものなの。わたしのヨガの講師よ」

「そのかたに確認はとれます？」

「ええ、誰かがワインのボトルで殴り殺していなければね」

おっと、またしてもアキラが現状を覆しにかかったようだ。

「リンドハーストでは、誰かといっしょだったんですかね？」ホーソーンが割って入る。

「リンドハーストの近く、よ」重要な言葉にきっちり傍点を振るかのような口調。「別荘は町からぽつんと離れたところにあって、わたしはひとりでそこにいました」

「そこを出たのは何時ごろでした？」またしてもホーソーン。この話を信じてはいないことが、わたしには見てとれた。

「月曜の朝七時半ごろ。フリートの近くでコーヒーを飲んだけれど、それ以外はどこにも寄らず、まっすぐ家に帰ってきたの。シャワーを浴びて着替え、またすぐ出かけました。オックスフォード大学で講義をして、あちらに一泊して。今朝ロンドンに帰ってきたら、警察がわたしを探していて、話を聞きたがっていると言われたのよ」アキラはグランショー警部を真っ向から見すえた。「正直な感想を言わせてもらうなら、わたしを探すのがそんなに難しかったはずはないでしょうに。この犯人を探すときには、もうちょっとうまくやってほしいものだけれど」

「コーヒーを飲んだのはどこです?」ダレンが尋ねた。

アキラはあくびを嚙みころした。「高速道路のサービスエリア。ずいぶん混んでいたから、わたしを見た人もそこそこいるはずよ。探してみてちょうだい」

「そうします」

「いったい、どんな理由でおたくはリチャード・プライスに腹を立てていたんです?」ホーソーンが口をはさんだ。アキラが軽蔑したような目を向けるのにもかまわず、何か言いかえされる前に、さらに言葉を継ぐ。「プライス氏のことはほとんど知らない、口をきいたこともないと、いましがた話してましたよね。プライス氏はおたくのご主人の代理人を務めた。聞いたところによると、ご主人は離婚の合意内容に大満足だったとか。そのことで、おたくはプライス氏を責めてるんですか?　レストランであんな目に遭わされて、プライス氏はおたくを窮地に追いこむことだってできたんだ。いったい、なぜあんなことをしたんです?」

アキラはあらためてパシュミナを自分の身体にしっかりと巻きなおし、それから口を開いた。

「リチャード・プライスは嘘つきだったからよ。あの弁護士はわたしの元夫の代理人となった。そして、依頼人を守るため、わたしに巧妙な嘘をつき、脅したの」

「それは、どういう意味で?」いかにも親身になって、真剣に興味を惹かれているかのような口調で尋ねたホーソーンに、さすがのアキラも意表を突かれたようだ。これもまた、ホーソーンの得意とする戦術だった。こんなふうにして、本来は言うつもりがなかったことまで、うっかり口を割らせてしまうのだ。

「お話しします。別に、知ってもらってかまわないしね、もう済んでしまったことだから。わたしは離婚を、自分自身の浄化の一過程としてとらえているの。シャワーの中にあえて踏みこまないかぎり、水は汚れを洗い流してはくれないのよ」

「なるほど」

いったん気持ちをおちつけると、アキラはまた口を開いた。「わたしはけっしてエイドリアン・ロックウッドと本当に結婚していたわけではないの。わたしの結婚相手は自分が作りあげた幻想、笑みを浮かべるチェシャ猫にすぎなかったのよ。それが真実なの、たとえ、気づくのに三年かかったとしてもね。わたしの最初の結婚は退歩にすぎませんでした。最初の夫のマーカスは、もう徹頭徹尾、自分しか愛せない人だった。いったいどこに共鳴してしまったのか、いまになってみると、どう考えてもわからない。あの人とロンドンに住むことになったせいで、わたしは生まれ故郷の東京から引き離されただけではなく、家であるニューヨークからも遠く離れることになってしまったの。まるで同心円のただ中へどこまでも落ちていき、螺旋を描くようにすべてのものから切り離されていくようだった。最後に残ったのはマーカスだけで、そうなることがあの人にはわかっていたのよ。その結果、あの人はわたしに対して好きなように力を振るうことができたわけ。マーカスのせいで、わたしの人生は惨《みじ》めなものとなってしまった。ようやくあの人のもとを去るだけの気力を奮いおこしたとき、わたしにはもう、何も残っていなかったの」

「あなたには、あなたの書いた本があるでしょう」つい、そんなふうに声をかけてしまい、わたしは自分にぎょっとした。やりとりに参加するつもりはなかったのだ。

「作家なんて、しょせんページに落ちる影のようなもの。そうね、たしかにわたしの作品は全世界で絶賛され、四十七ヵ国語に翻訳された。賞もたくさん獲ったしね。あなたもきっと、わたしの作品をよくご存じなんでしょう」

「えーと、実をいうと――」

「でも、わたし自身は何ものでもなかった」アキラはこぶしを固め、テーブルに叩きつけたが、あまりにほっそりした指、あまりに小さなこぶしでは、ほとんど何の音もしなかった。「内なる精神の営みも、自信も持てなかったの。そんなとき、パーティでエイドリアンに会って。不動産開発業者！　わたしの感受性から、ここまで異質な職業も思いつかないわね。何ひとつ魅力的には思えなかったけれど、それでもたしかに、わたしはあの人に惹かれてしまった。あんなにもやかましくて、陽気な人。お金もあった。そう、たしかにね。世界のあちこちに家や美しい車を持っていて、フランスのラ・カマルグにはヨットもあったくらい。もちろん、本なんてこれっぽっちも読まない人でね。文学になんて、何の興味も持っていないの。仕事上のおつきあいで、誰かを連れて演劇やオペラを観にいくことはあっても、何を観ているかなんてどうでもいいのよ。あの人にとっては、まったく意味のないことだったんだから。

エイドリアンが与えてくれた安全な場所で、わたしは自信をとりもどし、内なる自分を幾分《いくぶん》なりとも再発見することができた。あの人自身は、誰かの心の慰めとなるすべなど、何も知らなかったけれどね。もちろん、わたしのことを尊敬はしてくれていた。崇拝していた、というべきかな。あの人はあの人なりに、わたしを愛していたのかもしれない。でも、その愛はしょせん薄っぺらいものにすぎなかった」アキラはさっと髪をかきあげた。「わたしはそれでもよかったの」

「だとしたら、何がいけなかったんです?」ホーソーンが尋ねる。

アキラは肩をすくめた。「退屈しちゃったのね。作家、批評家、朗読詩人としての本格的な活動と、あの人の妻としての役割が、しだいに折りあいがつかなくなってきてしまって。あちらも情事をくりかえしていたし。おもしろい話なんて、何ひとつできないの。話すことといったら、商売のことばっかり! 本当に粗野な人」身ぶるいしてみせる。「気は短いし、乱暴なことだってしかねないし。身体を求められるのにも、気分が悪くなったくらい」

「でも、あなたがレストランでワインをかけた相手は、ご主人ではありませんでしたよね、ミズ・アンノ」と、グランショー警部。「ご主人の弁護士でした」

「そのことは、もうお話ししたはずよ。リチャード・プライスは嘘つきだったんです」アキラは目を閉じた。髪をばさりと垂らしたまま、両手をテーブルに広げて。ほんの一瞬、その姿はまるでヨガのレッスンの一場面のように見えた。「そもそも、あの合意内容もおかしかったのよ。わたしはけっして強欲じゃありません。道理がわからない人間でもないし。お金なんかなくても生きていけるもの。わたしがふんだんに費やして惜しまないのは、自分が綴る言葉だけ。だからこそ、望んだのはせいぜい、わたしのいまの暮らしかたと二軒の家を維持し、旅費やそのほかのかかりをまかなえる程度にすぎなかった。当然わたしが手にする権利のあるものを要求するため、法廷に出るのも辞さない覚悟でした。

でも、真実のわたしとはちがう姿をプライス氏がみなに描いてみせたせいで、わたしはそうできなくなってしまったの。あの弁護士はわたしを、ひどく卑小に見せかけた。この結婚生活にわたしは何も寄与していない、ただ傷ついた心の松葉杖代わりにエイドリアンを利用しただけ、というように。そんなものがなくても、わたしはひとりで歩ける人間よ！　ええ、たしかにあの人はわたしの必要を満たしてくれた、それは認めます。でも、わたしはあの人の人生に、それまで存在しなかった多くのものをもたらしたはず。わたしという水源から、あの人は心ゆくまで渇きを癒したのよ。わたしは寄生虫なんかじゃない！」この最後のひとことは、まさに怒りの炎を吐き出したかのようだった。「わたしがどうしても聴聞に持ちこむと主張しても、あまり共感は得られないだろうと、こちら側の弁護士は懸念していたの。わたしもう、それ以上は抵抗しなかった。女性抑圧の根底にあるのは、いつだって法律なんだもの。自分だけはうまくやれるなんて、思えるはずがないでしょう」

アキラは口をつぐんだが、グランショー警部は追及の手をゆるめなかった。「リチャード・プライスがあなたを調査していたことはご存じですか？」そもそも警部がそれを知っていたことに、わたしは驚いた。オリヴァー・メイスフィールドから話を聞いたにちがいない。

「いいえ」

「本当に？」

「プライス氏がわたしの印税やその他の収入について、興味を持っているらしいことは聞いています。でも、別に気にはならなかった。隠すことなんて、何もないから」

グランショー警部がちらりと目をやると、ホーソーンは小さくかぶりを振った。こちらも、これ以上の質問はないという意味だろう。「いずれ、もう一度お話をうかがうことになるかもしれません、ミズ・アンノ」警部は締めくくりにかかった。「ロンドンを離れるご予定は？」

「来週はオールドバラ詩歌祭に行きます」

「国外へは行かれないんですね？」

「ええ」

「それでは、また近いうちにご連絡します」

そこで、この事情聴取は終わるはずだったが、ふと気がつくと、アキラ・アンノがまじまじとこちらを見つめている。気づかれないようあわてて顔をそむけたものの、もう遅すぎた。わたしを思い出した瞬間、アキラの表情がはっきりと変わる。

「あなた、知っている顔ね！」大声で叫ぶ。「前に会っているでしょ」

わたしは何も言えずにいた。どうしようもなく居たたまれないのに、ホーソーンもグランショー警部も、いっこうに助け船を出してくれる気配はない。

「作家だったのね！」その言葉には、敬意のかけらもなかった。「いったい、ここで何をしているの？」テーブルについた両手をこぶしに固め、アキラは立ちあがった。そう決めつける口調は、さっきまで日本の抑揚がかすかに交じる米国訛りだったのに、いまやかなり日本の訛りが強くなっている。

「つまり、その……」早くホーソーンが割って入ってくれないかと祈りつつ、わたしは口を開いた。

「この人はどうしてここにいるんです？」アキラは憤然とグランショー警部をふりかえる。

警部は肩をすくめた。「わたしが呼んだわけじゃありません。何か、本を書いてるそうですよ」

「わたしのことを？　自分の本に、わたしのことを書こうとしているの？　この人の紙くずにも等しい本に登場させられるなんて、絶対にいや！　わたしの弁護士を呼んでちょうだい。もしもわたしのことを書いたりしたら、絶対に訴えてやるから」

「そろそろ帰ったほうがいいんじゃない？」グランショー警部は、わたしを促した。

「非道きわまりない人権侵害よ！　わたしは許可なんか出していないのに。聞こえているの？　もしもこの人がわたしのことを書いたりしたら、きっと殺してやる！」

その叫び声は、音量こそさほど大きくないものの、ひどく甲高い。アキラが怒りに全身をわなわな震わせている間に、ホーソーンとわたしはそそくさとその場を辞し、急ぎ足で部屋を出た。あんなにも怒りくるっている人間を、わたしはこれまで見たことがない。そのときばかりは、ワインのボトルを手にとると、それをリチャード・プライスの頭に叩きつけ、さらに割れたボトルでその首を無惨に切り刻むアキラの姿が、まざまざと目の前に浮かぶような気がした。もしも、あの取調室にも手ごろなワインのボトルがあったとしたら、アキラはまちがいなく、わたしに対しても同じことをしただろう。

7　元夫側の主張

「あんな女と結婚したのがまちがいだったんだ！」エイドリアン・ロックウッドは頭をのけぞらせ、はじけるような笑い声をあげた。「わたしのやらかした最大のまちがいのひとつだな。まあね、わたしの人生、最大のまちがいだらけなんだが。だってね、ほら、あれはおそろしく色っぽいおちびさんだったから……とんでもなく魅力的で、街じゅうの目を釘付けにしてたな。誰もがアキラの噂をしてたよ。あれが自分のことしか頭にない、退屈な女だって気がついたのは、新婚旅行から帰ってきた後の話でね！　いま思えば、行きの飛行機で気づいててもよさそうなもんだったが。なにしろ、飛行機が飛び立つころには、もう三杯めのジン・トニックを飲みはじめてたからね——飲まなきゃやってられなくて。

たしかに、アキラがどういう人間か、最初からよく見きわめておけばよかったんだ。だがね、わかるだろう、あれは本当に頭がよくてね。わたしは大学に行かずじまいだったんでね、難しい言葉を知ってる人間にはいつだって敬意を払ってきたんだ。しかし、アキラときたら……もうね、どうにもたちうちできないんだよ。言葉、言葉、言葉、あふれ出したら止まらなくてね、執筆中にかぎらずな。まあ、あのくだらない詩を書くときでさえ、あれは何時間も部屋に鍵をかけて閉じこもってたもんだ。ほんの三行の詩を書くために、明けがたから日暮れまで、かたかたとキーボードを打つ音が止まらないんだからな」

「別れた奥さんの作品に、おたくは興味を持ってましたか？」ホーソーンが尋ねた。

「〝興味〟なんて言葉を使っていいものかどうか。あれの書いた小説を一冊だけ読んだが、実のところ、わたしはジョン・グリシャムの書くような本のほうが好きでね。アキラの本は、何が言いたいのかさっぱりわからずじまいだったよ。俳句の本ももらいはしたが、そのころはもう、夫婦の関係もおかしくなってたからね。わたしのためにサインをしてくれたから、ネット・オークションに出せば二ポンドくらいにはなるかもしれないな。あんなしろものは、それ以外に何も使いみちを思いつかないよ」

エイドリアン・ロックウッドは、わたしたちをさっさと帰そうと全力を尽くしているのは見てとれるものの、なかなか嫌いにはなれないたぐいの男だった。ソファにゆったりと背を預け、ジーンズをはいた脚を組み、広げた両腕をクッションに載せ、つやつやした黒い革のチェルシー・ブーツをわたしたちの前でぶらぶらさせている。見るからに油断のならない、強欲な商売人そのものだ。欲深そうにぎらつく目を、元妻がかけていたのとよく似たサングラスで隠してはいるが、こちらはポルシェかジャガーといった、スポーツカー系のブランドのようだ。黒い髪はひとつにまとめて後ろで束ねているが、実のところ、まったく似合ってはいない――もう五十代に踏みこんで久しい年齢だろうに。よく日焼けした肌は、ラ・カマルグにあるというヨットのおかげだろう。デザイナー・ジーンズに合わせているのは、肩に落ちたわずかなふけが目立つ紺のヴェルヴェットのジャケット、そしてオフホワイトの開襟シャツ。

あれから同じ日の午後、わたしたちはノッティング・ヒル・ゲート署から歩いて二十分ほど、ホーランド・パークを通り抜けた先のエドワーズ・スクエアにあるロックウッドの自宅を訪れていた。ずらりと並んだここのテラスハウスは、よく似ているというだけではなく、すべてがまったく同一になるよう設計されている――同じ寸法、同じアーチ形の玄関、同じ黒い柵。おそらくは、住人もすべて同じく億万長者ぞろいにちがいない。中の一軒の前には《RJL 1》のナンバープレートを付けたレクサスの銀色のセダンが駐まっており、めざす家を見つける目印となった。

ロックウッドはひとり暮らしということだったが、掃除婦はもちろん、おそらくは家政婦もいるのだろう、高価そうな花を活《い》けた花瓶がそこここに置かれていたし、絨毯《じゅうたん》はしっかりと掃除機がかけてあり、室内にはちりひとつ落ちてはいなかった。わたしたちを玄関で出迎えたロックウッドは、ホーソーンのコートを受けとり、アール・デコのコート・スタンドに掛けた。

その下からは、傘の髑髏《どくろ》をかたどった取っ手が——まちがいなくアレキサンダー・マックイーンのデザインだ——ぴょこんと頭を突き出している。書斎とホーム・シアターの前を通りすぎ、二階に上がると、そこは壁のない、ひと続きの広々とした空間だった。建物の幅をいっぱいに使い、正面の広場と共用の庭、裏のこぢんまりとした、装飾を凝らした専用庭を一望できる部屋だ。

ここが主な生活の場らしく、片隅には仕切りのないキッチンもある。十月の陽光がたっぷりと射しこんで、くすんだピンクの分厚い絨毯や、がっしりとした伝統的な家具、重々しく垂れさがるカーテン、棚に並ぶさほど多くはない本などを照らしていた。中の一冊は、さっきの話にも登場したアキラ・アンノ著『二百句』だ。キッチンと居間を区切るのは、大理石のカウンター。このキッチンは、蓋付きのゴミ箱にいたるまで〝環境に配慮しています〟マークを付けたがる、いまどきのメーカーが作った一式のようだが、まったく使った形跡がないように見える。

「ミズ・アンノとは二度めの結婚ということでしたね」そう切り出したホーソーンは、この家にも持ち主にも、まったく感銘を受けてはいないようだ。ソファの端にちょこんと腰をかけ、握りしめた両のこぶしを膝の脇に垂らして、いまにも飛びかかろうとしているかのように、全身を張りつめさせているのがわかる。

「ああ」ほんの一瞬、ロックウッドは真顔になった。「まあ、当然きみたちもよく知ってるんだろうが、わたしの最初の結婚はごく不幸な結果に終わってね」

ロックウッドの最初の妻はＩＴＶの連続テレビドラマ『コロネーション・ストリート』に出演していた女優で、有名人の社交ダンス勝ち抜き勝負『ストリクトリー・カム・ダンシング』では、決勝戦にまで進んだこともある。バルバドスで夫のヨットに乗っていたとき、薬物の過剰摂取により死亡。これは自殺ではないかと、当時タブロイド紙はさんざん騒ぎたてたものだ——夫であるロックウッドは一貫して否定してきたが。ここに着く前、わたしはその事件の記事を、ｉＰｈｏｎｅでひととおり読んできた。とある記事の見出しによると、ステファニーは〝大柄で陽気な金髪女〟だったという。何もかも、アキラと正反対だ。

「ふたりめの奥さんに出会ったきっかけは？」ホーソーンが続ける。

「ロニー・スコットの家でね。誰かに紹介されたんだ」

「それで、結婚したのはたしか……」

「二〇一〇年二月十八日。たまたま、わたしの誕生日の三日後でね。いま思えば、楽しかった誕生日はあれが最後だったな！　ウエストミンスター登記所で結婚式を挙げ、それから《ザ・ドーチェスター》に二百人を招いて昼食会を開いたんだ。〝お祝いの品はいただきません〟と明記しておいてよかったよ。でなきゃ、全員に送りかえさなきゃならんところだった！」またしても、自分の冗談に声をあげて笑う。「実を言うと、警察から殺人事件の捜査をしてると聞かされたときには、てっきり誰かがアキラを殺《や》っちまったのかと思ってね、一瞬、天にも昇る心地だったよ」

「それはまた、どうして？」と、ホーソーン。

「そりゃ、あれがどうにも腹の立つ女だからさ。あれを見ていると、前に飼ってた……ええと、シャム猫を思い出すよ。暖炉の前でいかにも優雅に丸くなり、撫でてやると喉を鳴らす。だが、その一分後、こちらは何もしてないのに、ふりむきざまに手に牙を立ててくるんだ。いったい何を考えてるんだか、まったく度しがたい根性悪だった」

アキラがふいに怒りをこちらに向けたときの光景が、まざまざと脳裏によみがえる。「その猫はどうなったんですか？」わたしは尋ねた。

「ああ、猫か。安楽死させたよ」

「では、殺されたのはおたくの弁護士、リチャード・プライスだったと聞いて、さぞかし驚いたでしょうね」ホーソーンが続けた。

「いや、まったく！」そう言いながらも、ロックウッドは人さし指を立て、否定するように振ってみせた。「まあ、あの男は弁護士だったからな。弁護士って連中が世間にどう思われてるかは、ご承知のとおりさ！　ほら、何かの映画にあっただろう。弁護士千人を海に沈めたらどうなる？」

「さあ」

「〝世の中よくなる〟ってね！」

またしてもとどろく笑い声。ホーソーンは無表情のままだった。「では、弁護士を殺すのも正当化できる行いだと、おたくは考えてるわけですね」

「ただの戯言《たわごと》だよ！」ロックウッドはホーソーンを見つめ、用心ぶかく真顔を作りなおした。

「わかるだろう――まさか、わたしがこの事件に関係してるなどと、本気で思ってはいないんだろうね？　いったい、どうしてわたしがそんなことをしなきゃならない？　リチャードは、いささか細かすぎるところがあってね。すべてのｉにはきちんと点を打ち、すべてのｔにはきちんと横棒を引かないと気がすまない性格だったんだ。そのうえ、話も少しばかり回りくどい。それでいて、弁護士というやつはもちろん、長く話せば話すほど料金がかかるときたもんだ。とはいえ、あの男はすばらしい仕事をしてくれたよ。今回の離婚は、まさにわたしの望んだとおりの結果となった」

「おたくはプライス氏に贈りものをしましたね？」

「ああ、ワインのボトルをね」それが殺害の凶器となったことに、ロックウッドはまだ気づいていないようだ。「たいしたことじゃない。だが、せめてそれくらいはと思ってね。最終審問を諦めるようアキラを説きふせてくれたおかげで、こっちは何千ポンドも節約できたんだ」ちらりと金のカフスボタンに目をやり、まっすぐに直す。「実のところ、贈った後でリチャードが飲めないと聞いてね、金の無駄遣いにはなってしまった。とはいえ、まあ、大切なのは気持ちだからな！」

「どんな内容でまとまったのか、ぜひ聞きたいんですがね……おたくと奥さんが合意した条件について」

「そりゃきみは聞きたいだろう、ミスター・ホーソーン。だが、きみとはまったく関係のないことだ」

ホーソーンは肩をすくめた。「リチャード・プライスがコンサルティング会社に財務監査を依頼し、おたくの奥さんを調べさせていたということはご存じでしょう」

「奥さんといっても、〝元〟が付くがね。ああ、もちろん知っている。《ナビガント》だろう！その支払いは誰がすると思ってるんだ？」

「じゃ、ご存じない話を教えましょうか。殺害される前、プライス氏の最後の行動は、事務所の共同代表者——オリヴァー・メイスフィールド——に電話して、離婚の合意内容に懸念があると伝えたことだったんですよ。法曹協会に相談しようかとまで考えてたそうでね。つまり、それを事前に防ごうとして殺されたとも考えられるわけです。そうなると、合意内容はわたしに大きく関係してくるんですよ、ミスター・ロックウッド。もちろん、警察にもね。おたく側の言いぶんをさっさと自分から話してしまったほうが、結局はそちらの得にもなると思いますがね」

ロックウッドは狼狽《ろうばい》した。頬にぽつぽつと赤い点が浮かび、日焼けした肌の色とせめぎあっている。「まあ、何も隠すことはないんだ。何もかも記録に残ってるし、必要だったらそれを見てもらってかまわない。ただ、わたしとしては、すべて終わったことなんでね、いまさら蒸しかえしたくはなかったんだよ」

「わかりますよ」ホーソーンの口調は、先ほどより柔らかい。それはつまり、ねらっていたものがついに手に入ると見てとったからなのだが。

「いや、実に単純な話にすぎないんだよ。ミズ・アンノ——と呼んでおこうか——は、わたしの財産の半分を、自分がもらう権利があると思いこんでた。だが、リチャードはすぐさまその誤りを正してくれてね。そもそもこの結婚に、あの女は何ひとつ貢献しちゃいない。むしろ、逆だよ。こっちはあれのために、心理療法だの、スポーツ・クラブだの、ヨガのレッスンだの、これまでずっと大枚をはたいてきてやったんだ。新婚旅行が終わってからは、ろくろくベッドにも入れてもらえない始末でね。新婚旅行中でさえ、メキシコのど真ん中であれが選んだ〝環境に配慮した宿〟とかいう掘っ立て小屋の周りを、えんえん追っかけまわさなきゃならなかったくらいだよ」

かたわらのテーブルには、果物――ビルベリー――を盛った深皿が置かれていた。ロックウッドは手を伸ばし、ビルベリーをつかみとると、それをひとつ、またひとつと口に放りこみながら話を続ける。

「いや、実のところ、根っこはさらに単純でね。結局、われわれが話しあったのは金のことだけだ。あの女の頭にあるのはそれだけでね！　あれを詩人と呼ぶ人間には、実はどんなに計算高い女なのか教えてやりたいよ！　さて、ミスター・ホーソーン、本当のことを教えよう。知ってのとおり、わたしは不動産開発を生業《なりわい》としててね。自分で言うのも何だが、稼ぎはけっして悪くない。すばらしく景気のいい年だって、何度もあった。だが、しょせん浮き沈みの激しい商売だからな。悲しいことだが、ここ数年は浮くより沈むほうが大きくてね。信用収縮《クレジット・クランチ》問題もあったし――うちの業界は、いまだにその後遺症に苦しんでる。ロンドンの景気減速。銀行の貸し渋り。まあ、そうくどくどと解説する必要もあるまい。とにかく、ここしばらくは惨《さん》憺《たん》たるありさまでね、われらがアキラは、まさにいちばん苦しいときに、うちのチームに加入したってわけだ。

あれと結婚して三年間、わたしはまったく利益を出せていない。これっぽっちもね！　まったくのゼロだよ。ここが重要なところでね。つまり、アキラにはこの期間の利益の半分をもらう権利があるが、それはゼロの半分ってわけだ。それでよければ、こっちは喜んで差し出しますとも、というわけさ」

「その言いぶんを、ミズ・アンノは信じたんですか？」ホーソーンは尋ねた。

「案の定、信じてはもらえなかったね！　わたしは会計士にきっちり書類を作らせて、それを向こうの弁護士に提出したよ。一ユーロたりともおろそかにせず、公正かつ正確にね。わたしには、そうする義務があった。それが法律ってもんさ。だが、アキラはなかなかそれを受け入れなくてね。ひとつひとつの項目に細かくけちを付けてきたばかりか、向こうは向こうで財務監査の専門家を雇って、わたしのすべての取引を、おそろしく昔までさかのぼって調べてたな。いったい何を探してたのかは知らんが、結局は何も見つからなかった」

いまやロックウッドはすっかり話に熱中し、さっきまでの緊張を解いていた。その顔にも、ふたたび笑みが戻っている。

「そもそもわたしの収入をとやかく言うのなら、アキラの収入だって調べるべきだろう。自分の稼ぎについては、あれはとことん秘密主義だったが、マットレスの下にたんまり現金を隠していたのはたしかだよ。三年も夫婦として暮らしてたら、そんなことはとうてい隠しとおせるもんじゃない、たとえ冷えきっていたとしてもな。あれはたっぷり金を持ってたが、これが考えてみると奇妙でね。金の出所がどこだとしても、もの書きとしての稼ぎじゃない。《ヴィラーゴ・プレス》からの印税通知をたまたま見てしまったことがあるんだが、あんなはした金じゃトーキーくんだりで退屈な週末をすごすにも足が出るね！　いくらアキラに雰囲気だの気品だのがあるにしたって、ヒロシマで生きのこった鬱病《うつびょう》の娼婦の話だの、奇妙な形式で意味のわからない日本の詩だのに、そう大勢の支持者がつくわけはないいんだ」

またしても、手のひらいっぱいにビルベリーをつかみとる。

「実を言うと、こっちも《ナビガント》にあの女を調べさせるべきじゃないかと、わたしはリチャードに提案したんだ。すると好都合にも、自分が調べられると気づいた瞬間、あれは逃げを決めこんでね。裁判所やら何やらはすべて忘れ、さっさと合意を結んだんだ。これで一件落着というわけさ。法廷に持ちこむことなく、すべて片がついたんだよ。あれにはホーランド・パークの家を渡したし、ジャガーもそのまま使わせてやることにした。だが、あれが本来もらうつもりだった財産は、その十倍はあったからね。いや、正直に言わせてもらえば、あの女と無事に手が切れるなら、二倍くらいは喜んで払ったが」

またしても高笑い。エイドリアン・ロックウッドの冗談をもっとも楽しんでいるのは、まちがいなく口にした本人のようだ。

ホーソーンはといえば、あいかわらずにこりともしていない。「まさに殺された当日、リチャード・プライスがメイスフィールドに電話をしたのはなぜだと思います？　何か、どうにも気にかかることがあったらしいんですがね」

「それはわれわれの離婚に何か関係があることだと、きみは確信してるのかね？」

「ええ」

「だとすると、わたしには見当がつかないね。ひょっとしたら、リチャードはアキラの収入のことで何か発見したのかもしれない——いったい、どこから得ている金なのかをな。もしもあれが何か法に触れることをしてたんなら、リチャードはきっとさらに調べたいと考えたにちがいない。まあ、言わせてもらえば、あれが実はマフィアの腕利きの殺し屋だったとしても、わたしはどうでもいいんだがね。もうそんなことは忘れろと、わたしならリチャードに言ってきかせたよ。わたしにしてみれば、アキラの件はもう終わった話だ。離婚がまとまったんだからな。わたしはもう独身なんだ。あんな女の名は、二度と聞きたくないね」

いかにも得意げな表情を浮かべ、ロックウッドはソファに背中を預けた。

「いちおうお訊きしておきたいんですがね、おたくの弁護士が殺されたとき、おたくはどこにいました、ミスター・ロックウッド？」ホーソーンが尋ねる。

「いったい、なぜそんなことを知りたいんだ？」

「なぜだと思います？」ホーソーンの口調はそっけなく、いっそ不躾《ぶしつけ》にさえ聞こえる。「日曜の夜八時から九時までの間、誰がどこにいたのか、われわれはすべて押さえておかなくちゃならないんですよ」

「容疑者を絞りこむため、ということか？　警察の連中は、たしかそんなふうに言うんだったな」

「そういうことです」

「なるほど、ちょっと思い出してみよう。日曜の夜か……わたしはハイゲートに住む友人――ダヴィーナ・リチャードスン夫人といってね――を訪ねて、一杯やってたな。向こうの家に着いたのは六時ごろ、出たのは八時十五分だ。車を運転して、ここに帰ってきたよ。帰りついたのは九時ごろで、それからはテレビを見てたな」

「何の番組を？」

「『ダウントン・アビー』をね。これで、きみの質問に答えたことになるかな？」

ダヴィーナ・リチャードスンの名が出てきたところで、たしかどこかで聞きおぼえがある名だと考えこんだわたしは、一瞬の後、はっと気づいて身体を起こした。そう、そうだった。リチャード・プライスの遺言で、十万ポンドを遺贈されたという女性ではないか。つまり、プライスとロックウッドとを結ぶ第三の人物というわけだ！　これは何か意味があるにちがいない。

ホーソーンも、まちがいなくそのことに気づいていた。「そのリチャードスン夫人というのは？」まるで漏れなく確認するだけとでもいうような、何気ない口調で尋ねる。

「たいして話すようなこともないがね。たまたま知りあったインテリア・デザイナーだよ。実をいうと、紹介してくれたのはリチャードなんだ。アンティーブに持ってる家の内装をやってもらったんだがね。すばらしい仕事ぶりだったよ」

「リチャードスン夫人のほうは、プライス氏とどうやって知りあったんです？」

「本人に訊いたらいいだろう」

「訊きますがね。まずはおたくに訊いてるんです」

「まあ、きみがそう言うなら話そうか。自分の友人たちについて、本人のいないところであれこれ言うのは、わたしはどうも好きじゃなくてね。だが、どうしても知りたいというんなら、あのふたりはかなり古いつきあいなんだ。リチャードはダヴィーナのご主人と大学でいっしょでね、息子の名付け親にもなってる。あの事故が起きたときにも、リチャードはその場にいたんだそうだ」

「あの事故というと?」

「そんなことは、ここに来る前にすべて調べてきたのかと思ってたがね、ミスター・ホーソーン」自分が優位に立ったとばかりに、ロックウッドは満足そうだ。「六、七年ほど前に起きた、洞窟での事故のことだよ。大学の同級生だったダヴィーナのご主人、チャールズ・リチャードスンとリチャード・プライスのほか、もうひとり、別の男もいっしょでね。名前は忘れてしまったが。とにかく、チャールズは洞窟の中で迷ってしまった――ヨークシャーのどこかだったな――そして、ついに出てこられなかったんだ」

人さし指を振ってみせ、話を続ける。「とはいえ、リチャードのせいだったなどとはけっして思わないでくれ。当時も綿密な取り調べが行われてね、誰の責任でもない事故だったと明らかになったんだ。ダヴィーナから聞いたところによると、事故の後、リチャードは実に高潔なふるまいを見せたそうだよ。ダヴィーナとコリン――息子の名だ――を支え、私立学校の学費もすべて負担したというからね。ほら、もちろん、リチャードに子どもはいないからな。やれやれ、こんなこと、あらためて言うまでもないだろうがね！　インテリア・デザイナーとして起業するのも手伝ったし、自分が死んでも遺言にはきみのぶんもちゃんと書きのこしておくと、いつもダヴィーナに話していたそうだよ」

「リチャードスン夫人は、そのことを知っていたんですか？」わたしは尋ねた。

ロックウッドは眉をひそめた。いまのいままで、わたしの存在に気づいていなかったらしい。

「失礼だが、きみは誰だったかな？」

「ホーソーンの手伝いをしているんですよ」できるだけ曖昧に答えておく。

「なるほど、ダヴィーナが金のためにリチャードを殺したなどと、もしもきみが考えてるんなら、それは大まちがいだな。死ぬのを待つ必要なんて、あの人にはなかったんだから！　ダヴィーナが望むなら何だって、リチャードは与えてた。どんなことだってしてやってたよ。ゲイでさえなかったら、おそらくベッドだってともにしてたかもしれないな」

「おたくは、別れた奥さんがプライス氏を殺したと思ってるんですか？」唐突に、ホーソーンが尋ねた。

「さあな、見当もつかないよ」

「しかし、ミズ・アンノがプライス氏を脅したことは知ってましたね？」

「ああ。レストランでの一件は聞いたよ。いかにもアキラらしい話だ！　派手な立ち回りが好きな女だからな。相手に腹を立てたら、殴り殺すところだって目に浮かぶよ。そうだな、その前に自分の詩を読んできかせて、拷問にかけるところから始めるだろうがね」

ロックウッドは立ちあがった。そろそろわたしたちを帰そうと、心を決めたようだ。

「そうだ、リチャード・プライスを殺した犯人を見つけたいんなら、まずはうちの会社に侵入した男を探すべきかもしれないな」ふと思い出したといわんばかりに、ロックウッドはつけくわえた。

「どういうことですか？」すでに立ちあがっていたホーソーンが尋ねる。

「警察にも通報したんだがね……どうも、まったく気にとめてもらってないようでね」まるでわたしたちの同意を待つかのように、言葉を切る。おっしゃるとおり、警察はどうしようもなく無能ですよね、もっと時間も人員も割《さ》いてあなたの訴えを捜査するべきなのに、とでも言ってほしいのだろう。「先週木曜のことだ。わたしはメイフェアに続き部屋で二区画、こぢんまりした事務所を借りててね、おもに打ち合わせに使ってる。たいした規模じゃないんだ——受付の女の子、秘書、経理を手伝う青年がいるだけでね。

とにかく、木曜の昼のこと、わたしが顧客と食事に出てる間に、その男はやってきたんだ。受付の女の子に、うちの系列のＩＴ企業の人間だと名乗り、わたしのＭａｃの不調を修理しにきたと告げた。間抜けなことに、受付の娘はそれを信じて中に入れてしまってね——それから三十分ほど、その男はわたしの執務室にひとりきりだったんだ。わたしのＭａｃは不調でも何でもなかったし、そもそもうちの系列にＩＴ企業なんか存在しないことくらい、いくら受付の娘だって知っててほしいもんだ！　幸い、わたしは私的な書類はすべて金庫に保管しててね、ハードディスクには貴重なものは何も入ってはいなかった。だから、そいつが何を探してたのかは知らんが、手に入れられたかどうかはあやしいもんだと思ってる。なくなったものは何もなかった。警察に通報したんだが、さっきも言ったとおり、どうもこんな事件には興味がないらしくてね。その三日後にリチャード・プライスが殺されたとなれば、警察だって考えなおすはずだと、普通は思うじゃないか。だが、このふたつの事件に関連があるとは、どうやら誰も思ってはいないらしい」

「おたくの受付は、その男の特徴を何か言ってましたかね？」ホーソーンが尋ねた。

「だいたい四十歳くらい、背丈は普通で白人だったと」

「たいした特徴じゃありませんね」

「あと、眼鏡をかけていたそうだ。それはあの娘も憶えていたよ。ずっしりと重そうな、プラスティック製の青い眼鏡だったと。それから、顔の片側の肌に何か炎症が起きてたらしい。髪は薄くなりかけてたそうだ。スーツ姿で、ブリーフケースを提げてた。名刺も見せてきたそうだが、受付の娘ときたら、そのＩＴ企業とやらの名もちゃんと読んでなくてね。まったく、馬鹿な娘だ。もちろん首にしたよ」

「当然ですな」ホーソーンはつぶやいた。「そこの事務所に、防犯カメラは取りつけてなかったんですか？　その男の映像があれば助かるんですが」

　ロックウッドはかぶりを振った。「中央階段にひとつ付いてるんだが、動いてなくてね。このふたつの事件には関係があると、きみも同意してくれて嬉しいよ」

「関係があるなどとは言ってませんがね」と、ホーソーン。「とはいえ、もしもその男がふたたび姿を現したら、わたしに連絡してください」

エイドリアン・ロックウッドは先に立ち、わたしたちを玄関へ案内した。その途中、キッチンのカウンターにずらりと並んだ錠剤や薬品の列が目に入る。主として自然治癒をめざす民間療法の薬のようだ。ひときわどっしりと目立つのは、ビタミンAの大瓶。これは、どうにも奇妙に思えた。わたしから見てロックウッドは、とうてい代替医療にのめりこむような人間には見えなかったからだ。いったい、どんな症状に苦しめられているというのだろう。

そんなことを尋ねるには、もう遅かった。ロックウッドは先に立って階段を下り、ホーソーンにコートを手わたすと、玄関のドアを開ける。わたしには何も声をかけない。背後でドアが閉まり、わたしたちはまた、ともに街路に立っていた。

8　母と息子

その午後の残りを、わたしはファリンドンの自宅ですごした。

『刑事フォイル』の撮影に立ち会っていたのがつい昨日のことだなんて、いまではとうてい信じられない。あの撮影チームは現在もなお、ロンドンのどこかで撮りつづけているのだろう。だが、いまはそれもはるか遠くのことに思える。とにかく自分の仕事を片づけなくてはいけない、まずは次の回「ひまわり」の脚本も書きなおさなくてはならないのだからと、わたしは自分を戒《いまし》めた。わたしのもとに届いている、ＩＴＶからの要望、監督からの要望、マイケル・キッチンからの要望、妻のジルからの要望。本を書くのと、テレビの脚本を書くのは、ここに大きなちがいがある。テレビの脚本を書こうとすると、誰もが要望を送りつけてくるのだ。

だが、どうにも仕事に集中できない。頭の中が、この二日間のできごとでいっぱいなのだ――《サギの泳跡》で見た犯行現場、ホーソーン、そしてわたしが顔を合わせたさまざまな目撃者や容疑者。ついにわたしは脚本をかたわらに押しやり、ｉＰｈｏｎｅをコンピュータにつないだ。スティーヴン・スペンサー、近隣に住むヘンリー・フェアチャイルド、オリヴァー・メイスフィールド……ホーソーンやグランショー警部の質問から引き出される、これらの人々の受け答え、そして時おり脇から口をはさむわたしの声。さらにアキラ・アンノ、その別れた夫であるエイドリアン・ロックウッドの話が続く。存在するかどうかもわからない隠し財産を探りあてようと、お互いを調べていた元夫婦。

〝リチャード・プライスを殺した犯人を見つけたいんなら、まずはうちの会社に侵入した男を探すべきかもしれないな……〟

これは、青眼鏡の男についてエイドリアン・ロックウッドが口にした言葉だ。青眼鏡の男。これはなかなかいい章題かもしれない――だが、はたして本当にこの男は事件にかかわりがあるのだろうか？　そもそも、実在する人物なのか？

ホーソーンは、どうやら関係があると思っているらしい。エドワーズ・スクエアを歩いて横断しながら、まるで独り言のようにつぶやくのが聞こえてきた。「なかなか抜け目のないやつだよな」

「誰が？」

「青眼鏡の男だよ。顔に何か目立つところを作れば、他人はそこしか見なくなる。絆創膏だっていいし、金歯でもいい。記憶に残りやすいものを見せることで、他のことはきれいに忘れてもらえるんだ」

その侵入事件が起きたのは木曜日、殺人事件の三日前だ。やはり、これは何か関係があるにちがいない。だが、いったいどんなふうに？

録音の内容を整理して打ちこむのに、二時間ほどかかった。ようやくまとめおえたころ、ふと自分が考えつづけている疑問に気づく。ここまでいろいろな場で話を聞いてきた人々の中に、はたして殺人犯はいたのだろうか？　リチャード・プライスを殺した犯人と、すでにわたしは対面しているのだろうか？　同時にもうひとつ、別のことが頭に浮かんだ。たしかに、わたしはホーソーンのような高度な専門的能力には恵まれていない――結局のところ、わたしは犯罪捜査の訓練など受けたことがないのだ――とはいえ、これまで何十本という殺人事件のテレビドラマ脚本を書いてきたではないか。殺人事件の成り立ちというものを、わたしは知っている。だとしたら、この事件だってわたしに解けてもおかしくはないはずだ。

アキラ・アンノ。わたしはその名前を丸で囲んだ。ここまでのところ、やはりいちばんあやしいのはアキラではないだろうか。わたしのことさえ、殺すと脅したくらいなのだから！

電話が鳴った。ホーソーンからだった。

「トニー！　地下鉄のハイゲート駅で六時に会えるか？」

腕時計に目をやる。いまは五時二十分だ。「どうしたんだ？」わたしは尋ねた。

「ダヴィーナ・リチャードスンに会いにいくんだよ」こちらの答えを待たず、ホーソーンは電話を切った。

ハイゲートまでは、さほど時間はかからない。出かける前のいつもの儀式として、つねに持ち歩いている黒い革のショルダーに、眼鏡、鍵、財布、交通系ICカード《オイスター》を放りこむ。いざ出かけようとしたそのとき、呼鈴が鳴った。インターコムに歩みより、ボタンを押す。うちのインターコムにモニターは付いていないが、声を聞いた瞬間、それが誰なのか気がついた。カーラ・グランショー警部だ。「ちょっと入れてもらってもいい？」

「えーと――いまですか？」

「ええ」

「実をいうと、ちょうど出かけるところで」

「すぐ終わるから」

わたしは気分が重くなった。どうやら、何を言っても追いはらえないらしい。「いいでしょう。いま降りますね」

インターコムを操作して玄関のドアを開けることもできたが、あの警部をわたしのアパートメントに入ってこさせたくはない。玄関の外からは、いかにも友好的な口調で話しかけてはきたものの、中に入れたらどう豹変することか。自分ひとりで相手をしなくてはならないと思うと、不安がこみあげてくる。はるばる六階ぶんの階段を降り、わたしは玄関のドアを開けた。グランショー警部は戸口に立ち、その後ろには革ジャケットの部下、ダレンがうつむきかげんに控えている。

「警部、その……」わたしは切り出した。

「ちょっとだけ、話があるの」いかにもくつろいだ、愛想のいい口調だ。

「何のことで?」

「何だと思う?」

「実は、これから打ち合わせが……」

「だいじょうぶ、すぐ終わるから」

早く中に入れろとばかり、警部はわたしの背後に目をやった。どうにも追いかえすすべはなさそうだ。結局のところ、相手は警察官で、しかも同じ事件を捜査しているのだから。ひょっとしたら、何か情報を教えにきてくれたのかもしれない。わたしが脇へ退《しりぞ》くと、ふたりは広い玄関ホールに足を踏み入れた。片側は息子たちの自転車置場で、その反対側はレンガの壁がむき出しになっている。玄関のドアは勝手に閉まるにまかせた。カチリと磁気ロックのかかる音。

「すみませんね、きょうは――」上の階に通せない言いわけをしようとしたそのとき、ふいにグランショー警部はわたしのジャケットの襟の折り返しをつかみ、どすんと壁に押しつけた。あまりの力に、肺から空気が押し出され、スタジアムの観客席にうねるウェーブのように、背骨の神経を衝撃が走り抜ける。気がつくと、すぐ目の前に警部の顔が迫っていた。昼に食べたらしい揚げものの匂いまで、吐息に乗って漂ってくる。その小さな目はぎらぎらと燃え、口は醜くひん曲がっていた。

「さあ、よく聞くんだね、このろくでなしが」軽蔑のこもった、しわがれた声。「何様のつもりなんだか知らないけど、ガキの本なんか出してる気どったもの書き風情《ふぜい》が、あたしの担当の殺人現場によくもまあずかずか踏みこんで、アレック・ライダーの一章か何かみたいにあつかいやがって――」

「アレックス・ライダー」苦しい息で、懸命に訂正する。

「ホーソーンなんかを呼びこんだ時点で、こっちはかなりむかついてるんだ。でも、まあ、あいつはもともと刑事ではあるしね。少なくとも、首を切られる前は。でも、だからって自分も警察の捜査に首を突っこむ権利があると、あんたが思ってるんだとしたら、どんな目に遭うか覚悟しておくんだね」

「それはホーソーンに言ってくれ」わたしはあえいだ。警部はいまだわたしの襟もとをつかみ、砲弾のようなこぶしで壁にぐいと押しつけている。太った女性だとは思っていたが、実はその体格のかなりの部分は筋肉だったことを、こんなふうに思い知らされるはめになるとは。こうしてぐいぐいと絞めあげられて、たとえ心臓発作だって、この半分も苦しくないかもしれない。ダレンのほうはといえば、いかにも無関心な顔で一部始終を見まもっていた。

「あたしはホーソーンに話してるんじゃない。あんたに話してるんだよ」グランショー警部がわずかに手の力をゆるめると、わたしの肩甲骨《けんこうこつ》はざらざらした壁をこすりながら、数センチずり落ちた。「さあ、よく聞くんだね」さっきの言葉をもう一度くりかえす。「あんたが事件の周辺を嗅ぎまわるのを許すとしたら、理由はたったひとつ。公務執行妨害であんたを逮捕せずにおいてやるとしたら、理由はたったひとつだけ。それは、あんたがあたしの手助けをするからだよ」

「手助けなんかできない」必死に言いかえす。「わたしは何も知らないんだ!」

「そんなことはわかってる。一目瞭然だよ」忌《い》まわしいものでも見るような目で、警部はわたしをねめつけた。「とにかく、こういうことなんだ。あたしは気分よく仕事がしたいんでね、ホーソーンにぶちこわしにされるのはまっぴらなんだよ。そんなこと、絶対にさせるもんか。この事件でも、あいつがこれまでのように手柄を立てようったって、そうはいかない。これはあたしの事件で、最後に犯人を逮捕するのはあたしなんだから」

「なるほど。しかし、わたしには――」

グランショー警部はふたたびぐいと顔を近づけ、わたしをまたレンガの壁に押しつけた。顔から数センチのところに警部の唇があり、湿った息が頬にかかる。「ホーソーンが何を調べあげ、何をやったか、あんたはこれから逐一あたしに報告するんだ。何か新しい発見があったら、すぐに電話すること。わかったね? それから、あたしがここに来たこと、こんな話をしたことを、もしもあの男にほのめかしでもしようもんなら、あんたの人生をめちゃくちゃにしてやるから」

「警部は本気だぜ」ダレンがにっこりした。この刑事がわたしに話しかけてきたのは初めてだったが、その言葉に疑いの余地はなかった。

「さあ、お互い、これでわかりあえたね?」

「ああ!」ほかに、どう答えようがあっただろう。

「いい返事をもらえて嬉しいよ」警部はわたしの襟から手を離し、身体を起こした。そして自分の名刺を取り出すと、わたしの胸ポケットに、生地が破れそうな勢いでぐいと突っこむ。

「あたしの携帯の番号だから。いつでもかけてもらってかまわない。あたしが出られないときは、伝言を残しておくんだよ」

「しかし、ホーソーンはわたしに何も話さないんだ」わたしは懸命に言いつのった。「何か見つけたって、わたしが知るのはいちばん最後なのに」

「とにかく、あたしに電話すること」グランショー警部は答えた。それは命令だった。いや、脅迫か。

そして、ふたりは出ていった。

わたしはその場に立ちつくし、いま起きたことが信じられないまま、玄関ドアの曇りガラスごしに、ふたりの影が立ち去るのを見おくっていた。

六時数分すぎにホーソーンと落ちあったときも、わたしはいまだその動揺から立ちなおってはいなかった。当然のことながら、それをホーソーンが見のがすはずはない。「何があった、トニー?」

「何もないよ！」ノーザン線の地下鉄に揺られながら、どう答えるかはすでに考えておいた。「ただ、脚本を直していただけだ」

「また、マイケル・キッチンが何か文句をつけてきたのか？」

「マイケルにはまだ見せてもいないよ。今回はITVからの要望でね」

「あんたは本だけに集中すべきだと思うがね、相棒」

カーラ・グランショー警部の訪問については、とりあえず何も言わずにおいた。警部に命じられたことにどう対処するか、まだ心は決めていない。だが、家に押しかけられて脅されたなどという話をホーソーンにうちあけても、何か役に立つとは思えなかった。話したからといって、いったい何をしてもらえるというのだろう？　そもそも、ホーソーンがわたしをあの警部から守ろうとなどするだろうか？　問題なのは、もしもわたしがあの要求を無視したら、いったいグランショー警部は何を仕掛けてくるつもりなのかということだ。スピード違反の切符を切る？　それとも、『刑事フォイル』の撮影を妨害？　たしかに警察の協力がなければ、ロンドン市街でドラマの撮影をすることなど不可能だ。そして、あの頭のたがの外れかけている凶悪な警部（いましがた、ついに本性を現すのを見てしまった）なら、どんな妨害もしかねない。番組の制作チームに、わたしはすでにずいぶん迷惑をかけている。脚本の直しも遅れているのだ。グランショー警部に協力することで番組制作の助けになるのなら、わたしに選択の余地はなかった。

地下鉄のハイゲート駅は、丘のふもとに穴を穿《うが》つように作られていて、そこから急な階段を上るとアーチウェイ・ロードに出る。エスカレーターを上ったところにある新聞スタンドの向かいで、ホーソーンはわたしを待っていた。そこから低いほうの出口へ向かい、ダヴィーナ・リチャードスンの住んでいる閑静な住宅街、プライオリー・ガーデンズに出る。実をいうと、このあたりはよく知っている。クラーケンウェルに引っ越す前、わたしは十五年間クラウチ・エンドに住んでいて、よく子どもたちを連れ――あの息子たちにもそんな時代があったのだ――プライオリー・ガーデンズを歩いて学校へ送っていったものだ。ダヴィーナの家は縦長で幅の狭い、小綺麗なヴィクトリア様式の建物で、正面には小さな庭があり、二色の石をチェッカー模様に配置した小径《こみち》が、ステンドガラスをはめこんだ玄関へ続く。この家は道の左側に建っており、その裏手には、クラウチ・エンド運動場を囲む森が広がっていた。

ホーソーンが呼鈴を鳴らす。ずいぶん待たせるものだと思いはじめたころ、ようやく玄関のドアが開いた。姿を現したのは、これまで人生とひっきりなしに戦いを交え、一度ならず敗れてきたという風情の女性だ。いかにもだらしない恰好で、身なりは救いがたいほどちぐはぐに見える――ゆるゆるのセーター、丈の長いワンピース、サンダル、ごろごろと大きな珠《たま》をつないだネックレス。栗色の髪はまるで別の生きもののように、肩の上で自由にのたうち、薄茶色の目にはどこか必死の色が浮かんでいる。疲れはてているかのように見えるものの、ドアが開いた瞬間、その口もとはほころんでいて、これはきっといい知らせを持ってきてくれた誰かにちがいないと信じこんでいるかのようだった――たとえば、あなたの買ったくじが当たりでしたと知らせにきてくれた宝くじ売場の店員、あるいは長いこと行方知れずだった兄弟がオーストラリアから帰ってきたのを迎えるかのような。訪れたのがわたしたちだと知って、女性はいくらか失望したようだったが、どうにかうまくとりつくろった。

「ミスター・ホーソーン？」

「リチャードスン夫人ですね……」

「どうぞ、お入りになって」

玄関からの廊下は狭いうえにひどく散らかっていて、通り抜けるのに苦労するほどだった。コート、バッグ、傘、ダイレクト・メール、自転車、インラインスケートの靴、クリケットのバット、巻かれた生地、色見本、パンフレット。インテリア・デザイナーの母親と十代の息子の生活がどんなかは、ここにぎっしり詰めこまれた必需品の数々から読みとれる。目の前には二階へ延びる階段があったが、夫人はアーチ天井の廊下を通り抜け、キッチンへわたしたちを案内した。そこに置かれた洗濯機の窓からは、泡だらけの水に混じってゆっくりと静かに回転する衣類が見える。あたりにはタバコの臭い、そして白身魚のフライの臭いが漂っていた。

ダヴィーナ・リチャードスンの顧客は、たしかに豪邸に住む洗練された人々なのかもしれないが、当の本人の趣味はずいぶん雑多なごちゃ混ぜのようだ。ありとあらゆる鮮やかな色たちが、こっちを見て、とばかりにこんなにも争っている光景を、わたしはこれまで見たことがなかった。廊下の絨毯《じゅうたん》は濃い藤紫、壁はけばけばしいほどの青。ガス台は明るい緑で、スメグ製の冷蔵庫は黄色だ。ヴェネツィアン・ガラスのシャンデリアはたしかに素敵ではある……だが、どうしてキッチンに？　棚には安っぽい雑貨がぎっしりと並んでいる。これはどちらが先だったのだろうと、わたしは考えずにいられなかった。ダヴィーナがもともと旅好きで、各地で土産の品を買いあつめるうち、それを並べる棚が必要になったのか、それとも棚をうっかりたくさん作りすぎ、そこに何か載せなくてはと、あわてて雑貨を買いあつめる旅に出たのだろうか?

「ワインでもいかが?」ダヴィーナは尋ねた。「わたし、ちょうど白のボトルを開けたところなんです。やめなくちゃと思ってはいるんだけど、夕方六時ともなると、もう喉がからからで。この臭い、ごめんなさいね。コリンが夕食をとったばかりなの。いまは宿題をしているけど、きっともうすぐ降りてきますよ。警察のかたがみえると聞いて、すごい興奮ぶりだったから」

そう言いながら、ダヴィーナはすでに冷蔵庫からシャブリのボトルを出していた。そこで、ふとわたしの存在に気づいたようだ。「ごめんなさい、そちらのお名前をまだうかがっていなかったわね」

わたしは名乗った。

「作家の?」

「ええ」

なぜそんな人間がここにいるのだろうといぶかりつつも、ダヴィーナは嬉しそうな顔になった。「コリンにはとうてい信じられないでしょうね! あの子、あなたの本はみんな読んでいるんです。大好きなのよ」

おかしな話ではあるが、あなたの本が大好きだと言われたとき、わたしはいつも答えに困ってしまう。ばつの悪い思いさえ感じるほどだ。「それは嬉しいですね」わたしはもごもごと答えた。「ありがとう」

「まあ、もう読んではいませんけど。いまはシャーロック・ホームズに夢中なの。あと、ダン・ブラウンね。コリンは読書が好きなんです」ダヴィーナは三つのグラスにワインを注ぎ、わたしたちにひとつずつ渡した。もっとも、ホーソーンは口もつけないにちがいない。そもそも酒を口にすることがあるのかどうか、それさえわたしにはわからなかった。「こちらへは、リチャードの件でいらしたのよね？」

「今回のことでは、さぞかしお力落としでしょうね」そんなことはこれっぽっちも信じてはいない、心配なのは金のことだけだろうとほのめかし、相手の出かたを探るホーソーンならではの口調だ。

だが、ダヴィーナのこの反応は予想していなかったにちがいない。「ええ、もう胸が張り裂けましたよ！　知らせを聞いたときには、寝室に閉じこもってドアを閉めるしかありませんでした。もう、泣いて泣いて。リチャードは、ただ友人というだけではなかったんです。わたしにとって、すべてといっていい存在でした……そして、コリンにとってもね。リチャードがいなくなってしまって、わたしたち、どうしたらやっていけるのか」ワインをごくりと喉に流しこみ、グラスを半分空ける。「あの人がコリンの名付け親だってことは、もうご存じですよね。ああ、どうしてこんな！　タバコ、吸ってもかまいません？　ずっと禁煙しなくちゃと思っていて、コリンにもうるさく言われているのだけど、わたし、本当にタバコが好きで」セーターのポケットからマールボロの箱とライターを取り出し、火を点《つ》ける。行動のひとつひとつから、神経をぴりぴりととがらせていること、混乱していることが伝わってきた。ダヴィーナはいま、流れ出す言葉をどうにも止められずにいるようだ。

「リチャードはずっと、わたしたちの面倒を見てきてくれたんです。チャールズが死んだ後、この家のローンの返済も助けてくれたし、わたしがこの仕事を始めたときにも、すばらしく尽力してくれて。わたし、以前は働いていなかったんですよ。せいぜい、友人たちの家具選びを手伝ったり、内装のデザインをいっしょに考えたりしていたくらいで。でも、ぜひそれをちゃんと本業にすべきだって、リチャードが言ってくれたんです。お客さんもたくさん紹介してくれて。ほら、それに、コリンの学費のこともあったから！　もともとはフォーティスミア校か、ハイゲート・ウッド校に進学する予定で、わたしはどちらもけっして反対じゃなかったんだけど、でも、ほら、やっぱりハイゲート校は別格でしょう。ああ、コリンは本当に、あなたに会えて感激するはずよ、アンソニー。あの子はとってもあなたの本が好きだから。リチャードがいなかったら、とうていあの学校にコリンを入れることはできなかったでしょうね。いったい、誰があんないい人を殺したいなんて思うのかしら。ほかの人間ならともかく、あのリチャードをそこまで憎む人が存在するなんて、とうてい考えられないのに」

「プライス氏の自宅のリフォームも、おたくが担当していたんですね？」

「ええ。リチャードとスティーヴンが《サギの泳跡》を買ったのは、もう何年も前のことです。フィッツロイ・パークにあってね——うちから車で、十分か十五分しかかからないんですよ。

いらしたことあります?」そう尋ねておいて、あわてて言いなおす。「もちろん、いらしたに決まってるわね。ごめんなさい。わたし、もう頭の中がぐちゃぐちゃで」ダヴィーナはタバコを吸い、それから灰皿に手を伸ばして灰を落とした。「あの家は、そろそろ手を入れる時期でした。全体がどことなくくたびれた雰囲気だったし、どうも白が多すぎて。白って色は過大評価されすぎだと、わたし、いつも思っているんです。あまりにも少なすぎるんですよ、ほら、わかるでしょ……」言葉を探す。

「色が?」わたしは言ってみた。

「いえ、感情が。現代の暮らしって、何もかもが白とガラス、それにあのうんざりする縦型ブラインドに囲まれているでしょ。もう、あまりに味気なさすぎるのよ! ヴェニスや南仏、そのほか地中海沿岸のどこでも行ってみたら、何が目に飛びこんでくると思います? 目のさめるような青。深い紫。何もかもが生命力にあふれ、脈動が伝わってくるのよ。こうして冷え冷えとした国に住んでいるからって、ちょっとばかり南国の暖かさを取り入れちゃいけないって法はないでしょ」

「リチャード・プライスが殺された夜、エイドリアン・ロックウッドはこちらのお宅を訪ねてたようですね」考えるままに流れ出すダヴィーナの言葉を、ホーソーンは唐突にさえぎった。

「いったい、誰からそんなことを?」ダヴィーナの頰に、南国の鮮やかな赤がじわじわとさす。

「ロックウッド氏本人から」

このとき初めて、ダヴィーナは黙りこんだ。それにより、このふたりの関係が実はどういうものなのかがはっきりと浮かびあがる。そもそも、そういう関係でもなければ、どうしてエイドリアン・ロックウッドが日曜の夜をここですごしたりするだろうか？

「ええ、来てました」ややあって、ダヴィーナは認めた。「実をいうと、わたしたちを引き合わせたのはリチャードだったんです。リチャードはエイドリアンの代理人だったんですよ、あのつらい離婚のとき……」

「ロックウッド氏の話を聞くかぎり、さほどつらくもなさそうでしたがね」ホーソーンの口もとに、かすかな笑みが浮かぶ。

ダヴィーナは無視した。「それで、わたしたちは友人づきあいをするようになりました。すべてが終わった後、エイドリアンがひとりきりで話し相手がほしいときには、うちに来るようになったんです」言葉を切る。「ひとりになるのがどんなことか、わたしも知っていますから。とにかく、この前の日曜日もそんなふうだったの。わたしたち、ここでワインのボトルを空けました。まあ、ほとんどわたしが飲んだんですけどね。あの人は車で来ていたから」

「ここを出た後、どこへ行くか言ってましたか？」

「家に帰るんだと思っていました。とくに言ってはいませんでしたけど」

「何時にここを出たかはわかりますよね」

「ええ、何時何分だったかまで、ぴったりと。バーサが教えてくれたの」ダヴィーナは部屋の隅を指さした。そちらに目をやると、周囲といささかそぐわないアール・デコの大型振り子時計《グランドファザー・クロック》が、洗濯機とわたしたちが入ってきたドアにはさまれた角に置かれている。いや——〝おじいさんの時計〟ほどがっしりとした作りではない。バーサというのは、あの時計の名前なのだろう。〝おばあさんの時計〟だ。「バーサは毎時間チャイムが鳴るの」ダヴィーナは続けた。「エイドリアンは八時になってすぐ、ここを出ていったのよ」

エイドリアン・ロックウッドのほうは、ここを出たのは八時十五分だったと話していた。とはいえ、ふたりの話はほぼ噛《か》みあっている。つまり、どちらもリチャード・プライス殺害の犯人ではありえないというわけだ――ふたりが共犯でもないかぎり。だが、いったいどんな理由で、このふたりがプライスを殺したいなどと思うだろう？　そう、たとえばふたりが男女の関係になったから、プライスが邪魔になったとか。いや、とんでもない。そもそも、このふたりを引き合わせたのはプライスなのだ。それに、ふたりがそれぞれ望んでいたものを手に入れたのも、プライスのおかげだったではないか。エイドリアン・ロックウッドは、安上がりに離婚することができた。ダヴィーナはインテリア・デザイナーという仕事、息子の学費、そのほかさまざまなものを手にしたのだ。

ホーソーンが何か別のことを尋ねようとしたそのとき、ふいにダヴィーナが顔をあげ、鋭い声で呼びかけた。「コリン？　そこにいるの？」

一瞬の後、戸口に少年が姿を現した。年齢は十五歳くらいだろうか、黒いズボンに、ハイゲート校の制服の白いシャツという恰好だ。襟もとのボタンは外し、あの学校ならではの赤と青の縞のネクタイの結び目は、胸のあたりまでゆるめてある。見たところ、母親にはまったく似ていない。年齢のわりにひょろっと背が高く、カールした髪にそばかすのある顔。これまでの少年らしい姿と、将来そうなるであろう男らしい姿との狭間《はざま》で宙ぶらりんになり、さて、どちらへ向かおうかと身体が思案しているかのようだ。唇の上にはひげが生えはじめている。まだひげ剃りはしていないようだが、そろそろ始めたほうがよさそうだ。口を開くと、いかにも声変わりが始まったばかりらしい、ざらざらと割れた声が飛び出してくる。あごの先にはニキビがあった。

「母さん?」

「コリン! あなた、階段で立ち聞きしていたの?」

「ちがうよ。声が聞こえたからさ。降りてきたんだ」

「ほら、こちらが警察のかたよ、あなたにも話しておいたでしょ。可哀相なリチャードのことで、いろいろ訊きにいらしたの」

母親の言葉を誘いととって、コリンはのそのそとキッチンに入ってくると、どすんと椅子に腰を下ろした。

「りんごジュースでも飲む?」母親が尋ねる。息子が入ってきたとたん、あわててタバコを揉み消したのを、わたしは目にとめていた。

「ううん、いらない」

そこで、ふとダヴィーナは思い出したらしい。わたしの名前を息子に告げ、こうつけくわえる。「ほら、このかたの本、ずっと好きで読んでいたでしょ」

「どの本のこと?」

「アラン・ライダーのシリーズよ」

「アレックス・ライダー」わたしは訂正した。

コリンの目がまん丸になった。「あれ、本当におもしろかったですよ！　まだ進学準備校のころ、ずっと読んでて。いちばん好きなのは『ポイントブランク』かな」ふと眉をひそめる。「こんなところで、何をしてるんですか？」

わたしはホーソーンを示した。「こちらのお手伝いをね」

「この人について書いてるってことですか？」

「ああ」今度ばかりは、否定しなくてもよさそうだ。

「うわあ、かっこいいな！　アレックス・ライダーみたいな、探偵もののシリーズを書くんですね！　誰がリチャードを殺したか、もうわかったの？」自分の名付け親が殺されたことには、まったく衝撃を受けていないらしい。コリンにとっては、新たな冒険の一ページでしかないようだ。

「われわれは、まだ捜査を始めたばかりなんだ」〝われわれ〟という言葉が、なんとも嬉しく響く。ホーソーンと組んでいると、なかなか使う機会のない言葉だ。

「リチャードのことを嫌ってる人は、いっぱいいたから」と、コリン。

「コリンったら！」

「だって、リチャードが自分でそう言ってたんだよ。離婚を一件成立させるたび、ひとり敵が増えるって。どっちかが勝ち、どっちかが負けなくちゃいけないからね」しばし考えこみ、また口を開く。「リチャードが誰かに尾《っ》けられてたって話、教えてあげた?」

「何のことだか、母さんには全然わからないけど」

「本当だよ!」コリンはホーソーンに向きなおった。「尾けられてるって、リチャードが言ってたんです。うちに来たとき、ぼくに話してくれたんですよ」

「それはいつ?」

「ぼくの誕生日の前日に、うちに来てたんです。ぼくの誕生日は十月十三日だから、あれは十二日だな。望遠鏡を買ってもらったんです。ぼくの部屋にありますよ。よかったら見せますけど」

「コリンは天文学に興味があるんですよ」母親が言葉を添えた。

「うちでお茶を飲んでいったんですけど、そのとき話してたんです」コリンは責めるような目で母親をにらんだ。「母さんだって聞いてたじゃないか!」

「あなたたちはもう、ずっとおしゃべりが止まらなかったものね。母さんはちゃんと聞いていなかったから」

「自分を尾けてたのがどんな男だったか、それについても何か聞いたかな?」ホーソーンが尋ねた。

「ううん、それについては何も。いや、ちょっと話してたな。どこか不気味な感じだったって言ってました。顔に何か不自然なところがあって、それで目についたみたいです。気味の悪い男だったって言ってました。二度か三度、そいつを見かけたんだって」

「どこで?」

「ここのテーブルで。ちょうど、あなたの坐ってる席でした」

「いや、そうじゃない。どこでその男を見かけたと言ってた?」

コリンは顔をしかめ、一心に思い出そうとした。「えーと、たしか一回は、リチャードの家の近くでの話でした。二階の窓からこっちを見てたって。あと、事務所にも来てたんじゃないかな」

「ちょっと、まさかそれ、作り話じゃないでしょうね、コリン?」ダヴィーナがとがめた。

「そんな話、リチャードなら当然わたしにも話してくれたでしょうに」

「母さんもその場にいたってば!」コリンは言いはった。「まあ、リチャードはそんなに大騒ぎしてなかったよ。ただ、そういうことがあったって。それだけのことなんだ」

「きみの名付け親に最後に会ったのは?」ホーソーンが尋ねた。

「いま話したでしょう。それが最後でした」

「わたしはその後も会っていますけどね」ダヴィーナがつけくわえた。「先週、《サギの泳跡》に行ったんです。リチャードに選んでもらおうと思って、色見本を届けにね」

それを聞いて、わたしはふと思い出した。「182という数字に、何か心当たりはありますか?」

「いいえ。なぜ?」

ホーソーンが怖い顔でわたしをにらみつけた。聞きこみの途中でわたしが口を出すのを、いつもひどく嫌がるのだ。だが、わたしはもうそのまま突っ走ることにした。「壁に緑のペンキで描いてあったんですよ。遺体が見つかった部屋で」

「いったい、何のためにそんなことを？」ダヴィーナが叫んだ。

「何か心当たりがあるんですか？」ホーソーンが尋ねる。

「その数字に？　まさか！　まったく見当もつかないけれど……」きょろきょろと周囲を見まわす姿は、まるで鍋やフライパンの間に答えが隠れているとでも思っているかのようだ。やがて、ダヴィーナはまた新たなタバコに火を点けた。

「どうしてそんなにタバコばっかり吸うのさ？」コリンが怒る。

ちらりと息子を見やったダヴィーナは、ふいに怒りをあらわにした。「吸いたいときは好きに吸うわよ。もう六時すぎ。大人の時間なんだから」挑むように煙を吐き出す。「宿題はもう終わったの？」

「まだ」

「じゃ、さっさとやりなさい。寝る前には、ちゃんとお風呂にも入るのよ」

「母さん……」思春期ならではの口調で、コリンは呼びかけた。

「コンピュータは一時間だけ。後で見にいきますからね」腰を上げようとしない息子を、ダヴィーナはにらみつけた。「コリン！　言われたとおりにしなさい！」

「わかったよ」背中を丸めて椅子にかけていた少年は、どうやってか背中を丸めたまま立ちあがった。わたしたちに別れの挨拶をするでもなく、ただ軽く会釈して部屋を出ていく。

「タバコについては、あの子のほうが正しいのはわかっているんです。でも、あんなふうにわが子から頭ごなしに言われると、どうしても腹が立って」コリンが出ていった後、ダヴィーナは口を開いた。さっきよりは緊張が解けているようだ。冷蔵庫に手を伸ばしてワインを取り出し、自分のグラスにお代わりを注ぐと、立ちあがってカウンターに寄りかかる。背後では、洗濯機ががたがたと振動していた。「それに、コリンもあれでずいぶんつらい思いをしているんです。平気なように見えるでしょうけど、知らせを聞いたときには、あの子も胸の張り裂けるような思いをしたんですよ」自分の気持ちを形容したときと、まったく同じ言葉だ。「あの子はおふたりの前で感情を表すことはないでしょう。でも、だからって、何も感じていないとは思わないでくださいね」ワインをあおり、タバコを吸う。「父親の死も、あの子にとってはつらいできごとでした。リチャードがいなかったら、わたしたち親子はとうてい乗りこえられなかったんです。リチャードはあの子の第二の父親になってくれて……けっして高価な誕生日プレゼントをくれるとか、そんなことだけじゃなかったんですよ。何かに悩んだときは——たとえば、学校でのこととか——コリンはいつだって、わたしに相談する前に、まずリチャードのところへ行っていたんです。今学期もね、あの子は学校でいじめられていて。あれだけ身体も大きいんだし、そんなことくらい自分でどうにでもなると思われるかもしれません。でも、コリンは本当に優しくて、そういうところを標的にする子もいるんですよ。リチャードは、そんな相談にも乗ってくれていたんです」

「あの子の父親に何があったのか、それを聞かせてもらえますか？」ホーソーンは尋ねた。

「事故があったと聞いてますが」

「ええ。正直なところ、あまり話したくはないんですが……」

「そうでしょうね」

いったん静かになった洗濯機を背後に、片手にはグラス、もう片方の手にはタバコという恰好で、ダヴィーナはそこに立ちつくしていた。ホーソーンがどうしてもこの質問を切りあげてはくれないと見てとり、ようやく口を開く。「夫たちはいつも、いっしょに洞窟めぐりをしていたんです。大学生のころから、ずっと。そもそも、大学で出会った友人どうしだったんですよ。オックスフォードの同級生で。リチャード、チャールズ、そしてグレゴリー……」

「グレゴリー?」

「グレゴリー・テイラー。経理の仕事をしています。住んでるのはヨークシャー」

洞窟事故があったという場所だ。

「ところで、ご主人のお仕事は?」ホーソーンが尋ねた。

「マーケティングが専門でした」それ以上は、何の説明もしようとしない。おそらく、いまだに夫のことを語るのがつらいのだろう。「三人は、毎年一週間どこかへ出かけていたんです。わたしはいやだったんですよ。地面に口を開けた穴にもぐるなんてこと、考えるだけでもぞっとしたし、どうしてそんなことに夢中なのか、まったくわからなくて。でも、三人にとってはそれが、本来の自分に戻れる貴重な時間だったんです。出かけていったのは、英国だけじゃありませんでした。もう、世界じゅうどこにでも。フランス、スイス……ある年なんか、はるばるベリーズまで出かけていったくらい。わたしたち配偶者は、けっして連れていかないんですよ。グレゴリーも結婚していて、奥さんのスーザンが反対していたことはわたしも知っています。でもね、止めようとするだけ無駄だったの。わたしはただ、チャーリーが無事に帰ってくるたびにほっとするだけでした」

言葉を切り、ワインに手を伸ばす。この先を話すためには、飲まなくてはいられないのだろう。

「でも、ある年、ついに夫は帰ってきませんでした」大きくごくりとワインをあおった後、ダヴィーナは続けた。「二〇〇七年、三人はリブルヘッドの近くにある洞窟に出かけていったんです。《長路洞《ロング・ウエイ・ホール》》と呼ばれているところでした。事故の後には検証が行われたんですけど、三人がきちんと事前の予防措置をとっていたことは、誰もが認めてくれたんですよ。地元の洞窟探検クラブに連絡をとり、どこを通っていつ戻る予定かを記した入洞届も出しました。予備の懐中電灯や救急セット、そのほか必要な装備はすべてそろえていたんです。三人のうちでいちばん経験があるという理由で、リーダーはグレゴリーとなっていましたけど、それはまあ、書類上の話です。三人とも、洞窟探検がどんなものかはよくわかっていたんですよ」

「それで、いったい何があったんです?」

「まず、雨が降りはじめました。ひどい雨が。四月だったんですよ。天気予報士だって誰ひとり予想していなかったのに、ふいに水があふれて。そのときにはもう、夫たちは洞窟のかなり奥まで入りこんでいましたが、それでも、出口まではたった四百メートルくらいだったんです。

とにかく先を急ぐしかないと三人は心を決め、そのとおりにしました」

ダヴィーナは深く息をついた。

「でも、どうしてか、チャールズはふたりとはぐれてしまって。夫はいちばん後ろを歩いていて、ふたりがふとふりかえってみると、そこに夫の姿はなかったんだそうです。地元の洞窟探検家たちが《スパゲッティ交差路《ジャンクション》》と呼ぶ部分があるんですけど、夫はまちがってそちらへ行ってしまったの。さっき説明したように、状況はひどく緊迫していて。リチャードとグレゴリーにも、流れこんだ水が迫ってました。チャールズを探すのに時間をかけていたら、ふたりも溺れてしまってたはず。それでも、リチャードとグレゴリーは来た道を戻りました。通路に水があふれてくるのにもかまわず、自分たちの生命を賭けて、チャールズの名を呼びながら洞窟の奥へ戻ったの。でも、最後にはふたりも諦めるしかありませんでした。もう、どうしようもなかったんです。ふたりは洞窟を出て、助けを呼びました。それは正しい判断だった。ただ、もうとうてい間に合わなかったの」ダヴィーナはひとつ息をついた。「ねじれ穴と呼ばれる箇所に、チャールズは引っかかってしまっていたんです。上下に重なる二本の通路をつなぐ、細い管のような部分なんですよ。そこに水が流れこんだときも、まだ動きがとれなくて」またしても言葉を切る。「そして、溺れてしまいました」

「遺体は見つかったんですか?」ホーソーンは自分のタバコの箱を取り出し、一本を抜いて火を点けた。

ダヴィーナはうなずいた。「次の日早くに」

「ほかのふたりとは話しました? リチャード・プライスやグレゴリー・テイラーと?」

「もちろんです……検死審問のときに。どちらも、言葉はあまり出てきませんでしたけど。わたしたちはみんな、もう打ちのめされていて——でも、ふたりは主要な証人でもありました。結局のところ、誰も責めるべきではないというのが、陪審の評決でした。あれは事故だったのだ、と」ため息をつく。「それでも、グレゴリーは幾分《いくぶん》か責めを負っていました……というか、自分で自分を責めていたんです。つまるところ、リーダーはグレゴリーだったわけだし。でも、あんなにひどい雨が降るなんてこと、リーダーにだってわかるはずはありませんよね? 三人の誰にだって、わかるはずなかったんです」

「おたくはどうです?」ホーソーンは尋ねた。「そんなことになってしまって、おたくはグレゴリー・テイラーを責めませんでしたか?」いったん言葉を切る。「あるいは、リチャード・プライスを?」

ダヴィーナは黙りこんだ。背後では、いつしか洗濯機が最高速で回転しはじめている。やがて、ようやく口を開いたとき、その声はあまりにか細くて、ほとんど聞きとれないほどだった。「リチャードを責めたことはありません。でも、恨みはしました……少なくとも、しばらくは。だって、リチャードは生きて帰ってきたのに、チャーリーは死んだんです。そもそも、あの探検だってリチャードの思いつきだったのよ。チャーリーよりリチャードのほうが、はるかに乗り気だったんです。その部分では、リチャードに責任はあると思っていました」ワインを喉に流しこみ、グラスを下ろすと、先を続ける。「わたし、チャーリーを心から愛していたの。本当に素敵な男性で、いっしょにいて楽しくて、すばらしい父親でした。コリンの弟や妹もほしいねって、ふたりでいつも言っていたんですよ、結局はできなかったけど。夫を失ってからは、何もかもが本当に空虚で、いっそリチャードに感情をぶつけたほうが自然だったのかも。リチャードからどんなに親切にされても、わたしの気持ちは変わりませんでした。わかってもらえるかしら、まるで、お金で罪を償《つぐな》っているかのように思えてしまって。いろいろ親切にしてもらえばもらうほど、わたしの怒りはふくれあがっていきました。

そんなのはまちがっているって、わたしを納得させてくれたのは、ある意味ではコリンだったのかもしれません。あの子は事故の後もそんなふうには思ってなくて、リチャードといっしょにいるときには……ふたりの絆が目に見えるようでした。コリンには父親が必要だったの。そして、まさにその役割をはたしてくれたのがリチャードだったんです」

ダヴィーナはワインのグラスに視線を落とした。もう空だ。

「ある夜、いっしょにお酒を飲んで、ふたりでひどく酔っぱらったことがあって——リチャードがお酒を止める前の話ですけど。あの人は感情のたがが外れて泣き出してしまって、ずっと抱えていた胸の痛み、罪悪感、つらさ、そういったものをありったけ吐き出したんです。そのときやっと、わたしはリチャードにつらく当たりすぎていたことに気づいたの。あの事故で犠牲を払ったのはわたしやコリンだけじゃない——チャーリーだけでもない——リチャードも同じだったんだって。それからは、わたしの気持ちも和らぎました。リチャードが差しのべてくれる手を、受け入れられるようになったんです。コリンの学費を出すと申し出てもらったときも、はねつけようとはしませんでした。チャーリーはいくらかお金を遺してくれましたけど、それほど多額ではなかったから。リチャードの親切心にいまさら意地悪な目を向けても仕方がないし、だったら信頼するのがいちばんでしょ。実際、本当によくやってくれていたんです」

「プライス氏が遺言によって、おたくにもお金を遺したことは知ってました？」

「ええ。いくらなのかは知りません。でも、たとえ自分に何かあったとしても、だいじょうぶなようにしておくからと、リチャードはいつも言ってくれていたんです。あの人はとても裕福でしたし、スティーヴンも画廊が大繁盛してるようですしね。わたしは明日、オリヴァー・メイスフィールドに会いにいくことになっているんです。そこで、いろいろ説明してもらえるはずよ」ダヴィーナは腕時計に目をやった。「ごめんなさい、これで質問が終わりだったら、そろそろ失礼してもいいかしら。コリンが宿題を終わらせたかどうか見てやらないと。あと、お客さまに提案するデザインのコラージュを作らなくちゃいけなくて……」

「ええ、もちろん」ホーソーンは立ちあがった。手には、いまだ吸いかけのタバコがある。

「いずれまた、お話を聞かせてもらうことになるかとは思いますが」

「わたしにできることでしたら、いつでも」

　わたしたちがまずキッチンを出て、その後ろからダヴィーナも玄関まで見おくりにくる。戸口で別れを告げ、わたしたちは街路に足を踏み出した。いまや、あたりはすっかり夕闇に包まれている。もっとも、プライオリー・ガーデンズは丘に抱かれて、昼間でもどこか暗く感じられる場所なのだが。駅に歩いて戻る間、ホーソーンはしばらく口をきこうとしなかった。

「どうしたんだ?」わたしは尋ねた。

「トニー、いいか、前にも言ったはずだ。あんたには質問してもらいたくない。そんなことのために、あんたを連れてきてるわけじゃないんだ」

「いいかげんにしてくれ!　いったい、あれの何がいけなかったっていうんだ?」

「まだわからないさ。だが、前回どういうことになったかは忘れないでくれ。あんたが間抜けな質問をしたばっかりに、事件そのものがとんでもない方向に転がりかけたんだからな!」

「まさか、ダヴィーナ・リチャードスンが今回の殺人事件にかかわっているとか、そんなことを言うつもりじゃないだろうな?」

「おれはまだ何も言うつもりはないよ、相棒。ただ、邪魔をしてほしくないってだけだ」

わたしたちは駅に足を踏み入れた。積んであった無料夕刊紙《イヴニング・スタンダード》を一部つまみとったのは、もう今夜はとくに話すこともなかろうという、わたしからの意思表示だった。どちらにしろ、お互い別の電車に乗るのだから、わざわざそんなことをする必要もなかったのだが。ウォータールー行きの電車が先に来て、ホーソーンが乗りこむ。わたしはキングズ・クロスへ向かう支線に乗り、そこから乗りかえてファリンドンへ。

とはいえ、同じホームに立っている間、わたしたちは最後にこんな会話を交わした。

「リチャード・プライスが誰かに尾けられていたと、コリンは言っていたね」わたしは切り出した。「あれは、エイドリアン・ロックウッドが話していた、事務所に侵入したとかいうのと同じ男かな?」

ホーソーンは肩をすくめた。「顔にどこか不自然なところがあったと、あの子は話してたよな……」

「リチャードからそう聞いた、と言っていたな」

「だとしたら、ロックウッドの事務所の受付だって気づいてただろうけどな」

「肌に炎症があったと、受付の娘は言っていたそうじゃないか」同じ表現ではないかもしれないが、そうともとれることはたしかだ。「ひょっとしたら、そのために青い眼鏡をかけていたのかもしれない。きみだって言っていたじゃないか。あの眼鏡は、他人の注意をそらすためだった可能性もある、と」

「まあ、それも考えられるな。だが、コリンが言ってたといえば、それよりはるかにおもしろい話があったじゃないか」

「何のことだ？」

「あんたの本を読んでたって話さ」

これはホーソーンが何かわたしに伝えようとしているのか、それともただの嫌味なのだろうか？　あるいは両方？　それがわからないまま終わったのは、ちょうどそのときホーソーンの乗るはずの電車が轟音《ごうおん》をたててトンネルから姿を現し、ホームに停まろうとしていたからだ。

「それじゃ、また明日」と、ホーソーン。

電車に乗りこんだ背中の後ろで、ドアが閉まった。

四分後、わたしの電車がやってきた。席を見つけ、さっきの夕刊紙を開く。まずはトップ記事、そして一面のほかの記事、二面と読みすすむ。もうすぐケンティッシュ・タウン駅というころ、紙面の端に埋没していた小さな記事が、わたしの目にとまった。

轢死《れきし》の男性、身元判明

警察発表によると、十月二十六日（土）、キングズ・クロス駅に到着した電車の前に転落し、轢《ひ》かれて死亡した男性の身元が判明した。グレゴリー・テイラー氏、建設資材販売会社の経理部長、ヨークシャーのイングルトン在住。家族は、妻と十代の娘がふたり。詳細はいまだ捜査中。

9 PUT

立ち入りを禁止されている秘密の通路や場所に、わたしは昔から魅せられてきた。子どものころ、よく両親に連れられて高級ホテルに泊まるたび、従業員専用区画にこっそり忍びこんだことは、いまでもよく憶えている。きらびやかな絨毯《じゅうたん》やシャンデリアがふいに姿を消し、すべてが粗末で実用的なものに切り替わる、あの感じがなんともいえず好きだったのだ。北ロンドンのスタンモアに住んでいたころは、よく妹といっしょに、自宅の隣のオフィスビルを囲む塀の下をくぐり抜けたものだ。この年齢になってもなお、博物館、デパート、劇場、あるいは地下鉄の駅で、あの閉ざされた扉の向こうには何があるのだろうと、つい思いを馳《は》せてしまう。小説を書くとは、まさにこのような作業ではないだろうか——閉ざされた扉を開き、読者をその向こうに連れていくのだ。

そんなわけでその翌日、ホーソーンとともにユーストン駅の英国鉄道警察分駐所を訪れたわたしは、子どものときと同じような興奮に胸を震わせていた。手荷物預かり所のすぐ先、十六番線から十八番線までのプラットホームへ続く入口の向かいの片隅にひっそりと存在する、これまで目をとめることもなく、何十回もその前を通りすぎていたであろう、何の変哲もない小さなドア。もちろん、実際に中へ入ってみれば、きっとがっかりすることだろうが、それはたいした問題ではない。重要なのは、これまでわたしが足を踏み入れたことのない場所、という点なのだ。

ドアの奥は受付となっており、疲れた顔をした制服の女性が、金属の網ごしにわたしたちを迎えた。話を聞かせてくれるという相手、ジェイムズ・マッコイ刑事の名を告げると、すぐさま本人が姿を現す。がっしりした体格の、四角いあごをした男性で、軍人のような髪型に民間人のような服——ジーンズ、スウェットシャツ、アノラック——を着ていた。

「ミスター・ホーソーン?」

「ああ」

「では、こちらへ……」

わたしたちが書類に記入すると、さらにその先のドアがブザーとともに開く。その奥には、細い通路とちまちました小部屋の迷路が、信じられないほどの規模で広がっていた。何もかもが、びっくりするほどくたびれている。わたしたちはありとあらゆる種類の染みがこびりついた青い絨毯の通路をたどり、かすかな振動音を発する飲みものの自動販売機の前を通りすぎ、さらにその先の角を曲がった。小部屋の中には、納戸ほどの大きさしかないものまである。ここで尋問される容疑者は、自分を逮捕した警察官と、文字どおり膝を突きあわせて坐ることになるのだろう。捜査本部の前を通ると、五、六人の男女が印刷された書類に目をこらし、周囲にずらりと並べられたホワイトボードに、その内容を転記している光景が目に飛びこんできた。最先端の科学技術など、影も形もない。ここは犯罪やテロを防ぐ最前線なのかもしれないが、その内実は揺るぎないまでに時代遅れで、ずんぐりと不恰好なヒューレット・パッカードのコンピュータを合成樹脂板の机に載せ、その周りに安っぽい回転椅子を並べて、会議が行われているのだ。部屋に窓はひとつもない。まさに隔絶された世界そのものだった。

今回の約束をとりつけたのはホーソーンだ。こちらから新聞記事のことを知らせるまでもなく、自分でニュースに気づき、その夜のうちにわたしに電話してきたのだ。カーラ・グランショー警部にも、わたしは連絡をしていない。どんなふうに脅されたか忘れたわけではなかったが、少なくとも一週間は連絡をせずにおいて、その間にホーソーンが事件を解決してくれることを期待しようと心に決めたのだ。いや、ひょっとしたらわたしが解決できないともかぎらない自分がすべての謎を解き、容疑者を一堂に集めて、最終章でみなに真相を語る役を務めるという思いつきに、わたしはいまだ心奪われていた。

取調室では、もうひとりの男性がわたしたちを待っていた。三十歳に手が届くかどうかという制服警官で、わたしたちの質問に答えるため、わざわざここに呼ばれてきたのだそうだ。アーメド・サリムという名のこの警察官が、最初に事故の対応に当たったのだという。実をいうと、事故が起きたのはキングズ・クロス駅なのに、どうしてユーストン駅で話を聞くのか、わたしは最初とまどったが、どうやらキングズ・クロス駅には鉄道警察の分駐所が存在しないらしい。マッコイ巡査はセントラル線の北側の事件事故に対応すべく、いつもはストラトフォード・イーストからチェルムズフォードあたりを動きまわっているのだという。そして、今回はグレゴリー・テイラーの死の捜査に当たっているのだそうだ。

ふたりの警察官は、事故の経緯をこう語ってくれた。

グレゴリー・テイラーは十月二十六日の土曜日、リチャード・プライスが殺される前日の昼前にロンドンに到着した。リブルヘッド駅から――イングルトンには駅がないのだ――早朝の列車で出てきて、いよいよ帰宅の途につこうとしたときのことだ。当時、キングズ・クロス駅は土曜とは思えないほど混雑していた。その日はサッカーの試合――リーズ対アーセナル戦――があり、プラットホームにはサポーターがあふれていたのだ。ふだんなら、ヴァージン鉄道は列車が到着するまで、乗客を改札から入場させない。だが、大幅にダイヤが乱れたときには、その規則をゆるめることになっていた。そして、ちょうどその日、ピーターバラで信号故障が起き、電車が遅れていたのだ。そんなわけで、列車が滑りこんできたとき、プラットホームには四百人ほどの乗客がいた。

テイラーがプラットホームに入場したのは、午後六時十二分。先を急ぐ様子はなかった。《スターバックス》でコーヒーを、《W・H・スミス》の書籍売場でドア・ストッパー並みに分厚い本を買っている。マーク・ベラドンナによるベストセラー《破滅界》シリーズの第三巻、『血の囚《とら》われ人たち』だ。わたしがこのシリーズをたまたま知っていたのは、つい最近、これをテレビドラマの脚本にしてくれないかと、スカイから打診があったからだ。《破滅界》シリーズは、このころシーズン3が放映中だった『ゲーム・オブ・スローンズ』としばしば（悪い意味で）比較される。アーサー王時代のイングランドを舞台とし、魔法と神秘、そして最大限にどぎつい暴力と性描写を織りこんだファンタジーだ。《デイリー・メール》紙はこのシリーズを〝混じりけのない毒ポルノ〟と評したが、出版社のほうはちゃっかりとそれを宣伝文句にして、重版の表紙に刷りこんでいる。わたしも第一巻を半分ほど読んだが、とうてい楽しめたとはいえず、たいして迷うことなくこの仕事を断った。

第三巻は書店に届いたばかりで、特別価格が付けられていた。テイラーはこの本を買い、景品のキット・カットと水のボトルを受けとっている。

そして改札を通り、プラットホームへ上って電車を待つ。そこは黄色い線の内側ではあったが、かなり端に近い位置だった。そして、定刻より遅れた列車がはるか遠くに姿を現し、どんどんこちらに迫ってくる。次に何が起きたかは、サリム巡査が語ってくれた。

「夜の交代時間になり、わたしが駅に着いてすぐ、ひどい騒ぎが起きました。無線で呼び出されるより早く、これはPUTだとわかったので……」

「PUTというのは?」

「〝車輛下に人《パーソン・アンダー・ア・トレイン》〟です」

「〝転落者〟とも呼びますがね」マッコイがつけくわえた。

「悲鳴が聞こえてきたんですよ。運転士も警笛を鳴らしてました、決められた手順どおりにね。それで、何かが起きたと悟り、まっすぐプラットホームに向かったんです。そういうわけで、わたしが現場に最初に着いたんですよ。

自殺にちがいないと、まずは思いました。しかし、キングズ・クロス駅は終点ですからね、もともとあまり自殺は多くないんです。まあ、正面のコンコースにはハリー・ポッター好きが集まってますし、サポーターもどっと帰ってきたところでしたし。そう考えると、事故なのかもしれません――とはいえ、事故もやはり、あまり多くはないんですよ。だから、なんともいえませんね。わたしはただ、何かできることがあればと現場に急ぐしかありませんでした。行ってみると、その気の毒な乗客はプラットホームの三分の二まで進んだあたりで足を踏み外し、走りこんできた電車のちょうど正面に転落したことがわかりました。場合によっては、たまたま運のいい場所に落ちることもあります。けがですむ場合だって――まあ、ひどいけがではあっても。でも、今回はちがった。ちょうど二本のレールを横切るように落ちて、両脚と首が切断されていたんですよ。もう、あわててどこかへ逃げ出せるような状態じゃなかった、ってわけです」

iPhoneは電池が切れかけていたので、これらの話を、わたしはすべてメモにとっていた。すべてちゃんと書きとめられるよう、巡査はじっと待ってくれている。わたしが作家だということは、マッコイもサリムも知っており、そのうえでわたしに話すのを楽しんでいるらしい。おかしなもので、自分の仕事について本に書かれることを喜んでくれる人々は、こちらが思っているより多いのだ。

「まず最初にすべき仕事は、ほかの乗客を現場から遠ざけることでした。あたりには、大勢の人たちが悲鳴をあげてましたからね。気分が悪くなった人もふたりほど。気が遠くなった女性がひとり。言うまでもなく、そういう場面を携帯で撮ろうとする、性根のねじ曲がった連中も大勢いましたしね。ほとんどはサッカー帰りの恰好をしてました。チーム名入りのマフラー、パーカ、ニット帽……そういったものを身につけて。誰が誰だか、見分けなんかつきませんよ。とにかく、わたしはその人たちを現場からちょっと離れたところまで下がらせて、そこから勝手に立ち去らないよう通告しました。後から全員の名前と住所を控え、目撃証言やら何やらを取らなくてはいけませんからね。そのころには、さらに何人かの警察官が駆けつけてきて、鉄道警察の中央指令室にも連絡が入ったことがわかりました。つまり、ロンドン救急サービスと航空救急隊もこちらに向かってる、ってことです。何より心配だったのは、誰かが心臓発作を起こすことでした。以前にも経験があるんですが、そうなるとさらに面倒が倍に増えてしまうんですよ。

どうにか現場に規制線を張り、周囲の混乱を収めると、今度は遺体を車輛の下から運び出さなくてはなりません。しかも、四十五分以内に」

「それはまた、どうして?」わたしは尋ねた。こうした場合の処置の実際に、すっかり心を奪われていたのだ。

「費用がかかってしまうからです」サリム巡査は説明した。「こうした事故が起きると、われわれはすぐに現場の清掃を行い、できるだけ電車を止めないようにしなくてはなりません。いっさい時間を無駄にはできないんですよ」

「あんたが遺体を運び出したんだね?」ホーソーンが尋ねた。

サリムはうなずいた。「ええ。この作業には五十ポンドの手当が出ることになってるんですよ。今度の休暇はおふくろとすごそうと、いま金を貯めてましてね。もっとひどい現場だってあるんです。今回は電車が速度を落としてましたから、身体の一部が宙を飛んだりとか、そういうことは起きませんでした。専門チームを呼んで車輌を吊りあげるとか、そんな必要もありませんでしたしね。運転士はひどく動揺してましたが、わたしの指示で車輌を動かすことはしてくれました。そこからは、もうさほど面倒なことはなかったんですよ。遺体を運び出し、手やら何やら、切断された部分をすべて袋に入れて。その後は、現場に到着したマッコイ刑事が引き継いでくれました」

ここでも、マッコイ刑事が話を引き継いだ。

「あとはもう、仕事もそんなに残ってませんでしたがね。まず遺体の財布から身分証明書を探し、北ヨークシャー警察から巡査をふたり遺族のもとへ向かわせて、夫人に事故のことを伝えてもらいました。夫人はまだ年若い娘ふたりと自宅にいたそうで、そんなことを電話で知らせたくはありませんでしたからね。夫人はすぐにロンドンに出てきて、翌日わたしも会いましたよ。名前はスーザン・テイラー。ひどい憔悴《しょうすい》ぶりでした。とうてい現実を受けとめきれない、というふうでね。テイラー氏は体調を崩してて、家計もなかなか苦しかったようです。いわゆる、すっからかんってやつですね。とはいえ、ふさぎこんだりしてた様子はなかったと。それどころか、夫人の話によると、今回のロンドン行きは大成功だったそうでね。日曜の夜には夫婦でそのお祝いをしようと、レストランを予約してたんだとか」言葉を切り、息を吸いこむ。

「まあ、実現せずに終わってしまったわけですが」

「テイラー氏はロンドンで何をしてたんだ?」ホーソーンが尋ねる。

「友人に会ってたそうです」

ホーソーンは続きをしばらく待ったものの、どうやら話はそこで終わりらしい。

「夫人はそれしか言わなかったんですよ。話を聞いたのはわたしなんですがね。ユーストン・ロードをちょっと入ったところの《ホリデイ・イン》に泊まってたところを訪ねていったんです。しかし、どうもあまりまとまった話を聞けなくて。気の毒に、もうただただ悲嘆に暮れるばかりでね。そりゃそうですよ、旦那が電車に轢《ひ》かれたんだから! ふたりは結婚して二十年になるそうです。遺体確認も夫人にしてもらわなきゃなりませんでしたが、あれはさぞかしつらい体験だったでしょうね。わたしはもう、今回の事件を《理由不明の死》に分類しようと決めてました。それ以上、何か夫人から聞き出せるとはとうてい思えなかったんでね」

「《理由不明の死》というと?」その言葉を、わたしは書きとめた。

「こういう場合には、三つの分類があるんですよ。《理由不明の死》、《理由が判明した死》、そして《不審死》。わたしの見るかぎり、不審なことは何もありませんでしたからね。ただ、防犯カメラの映像を見ても、なぜテイラー氏がホームから転落したのか、はっきりしたことは何もわからないんですよ」

「目撃者の証言がありましたよね」サリム巡査が指摘した。

「どんな証言だ?」ホーソーンが尋ねる。

マッコイはちらりとサリムを見た。目下の巡査に口を出されて、いささかむっとしたのかもしれない。「転落する直前、テイラーは叫んだんですよ。たったひとこと、『気をつけろ!』とね。何人もの目撃者が、それを耳にしてます」

「誰かがぶつかってきたということか?」

「あんなふうにホームから飛び出すとなると、かなりの勢いでぶつかられたことになりますがね。身体がほとんど水平になった状態で線路に落ちてますから。たしかに、ホームで電車を待ってた連中の多くが、かなり酔っぱらってはいました。サッカー観戦帰りですからね、想像はつくでしょう」

「わざと突き飛ばされた可能性は?」

「誰も、何も見てなかったんですよ。ただ叫び声が聞こえて、次の瞬間にはすべてが終わってた、ってね。まあ、防犯カメラの映像はありますけど。自分の目で確かめてみてください」マッコイは持っていたノートパソコンをわたしたちに見えるように置き、映像を再生しながら説明を始めた。「わたしが最初にしたのは、ヴィクトリアにある防犯カメラ映像集積センターに連絡することでした。あそこの連中が、すぐさまこの映像をダウンロードさせてくれたんですよ。ありがたいことに、転落前に《スターバックス》や売店に寄った映像もあります。駅に到着したところもね」

「駅までは、どんな交通手段を使ってた？」

「ハイゲートから地下鉄です」

ハイゲート。これはけっして偶然ではあるまい。

「ほら、これです……」マッコイがボタンをクリックした。

テレビや映画に登場する防犯カメラの映像と、ほんものは似ても似つかない。キングズ・クロス駅で撮影されたというその映像は、ぼやけて粒子が粗く、まるでレンズに埃《ほこり》が積もってしまっているかのようだ。そもそもカメラの位置があまりに高すぎるうえ、角度も斜めなために見づらい。彩度もかなり落としてあるばかりか、いくらか調整が狂っているように見える。たとえば、リーズ・ユナイテッドFCのユニフォーム・カラーである紺と金色の組みあわせも、この映像ではくすんだ紫と黄土色に変わってしまっているのだ。グレゴリー・テイラーの死も、この映像はいかにも淡々と、美しさも興奮もすべてそぎ落とされた形で伝えてくる。ある一瞬にはここにいて、次の瞬間にはいなかった、と。

最初は、電車の姿はまったく見えない。サッカーのサポーターが大半を占める群衆が、うろうろと動きまわっているだけだ。

「これがテイラーです」マッコイが示す。

たしかに、ぼんやりとした人影がプラットホームの内側を歩いてくる。端に近い位置ではあるが、危険なほどぎりぎりではない。足どりを見るかぎり、まったく急いではいないようだ。映像に音声はなく、その人影はごく小さい。だが、テイラーは行く手をふさぐ群衆に、そこを通してくれと礼儀正しく声をかけながら歩いているような印象だ。やがて、三つのことがほぼ同時に起きる。まず、グレゴリー・テイラーが集団に呑みこまれて視界から消え、同時に鮮やかな赤のヴァージン鉄道の電車が姿を現した。実際にはかなり速度が落ちていたはずだが、この映像では、まさに瞬時に画面の端に到達する。そして、その正面にテイラーが転落した。カメラに背中を向けてはいるものの、たとえ正面から撮影した映像だったとしても、その顔の表情を読みとることはできなかっただろう。映像の中のテイラーは、キャンバスにさっと走らせた絵筆の染みほどの大きさしかなかったからだ。ホームから転落したテイラーの身体は、一瞬にして視界から消える。そして、電車は無慈悲にもその上を通過し、見えない身体を轢断《れきだん》する。いったい何が起きたのか、周囲の人々が気づくまでには数秒の遅れがあった。そして、恐怖に駆られた群衆が、湧きあがる太陽風のような動きで後ずさりするのだ。その場の悲鳴が聞こえてくるかのような映像だった。

「そして、これが電車の先頭に取りつけたカメラで撮った映像です」マッコイが説明する。

同じできごとが、今度は運転士の視点から展開した。目の前に延びる線路。右側のプラットホームで電車の到着を待つ人々。ふいに何かが——いったい何なのかは、映像からは見てとれない——画面を横切る。それが、グレゴリー・テイラーの生涯最期の瞬間をとらえた姿だ。運転士はブレーキをかけたのだろうが、電車の速度が落ちたようには見えなかった。

　わたしはいま、人が死ぬ瞬間を目にしたのだ。

　マッコイはノートパソコンを終了させ、蓋を閉じた。「キングズ・クロス駅の検視官から遺体を動かす許可を得て、われわれは直近の死体安置所にテイラー氏を移動させました。この事件に関する資料はすべて死因捜査班に渡しましたよ。もちろん、これから検死審問も行われるでしょう。ただ、正直に言わせてもらえば、わたしには何もあやしい点が見あたらなくてね。これはただの事故だったと、九割がた確信してますよ。よくあるできごとのひとつです」

「テイラー氏には敵でもいたんですか？」サリムが尋ねた。「それで捜査を？」

「その翌日ハムステッドで起きた殺人に、テイラー氏がかかわってた可能性があるんでね」ホーソーンが答える。

「じゃ、これで容疑者リストからひとり消えたってことですね」じっくり考えこみながら、サリムがつぶやいた。「こんなありさまじゃ、もう何もできなかっただろうし」

　わたしたちは分駐所を後にし、正面のコンコースに出た。外気に触れるやいなや、ホーソーンはタバコに火を点《つ》けた。その頭の中で、いま聞いた話をあらためて吟味している様子が目に見えるようだ。こんなときのホーソーンを見ていると、もうすぐ偉大な発見にたどりつこうとしている科学者、あるいは古代の墳墓をついに開こうとしている考古学者を想起せずにはいられない。感情をほとんど表に出さないホーソーンではあるが、胸のうちに湧きあがる熱気や興奮が、わたしにまで伝わってくる。

「どう思った？」わたしは尋ねた。

「テイラーはハイゲートにいたんだな」

「ひょっとしたら、ロンドンに出てきたのはダヴィーナ・リチャードスンに会うためだったのかな」

「あるいは、リチャード・プライスにな。同じ駅から、どっちの家にも行ける」

「うん、これが偶然のはずはないよ。テイラーが死んだのは、プライス殺害のほとんどきっちり二十四時間前なんだから」

「そのとおりだ、トニー。これが偶然のはずはない」

ホーソーンはしばらく無言のまま、タバコを吸いつづけていた。ユーストンはロンドンでも指折りに見栄えのしない駅のひとつで、こうしてファストフード店やコンクリートに囲まれていると、自分まですすけてくるような気がする。やがて、ついにホーソーンは口を開いた。

「イングルトンだ」そのひとことに込められた響きから、おそらくホーソーンはその地に行ったことがあるのだろうと、わたしは感じた。そして、けっしていい印象を抱いてはいないのだということも。

「イングルトンがどうした？」

「いま、あんたは忙しいのか？」

「忙しいことは、きみも知っているだろう」

「ふたりで行くしかなさそうだ」またしても、いかにも気乗りのしない口調。

ホーソーンがタバコを吸いおえると、わたしたちは乗車券売場へ行き、翌日の切符を買った。

10 ヨークシャー、イングルトン

翌日、キングズ・クロス駅での待ちあわせに現れたホーソーンは、あまり機嫌がよろしくなかった――とはいえ、それは何もめずらしいことではない。わたしといっしょにいるときのホーソーンは、よそよそしく感じが悪いか、あるいはあからさまに無礼かの間を行ったり来たりなのだから。長いこと殺人事件の捜査をしていると、殺人者の異常な人格にいささかなりとも染まってしまうところがあるのだろうかと、わたしは折にふれて思うことがあった。手ごわい探偵という役割を――ごっそり持っているらしいダーク・スーツと白いシャツのどれかを身にまとうように――演《は》じているというだけではない、もっと何か深い意味があるのだろうかと、何度となく思いを馳せたこともある。いったいなぜ、ホーソーンはわたしにこんなにも自分のことを語りたがらないのだろう？　どんな映画を見たか、誰に会ったか、週末には何をしていたかといった話題はけっして出ることがなく、口にするのはただ、わたしたちを結びつけている目の前の殺人事件のことだけ。いったい、ホーソーンは何を怖れているのだろうか？

とはいえ、このヨークシャーへの旅は、そんなホーソーンの頑なな態度をほぐすいい機会となるのではないかと、わたしは期待していた。何といっても、ごく近い距離で顔を突きあわせ、少なくとも四時間はいっしょにすごすことになるのだから、ヴァージン鉄道のコーヒーをともに飲み、ベーコン・サンドウィッチをつまむうち、そこに新たな絆が生まれないともかぎらない。そう、可能性はある。列車が動き出すと、ホーソーンは背中を丸め、陰気な顔をして窓の外を眺めている。探るような茶色の目、今回の旅に持ってきた小さな古めかしいスーツケース、そういったたたずまいから、わたしはつい、戦時に疎開させられる子どもを連想せずにはいられなかった。何か食べるものはいらないかと尋ねてみたが、ホーソーンはかぶりを振った。ついでながら書き添えておくと、わたしが今回の旅のために買った切符は一等車だ。わたしは仕事をしなくてはならないし、ホーソーンのほうも席がゆったりしていたほうが喜ぶだろうと配慮してのことだった。あいにく、気づいてさえもらえなかったようだが。

ホーソーンがロンドンを離れたくないことは、はっきりと見てとれた。十分後、列車が速度を上げ、ロンドンの北に広がる郊外を走りはじめても、いまだその視線は、しだいにまばらになりゆくオフィスビルやアパートメントを追っているのがわかる。徐々に緑の面積が増えていくにつれ、神経が張りつめていく様子が見てとれるのだ。そういえば、前回の事件でまる一日ケントですごしたのを除けば、わたしたちはこれまで、まったくロンドンを離れてはいない。ホーソーンがジーンズやスニーカーをはいているところさえ、わたしは見たことがなかった。運動することなどあるのだろうかと、つい思いをめぐらす。

検札が来たのをいい機会に、わたしはホーソーンを、ひかえめにではあるが突っついてみることにした。「ずいぶん無口じゃないか。何かあったのか?」

「いや」

「田舎で二、三日すごしたいものだと、このところずっと思っていたんだ。都会を離れるのもいいものだな」

「あんたはヨークシャーを知ってるのか?」

「ヨーク大学にいたからね」

そんなことは、ホーソーンだってよく知っているはずだ。わたしのことなら、何でも調べあげているのだから。いまの問いには、おそらく何か別の意味があったのだろう。ホーソーンの口調を思いかえしているうちに、本当は何を言いたかったのか、わたしは気がついた。「きみはヨークシャーが嫌いなんだな」

「まあな」

「どうしてだ?」

ホーソーンはためらった。「しばらく、あっちにいたことがあってね」

「いつ?」

「どうだっていいさ」

ホーソーンはポケットからペーパーバックを引っぱり出し、これでこの会話は終わりだというかのように、ばしんとテーブルに叩きつけた。本の表紙に目をやると、サー・アーサー・コナン・ドイルの『緋色の研究』ではないか。「これもきみの読書会の課題かな?」わたしは尋ねた。

「ああ」この本については、ホーソーンもまだわたしに言いたいことがあったのだが、ようやくそれを切り出したのは、列車がさらに十五、六キロ走ってからのことだった。「次の会に、あんたに来てほしいんだとさ」

「誰が？」

「読書会だ」わたしがぽかんとしているのを見て、さらにつけくわえる。「あんたはシャーロック・ホームズのことも書いてるだろう。ほら、あんたの最新作さ。だから、あんたの話を聞いてみたいというんだよ」

「ああ、それはわかるよ。わたしはただ、どうしてきみの読書会の人たちが、わたしのことを知っているのかと……つまり、きみとわたしが知りあいだということをね」

「別に、おれが話したわけじゃない」

「そうだろうな」

ホーソーンは息を吸いこんだ。「うちのアパートメントに来たとき、あんたを見かけたって人がいるんだよ」

「リヴァー・コートに？」

「ああ。あんたがエレベーターに乗ってたってさ」

車椅子に乗っていた青年、そして一階から乗りあわせた夫婦の記憶がよみがえる。わたしはたまにテレビに出るし、本の表紙に写真が載っているから、誰かが顔を知っていたのだろう。

「それで、あんたに来てくれるよう頼んでくれって、おれが頼まれたんだ」

「そんなことを心配していたのか？　わたしなら、喜んで行くのに」

「あんたがそう答えるんじゃないかと、それが心配だったんだよ」

　ホーソーンは本を開いて読みはじめ、わたしはペンを取り出して、脚本を直しにかかった。『刑事フォイル』の「ひまわり」というこの回では、戦後、フォイルがロンドンに住む元ナチス将校を保護するよう命じられる。それがきっかけで、フランスで起きた大虐殺事件が発覚するのだ。だが、いつものように、この物語には番組制作上の問題点があった。この物語のクライマックスでは、鮮やかな黄色いひまわりの咲きほこる野原で、むごたらしい大虐殺が起きる。だが、いまは十月で、英国のどこにもひまわりなど咲いてはいないのだ。プラスティックの造花を使うわけにもいくまい。ＣＧは費用がかかりすぎる。いっそ、季節に合わせて「シロニンジン」という題名にしようかとさえ考えてしまうくらいだ。

　リーズで列車を乗りかえたあたりから、どんどん美しさを増す周囲の風景に、わたしはすっかり惹きつけられていた。ガーグレイヴ、そしてヘリフィールドを通りすぎるころには、車窓にはまるで別世界の、たとえばトールキンが描き出したような景色が広がる。秋の陽光がきらきらと輝き、緑の丘はなだらかに波打って、その合間を縫うのは空積みの石壁や生垣、羊たちの群れ。こんな風景を見ていると、いったいどうして自分は来る日も来る日も街なかの一室に、一日あたり十時間も閉じこもっているのだろうと、あらためて思わずにはいられない。ほんの数時間も列車に乗るだけで、こんな世界が広がっているというのに。

ホーソーンのほうは、そんな景色にもいっこうに感銘を受けた様子はなかった。ただ本を読みつづけ、時おり窓の外に視線を投げては、ひどく怖れていたことがいまや現実になりつつあるのだと、陰気な顔で受け入れるといった風情《ふぜい》だ。このあたり、あるいは付近のどこかでホーソーンは子ども時代の一時期をすごしたのだろうと、わたしは推理していた。〝しばらく〟ヨークシャーですごしたことがあるという話だったが、少なくともこの十二年間は、ホーソーンはロンドンに住んでいたはずだ——ガンツ・ヒルに住む十一歳の息子がいるのだから。だとすると、ヨークシャーにいたのはかなり昔のことだろう。今回、ここを訪れるのはいかにも気が進まない様子だった。こんなにも沈んでいるホーソーンを見てしまうと、どうしても好奇心がそそられる。

わたしたちはリブルヘッドに到着した。なぜここにあるのだろうと不思議になる小さな乗降場は、駅舎やたったひとつのパブ兼宿屋からもいくらか離れているばかりか、周囲を見まわしても、そのほかの建物はまったく見あたらない。今夜、わたしたちはこの宿に泊まることとなっている。わたしたちふたりだけをここで降ろすと、列車はまた音をたてて走り去っていった。長くひとけのないプラットホームのはるか先には、ぽつんとひとり、わたしたちを待っているらしい人影がいる。ホーソーンはここでの聞きこみのため、ロンドンからあれこれ手配していて、地元の洞窟探検クラブにも連絡したのだそうだ。ここでわたしたちを待っている男性の名は、デイヴ・ギャリヴァン。《長路洞《ロング・ウエイ・ホール》》でチャールズ・リチャードスンが行方不明になったときに連絡を受け、遺体を発見するにいたったという洞窟救助協会の責任者だ。

わたしたちとその人影は、ホームの両端からお互いに歩みよった。あまりに壮大な風景、あまりにぽつんと寂れた乗降場のおかげで、西部劇で決闘をしようと向かいあうカウボーイたちをつい連想してしまう。近づいてみると、デイヴはいかにも人当たりのよさそうな五十代の男性だった。がっしりとした体格で筋骨たくましく、ふさふさとした白髪に、いかにもヨークシャー渓谷の厳しい気候にさらされながら野外活動を満喫してきたらしい、赤銅色の肌をしている。

「あんたがホーソーン?」目の前に来たところで、デイヴはわたしたちにそう声をかけてきた。

「わたしだ」ホーソーンがうなずく。

「宿にチェックインするかい? トイレとか、行っておきたいところは?」

「いや、だいじょうぶだ」

「じゃ、行こうか」

誰も、わたしには何も訊かない。別に驚きもしなかった。いまさら、ほかに何を期待できるというのだろうか?

イングルトンはごく魅力的な村でありながら、さほど目を惹かれない町にまんまと擬態しているような場所だった。町の周縁には、いくつも段差のついた採石場らしい場所があり、そこから急な下り坂に沿って美しく造りこまれた庭園が続く。この傾斜のついた地形のおかげで、村の目抜き通りを走っていると、ずらりと並んだ瓦葺《ぶ》きの屋根や煙突を眼下に見晴らすことができるのだ。村の片隅にそそり立つ、いまは使われていない巨大な高架道を眺めると、かつてこれを建設するために汗を流し、口汚く愚痴をこぼしていたであろう男たちの姿が目に浮かぶ。まさか、後世これが美しい建造物として鑑賞されようとは、夢にも思わず働きつづけていたにちがいない。さらにカフェ、そして洞窟探検の本や装備ばかりを集めた二軒の専門店の前を通りすぎると、周囲とあまりに不釣り合いなほど巨大な、どこかシャーロック・ホームズの物語に登場しそうな雰囲気の老人ホームが、ふいに目の前に現れる。そういえば、かつてこの近くに住んでいた母親に会いに、コナン・ドイルがしばしばこの地を訪れていたことを、わたしはふと思い出した。

スーザン・テイラーの住まいは、坂を二分ほど上ったところにあった。一九二〇年代に建てられたテラスハウスのいちばん端の家だが、今出来の玄関ドアや二重ガラスの窓、そして裏手に突き出したみっともないサンルームのせいで、かつての風情はだいなしになってしまっている。もっとも、イングルトンを車で走った印象では、建物の風情などに気を遣っている余裕など、ここの住民はなかなか持っていられないようだ。この家には、いかにも男性的な印象を受けるが——がっしりとした壁、角ばった輪郭——いまやそこに住む顔ぶれは、未亡人と若いふたりの娘になってしまったことになる。この設定は、シャーロット・ブロンテなら喜んで小説に使いそうだ。もっとも、裏手のサンルームだけは見なかったことにしなくてはならないだろうが。

デイヴ・ギャリヴァンは玄関をノックすると、返事を待たずにドアを開き、中に足を踏み入れた。わたしたちも、すぐその後に続く。明るく風通しのいい室内には、飾り気のない家具が並んでいた。入口には麻を編んだマットが敷かれ、花瓶には蒲《がま》のドライフラワー、壁には洞窟や岩の裂け目の写真が飾られている。片側には開いたままのドアがあり、その奥の居間にはアップライトのピアノや、炉棚にやはりドライフラワーの飾られた暖炉が見えた。敷物の上では、猫が昼寝をしている。居間の向かいにあるキッチンへ足を踏み入れると、そこには大きなナイフを握りしめたスーザンが待ちかまえていた。

そんな小道具のおかげで、この女性は最初ひどく怖ろしげに見えてしまったが、実のところ、わたしたちはたまたま夕食の支度の真っ最中にキッチンに踏みこんでしまっただけらしい。目の前には乱切りにしたニンジンやジャガイモが並んでおり、キッチンへ入っていくわたしたちをよそに、スーザンはそのナイフを使って、まな板から鍋へ野菜を滑らせた。

夫ひとりの存在というだけではなく、世界のすべてを失ってしまったにも等しい知らせを耳にして五日めのきょう、スーザンはいまだ茫然自失しているように見えた。その顔に笑みが浮かんでいないというだけではない。わたしたちが入ってきたことも、ほとんど気にとめていないかのようだ。角ばった顔は血の気がなく、じっとりと湿った粘土のように見える。くすんだ茶色の髪は生気が失せていた。ワンピースは長いでもなく、短いでもなく、ふくらはぎの真ん中までというあまりに中途半端な丈で、肉のついた足の太さが強調されてしまっている。ギャリヴァンがわたしたちを連れて入ってきても、スーザンはひとことも口を開かなかったが、こんな来客がなければよかったのにと思っていることは、すぐに見てとれた。

「スー――こちらがホーソーン氏だ」ギャリヴァンが告げる。

「ああ、そう。お茶は召しあがりますよね？」

それが〝お茶を淹れましょうか〟という申し出なのか、それともこれから起きうる未来を疲れた口調で予想しただけなのかさえ、なんとも判別がつかない。はっとしてしまうほど、熱のこもらない口調だ。

驚いたことに、ホーソーンはいたって積極的に、その誘いに飛びついた。「ええ、お茶を一杯いただけると嬉しいですね、テイラー夫人」

「おれが淹れるよ」ギャリヴァンがやかんに歩みよる。このキッチンの勝手を知りつくしているらしい。

スーザンはナイフを置くと、テーブルを囲む椅子に腰をおろした。年齢は四十代だが、それよりかなり老けて見える。まるで女性の形をしたサンドバッグのようで、一挙手一投足のすべてが、これ以上はもう無理だと告げていた。向かいに坐ったわたしたちに、スーザンは初めてじっと視線を当てた。

「あまり長くならないうちに切りあげてもらえますか」きついヨークシャー訛《なま》りだ。「夕食の支度を終わらせないと、娘たちがもう学校から帰ってくるんです。この一週間、それでなくとも家族みんなが充分つらい思いをさせられてるんですよ。娘たちが戻る前に、あなたがたには帰ってほしいんです」

「今回のことは本当にお気の毒でした、テイラー夫人」ホーソーンが切り出した。

「あなたは、うちのグレッグに会ったことがあったんですか？」

「いいえ」

「あたしとも初対面ですよね。だったら、お悔やみなんか言っていただかなくてけっこうです。何の役にも立たない言葉なのに」

「ご主人に何があったか、それをつきとめなくてはならないんですよ」

「うちの人に何があったか、それはもうご存じでしょう。ホームから落ちて、電車に轢《ひ》かれたんです」

ホーソーンは申しわけなさそうな顔になった。「それが、そうともかぎらないんですよ……」

「どういう意味です？」一瞬、スーザンの目が燃えあがる。

ホーソーンはスーザンをしばし見つめ、それから先を続けた。「お心を乱したくはないんですがね、テイラー夫人。われわれとしては、ご主人が突き飛ばされた可能性をまだ排除できずにいるんです」

このあまりにも直截《ちょくせつ》な言いようにわたしは驚き、はたしてスーザンはどう反応するだろうかと固唾《かたず》を呑んだ。夫が死んだということさえ、まだ心が受け入れられないような時期に、ひょっとしたら殺されたかもしれないなどと告げるとは。ホーソーンのふだんの言動に照らしてさえ、これはどうにも無神経に思えた。

だが、スーザンは驚くほど反応が薄かった。「そんなこと、誰がしようと思うもんですか。グレッグに危害を加えようと思う人なんて、誰も思いつきません。それに、うちの人がロンドンに行くことは、あたししか知らなかったんですよ。娘たちにさえ話してなかったのに」

「ロンドンへは、何のために行ったんです？」

やかんの湯が沸いた。ギャリヴァンがお茶を淹れ、テーブルに運んでくるまで、スーザンはじっと口をつぐんでいた。それぞれに配られたマグカップにはティーバッグが入ったまま、縁から小さなラベルが糸にぶらさがって垂れている。

「うちの人は体調を崩してて。お金が必要だったんです」

「どんな状態だったんですか？」またしても、ホーソーンはいささかの曖昧さも許そうとはしない。

「かなり悪くて。でも、誤解しないでください。きっと治るはずだったんです。だからこそ、うちの人はロンドンまで出かけていったんですから」

「あちらで、誰に会ったんです？」

「あたしには、あたしなりの話の順番があるんです、ミスター・ホーソーン。よかったら、黙って聞いててもらえませんか。どうでもいい質問をいちいちはさんでこられると、あなたも面倒でしょうけど、あたしも話しにくいんです」

ホーソーンはタバコを取り出した。「吸ってもかまいませんか？」

「好きなだけ吸ってください。でも、あたしの家を出てからにして」

スーザンはむっつりとお茶を見つめ、それからカップを手にすると、ティーバッグの入ったままのお茶をすすった。わたしも同じようにする。ギャリヴァンは断りも入れず、自分のカップにスプーン二杯の砂糖を足した。それからは、わたしたち三人がテーブルで話すにまかせ、やかんの周囲にひとりたたずんでいる。

「あたしたちが初めて出会ったころも、グレッグは経理をやってました」やがて、スーザンは話しはじめた。「仕事はうまくいってました。リーズにある大きい会社に勤めてて、順調に階段を上ってるところだったんですよ、わかるでしょ。あたしはバーで働いてて、そこであの人と会ったんです。あたしたち、つきあうようになって。やがて結婚しました。娘たちも生まれて。でも、うちの人は都会暮らしがどうしても性《しょう》に合わなかったんです。このヨークシャー渓谷にいる時間が何より好きで——歩いたり、鳥を見たり、星の下で眠ったり。渓谷の上を歩きまわるだけじゃなくて、そもそも地下にもぐることが大好きでね。根っからの洞窟探検家だったんですよ。あたしの意見なんかおかまいなく、隔週末にはここに出かけてきてたから、最後にはもう家を売ってここに越してくるのがいちばん、ってことになって。お給料は下がりましたけど、《アトキンソンズ》に勤めることになりました」

「建設資材を売る会社でね」かたわらから、ギャリヴァンがつぶやいた。

「そうなんです。そこで、経理部長をしてました」

「ご主人の写真はお持ちですか?」わたしは尋ねた。グレッグ・テイラーがどんな見かけをしていたか、わたしはまったく知らないが、この先の話を聞くには、その姿を想像できたほうがいい気がしたのだ。

まるでむっとしたかのような顔で、スーザンはちらりとこちらを見たが、やがて、ごく小さくうなずいた。プラスティックの写真立てを、ギャリヴァンがテーブルに持ってくる。そこには、折れた鼻までいかにもラグビー選手らしい、笑みを浮かべた大柄な男性の写真が収まっていた。着ているのは、鮮やかな色のアノラック。まるで顔からはじけたかのようなあごひげが、写真のおよそ半分の面積を占めている。にんまりと笑いながら、カメラに向けて親指を立てている姿からは、まさに人生を楽しんでいる様子が伝わってきた。

「グレッグとあたしは、どうにか慎ましくやってきました。けっして豊かな生活じゃなかったけど、こんな土地では、お金はさほどいらないんです。けっして愚痴じゃないんですよ。友だちもいました。ジューンとメイジー——ふたりの娘も。そして、もちろん、そこに渓谷もあったし。あたしは週に三日、老人ホームで働いてます。ここでの暮らしに慣れてしまえば、イングルトンはなかなか悪くない場所でね。夏には観光客が詰めかけて、本通りは歩けないくらいになるけど、それは渓谷じゅう、どこでも同じだし。あたしたちは冬がいちばん好きでした。このあたりに雪が積もったらどんな景色か、ぜひお見せしたいくらい。本当に美しいんです。

でも、そんななか、グレッグの具合が悪くなって。半年くらい前からのことなんですが、もちろん、最初はふたりとも深く考えなかったんです。どうにも歩きにくい、とくに階段の上り下りがつらいって、うちの人が言いはじめてね。医者に行くよう、あたしが説きふせたんです。でも、医者はただ、膝の軽い関節炎だって言って、抗炎症剤の飲み薬を処方してくれただけでした……まったく馬鹿な女医よね。でも、だんだん腕も、首もおかしくなってきて。グレッグはあまり弱音を吐かない人でしたけど、症状はひどくなってくばかりでした。中でも、首がいちばんひどかったんです。さらに、肌のあちこちに、内出血のしるしが浮かびあがってきて。呼吸も苦しそうでね。医者にもう一度かかったら、今度はリーズの病院に送られたんですけど、はっきり診断が下るまではしばらく時間がかかりました」

スーザンは言葉を切った。その視線は、わたしたちの後ろを見つめているかのようだ。

「うちの人は、エーラス・ダンロス症候群でした。最初はどうにもちんぷんかんぷんに聞こえたけど、でも、そういう病名なんです。頭文字をとって、ＥＤＳって略称で呼ばれてるんだそうです。うちの人はいつも、まるで誰かの名前みたいに〝エド〟って呼んでました。『エドがここにいるからな』って、そんなふうに。グレッグはいつだって、どんなことでも冗談にして笑い飛ばそうとする人でした」

「ああ、そうだったな」ギャリヴァンがうなずく。

「でも、この病気は笑えるようなものじゃなかった。おもしろいことなんて、何ひとつなかったんです。うちの人は、じわじわとエドに殺されつつありました。首は脱臼しかかっていて、そうなったら、脳幹もうまく機能しなくなってしまうんです。あと二、三ヵ月で寝たきりになると言われてました。発作も起きて。麻痺もありました。このままなら死んでしまうだろうと」

小刻みな短い文章を吐き出す、独特の話しかただ。出会い、交際、そして結婚を語ったのと同じぶつ切りの口調で、スーザンは緩慢な死に向かう夫の様子を語っていく。こうして、ああして、そして、こう。

「ＥＤＳには治療法もあるんです。患者の支援団体が連絡をくれて、そのとき教えてもらいました……手術のことを。すべての椎骨をつなぎ合わせて、首の骨がずれていかないようにするんです。これで、グレッグの生命は助かると言われました。ただ、これは国民保健サービスが適用されないんです。あまりに高額で、あまりに複雑な手術だから。そのためには、スペインに行かなきゃならなくて。あっちでは成功例もいっぱいあると聞きましたけど、けっして安くはないんです。渡航費、手術代、入院代、そのほかいろいろ合わせたら、二十万ポンドにもなるって話でした。

そんなお金、うちにあるはずがありません。ここは持ち家だけど、ローンもまだ残ってるんです。グレッグは貯蓄が苦手でね、おかしいでしょ、ずっとお金をあつかう仕事をしてきたくせに。二十五万ポンドもらえる生命保険は掛けてました――リーズにいたときに加入してたんです。でも、請求できるのはうちの人が死亡したときだけで。そんなの、何の役に立つっていうんです?」

「だが、ご主人にはロンドンに住む裕福な友人がいた」ホーソーンが口をはさんだ。

「そうなんです。説明の先回りをされちゃったわね。うちの人は十九歳でオックスフォード大学に入って、そこでふたりの親友ができました……リチャード・プライスと、チャーリー・リチャードスンと。ディッキーとトリッキーって、うちの人は呼んでましたけどね。三人はよく、いっしょに洞窟探検に出かけて――そもそも最初に知りあったのも、その趣味が縁でね――そうして昔の仲間で集まることが、ある種の儀式みたいになってたんです。グレッグはいつも、ふたりに会うのを楽しみにしてました。毎年、いちばん心待ちにしてた行事だったんです。たいていは国内ですけど、ときにはヨーロッパや、はては中南米まで足を伸ばすこともあって。あたしの言いたいのはここなんですよ。うちの人が休暇に海外なんて行く余裕がないことを、ふたりは知ってました。だから、そんなふうに遠くまで行くときには、ふたりはちょっとずつお金を出して、うちの人を助けてくれてたんです。どっちもそんなことは口に出しませんでしたし、グレッグも話したがらなかった——ヨークシャー気質《かたぎ》ですしね、あの人なりの矜持《きょうじ》もあって——でも、ふたりの助けがなかったら、そんな遠出はとうていできなかったんですよ。

でも、二〇〇七年のこと、チャーリーが《長路洞《ロング・ウエイ・ホール》》で死んだときに、そんな日々も終わりました。検死審問のときはリチャードもここに来たんですけど、それ以来、ふたりはお互いに顔を合わせてなかったんです。きっと、あの顛末《てんまつ》にふたりとも後ろめたい気持ちがあって、お互いに目を合わせられない状態だったんでしょう。でも、そんなふうに感じる必要は何もなかったんですよ。ふたりとも、何の責任もなかったと認められたんですから。ここにいるデイヴもね、審問では証人にもなってくれたし、あんたたちは何も悪くなかったと、ふたりに最初に言ってくれてね。こんなことは、時として起きるものなんです。ただの事故だったのよ」

さっきまで、じっとスーザンが語るのを見まもっていたギャリヴァンは、自分の名が出たとたんに背を向けた。まるで、この件にかかわりあいたくないといわんばかりに。

「ロンドンに行って、リチャードに相談したらいいって、あたしがグレッグを説きふせたんです。リチャードは一流の弁護士で、すばらしく羽振りがいいでしょう。ロンドンにも家があって、地方にも別荘を持ってて。全額は無理かもしれないけど、ちょっとでも出してくれたら、あたしたちだってそれを足がかりに、募金とか何とか手立てを考えて、残りを工面できるかもしれない。クラウドファンディングとか、そういった方法でね。でも、グレッグは乗り気じゃありませんでした。リチャードとの関係はもう終わったと思ってたんです。もう、六年も口をきいてなかったから」

「それでも、土曜日にはロンドンへ向かったんですね」と、ホーソーン。

「そうなんです。駅には、あたしが車で送っていきました。あたし、うちの人にきっぱりと言ってやったんです――もしもこの列車に乗らなかったら、あんたとはもう離婚する、ってね。離婚裁判の弁護士は、リチャード・プライスにお願いするから、って。グレッグは笑ってね――もう、笑うと痛みが走るような状態だったのに、それでも笑ってくれて。それが、うちの人を見た最後でした。朝早く、リブルヘッド駅のホームで。ロンドンにいるのは二、三時間で、すぐに戻るはずだったんです。夕方のお茶には帰ってくるかと思ってたのに」

「リチャード・プライスは援助を断ったんですね」わたしは口を開いた。

そういう話を聞かされるのだろうと、わたしはほぼ確信していた。そう考えないと、筋が通らないからだ。リチャードは金を出すのを断った。だからこそ、グレッグは列車の下へ身を投げたのだ。その翌日、スーザンはロンドンへ向かった。ひょっとしたら、リチャードを殺したのはこの未亡人だったのだろうか。

「あなたはそう思うでしょうね――でも、それは大まちがい」棘《とげ》のある口調だ。「リチャード・プライスって、本当にいい人なんです。《長路洞》でのことは、リチャードも自分を責めてたのかも。さっきもお話ししましたけど、うちのグレッグも、やっぱり自分を責めてたんです。でも、ふたりがお互いを責めたことはありませんでした。洞窟を出ようという決断は、ふたりでいっしょに下したんだし、それは正しい判断だったと、みんなが言ってくれたんですよ」

同意を求めるかのように、スーザンはふりむいた。だが、デイヴ・ギャリヴァンは、依然として目を合わせようとはしない。

「ハムステッドにあるリチャードの自宅に、グレッグは訪ねてくことになってました。ちょうどお昼どきにね。家にいるのは自分だけだと、リチャードは言ってたそうです。まあ、詳しいことはあたしにもわからないけど、まるでこの六年間はなかったことみたいに、リチャードはグレッグを迎えてくれて、ふたりはまた親友どうしに戻ったんですよ。グレッグの話にも耳を傾けてくれて、二万ポンドとか、五万ポンドとかの中途半端な額じゃなく、全部まるまる払ってくれるっていうんです。リチャードって、そういう人なんですよ。ほんと、聖人よね」

「おたくはどうしてそれを知ってるんです、テイラー夫人？」ホーソーンが尋ねた。

「グレッグが電話をくれたからよ」スーザンはホーソーンの目をまっすぐに見すえたまま、ポケットを探りはじめた。やがて携帯を取り出すと、テーブルの上に置く。「電話をもらったとき、あたしは運転中だったの。土曜の午後は、ジューンをダンス教室に送ってくことになってて。グレッグも知ってたはずだったのに。でも、ちゃんと伝言は残してくれたんです」

携帯に手を伸ばし、いくつかボタンを押す。ついさっき、わたしたちは死んだ男の写真を見た。そしていま、今度は声を聞こうとしているのだ。

「やあ、スー。いま向こうの家を出てきたところだ。リチャードはすばらしい友人だよ。とうてい信じられないくらいにね。おれを家の中に招き入れてくれて――ああ、きみにも見せたかったな――お茶やいろいろご馳走になって……とにかく、たぶん全額出せるだろうと、あいつは言ってくれたんだ。何もかも、全部。信じられるか？　まるで、ずっと前に起きたあのことの埋め合わせを、ここでしようとしているようにね。どれくらい金がかかることになるか、何もかも説明したんだが、あいつの事務所ではこういうことのための基金を用意しているとかで――」声が途切れる。「いまは、キングズ・クロス駅へ向かっているところだ。列車に乗ったら、また電話するよ。そっちからかけてもらってもいい。日曜の夜は、外で食事しようじゃないか。《マートンの紋章亭》でね。こういうときには、お祝いをしないとな。後でまた、何もかも話すよ。いいかい？　愛しているよ」

カチリという音がかすかに響き、携帯は黙りこんだ。

「警察は、この伝言をコピーしてました。あたしは、どうしてもこれを手もとに置いておきたかったから。駅に着いてから、また電話はもらいましたけど、声の録音で残ってるのは、これが最後なんです。あと、こんなのも送ってもらったんですよ……」

スーザンは携帯をこちらに向け、グレゴリー・テイラーの写った写真を見せてくれた――自撮りだ。グレッグが立っている道路がどこなのか、わたしはすぐに見てとった。ハイゲートのホーンジー・レーンだ。アーチウェイ・ロードの上にかかるホーンジー・レーン橋が、すぐ背後に見える。写真のグレッグは、にっこりしていた。

「こんなことになったいま、あたしにとって、この写真はせめてもの慰めなんです。うちの人は、最高の気分のまま死んだのよね。もう、有頂天になったまま。自分はもうだいじょうぶだ、そう思ってたはずなんです」

この言葉を聞いて、また別のことが頭にひらめく。結局のところ、グレゴリー・テイラーはだいじょうぶではなかった。手術費用を出してもらう前にリチャード・プライスが殺されてしまったのだから、たとえ電車に轢かれなかったとしても、手術は受けられなかっただろう。ひょっとして、それがリチャードの殺された理由なのだろうか? 手術の金を出させまいとして?

どうやら、ホーソーンも同じようなことを考えているらしい。「帰り道、ご主人はご機嫌だったというわけですね。だとしたら、キングズ・クロス駅で、いったい何が起きたんだと思いますか?」

「それをつきとめるのが、あなたがたの仕事じゃありませんか」スーザンは答えた。「あたしにはさっぱりわかりません。防犯カメラの映像も、あたしには見せてもらえないでしょうしね。でも、警察の話によると、駅のホームはリーズのサポーターたちで混みあってたそうです。みんな、酔っぱらってたって」まるで愛した男の遺灰を納めた神聖な形見でもあるかのように、携帯をひしと握りしめる。そのとき初めて、わたしはスーザンの目に涙がたまっているのを見た。「そんなこと、そもそも考えたくもないんです。何があったのか、これでもう、みんなお話ししました。すみませんけど、そろそろ……」

玄関へ案内しようというように、ギャリヴァンが足を踏み出す。だが、ホーソーンが腰を上げる気配はなかった。「おたくもロンドンに行くはめになったんでしたね」

「ええ、日曜の朝に。マッコイって名の警察官と話しました。娘たちの面倒は、ここでデイヴが見てくれてたんです」

「遺体の確認をしたとか」

「ええ、写真を見せてもらいました」

「こちらに帰ってきたのはいつです？」この質問をホーソーンがぶつけた理由は、ひとつしかあるまい。リチャード・プライスが殺されたとき、スーザン・テイラーはロンドンにいたのだ！　もっとも、本当にこの女性が事件にかかわっていたとは思えない。どうにも意味が通らないではないか。

「一泊して、月曜に帰ってきました。駅のそばのホテルを、警察に手配してもらったの。ひどいところだったけど――でも、もう日帰りするには遅すぎたんです」

「日曜の夜は何をしてました？」

「ダンスに出かけて、それから外で食事を」そう言いながら、ホーソーンをにらみつける。「そんなふうに答えるとでも期待してた？　いったい、あたしが何をしてたと思う？　部屋でひとり坐りこみ、帰れる時間をひたすら待ってましたよ」

さすがにもう、これでわたしたちも腰をあげるだろうと、スーザンも思ったにちがいない。だが、ホーソーンはまだ話を切りあげるつもりはなかった。「もうひとつ、お訊きしたいことがありましてね、テイラー夫人」その口調には、もはや申しわけなさのかけらもない。「《長路洞》のことを、どうしても聞いておきたいんですよ」

「それなら、おれが話すよ」ギャリヴァンが口をはさんだ。

「いや、テイラー夫人の話が聞きたいんです」

「あれはもう、六年も前のことなのに」

「おたくはさっき、リチャード・プライスとご主人が、お互いを一度も責めたことはなかったと言ってましたね。だが、ふたりを責めてた人間が、どこかほかにいるかもしれない」

スーザンの目に、驚きの色が浮かぶ。「いったい、どうしてそんなことを?」

「おたくがどう思うかはともかく、ふたりともほぼ二十四時間のうちに、尋常ならざる形の死を迎えたわけですからね、テイラー夫人。そして、そのふたりを結びつけているものは、どうやら《長路洞》だけらしい」

スーザン・テイラーはちらりと腕時計に目をやると、ギャリヴァンを身ぶりで制した。こんな話をしたくはないのだろうが、それでもあといくらかは、わたしたちのために時間を割《さ》いてくれるらしい。

「あたしが知ってるのは、グレッグが話してくれたことだけですけど。でも、たぶん、それを聞きたいってことなんですよね。あれは四月の週末のことでした。あのふたり――リチャード・プライスとチャーリー・リチャードスン――は、ロンドンからこっちに来たんです。リブルヘッド駅の宿に泊まってね。グレッグも、あそこに部屋を取りました。正直に言わせてもらえば、そんなのただの無駄遣いなんですけどね。だって、うちからたった二十分しかかからないんですよ。でも、そうすれば三人でいっしょにお酒が飲めるでしょ。あの夜も、まちがいなくさんざん飲んだんでしょうね。昔の仲間の再会だ、あのなつかしい日々をもう一度、って。くだらないったらありゃしない」

「リチャード・プライスとは、おたくも顔を合わせたことがあるんですね？」

「もちろん、何度か会ってます。本当を言うと、大好きってほどじゃありませんでした。あたしから見ると、どうにも口だけお上手すぎる感じで。うちの人がリチャードをここに連れてきたことはありません。たぶん、恥ずかしかったんでしょうね、この家があんまり粗末だから。でも、《マートンの紋章亭》とか、そういった場所へみんなで食事に行ったことはあります。あと、検死審問のときも見かけました。話してはいないんですけど――そのときは。あたし、誰とも話さなかったから。

とにかく、検死審問の結論は、グレッグがあたしに話してくれたこととまったく同じでした。四月という時期で、気候も暖かかった。二週間ずっと晴れの日が続いてたけど、その日は雨の予報が出てました。嵐が来るなんて噂もあったけど、グレッグは雲を見て、荒れるのはごく狭い地域だと判断したんです。三人の出発地点、オールド・イング・レーンはそこからずっと離れてる、って。グレッグは天気を読むのが得意でした。まちがったことなんてないんですよ。洞窟に入ったのは昼前で、夕方までには出てくる予定だったんです。洞窟については、地図の正確度はグレード四――こんなこと聞かされても、わけがわからないかもしれませんけど。道のりは三キロちょっと。勾配部分が多い。かなりやっかいな場所もいくつかある、ってことでした。

でも、実際に嵐が起きたのは、三人の真上でした。問題は、地盤が硬かったことなんです。つまり、雨水の流れこむのが速いんですよ。まずいことになったと、三人はすぐに悟りました。そうなると、どっちかの道を選ばなきゃいけません。いまより高い位置へ登るか、それともできるだけ急いで出口をめざすか。三人は出口をめざすことにしました。途中で一ヵ所ねじれ穴を通り抜けなきゃいけないけど、その先はかなり楽な道なんですって……ちょっと這ったり、ちょっとかがんだりするくらいで。でも、とにかく流れこんでくる水に追いつかれなきゃ、それでいいわけだから。

そんなわけで、三人はそうしました。全員がそっちに賛成したんです。でも、どうしてそんなことになったのか、先を急いでる途中で、チャーリー・リチャードスンがはぐれ、後に残されちゃって。チャーリーがいないことにふたりが気づいたのは、もう最後の通路を歩いてたときで、出口も目の前でした。それで、ふたりはどうしたと思います？　もう、明るい地上もすぐそこに見えてたんですよ。水がどんどん流れこんできてるのに、戻るなんて正気じゃありませんよね。必死にチャーリーの名を呼んでも、そんなのは時間の無駄でした。たとえすぐ近く、五メートル後ろにいたとしたって、流れこむ水やなんかがうるさくて、とうてい声が聞こえるような状態じゃなかったんです。それで、ふたりは洞窟を戻ろうと決めました。いまさっき歩いてきた通路は、もう流れの速い川になってて、ふたりに向かってきたんです。でも、そこの天井には裂け目があって……」

「ごく高い位置に、幅の狭い裂け目が走っててね」ギャリヴァンが説明した。「ひじや腰を突っぱって身体を支え、裂け目の間を進んでいけば、流れの上を移動できるんだ」

「そうは言っても、危険にはちがいないんです」と、スーザン。「滑りおちたら、そのまま流されてしまうんだから。それでも、ふたりは必死に来た道を戻りましたが、チャーリーの気配はありませんでした」

スーザンは言葉を切った。この先は、話しても仕方がないとでもいうように。

「きっとチャーリーはねじれ穴を見落としてまっすぐ進み、ごちゃごちゃした分かれ道のところへ出たにちがいないと、ふたりは考えたんです。そこは、地下の迷路みたいになってるんですよ」

「《スパゲッティ交差路《ジャンクション》》というんだ」ギャリヴァンが口をはさむ。ダヴィーナ・リチャードスンが話していたのと同じ言葉だ。

「そこまで戻ることは、もうできませんでした。だから、ふたりは方針を変え、外に出て助けを求めることにしたんです」

「ふたりはイング・レーン農場に向かった」ギャリヴァンが話の続きを引きとった。「そこの主人はクリス・ジャクソンというんだが、たとえクリスがいなくても、奥さんがいるだろうことがわかってたんだ。ふたりはそこにたどりつき、警察に電話した。警察はすぐにおれに連絡してきてね。午後五時五分に通報を受けたと日誌に書いて、おれは救助隊を呼びあつめた。七時前には《長路洞》に突入したよ」

「うちにも警察から電話が来ました」スーザンはマグカップを手にとったが、お茶はもうとっくに冷えきっていた。顔をしかめ、カップを戻して話を続ける。「何かよくないことが起きたんだって、そのときあたしは悟ったんです。でも、チャーリーがやっと見つかったのは翌日で……」

「もういいだろう」ギャリヴァンがうなった。「その先を知りたきゃ、審問の記録を読むんだな。誰にだって閲覧はできるんだ。あんたたちはもう帰ったほうがいい」

「もうすぐ娘たちが帰ってくるんです」そう言いながら、ティッシュに伸ばす手が震えている。わたしははっとして目をあげ、スーザンがいまにも泣き出しそうなことに気づいた。

「外で待っててくれ」ギャリヴァンはスーザンに歩みよった。

ホーソーンが立ちあがる。「お話を聞かせてもらえて感謝します、テイラー夫人。キングズ・クロス駅でいったい何があったのか、きっとつきとめますよ。約束します」

スーザンは顔をあげ、敵意さえこもっていそうな視線を返した。まるで、ホーソーンを責めているかのようだ。それも無理はない。今回の訪問は、かつての古傷を無理やり開き、当時のことを生々しくふりかえらせるだけに終わったのだから。わたしは会釈をしたものの、声をかけることはできなかった。ホーソーンとともに部屋を出る。

だが、そのまま家を出たわけではない。誰にも見られていないことを確認すると、ホーソーンは廊下を横切り、向かいの居間に足を踏み入れた。がらんとしているようにさえ感じる、簡素な部屋だ。暖炉とピアノ以外にあるものといえば、テレビ、ソファが二脚、サボテンの鉢が置かれたコーヒー・テーブル、そして家族の幸せだった瞬間をとらえた写真が数枚。サンルームと居間を仕切る二枚のガラス戸は開けはなたれている。椅子のひとつに、猫が丸くなっていた。それがすべてだ。それ以外には何もない。

「いったい、何を探しているんだ？」わたしはささやいた。

「あんたには見えないのか？」ホーソーンがささやき返す。

わたしは種明かしを待った。だが、話が続く様子はない。

「わからないな」わたしは答えた。

ホーソーンは頭を振った。「あんたの目の前にあるってのに」

事件について何かを見つけたり、気づいたりしたとき、この男はいつだって、それをわざとわたしから隠す。まるで、ある種のゲームでもしているかのように。探偵小説ではありがちな展開だが、そうされるたび、わたしはいつも苛立《いらだ》たずにはいられなかった。だが、だからといって、自分に何ができるわけでもないのはよくわかっている。わたしたちは居間を後にし、足音を忍ばせて玄関を出た。戸外に足を踏み出すやいなや、ホーソーンはタバコに火を点《つ》けた。

「テイラー夫人に、あんなにもつらく当たる必要があったのか？」わたしは尋ねた。

ホーソーンは心底から驚いたようだ。「おれがつらく当たってたって？」

「動揺していたじゃないか」

「そわそわはしていたな」

そわそわしていた？　そんなふうには思えない。いや、そんな様子はまったくなかったと断言できる。そもそも、どうしてそわそわしなくてはならないのだろう？　いましがたのやりとりをふりかえっているうち、わたしはふと、自分は知っているものの、おそらくホーソーンは知らないであろうことに思いあたった。これは十五年間にわたってクラウチ・エンドに住んでいたからこその知識であり、おそらく事件には関係ないかもしれないが、ホーソーンには話しておかなくては。少なくとも、きょうはわたしもいくらか役に立ったことになる。

「夫人が見せてくれた画像を憶えているだろう」わたしは切り出した。

「旦那が送ってきたってやつか？」

「あれを撮ったのがどこか、わたしはたまたま知っているんだ」効果をねらい、いったん言葉を切る。「あれはハイゲートのホーンジー・レーンだよ。〝自殺橋〟まで、歩いて一分の場所だ」

「〝自殺橋〟だって？」

「みんながそう呼ぶんだよ、ホーンジー・レーン橋のことをね。もしもテイラーが自殺するつもりだったら、そこからだって飛びおりられた——だが、何よりおもしろいのは、そこからダヴィーナ・リチャードスンの家まで、歩いてたった五分なんだ」

ホーソーンはじっと考えこんだ。「なるほど、おもしろいな。だが、おれにとってはさらにおもしろいことを、あんたにも教えてやろうか」

「どんなことだ？」

「キングズ・クロス駅。《W・H・スミス》。いったい、なぜテイラーはあの本を買ったんだろう?」

11 駅の宿にて

イングルトンから宿に戻るのかと思っていたが、ホーソーンはどうしても《長路洞《ロング・ウェイ・ホール》》の入口を見たいという。それが何の役に立つのか、わたしにはさっぱりわからなかったが、装具一式をそろえて自分たちで洞窟を探検しようなどと言われなかったのは、せめてもの幸いだと思うしかない。またしてもデイヴ・ギャリヴァンのランドローバーに乗せてもらったものの、あまりにくたびれた車なので、道の凹凸《おうとつ》に揺れたり、馬車の轍《わだち》にはまったりするたび、いまにも分解するのではないかと、わたしはひそかにはらはらしていた。ホーソーンは助手席。わたしはプラスティックの容器やロープの束、バックパックなどにはさまれて後部座席に納まり、泥水がはね飛んで流れるガラスごしに外を眺めていた。

線路は自然豊かな風景を一文字に突っ切っていくが、この道路はもっと穏やかに、その合間を縫うように走っていく。近づくにつれ、何もかもが——田舎家や農場、小川や橋、森や丘——さらに美しい姿をわたしたちに見せてくれた。時おりギャリヴァンが説明をはさんだが、その言葉があまりに身も蓋もなくぶっきらぼうだったのは、作家に値踏みされているようで居心地が悪かったのだろうか。

「あれがワーンサイド。ヨークシャー三山のうち、いちばん高いやつだ。あっちがイングルバラ。近くから見あげると、尾根が石炭系石灰岩でできてるのがわかる。あそこにいるのがスウェイルデール種」と羊の群れを指さす。「あいつらは、もう二百年以上このあたりの草を食ってるんだ」

助手席からは、いちばんすばらしい眺めが望めたはずだ。だが、ホーソーンはあいかわらず風景に何の興味も示さず、座席に身を預けたまま口をつぐんでいた。

道路の途中から、一本の素朴な小径《こみち》が枝分かれしている。わたしたちはその小径をたどり、見わたすかぎり何もない、ヨークシャー渓谷のどこまでも広がる美しい緑の中に分け入った。やがて、空積み石垣の途中に作られた門のそばで車を駐める。しんとした静寂の中、自分たちが砂利を踏む音だけを聞きながら、車を後にして門をくぐり、また別の小径へ。イングルトンにいたときには晴れていたのに、いまやしだいに雲行きがあやしくなりつつあり、リチャード・プライス、チャールズ・リチャードスン、グレゴリー・テイラーの三人が最後の探検に出かけたときも、きっとこんな空模様だったのだろうと、わたしは想像せずにいられなかった。まだまだ青空はたっぷり見えているものの、はるか彼方にはみるみる雲が湧きあがり、野原に暗い影を落としている。雲の合間から射しこむひと筋の陽光が、まるで神の槍のようだ。

やがて、目の前に渓流が現れた。楽しげなさざめきを響かせながら走る流れは、ふいに岩棚にさしかかり、そこからこぼれ落ちる滝となる。その底がどれだけ深いのか、ここからはとうてい見えないが、まるで地球の深奥にそのままつながっているかのようだ。隆起する丘の斜面に暗い口を開けた洞窟は、ツタや苔に周囲をびっしりと覆われて、どこか子どもの怖がるお話の舞台を思わせる。あの三人の男たちはここから地中にもぐり、自ら闇に呑みこまれていったのだ。

「出口は？」ホーソーンが尋ねた。

ギャリヴァンは指さした。「三キロちょっと東だ。ドリアー・ヒルをぐるっと回った裏にある。そっちにも行ってみるか？」

ホーソーンはかぶりを振った。地平を見わたすと、牧草地に囲まれてぽつんと建つ、白く塗られた農家が見える。「あそこに住んでるのは？」

「さっき話に出てきたやつだよ。クリス・ジャクソン。あれがイング・レーン農場だ」

「いまは家にいるかな？」

「かもな。話を聞きたいのか？」

「さしつかえなければ」

「どうぞお好きに」

徒歩で行くわけではなかった。車に戻り、さっきの門を通り抜けると、さらにがたがたした小径を、小石や土をはね飛ばしながら走る。《長路洞》はこの真下に広がっているのだろうかと、つい思いをめぐらせずにはいられない。実をいうと、この洞窟周辺の実地検分はいったい何のためなのか、わたしはいささか意味を測りかねていた。あの三人が出かけたという洞窟探検で、ひそかに何か後ろ暗い事件が起きていたとでも、ホーソーンは疑っているのだろうか？　たしかに、地下の洞窟は殺人を犯すのにもってこいの場所だ。何より、死体を埋めなくてもいいのだから。仮にリチャードとグレゴリーが、ともにチャールズ・リチャードスンを殺したと考えてみよう。誰かがそのことを知り、殺人者のひとりをボトルで殴りたおし、もうひとりを列車に向かって突き落として復讐を遂げたのだとしたら、それはそれで説明がつく。だが、なぜいまになって？　そもそも、たまの休みに連れ立って探検に出かけるだけの大学時代の旧友たちが、いきなりそこまで深刻に対立するものだろうか？

一キロ半ばかり北に走ると、さっきの農場に着いた。丘のふもとに腰をおろした老人のようなたたずまいの家で、周囲には農機具の壊れた部品やら、家畜の餌の詰まったビニール袋やらがびっしりと積みあげられている。またしてもデイヴ・ギャリヴァンがドアを叩いたが、今度はおとなしく返事を待つうち、やがて痩せぎすながら屈強そうな男が姿を現した。灰色の髪にまばらな口ひげを生やし、Tシャツにジーンズという恰好だ。元軍人だということは、男が口を開く前からわかっていた。立ちかた、腕の刺青《いれずみ》、眼光の鋭さから、そんな気がしたのだ。

「どうしたね？《アイ・アップ》」ヨークシャー方言を逐一ここに書きつらねるつもりはない——文字にしても奇をてらっているように見えるだけだろう——だが、この男がわたしたちをまじまじと眺め、こんな言葉を発したということだけ書いておきたい。

ここを訪ねた理由を、ギャリヴァンが説明した。

「だったら、入るといい」

玄関を入ると、そこがキッチンだった。石畳の床で、あまり居心地がいいとはいえない部屋だ。テーブルを囲む椅子に腰をおろす。お茶は出なかった。

「あの日はな、どうもまずいことになりそうだと思ってたんだ」男は話しはじめた。「午後から、もうバケツをひっくり返したような雨だったからな。裏の小川がどうなってるか、窓からのぞいてみた。そこまでの半年はずっと、からっからに干あがってたってのに、四時にはとてつもない勢いで水が流れてたよ。そこの小川は、こんなときのいい目安なんだ」

「気象状況の目安だな」ギャリヴァンが補足する。「このへんには、そんな場所がどっさりある。ちょろちょろとでも水が流れてたら、洞窟へなんか入るべきじゃないんだ」

「おれもバーバラに同じことを言ったんだよ」男がちらりと上に目を向ける。おそらく上階に妻がいるのだろう。「そのときはただ、こんな日に洞窟に入る馬鹿がいないことを祈るばかりだったね。だが、それから一時間くらいして、誰かが玄関をノックした。ふたりの男が入ってきたんだが――いや、もうひどいありさまでね、全身ずぶ濡れで、ひとりは鼻が血まみれだったよ。それがグレッグ・テイラーだと気づくまで、一、二分かかったくらいだ。連れの男は知らない顔だったな。とにかく、《長路洞》で何があったか、ふたりが話してくれてね。友だちを探して必死に戻ろうとしたんだそうで、あまりの心配に生きた心地もしないようだった。このふたりに何か飲ませてやってくれとバーバラに頼んで、おれは警察に電話したよ」

「そのふたりは、ほかに何か言ってませんでしたか?」ホーソーンが尋ねた。

「まあ、いろんなことを言っちゃいたが、支離滅裂な話がほとんどでね。雨はずっと降りしきってて、おれたちは洞窟救助隊がやってくるのを待つしかなかった。そうだな、ひとつだけは言えるよ。グレッグのほうがひどい狼狽《うろた》えようだった。もうひとりは黙りこくってたな。何かにとりつかれたような顔をして、押し黙ったままそこに坐ってた。だが、グレッグはどんなだったと思う？　『おれのせいだ。おれのせいだ』って、それぱっかり何度もくりかえしてたよ。止めてやりたくても、どうにもなだめられなかった」

「それから、どうなったんです？」

「警察の車が来て、ふたりを乗せていったよ。そのころにはデイヴの救助隊チームも到着して、できるだけのことをやってはいたんだが、どうにも遅すぎたんだ。最後に見たときには、グレッグはまるで死人のような顔をして、窓の外を眺めていたっけな。まあ、その日に死んだのはグレッグじゃなかったが」

「もう、グレッグも死んだよ」ギャリヴァンがつぶやいた。

「そうだったな。聞いたよ。あいつは予感してたのかもな。誰にもわからんことだが。どんな人間だって、最後にゃ死に追いつかれるんだ」


その夜、わたしたちは駅の宿を兼ねているパブで夕食をとった。天井が低く、ニスを塗った梁が見える居心地のいい空間で、カウンターの足もとに沿って線路の軌条が一本だけ、フットレスト代わりにしつらえてある。夏には観光客で混みあうさまが目に見えるようだったが、その夜はしんと静かだった。片隅にはどっしりとしたスロット・マシンが、まるで宇宙人のようにちかちかと光りながら鎮座していたが、誰も遊ぶものはいない。まるまると太ったレトリーバーが、かごの中でまどろんでいる。

いっしょに食べていかないかと、ホーソーンがギャリヴァンに声をかけ、わたしたち三人は窓ぎわのテーブルに陣どることとなった。窓からは、さっきイングルトンで見たのとそっくりの高架道が望める。それぞれの前に巨大なステーキ・アンド・キドニー・プディングが運ばれてくると、ホーソーンは何かあやしげな材料を使っているのではと疑っているような顔で、おそるおそるプディングを突いていた。ギャリヴァンとわたしは、ヨークシャー・ビターをジョッキで。ホーソーンは、いつものように水を飲んでいた。

しばらくは、ごく一般的な話題が続いた——観光、洞窟探検、地元の噂——だが、ホーソーンがギャリヴァンを誘った理由はひとつしかない。どうしても訊いておきたいことがある以上、ほどなくホーソーンが口火を切ったのも当然のなりゆきだった。

「で、いったいおたくは何を隠してるのか、そろそろ話してもらえませんかね、デイヴ?」

「何を言ってるんだか、さっぱりわからないな」口に運ぼうとしていたギャリヴァンのフォークが、ぴたりと止まる。

「テイラーの家にいたとき、おたくも検死審問に出席してたと、夫人が言ってましたね」

「ああ、出席してたよ」

「何ひとつ疑わしいことはなかったし、責めるべき人間もいなかったと」

「ああ、そのとおりだ」

「心底そう思ってるんですか?」何も答えないギャリヴァンに、ホーソーンがさらにたたみかける。「あのとき、おたくはいかにも気まずそうでしたよね。そして、いまも気まずそうだ。わたしもだてに二十年も警察にいたわけじゃないんでね、誰かが嘘をついてるときは、それとわかるんですよ。いったい、何を隠してるんです?」

「おれは何も……」

「ふたりの人間が死んでるんですよ、デイヴ。おたくの友人のグレッグは列車の下敷きに。そして、グレッグが最後に会った相手は、その二十四時間後、ボトルで殴り殺された。かつての洞窟探検で起きたことにかかわりがあるとしたら、どうしても話してもらわなきゃならないんだ」

「わかったよ!」ギャリヴァンはフォークを置いた。その目は、ぎらぎらと燃えている。「スーザンの前でこんなことは言いたくなかったし、あんたにだって話すべきかどうか。何の証拠もないんだ。何もな。ただ、おれはこう感じたというだけの話だ」

「続けて」

「つまり、チャーリー・リチャードスンはプロの洞窟探検家でこそなかったが、充分な経験を積んでたのはたしかでね。あんなときどうすべきかは、ちゃんとわかってたはずなんだ。それなのに、何だってあんな馬鹿げたふるまいをしたのか、どうしても理解できないんだよ。単純な話、あの男が死ななきゃならない理由なんて、何もなかったはずなのに」

いったん話しはじめると、ギャリヴァンは食べることなどすっかり忘れてしまった。まるで事故があってこのかた、ずっと胸にわだかまりがあり、それをぶちまける機会を待っていたかのようだ。当時をふりかえる目は、暗く沈んでいる。「グレゴリー・テイラーが先頭に立って洞窟に入った。リチャード・プライスが次。チャーリー・リチャードスンがしんがりだ。もちろん、洞窟にいた三人は、地上で雨が降りはじめたことを知らなかった。だが、何が起きてるのか気づいたときには、もう手遅れだったんだ。そのときはもう、あふれた水がどっと洞窟に流れこみはじめてたからな」

「地上が見えないのに、どうやって三人は気づいたんですか?」わたしは尋ねた。

「音だよ。轟音《ごうおん》、そして低い振動音……あんなに怖ろしい音はこの世にないね。それが四方から、どんどん高まるばかりなんだ。すぐに身体にも伝わってくる。雨水はもう、岩のひび割れや鍾乳石《しょうにゅうせき》を伝って、どんどん入りこんできてるからな」怒ったようにわたしへの答えを切りあげ、ギャリヴァンはまたホーソーンに向きなおった。「三人は急いで方針を決めなきゃならなかった。激流がなだれこんでくるまで、残された時間は十分くらいか。長くて、せいぜい十五分というところだっただろう。結局、三人はそのまま出口に向けて進むことに決めた。そして、あんたたちも知ってのとおり、リチャードスンは《ドレイクの抜け道》——例のねじれ穴の名だ——を見落として、まっすぐ《スパゲッティ交差路《ジャンクション》》へ進んでしまったらしい。おれの理解できないのはここなんだ」注意を惹こうというように、指でテーブルを叩く。「そこまで行っちまったんなら、どうしてその場にとどまらなかった? 少しでも高い位置を探し、そこに腰をおちつけて、水が引くのを待てばよかったんだ。最悪の場合、ひとりで闇の中を動きまわっちまったリチャードスンを、救助隊が当てもなく捜索してまわらなきゃならなかったかもしれないがな」

「きっと狼狽《うろた》えてしまったんでしょう」わたしは言ってみた。

ギャリヴァンはかぶりを振った。「経験を積んだ洞窟探検家は、狼狽えたりしない。電池だって、まだたっぷり残ってた。何より、救命袋だって携帯してたんだ」わたしたちが質問するより早く、説明をつけくわえる。「救命袋ってのは、防水布でできてててね。それを頭からかぶり、中で坐ってればいい。救助を待つ間、体温が下がるのを防いでくれる。だが、その救命袋のせいで、リチャードスンは生命を落としちまった」

「いったい、何があったんです?」ホーソーンが尋ねる。

「引っかかって、身動きがとれなくなったんだ。救命袋には短い紐がついてて、洞窟探検用のハーネスにぶらさげてあった。その紐が、ねじれ穴を下りる途中で引っかかっちまってね。おれの言ってることがわかるかな?」ギャリヴァンは両手を使い、縦に走る細い穴を作ってみせた。「リチャードスンは《スパゲッティ交差路》から後戻りし、さっきは見落とした《ドレイクの抜け道》にたどりついた。そこで、ふたりの仲間に追いつこうと、そのねじれ穴から飛びおりようとしたんだが、途中で引っかかっちまったんだ。全身の体重がその紐にかかってる状態で、そうなるともう、どうにもならない。仲間の手助けがなけりゃ、穴を登りなおす足がかりさえつかめない。あの馬鹿はナイフすら携帯してなくてね、紐を切ることもできずに宙吊りになってたんだ。そこに水が流れこんできて、やつは溺れた」言葉を切り、やがて続ける。

「おれが発見したときは、そんな状態だったんだ。ひょっとしたら、水が流れこむより先に気を失ってたかもしれない。だとしたら、せめてもの慰めなんだが」

「いまの話を、いくらかでもグレゴリー・テイラーにしたことは？」

「もちろん、話したよ。あいつとは仲間だからってだけじゃない、それが救助隊責任者としてのおれの仕事だからな。だが、リチャードスンが死んだとき、あいつはその場にいたわけじゃない。あいつとプライスは、ずっと先を歩いてたんだ。だとしたら、そのときリチャードスンが何を考えてたかなんて、わかるわけがなかろう。あんたたちの推測も、おれの推測も、しょせん推測にすぎないんだよ」

「いっそ、三人で《スパゲッティ交差路》に行き、そこで水が引くのを待つって策はなかったんですかね？　そのほうが安全だっていうんなら」

「そうすべきだったかもな。だが、いったんあそこに入りこんでしまうと、出口が見つからなくなるかもしれない、それが心配だったとグレッグは言ってたよ。それも一理あるんだ。おれもそこまで行ったことはあるが、とんでもなく入り組んだ地形でね」ギャリヴァンはため息をついた。「そもそも、結果論なら何だって言えるんだ。三人は水が流れこんでくる音を聞き、早く外に出たいと願った。おれだって、その場にいたら同じ判断をしてたかもしれない」

長い沈黙。ふと気づくと、まだ食事を続けているのはわたしひとりだった。ナイフとフォークを、そっと置く。

「そうそう、あとひとつ、あんたたちに話しておきたいことがある」ギャリヴァンがふたたび口を開いた。「グレッグが死んだ日、あいつはロンドンから電話をくれたんだよ」

「土曜日に？」と、ホーソーン。

「ああ、そうだ。土曜の午後にね。駅へ戻るところだって言ってた。《長路洞》でのことを――実際に何があったか、おれに話したいってね」

「グレッグがそう言ったんですか？　そのとおりの言葉で？」

「そうだよ。あのときのことをずっと考えてた、胸のつかえを吐き出したい、って話だった。そのとき、ここで会う約束をしたんだよ。まさにこのパブで、月曜の夜七時に」

「だが、グレッグが帰ってくることはなかった」

「電車に轢《ひ》かれて、それっきりってわけだ」

そのとき、まるで《長路洞》に流れこんだ水のように、新たなひらめきが目の前に飛びこんできたような気がした。ふいに、すべてがはっきりと見えてくる。ほかの誰も知らなかった真実を、グレゴリー・テイラーだけは知っていた。あの怖ろしい遭難事故の前、何かが起きていたのだ。だからこそ、それをデイヴ・ギャリヴァンにうちあけようとした。だが、それっきり、家に帰りつくことはなかった。

グレゴリーは殺されたのだ。まさに、こんな理由で。

ギャリヴァンが帰ってから、わたしはホーソーンにそう訴えたが、腹立たしいことに、あまり芳《かんば》しい反応は返ってこなかった。「その推理はいまひとつ筋が通ってないな、相棒。駅に向かう途中、デイヴに電話した内容を犯人が小耳にはさんだんだとしたら、つまりそいつはグレゴリーといっしょにいたことになる。だが、夫人に送られた写真を見るかぎり、駅へはひとりで向かってたらしいじゃないか」

「ひょっとしたら、グレゴリーはロンドンで誰かに会ったのかもしれない」わたしは時間の流れを頭の中でたどってみた。「もしかして、ダヴィーナ・リチャードスンじゃないかな。グレゴリーがあの家の近くにいたことはたしかなんだし」

「何だって？　じゃ、あんたはリチャードスン夫人がキングズ・クロス駅までテイラーの後を尾《つ》けていき、そこでホームから突き落としたと思ってるのか？」

「ありえないことじゃないだろう？　夫の死がリチャード・プライスとグレゴリー・テイラーのせいだと思っていたなら、夫人がふたりを殺しても不思議はない」

「だが、夫人はそうは思っちゃいなかった。プライスのことは許してたし、テイラーとはもう六年も会ってなかったんだ。テイラーが死んだ日、リチャードスン夫人と会っていたかどうかさえ、まだわかっちゃいないんだからな」

「当然、そのことは夫人に訊いてみるつもりなんだろうね」

ホーソーンはふいに、いかにも理解のありそうな笑みをわたしに向けた。「そりゃ、訊くさ。あんたはあの夫人に好感を抱いてるんだな、ええ？」

「いい人そうに見えたじゃないか」

「それに、息子はあんたの本を読んでるしな！」

「ああ、きみの息子とちがってね！」

その夜はもうひとつ、奇妙なできごとがあった。翌朝は七時にここを出る予定のため、早めに切りあげて部屋に戻ろうとしたそのとき、ひとりの男がパブに入ってきたのだ。戸口に立ち、不思議そうにこちらを見ている男に、わたしは気づいた。年齢は三十代後半だろうか、髪は金色、小柄でひどく痩せており、パーカにジーンズという恰好だ。男はしばしためらい、それからこちらに近づいてきた。読者がわたしの顔に気づき、本のことを何か話したいのだろうか、そんな思いが頭をよぎる。

だが、その男が目をとめたのはホーソーンのほうだった。「ビリー！」呼びかけとも、質問ともとれるひとこと。ホーソーンも男に目をやったが、その表情には何の変化も現れない。そんな様子を見て、男は自信がなくなったようだ。「マイクだよ」男は名乗った。「マイク・カーライルだ」

「申しわけないがね」ホーソーンはかぶりを振った。「わたしの名はビリーじゃない。マイク・カーライルなんて人間も知らないな」

男はあっけにとられた顔になった。顔を見知っていたばかりか、明らかにホーソーンの声にも聞きおぼえがあったらしい。「だって、リースにいただろう？」

「いや。何の話かわからないな。わたしはロンドンから来たばかりだ。リースなんて場所に行ったこともない」

「でも……」男はさらに何か言おうとしたが、ホーソーンの態度は、ただきっぱりとしていたいように。

だけではなかったのだ。敵意さえ感じてしまうほどそっけなかったのだ。「失礼」男は口ごもった。だが、その目はいまだホーソーンに注がれている。どうにもその場を立ち去りがたいとでもいうように。

ホーソーンは水のグラスを手にとった。「お気になさらず」相手をいっさい寄せつけない、冷ややかな声。その目にも、同じく冷ややかな色が浮かんでいる。

「失礼」ホーソーンの態度を、男も理解した。わたしたちから離れていっただけではない。最初はビールでも一杯と、このパブに入ってきたのかもしれないが、いまやその気も失せてしまったようだ。男はきびすを返し、パブを出ていった。

「じゃ、おれは寝るよ」と、ホーソーン。

いまの一幕はいったい何だったのかと、わたしは尋ねたかった。かつて、ホーソーンはウィリアム、あるいはその愛称のビリーと呼ばれていたことがあるのか、それとも本当にただの人ちがいだったのだろうか？　もちろん、人ちがいなどけっしてめずらしくはない。だが、さっきのやりとりには何か深い事情がある、きょう一日ホーソーンの様子がおかしかった理由に、マイク・カーライルは何らかの形でかかわっていると、わたしにはどうしても思えてならなかったのだ。

それっきり、ホーソーンは無言のまま部屋へ戻っていった。翌朝、朝食の席で顔を合わせたときも、ロンドンへ戻る列車の中でも、その話が出ることはなかった。

12　俳　句

その日ロンドンに帰り、『刑事フォイル』制作事務所に足を踏み入れたわたしは、何かがおかしいことに気づいた。鳴りつづける電話、とめどなく紙を吐き出すプリンター、絶望的な目でコンピュータの画面をにらみつけている経理担当、何かに追いかけられてでもいるように走りまわる雑用係たち、抑制のきいた、張りつめた切迫感……これらなら、すべていつものことだ。だが、その日は奇妙な静けさが広がり、誰もがわたしと目を合わせるのを避けている。わたしは不安になりながら、妻のジルの執務室へ向かった。

「何があったんだ?」わたしは尋ねた。

ジルは机の前に立ち（妻はけっして腰をおろさない）、ちょうど電話を終えようとしながら、自分に来たメールをチェックし、アシスタントに指示を書きとらせるという、すべてを同時にこなしているところだった。いつもの妻の言葉どおり、複数の作業を同時進行させられるのは女性だけ、ということか。「あなたが心配するようなことじゃないから」わたしの問いに答える。

「心配はしないよ。話してくれ!」

「ロケの予定がだめになったの」

「どれが？」

「追跡場面。まるまる全部」このシリーズとしてはめずらしく、今回はフォイルとサムが武器を持ったロシアの殺し屋に追われ、ロンドンの街路を逃げまわるというアクション・シーンがあるのだ。「警察から、撮影許可を取り下げられちゃったの」妻は続けた。「それなのに、まともな理由ひとつ言ってよこさないんだから」

「何と言ってきたんだ？」いやな予感がじわじわと、胃の奥からこみあげてくる。

「それが、よくわからないの。何か、殺人事件の捜査に関係があるらしいんだけれど。とにかく、ひどく荒唐無稽《こうとうむけい》な話でね。誰かが殺されて、そこらじゅうの道路を封鎖するとか何とか。こっちからはどうしようもないのよ。警察としては、何があろうと撮影はさせないつもりらしいから」

カーラ・グランショー警部のしわざだ。そうにちがいない。〝殺人事件の捜査〟という言葉が、有無を言わせぬ警告として喉もとに突きつけられたかのようだ。ジルにうちあける勇気はなく、わたしはそっと部屋の片隅にある自分の机に引っこんだ。カーラからもらった名刺は、いまだポケットに収まっている。それを取り出し、しばしじっと見つめたあげく、わたしは携帯を取り出して番号を押した。二度の呼び出し音の後、本人が出る。留守電に切り替わってほしいと願っていたのに。

「何？」警部の声はそっけなく、つっけんどんでさえあった。

「こちらはアンソニー――」

「誰かはわかってる。何の用？」

「うちの制作チームに、ハックニーでの撮影をやめさせたのはあなたなのか？」

短い沈黙、そして息を吸う音がして……「あんた、そんなことを言いに電話してきたわけ？　このくそったれが、何様のつもりよ？」

「わたしは情報を伝えようと電話したんだ！」あわてて口をはさむ。これ以上どなりつけられるのはごめんだった。

「どんな情報？」まったく人間味のない声。電話ごしだからというだけではない。電話の先に血の通った人間がいるとは、とうてい思えなかった。

「われわれはちょうどヨークシャーへ行ってきたところで……ホーソーンとわたしだ。リチャード・プライスの殺害は、ひょっとしたら六年前の洞窟での事故と関係があるのかもしれない」

ホーソーンを裏切っているような気がして胸が痛んだが、ジルと比べてどちらかを選べと言われたら、ほかにどうしようもないではないか。あくまで優先すべきはドラマの制作だ。だが、こうして話しながらも、せめて必要最低限のことしか漏らすまいと、わたしは慎重に言葉を選んでいた。

「事故のことはこっちでも把握してる」すっかり抑揚がなくなり、退屈そうな声だ。だが、それは本当だろうかと、わたしは疑わずにいられなかった。グランショー警部がわたしたちより先にイングルトンを訪れたはずはない。そうだとしたら、スーザン・テイラーが話してくれただろうから。

「グレゴリー・テイラーという名の男が、土曜にキングズ・クロス駅でホームから転落したんだ。リチャード・プライスが殺される前日にね」わたしは続けた。「洞窟で何があったのか、テイラーは何か知っていたと、ホーソーンはにらんでいる。だから、ホームから突き落とされたのかもしれない、と。真実を話してほしくない誰かの手によってね」

ここはけっして真実ではない。実のところ、これはわたしの推理であって、ホーソーンは完全に否定こそしなかったものの、まったく乗り気ではなかったのだから。だとしたら、グランショー警部への撒き餌《まえ》としてちょうどいいではないか。この件を調べてみようと思われたら、まさにきょうの午後、ダヴィーナ・リチャードスンとふたたび会う約束をとりつけたことも知られてしまうかもしれないが。

「グレゴリー・テイラーは、今回のくそいまいましい事件とは何の関係もないね」と、グランショー警部。こうしてのべつまくなし毒づかれることに、わたしはほとほと嫌気がさしていた。ホーソーンも似たようなものではあるが、どうしてか、グランショー警部の言いかたはさらに毒々しく、わたしへの敵意が込められているように感じるのだ。

「どうしてそう思うんだ？」

「あんたは質問するんじゃない！　質問したからって、あたしが答えるとでも思ったら大まちがいだよ、このくそ野郎。ホーソーンはヨークシャーに行ったんだね？」

「昨日、わたしとね」

「そりゃ、時間を無駄に使ったね。ほかに何か報告できることは？」

わたしはこれまで起きたことを懸命に思いかえし、話しても害のなさそうなことを探した。

「事件のあった前の週、エイドリアン・ロックウッドの事務所に、誰かが侵入したそうだ。これも、ひょっとしたら関係があるかもしれない」

「それも知ってる」警部の顔に浮かんだ軽蔑の色が目に浮かぶ。顔を見るまでもなく、声だけで伝わってくるのだ。「何か聞く価値のある情報を手に入れるまで、二度とあたしに電話してくるんじゃないよ」

「こっちは撮影を誰かに止められていて――」もう一度、わたしは交渉しようとした。だが、警部には聞くつもりがなかった。電話はすでに切れていたのだ。

それからしばらく、わたしはとくに何をするでもなく、ただそこに坐っていた。グランショー警部とこんなやりとりを交わした後、仕事になど集中できるはずもない。だが、やがてゆっくりと、心が固まってくる。警部のやりくちやわたしへの態度などをふりかえるにつけ、この事件を自分で解決したいという思いはいっそう高まるばかりだった。考えてみれば、感じの悪さにかけては、ホーソーンだってグランショー警部といい勝負なのだ。あのふたりを黙らせ、わたし自身が犯人を名指ししてやることができたら、どれほど胸がすくことだろう。こうすれば、まちがいなくふたりをやっかいばらいできるというものだ。

周囲で立ち働く人々をよそに、わたしはノートパソコンを開き、ひっそりとキーボードを叩いて、ヨークシャーでの聞きこみで控えたメモをすべて入力していった。そのままここのプリンターで印刷すると、現在にいたるまで時系列順に――一章ずつ――すべてがひと目で見わたせるように並べていく。こうすることによって、次に何をすべきか見えてくることを願いながら。

第一の疑問。殺人は一件だったのか、それとも二件？　グレゴリー・テイラーはホームから突き落とされたのか、それとも落ちてしまっただけなのか――あるいは、自ら飛びおりたのだろうか？

もしもこれが殺人だったのだとしたら、リチャード・プライス殺害と明らかにかかわりがあるということになる。ホーソーンもまた、スーザン・テイラーから話を聞いていたとき、こんなふうに言っていた――〝おたくがどう思うかはともかく、ふたりともほぼ二十四時間のうちに、尋常ならざる形の死を迎えたわけですからね、テイラー夫人〟。そして、そのふたりを結びつけているものは、どうやら《長路洞《ロング・ウェイ・ホール》》だけらしい〟と。わたしはこれを、一言一句そのとおり、メモ帳に書きつけておいたのだ。それと同じ意味のことを、ホーソーンはユーストン駅を出たときにも言っていた――〝これが偶然のはずはない〟と。つまり、もしもリチャード・プライスとグレゴリー・テイラーが同じ理由でねらわれたのだとしたら、すべては洞窟でのあの事故に立ちもどることとなる。そうなると、犯人はまちがいなく、ふたりの未亡人のうちどちらかだろう――ダヴィーナ・リチャードスンか、あるいはスーザン・テイラーか。リチャード・プライスが殺されたとき、ふたりはどちらもロンドンにいたが、ダヴィーナのほうにはアリバイがある。リチャードが殺されたころには、エイドリアン・ロックウッドといっしょにいたのだから。

だが、そこへデイヴ・ギャリヴァンがとんでもない新事実を明かす――〝あいつはロンドンから電話をくれたんだよ〟〝《長路洞》でのことを――実際に何があったか、おれに話したいってね〟と。だが、もしもテイラーが口止めのために殺されたのだとしたら、ダヴィーナとスーザンは容疑者から外れるのでは？　ひょっとしたら、誰か別の人間がからんでいるのかもしれない――たとえばヨークシャーで出会ったあの農場主、クリス・ジャクソンとか、そのほかあの事故にかかわっていた誰かが、急いでテイラーの口を封じなければと考えたのだろうか？

だが、もちろん、そもそもの前提、あの《長路洞》での事故そのものが、殺人事件とはまったく無関係だという可能性もある。ひょっとして、わたしは二章か三章を――リブルヘッド訪問、駅の宿でのできごと、その他いろいろ――まるまる巨大な燻製ニシン《レッド・ヘリング》、ただの時間の無駄として描くはめになるのだろうか？　列車でロンドンに戻る前夜、ホーソーンが口にした言葉は、まさにそれを示唆していたのかもしれない。〝その推理はいまひとつ筋が通ってないな、相棒〟――今回のヨークシャー訪問は、いっそなかったこととして忘れたほうがいいのだろうか。だとしたら、いったいわたしはどこを起点として考えるべきなのだろう？

離婚専門の裕福な弁護士リチャード・プライスが、自宅で殺害される。ほんの数日前、その弁護士の周到な準備により屈辱を味わった女性、アキラ・アンノは、ボトルで殴ってやりたいと被害者を脅していた。そして、まさにそのとおりのことが起き、リチャードは死んだのだ。〝じゃ、その女性が犯人じゃないか！〟――これは、わたし自身の言葉だ。この事件の概要を初めてホーソーンから聞かされて、これ以外の結論などありえないだろうと思ったのを憶えている。日曜の夜、アキラは本当にリンドハーストの人里離れた別荘にいたのだろうか？　ホーソーンはどうも疑っているようだった。そして、オリヴァー・メイスフィールドが漏らした、リチャードも調査していたという秘密の収入の流れとは？

さらに、アキラの別れた夫、エイドリアン・ロックウッドがいる。わたしの見るかぎり、あの男に自分の弁護士を殺す動機はなさそうだ。リチャードに念願の離婚を勝ちとってもらい、とびきり高額なワインのボトルを贈ったくらいなのだから。そもそもロックウッドには、少なくとも共犯者なしでリチャードを殺すことは不可能だ。その夜八時すぎまで、ダヴィーナとともにいたのだから。現場近くの住人、あの感じの悪いフェアチャイルド氏は、何ものかが（懐中電灯を手に）八時五分前ごろリチャードの家に近づいていくのを見ている。リチャードに電話がかかってきたのも、ちょうど同じころだ。その時間に、ロックウッドが現場にいられたはずはない。

ロックウッドのことは忘れ、リチャードの連れあいであるスティーヴン・スペンサーについて考えてみよう。病気の母親を見舞いにフリントンへ行っていたという話は、ほぼ嘘とみてまちがいない。そうなると、わたしはしみじみと思いを馳《は》せずにはいられなかった。いったん殺人事件が起きると、いったいどうして誰も彼も嘘ばかりつくのだろう？　こういうときは誰だって協力しあうものだと普通は想像するだろうに——とんでもない、そんな様子は微塵《みじん》もないのだ。みながみな、まるで容疑者になりたくて列を作っているかのように思える。さて、事件当夜、スペンサーはいったいどこにいたのだろう？　ほかの男といっしょだったか……ひょっとして、女と？　リチャード・プライスはごく最近になって、遺言のことを口に出したという。スペンサーは自分が相続人から排除される気配を感じとり、行動に出たのだろうか？

そして、ダヴィーナ・リチャードスン。夫の死について、リチャード・プライスを許したと語っていたダヴィーナの言葉を、わたしは信じた。リチャードからの援助も受けとり、息子の第二の父という役割をはたすことさえ許しているのだ。インテリア・デザイナーとして、大勢の顧客を紹介してもらったばかりか、リチャードの自宅のリフォームも引き受けている。それでいて、内心ひそかな憎悪をたぎらせていたなどということがありうるのだろうか？　だとしたら、どんな理由で？　《長路洞》での事故について、リチャード・プライスの責任を問うた人間は、これまでひとりも見あたらないというのに。むしろ逆だ。〝おれのせいだ〟と、イング・レーン農場にたどりついたグレゴリー・テイラーは、何度もくりかえしつぶやいたという。ダヴィーナに何か言いたいことがあったのだとしたら、それはリチャードではなく、グレゴリーに対してだろう。

最後に、エイドリアン・ロックウッドの事務所に侵入したという、顔に湿疹《しっしん》か何かのある青眼鏡の男がいる。この男はいったい何ものなのか、わたしにはいまだ見当がつかなかったが、おそらくはダヴィーナの息子コリンにリチャードが話していたという謎の男と同一人物と考えられる。〝顔に何か不自然なところが〟と聞いたと、コリンは話してくれた。リチャードは事件の少し前から、その謎の男の存在を気にしていた、と。ひょっとして、アキラ・アンノがその男に何か依頼したのだろうか？　ロックウッドとリチャード・プライスが自分のことを調べているとアキラは知っていた。どんなことを調べあげられたのか、それをつきとめようと男を雇ったのかもしれない。

やがて腕時計に目をやると、何ひとつ進展がないにもかかわらず、いつしか二時間もすぎていた。記録や走り書きが、そこらじゅうに散乱している——おかしなことに、わたしの机の上は、いつだって頭の中身をそのまま反映してしまうのだ。つまり、いまの状態は目も当てられない乱雑ぶりということか。とある一枚の紙に手を伸ばし、そこに書かれた言葉を読む——

〝いったい、どうして? もう遅いのに〟

これは電話ごしに連れあいのスティーヴン・スペンサーが聞いた、リチャード・プライスの最後の言葉だ。だが、このときはまだ夜八時にすぎない。訪ねてきたのが誰だったにしろ、その相手にかけた〝もう遅いのに〟という言葉には、何か別の意味があったということになる。

わたしは赤いペンを手にとり、その言葉に下線を引いた。これが重要な鍵になることはわかっている。ただ、それがどうしてなのか、理由がまだわからないというだけで。

ダヴィーナ・リチャードスンの家に着いたのは五時十分前というところだったが、ホーソーンはまだのようだった。わたしのほうが何分か早すぎたらしい。早く来ないかと、街路に立ったまま目をこらしていると、ふいに玄関のドアが開き、ダヴィーナが迎えに出てきてくれた。

「窓からあなたが見えたから。お友だちを待っていらっしゃるの?」

「正確に言うと、友人というわけではないんですよ」

「そういえば、あの人について本を書いているんだったわね。だとすると、わたしも登場人物のひとりになるってこと？」

「いやだったら、やめておきますよ」

ダヴィーナはにっこりした。「わたしなら、ぜんぜん気にしないけど。よかったら、入りません？」

その日は、またしてもしとしとと雨が降っていた——うんざりするような秋の天気だ。このまま街路で時間をつぶしていても仕方がないと心を決め、わたしはダヴィーナにしたがい、散らかった廊下を通り抜けて、ふたたびキッチンに足を踏み入れた。あたりには、タバコの煙の臭いが充満している。わたしは三十年前に禁煙するまでタバコを吸っていたが、それまでも家の中で喫煙したことはない。どうやってこの臭いと折りあいをつけているのだろうかと、つい不思議に思ってしまう。テーブルを囲む椅子に腰をおろしたとたん、ダヴィーナがいままで読んでいたらしい本、アキラ・アンノの『二百句』が目に飛びこんできた。新刊を開いたまま伏せてあるので、ページが扇形に広がっている。

「お茶はいかが？」

「ありがとう、わたしはけっこうです」

「ちょうどお湯が沸いたところだったのよ」ダヴィーナはチョコレートのかかった全粒粉ビスケットの皿を運んできた。「わたし、本当はこういうものを食べてはいけないの。でもね、コリンがこれに目がなくてね。で、わかるでしょ、いったん封を開けてしまったら……」

「きょうは、コリンは？」わたしは尋ねた。

「お友だちと宿題をするそうよ」ダヴィーナはビスケットをひと口かじった。わたしが帰るまでに、四枚か五枚は平らげていただろうか。きょうはゆったりしたモヘアのセーターを着ていたが、けっして体型を隠すために選んだ服ではあるまい。あんな言いわけをしてはいるものの、わたしから見て、ダヴィーナはけっして人目を気にしたり、体型に引け目をおぼえたりする女性には思えなかった。あるがままの自分に、心底から満足していることが伝わってくる。エイドリアン・ロックウッドと本当にそういう仲なのかどうかはわからないが、そうだとしたら、アキラ・アンノよりも相性のいい組みあわせなのはまちがいない。まるで息子のコリンの世話を焼くように、ダヴィーナはロックウッドの世話を焼くだろう——がみがみと小言を並べたり、おだてて丸めこんだり——それでも、何だかんだ言いつつ骨身を惜しまず、相手を幸せにしようと努める女性だ。

「エイドリアン・ロックウッドのことは、どれくらいご存じなんですか？」わたしは尋ねた。

かじりかけていたビスケットを口から離し、ダヴィーナは答えた。「そのことなら、前回お話ししたんじゃなかったかしら。最初は顧客として紹介されて、それからだんだんお友だちとしてのおつきあいが始まったんです。どうしてそんなことを？」

「とくに理由はないんですが」

「わたしね、家に男の人がいないのが寂しくて」いかにも憂《うれ》わしげな顔になる。「いまどき、こんなことを言っちゃいけないのはわかっているんだけど、男の人がいてくれないと、わたし、どうにも役立たずだから。こんなときチャーリーがいてくれたらって、思わないことはないくらい。わたしひとりじゃ、何ひとつまともにできないんです。テレビのリモコンのボタンだって、使いかたがよくわからなかったり。車を駐めるのだって、たかがトヨタのプリウスで、けっしてそんな大きい車じゃないのに、毎回どんなに苦労するか。冬時間に時計を切り替えるのを忘れては、一時間も早起きしてしまったり、一時間も寝坊をしたり、あら、どっちだったかしら。ごみを出すのも大嫌いだし、ベッドの上掛けにひとりでカバーをかぶせるときなんて、もう気が狂いそう！」ダヴィーナはため息をついた。「エイドリアンにとって、アキラとの結婚生活は、けっして幸せではなかったの。わたしにはそうは言わないけどね、そんなにいろいろ話してはくれないけど、わたしにはわかるの。女って、そういうことには気づくものでしょ。何かがおかしいときには、すぐにそれとわかるのよ」

ダヴィーナがしゃべっている間、わたしはそわそわしながら耳をそばだて、早くホーソーンが来てくれないものかと願っていた。こんなふうに、自分抜きでわたしとダヴィーナが話していると知ったら、あの男はきっと喜ぶまい。自分がその場にいるときでさえ、わたしが勝手に質問すると腹を立てるのだから。捜査の邪魔になるようなことだけは、けっして言わないよう気をつけなくては。前回の事件で、ひどい失敗をやらかしたのを忘れてはならない。わたしはテーブルに伏せられていた本にちらりと目をやると、雑談のほうへ舵を切った。「こういうものも読むんですね？」

「ええ、そうなの。わたしがエイドリアンと親しくなったのを知って、ある人が持ってきてくれたのよ」ダヴィーナは本のほうを手で示した。「でもね、正直に言うと、わたしにはよくわからなくて。アキラはわたしより、はるかに頭がいいんでしょうね」

わたしは本を手にとった。詩の本はたいていそうだが、この『二百句』もご多分に漏れずかなり薄い——たった四十ページかそこらだ——それでいて十五ポンドという、けっして安くはない値段がついている。もっとも、これは妥当な価格なのだろう。詩の本は発行部数もけっして多くはないし、《ウォーターストーンズ》書店などの入口に、半額のシールを貼られて並ぶこともめったにない。本の造りはハードカバーで、表紙にはおそらく北斎の木版画の一部分だろう、細密な模様の小さなカットが配置されている。本を開くと、上質な紙に一ページあたり四句か五句ずつ、俳句が並んでいた。裏表紙には、アキラ・アンノの白黒写真。ほほえんではいない。

わたしは子どものころ、学校で俳句のことを教えられた。とくに優秀な生徒ではなかったから、すごく短いところが気に入ったのを憶えている。俳句が世界に知られるようになったのは、十七世紀の俳人、松尾芭蕉のおかげだろう。〝古池や　蛙《かわず》飛びこむ　水の音〟——これは、わたしが暗誦できる数少ない詩のひとつだ。日本語では、これは一節めが五音、二節めが七音、三節めが五音という造りになっている。俳句で重要なのはそこなのだ。

わたしはアキラの労作となる俳句に目をやった。英語で書かれてはいるが、日本の書道を模したらしい、うねうねとした黒い書体で印刷されている。伏せられていたページには、ちょうど第百七十四句から第百八十一句が載っていた（それぞれの句に番号が振ってあり、個別の題名はない）。何も考えず、ついページをめくると、次のページの先頭には第百八十二句があった。

君が息　耳にぞ告ぐる　裁きは死

182。

リチャード・プライスが死んだとき、かたわらの壁に描かれていた数字だ。

頭がくらくらする。自分の目が信じられない。アキラ・アンノはリチャードを殺すと脅していただけではなく、そのことを詩に書いて出版していたのだ。いや、ちがう。さすがに、それは言いすぎだろう。これは、殺人というものの本質をとらえようとした詩にすぎない……本当に、この俳句がそういう意味だとしたならだが。わたしには、どうにも判断がつかなかった。そこまで深い意味がないとしても、この俳句と、あの数字の描かれた部屋で起きたことに、何の関係もないとはとうてい思えない。この数字は、あまりに明確な手がかりではないか。

とはいえ、もしもアキラがリチャード・プライスを殺したのだとしたら、自分が犯人だとこんなにも明確に示す手がかりを残したりするだろうか？　そして、あの壁の数字を描いたのがアキラでなかったとしたら、いったい誰が、なんのためにそんなことをしたのだろう？　この俳句を読んだかどうか、まずはダヴィーナに訊いてみたい。この人はどうしてこんなにびっくり仰天した顔をしているのだろうと、いかにも無邪気にいぶかりながらわたしを見つめている、この本の持ち主に。

まさにその瞬間、呼鈴が鳴った。ホーソーンにちがいない。ほっと安堵《あんど》がこみあげてくる。めったにないことではあるが、いまはただあの男にここにいてほしかった。ホーソーンなら、ダヴィーナを相手に必要な質問をうまくぶつけて答えを引き出し、ここを引きあげたときには、いまのわたしの発見についても筋が通る説明をしてくれるにちがいない。

「お友だちがいらしたみたいね！」

「ええ」ふたたび呼鈴が鳴り響く。「入れてやってください」わたしは声をかけた。

ダヴィーナはわたしをひとりここに残していくのをためらっているようだったが、それでも立ちあがり、ゆったりとした足どりでキッチンを出ていった。

それから三度、わたしは例の俳句を読みなおし、ありとあらゆる解釈を頭の中に並べてみた。お友だちが先に着いていますよと、ダヴィーナが説明する声が玄関から聞こえてくる。ほんの数秒後、キッチンの戸口にホーソーンが姿を現し、怖い顔でこちらをにらみつけてくるのを見ても、わたしはいまさら驚かなかった。

「早かったんだな」と、ホーソーン。それは、ただ事実を口に出しただけではなかった。わたしに対する非難だ。

「外できみを待っていたんだが――」わたしは言いわけを始めた。

「わたしが気がついて、中にお通ししたのよ」ダヴィーナが口添えしてくれる。

「いまはただの雑談をしていたところでね」ホーソーンを安心させようと、わたしは言葉を重ねた。「リチャードスン夫人から、詩の本を見せてもらっていたんだ」

それでも、ホーソーンはいまだ疑っているようだ。いつも持ち歩いているレインコートをソファのひじ置きに掛け、腰をおろす。ダヴィーナが勧めたお茶を断り、遅れたぶんを巻きかえさなければとばかり、さっさと本題に入った。「先週末、グレゴリー・テイラーと会ってはいませんか？　ひょっとして、夕方くらいに？」

「誰とですって？」ダヴィーナはめんくらったようだ。

「ご主人といっしょに洞窟探検をしてた男ですよ」

「そりゃ、グレッグは知っていますよ。もちろん、知らないはずがないでしょ。でも、いったいどうしてそんなことを訊くんですか？」

「お気持ちを騒がせたくはないんですがね、リチャードスン夫人、テイラー氏は先週の土曜に亡くなりました……リチャード・プライス氏が殺された前日に」

ダヴィーナは気持ちが騒いだ様子はなかった。ただただ、衝撃に凍りついてしまったかのようだ。「グレッグが亡くなった？」

「ホームから落ちて電車に」とっさに口をはさんでしまったわたしは、またしてもホーソーンから不吉な目つきでにらまれ、すぐに後悔するはめになった。

「新聞で読みませんでしたか？」

「わたし、新聞はあまり読まないの。だって、憂鬱《ゆううつ》な話ばかりでしょ。テレビでニュースを見ることもあるけど、その事故のことは何もやっていませんでした。もしかしたら、テレビではやらなかったのかもね。ホームから落ちただけなら……」

「ただの事故だとは、まだ言いきれないと思ってましてね」ホーソーンは背筋をおそろしくぴんと伸ばし、両脚を開き、おそらくは思いやりのある笑みのつもりらしい表情を浮かべて、ダヴィーナをじっと見つめている。耳の周りをきっちりと刈りそろえた髪、黒いスーツとネクタイのおかげで、その姿は純粋無垢《むく》にも、あるいはいまにも襲いかかりそうにも見えた。

「どういうこと？　わたしにはどうにも……」

「テイラー氏はここに来ませんでしたか？」

「来てません。言ったはずよ。どちらにしろ、わたしはここにいなかったんです。四時半には出かけてしまったから。あら、ちがった。三時半だったわ。わたし、何を言ってるのかしら……もう、混乱してばっかり！　三時半にここを出て、ブレント・クロスのショッピング・センターへ行っていたの。コリンを連れてね。あの子、ぐんぐん大きくなっていて、サッカー用のウエアを買い換えなきゃいけなかったから。グレッグがここへ来たなんて、どうして思ったんですか？」

「テイラー氏が死ぬ直前にしたことのひとつが、ホーンジー・レーンでの自撮り画像を奥さんに送ることだったんですよ」

ダヴィーナはしばし考えこんだ。「たしかに、ここからすぐ近くよね。あんなところでグレッグが何をしていたのか、さっぱり見当がつかないけど。わたしの知ってるかぎり、まだヨークシャーに住んでいたはずだし」そう言うと、頭を振る。「この六年、わたしはグレッグに会ったことはないし、連絡ももらってないんです。検死審問の後に送られてきた手紙には、お悔やみの気持ちを書いてくれていましたけど、それ以外には何のやりとりもなくて。正直に言うと、たとえ訪ねてきてもらっても、家に上げたいと思えたかどうか。前に話したでしょ。チャーリーが死んだとき、あの日のなりゆきについて、リチャードに責めるべき点はありませんでした。でも、グレッグ・テイラーはあの日、リーダーを務めていたのよ。天気予報が雨になると言っていたのに、行くと決めたのはグレッグなんです。いまさら顔を合わせたって、話したいことなんて何もないわ」

「じゃ、テイラー氏はホーンジー・レーンで何をしてたんでしょうね？」

「見当もつきません。わざわざうちにまで来ていただいたのに、無駄足になって申しわけないけれど。こんなこと、電話でもお答えできたのにね。グレッグとは会っていません」

だが、ここに来たのはけっして無駄足ではなかった。一刻も早くホーソーンにあの俳句のことを話したくて、わたしはうずうずしていた。

ホーソーンはレインコートを手にとり、立ちあがった。「お時間をとっていただいて感謝しますよ」そして、ふと後から思いついたかのように言葉を継ぐ。「こんなことを訊くのは申しわけないんですが、リチャードスン夫人、どうしても話していただかないと。エイドリアン・ロックウッドとは、正確にはどんな関係ですか？」

前回初めてロックウッドについての質問をしたときと同じく、ダヴィーナは頬を染めた。だが、今回は恥ずかしさというより、怒りのほうが勝っていただろう。「その件とあなたにどんな関係があるのか、さっぱりわかりませんけど、ミスター・ホーソーン。エイドリアンは顧客として知りあって、その後はお友だちになりました。いいお友だちにね。わたし、あの人を支えようとしていたんです。離婚が成立するまでの手続きは精神的にもたいへんで、あの人はリチャードにもひどく腹を立ててね。それで、気分転換にうちに来るようになったんです。本当に、それだけのことだったのよ。エイドリアンはわたしのことを、信頼できる人間だと思ってくれていたから」

「いったい、どうしてロックウッド氏はリチャード・プライスに腹を立てたんです？」

「あら、わたし、そんなこと言った？ そんなつもりじゃなかったのに。エイドリアンはもう、何もかもに腹を立てていたんです……時間がひどくかかることにも……アキラにも。あの結婚はまちがいだったって、あの人にはわかっていて、それで――でも、これ、直接エイドリアンに尋ねてみてくださいな。わたしじゃなくて。あの人のいないところで、こんな話をするのは気がとがめるのよ」

それが、締めくくりの合図となった。玄関までダヴィーナに送り出され、気がつくとわたしたちは地下鉄のハイゲート駅に向かい、街路を歩きはじめていた。ホーソーンとふたりだけになるやいなや、わたしはさっきの発見を話してきかせた。《サギの泳跡》の壁に描かれた182という数字が、どうしてもあの俳句と関係があるように思えてならなかったのだ。第三節を強調し、ホーソーンに例の俳句を暗誦してみせる。

「〝裁きは死〟――これは、もう夫と暮らすことに耐えられない、殺すしかないというアキラの気持ちなんだ。正気の沙汰じゃないとは思うが、自分が何をしようとしているか、全世界に向かって訴えたかったんだよ」

ホーソーンのほうは、あまり気乗りがしないようだった。「この本が刊行されたのはいつだ？」

「それは知らないがね。今年になってからだろう」

「だとすると、実際に書いたのはずっと前のことかもしれないよな。

「とはいえ、ロックウッドと結婚していた時期の作品だよ。代わりにリチャード・プライス夫を憎んでいたころのね」

「だが、アキラはロックウッドを殺したわけじゃない。代わりにリチャード・プライスを殺しを殺したってわけだ。少なくとも、あんたの言いぶんではそういうことになる」

「アキラは死を題材とした詩を書いているんだ。ほら、使われている言葉をよく嚙《か》みしめてくれ！　ひょっとしたら、〝裁き〟という言葉は離婚を指しているのかもしれないな」

「まあ、あんたにもこのことは教えておくとするか」雨はしだいに本降りになりつつある。ホーソーンはレインコートを着こんだ。「殺人の起きた夜、アキラはリンドハーストにも、その近辺にもいなかった。おれたちに嘘をついてたんだ」

「どうしてわかった？」

「帰りに寄ったとか言ってた、フリートのサービスエリアの防犯カメラだ。あの女はあそこに行ってない。M二十七号線とA三十一号線で、ANPRの記録も調べてみた」

「ANPRというのは？」

「ナンバー自動読取装置《オートマテイック・ナンバープレート・リコグニシヨン》だよ。ミズ・アンノはジャガーFタイプのコンバーチブルに乗ってる。どっちの道路にもところどころにその装置があってね、すべて野原でも突っ切ったんでないかぎり、どこにもあの女の形跡はなかった」

「グランショー警部が教えてくれたのか?」

「ああ」

これは驚きだった。警部はホーソーンをあんなに嫌っているのに。これまでも、いくつかの事情聴取に同席させてくれはした——おそらくは、そうしろと上から命令があったのだろう——だが、ANPRの記録まで? とうてい信じられない。だが、あの警部からでなければ、いったい誰からそんな情報を得られるというのだろう?

「とにかく、グランショーはヨガの講師から話を聞いたそうだ」ホーソーンは続けた。「アキラが滞在してたっていう別荘の持ち主だよ。最初は、たしかにアキラに貸したと言いはってたそうだが、ちょっと脅しつけてやると、実際に別荘に行ったかどうかは知らないと、すぐに認めたらしい」

つまり、どういうことなのだろう? ふいにこの事件は、ヨークシャーの《長路洞《ロング・ウエイ・ホール》》と何の関係もないように見えてきてしまった。立ちもどる場所は、またしてもあの離婚問題、険悪な夫と妻の関係。そして、その間に立ってきた弁護士だ。

「この俳句はどう思う?」わたしは尋ねた。

「いったい、あんたはどういうなりゆきでこの俳句を目にしたんだ?」ホーソーンは片手を挙げ、答えようとしたわたしを制した。「頼みたいことがある、トニー。その部分の一章を書きあげてくれ。それがいちばん簡単な方法だからな。あんたがリチャードスン夫人の家にあがりこんで――おれ抜きで――いったい何があったのか、きっちり描写するんだ。それを読みゃ、これがどういうことなのか、きっと説明をつけられる」

「順序を無視して、先の章を書くのは好きじゃないんだ」

「心配するな。そのほかの章は、おれはどうせ読まないから」

もう、駅のエスカレーターが目の前だ。上ってくる通行人はちらほらいたが、下りに乗って大地の深奥へ沈んでいくのは、わたしたちふたりだけだった。

「読書会を忘れないでくれよ」と、ホーソーン。

「いつだった?」

「月曜の夜だ」

「すまない。月曜の夜は観劇の予定なんだ」

「あんたは来るって言ってたじゃないか。何を観るつもりだったんだ?」過去形で語られているところを見ると、ホーソーンの頭の中では、わたしの予定はすっかりキャンセルされたことになっているらしい。

「『幽霊』をね」なかなか取れない人気のチケットだ。ヘンリク・イプセンの戯曲を、リチャード・エアが演出し、アルメイダ劇場で上演するのだから。

ホーソーンは気の毒そうに頭を振ってみせた。「もう、おれはみんなに約束しちまったからな。残念だが、それは観に行けないね」

ホーソーンの数段後ろに、わたしはじっと立ちつくしていた。自分は動いていないのに、どんどん影の奥底へ呑みこまれていってしまう。ホーソーンに渡す章はこの描写で締めくくろうという思いが、ふと頭に浮かんだのを憶えている。

それは、まさにそのときのわたしの心境だった。

13 ベリー・ストリート

マイク・カーライルという男は、いったい何ものなのだろう？

わたしは一時間にわたってインターネットで検索してみたが、リブルヘッド駅のパブに現れた男と関係のありそうな情報は何も見つからなかった。年齢はおそらくホーソーンと同じくらいだろう——ひょっとして、向こうのほうが二、三歳下かもしれないが。十月下旬という時期を考えると、休暇で旅行に来ていたとは考えにくいし、おそらくはヨークシャー渓谷に住んでいるにちがいない。だとすると、職業は？　農場主だろうか？　それとも、観光業？　もちろん、カーライルの綴《つづ》りはCarlyleだけとはかぎらない。わたしはCarlisleも試してみた。出てきた候補をクリックすると、リンクトイン、フェイスブックやツイッター、はてはマンチェスターの文房具卸業者や、オーストラリアのヴィクトリアにあるバプテスト教会の宣教部長のページに飛ばされる。何十枚もの写真が次々と目の前に現れるものの、どれもあの宿で出会った男には似ても似つかなかった。

あの思わぬ遭遇が、どうにも頭から離れない。ロンドンを出てヨークシャーに向かったとき、ホーソーンが見せたいかにも奇妙な態度、不安げな様子は、あの謎の男ときっと何か関係があるはずだ。カーライルはホーソーンが自分の知りあいだと確信していたようだったが、呼びかけた名は〝ビリー〟だった。ホーソーンと知りあったのはリースという場所らしい——ウィキペディアが親切に教えてくれた情報によると、スウェイルデールの近くにある村で、〝手編みと鉛製品が有名な地〟だという。あのときのホーソーンのふるまいは、知らない人間に対する警戒心の域を超え、ほとんど不作法といってもいいほどだった。絶対とまでは言いきれないが、あれはおそらく〝ビリー〟が〝マイク〟に嘘をついたのだろう。かつて、ふたりは知りあいだったのだ。

そんなことを考えていたとき、電話が鳴った。ホーソーンから、メイフェアの《ベリー・ストリート画廊》——スティーヴン・スペンサーの店——で会おうという連絡だ。

「その後、メリルボーンにも行けるな」と、ホーソーン。

「メリルボーンで何があるんだ?」

「アキラ・アンノが書店でトークショーを開くんだ」電話の向こうで、がさがさと新聞をめくる音がする。「『女性と大量破壊兵器——現代の戦争における性的客体化と性差の関連付けについて』だとさ」

「そりゃ、まったくおもしろそうだ」と、わたし。

「終わったら、アキラから話を聞ける。運がよけりゃ、あんたも例の俳句の本にサインをもらえるかもな」

電話が切れた。

それから二時間、わたしは仕事に没頭した。そして、散歩。ホーソーンが読みたがっていた章も下書きしてみた。こう書くといかにも退屈に見えるだろうが、作家としてのわたしの生活など、おしなべてこんなものだ。少なくとも一日の半分は、ひとりきりで黙りこくったまますぎていく。いろいろな企画をあれやこれや同時に進め、何千もの言葉を――最初はペンで、それからコンピュータで――綴り、ページの上に大きな流れを作り出していくのだ。こんな生活だからこそ、わたしはアレックス・ライダーのシリーズを書くのが好きなのだろう。自分自身が冒険できなくても、それを想像することができるのだから。

ホーソーンについて書くのは、それに比べるとさほど楽しくはない。つねに実際の状況に縛られざるをえないからだ。たとえば、章の冒頭に何か衝撃的な場面を持ってくることができたら、どんなに胸躍ることだろう――たとえば、ダヴィーナ・リチャードスンとエイドリアン・ロックウッドが同じベッドに横たわっているところとか。あるいは、喪服に身を包み、重い足どりで夫の葬儀に向かうスーザン・テイラーや、ヨークシャー渓谷の大自然に囲まれ、うねる小径《こみち》をのろのろと進む葬列。《長路洞《ロング・ウェイ・ホール》》の内部を想像し、チャーリー・リチャードスンが溺死にいたる瞬間を描写するのは、さぞかしやりがいのある挑戦にちがいない。いっそリチャード・プライスの家に誰かがこっそり隠れていたことにして、襲撃の瞬間を見とどけようか。だが、残念ながら、どの選択肢もわたしには許されていない。この本については、どこまでも事実にこだわるしかないのだ。わたしのすべきことは、ホーソーンの捜査に同行し、あの男の繰り出す質問をすべて書きとめ、そして、どうせうまくはいかないとわかってはいても、ときにはその答えの辻褄《つじつま》を合わせようと必死に頭をひねるだけ。たしかに、苛立《いらだ》ちのつのる作業ではある。書くというより、むしろ記録にすぎないことをさせられているのだから。

それでも、家から出られるのは嬉しかった。地下鉄でグリーンパーク駅まで行き、そこからメイフェアまで歩く。今回は、ホーソーンのほうが先に到着していた。待ちあわせたのは、小さいながらも洗練された建物の中にある画廊の前で、よっぽどの金持ち以外はお引きとりを願われてしまうような場所だ。画廊の名は目立たない字で記されており、ウィンドウに飾られた作品はたった三点、値段は表示されていない。ワズワース、そしてポール・ナッシュの——美しい砂利浜を描いた水彩の——作品があるのを、わたしは目にとめた。ガラスのドアは施錠されていたものの、内側に控えていた店員がボタンを押し、わたしたちを中に入れてくれた。

「どんなご用でしょうか？」店員は中東の出らしく、かなり浅黒い肌に真っ黒なあごひげを生やしている。年齢は二十代後半、いかにも上質なオーダーメイドのスーツを着ていて、隣に並ぶと、ホーソーンのスーツは吊るしだということがあからさまに見てとれた。首には金のチェーンを巻き、左手の薬指に金の指輪をはめている。

言うまでもなく、ホーソーンはひと目見てこの店員を嫌いになったようだ。「おたくは誰だ？」横柄に尋ねる。

「何ですって？」店員は、敏感にその敵意を感じとった。

「スティーヴン・スペンサー氏に会いたいんだが」

「スペンサー氏は、ただいま手が離せません」

「いいんだ、ファラズ。このおふたりならぼくも知っている」

後ろの執務室からスペンサーが姿を現し、どんな音もすべて吸収してしまう分厚い絨毯の上を歩いてきた。やはりスーツ姿で、前回の事情聴取のときからは見ちがえるようにしゃんとしている。手入れのゆきとどいた金髪に、まるでお風呂上がりのようにピンク色をした、ひげを剃りたての肌。

「どういったご用ですか？　美術品を買いにいらしたわけではないようですが」形式ばった口調なのは、わたしにも理由がよくわかる。前回はわたしたちに、涙にくれる無防備な姿を見せるはめになってしまった。そのうえ、ホーソーンの態度はけっして親身なものではなかったのだ。いまでさえ、ふたりの間には敵意がちらちらと見え隠れしている。ホーソーンはゲイ嫌いだ。この男を語るうえで、何より共感できない点。スペンサーもまちがいなく、すでに気づいているのだろう。

「先週末、おたくがどこにいたかを教えてほしいんですがね」と、ホーソーン。声も、態度も、相手の逃げ道を断つかのようだ。

スペンサーは店員をふりかえった。「執務室に戻っててくれないか、ファラズ？」

「ステイーヴン——」

「こっちはだいじょうぶだ」店員が引っこむのを待って、スペンサーは答えた。「前回お話ししたでしょう」

「あれは嘘でしたね。フリントンのセント・オシス老人ホームに入所してる、おたくのおふくろさんとも話をしてきましたが、息子が見舞いに来たという記憶はないそうで」

スペンサーはかっとした。「母はアルツハイマーがかなり進んでるんです。ぼくが誰なのかさえ、わからないことがしょっちゅうなんですよ」

「なるほど、あそこの介護士も全員がアルツハイマーだと？　誰ひとり、おたくを見かけてないそうですがね」

スペンサーはさらに言い逃れを試みるだろうとわたしは見ていたが、思っていたよりは頭が回る男らしい。しばらく考えた後、スペンサーは肩をすくめた。「わかりましたよ。あれは嘘です」

「おたくは恋人のファラズといっしょにいた、と。ところで、あの男の出身は？　イランかな？」

「ええ、そうです。でも、だからといって、どうして——」

「わたしを馬鹿あつかいしないほうがいいですよ、ミスター・スペンサー。これは殺人事件の捜査なんだ。おたくのやってることは、警察官の公務を妨害してるとみなされても仕方ない」

「あなたは警察官じゃないでしょう」

「おたくはグランショー警部に嘘をついた。まさか、おたくもあの警部を敵に回したいとは思ってないでしょう！」それにには、わたしもしみじみと同意見だった。「あのイラン人のご友人は、ずいぶん独特なアフターシェーブ・コロンをつけてる。おたくの車も、その匂いがぷんぷんしてましたからね」ホーソーンは鼻をひくひくさせた。「いまや、おたくからも同じ匂いがする。連れあいが亡くなったばかりだというのに、そうそう待ってはいられなかったってわけですかね？　ハムステッドのあの家に、もうあの男を連れこんでるってことかな」

「まさか！」

「だが、リチャード・プライスはおたくらの関係に気づいてたでしょう？　おたくらの結婚、同性婚契約、何と呼ぼうとけっこうだが、プライス氏にとって、それはもう終わってた。だからこそ、おたくに家を出ていってほしいと望んでたんだ」

「そんなのは嘘だ！　誰からそんなことを？」スペンサーの目が、すっと細くなった。「オリヴァー・メイスフィールドですか？」

「実のところ、そのとおりでね」スペンサーが反論するより早く、ホーソーンは言葉を継いだ。「いまは亡きプライス氏の共同代表者は、氏の遺言執行者でもあるんですよ。メイスフィールド氏はごく口の堅い人物だが、ほんの二、三週間前、プライス氏と遺言の内容について話しあったことを認めてる。遺言の内容について話しあうってことは、つまりそれを変更したいってことでね。遺言に指定された主な相続人は、おたくとダヴィーナ・リチャードスンのみ。リチャードスン夫人のほうは、何ひとつプライス氏を怒らせるようなことをしてない。それにひきかえ、おたくのほうは週末ずっといちゃついてたわけですからね、あのアリババと」――裏の執務室を親指で示すしぐさを見て、思わずわたしは目をつぶり、心の中でホーソーンの罪状一覧に、この不用意な人種差別的言動をつけくわえた――「そうなりゃ、プライス氏がそのことに気づき、何か行動を起こそうと考えてたと見るのも当然でしょう。

あの日曜の夜八時、おたくがプライス氏にかけた電話は、発信地点がチズウィックだった。どういう偶然か、そこはおたくの相棒、ファラズ・デリジャニの住んでる場所でもありますよね。カーラ・グランショー警部も、そのことはとっくに承知でね、まだここに踏みこんできてないのが不思議なくらいだ。だからこそ、あの夜いったい何をしてたのか、ここでもう正直にうちあけたほうがいいですよ――こう言っちゃなんだが、あんまり生々しい描写は省いてけっこう――ひょっとして運がよけりゃ、わたしだって納得するかもしれない、あんたがこっそり自宅に戻って殺人を犯したりしてないってね」

「ぼくは誰も殺してません！」棚には、ミネラルウォーターのボトルが置いてあった。スペンサーはそちらに歩みより、ボトルを取って栓をねじる。ブシュッとガスの漏れる音。それを自分のグラスに注ぐと、スペンサーは話を続けた。「リチャードとぼくの間には、たしかにいろいろありましたよ、ええ。しばらく距離を置こうかと話したこともあります。それに、あなたの言うとおり――あの週末、ぼくはチズウィックにあるファラズのアパートメントに泊まってました。ぼくたちを見た人間も大勢いるでしょう。日曜の夜には、アッパー・リッチモンド・ロードにある《ローベルジュ》ってレストランで夕食をとりました」財布から紙片を取り出し、ホーソーンに差し出す。「そのときのレシートです。なんだったら、店に問い合わせてもかまいませんよ。ぼくたちは、窓に面したテーブルに坐ってました」

「問い合わせてみますよ」ホーソーンはレシートを受けとった。

「こんなことを言ったら驚かれるかもしれませんが、ミスター・ホーソーン、ぼくは本当にリチャードを心から愛してたんです。傷つけるようなこと、するはずがないでしょう」

「そう言いながら、こっそり別の男と寝てたってわけだ」

「ぼくたちは束縛しない関係だったんです。お互いの過ちをとやかく言ったりはしなかった。それに、もしリチャードが遺言を変更したかったんだとしたら、それはぼくについてとはかぎらない。ダヴィーナのことだった可能性だって、充分にあるんです」

「それはどうして?」

「いまのは忘れてください」どうやらスペンサーは口を滑らせてしまい、そのことを後悔しているようだ。

「何もかも話したほうがいいと思いますがね、ミスター・スペンサー」

「わかりました」眉をひそめ、先を続ける。「どうしても聞きたいっていうんなら。ダヴィーナのことで、リチャードはもううんざりしてたんです……あれもこれも要求されて。インテリア・デザイナーの仕事が軌道に乗るように、とりはからってやったのもリチャードでした。息子を私立の学校へ行かせてやったのもね。しょっちゅうあの家へ足を運んでは、ダヴィーナの悩みに耳を傾けてやってました。でも、どれだけ尽くしたところで、きりがなくて。家のリフォームを望む顧客をもっと紹介してくれと、もう血の最後の一滴まで絞りつくす勢いでせっつかれてたんです。しかも、いちおう言い添えておきますけど、リチャードはダヴィーナのセンスがあまり好みじゃなくてね。赤だの、黄色だの、いかにも汚ならしい緑だの。あの緑のことを、リチャードは〝壊疽色《ギャングリーン》〟と呼んでいたくらいですからね！　何とかしてダヴィーナと縁を切りたいと願っても、リチャードには踏ん切りがつかなかったんですよ、ヨークシャーでのあの事故のせいで。ぼくとしては、まったく理解ができませんでしたけどね。だって、あれは別にリチャードのせいじゃなかったんだし。もう知るかってダヴィーナに言ってやれって、ぼくはリチャードに話したんですよ——ひょっとしたら、本当にそうしたのかも。最後には、ついにあの女と手を切ったのかもしれませんね」

「おたくは、リチャードスン夫人がプライス氏を殺したと思ってるんですか？」さっきよりもいくらか優しい口調で、ホーソーンが尋ねる。

スペンサーはかぶりを振った。「いや、そうは思ってません。前にも言いましたよね。犯人はアキラですよ。あの女がリチャードを脅したとき、ぼくもあのレストランにいて、その言葉を自分の耳で聞いてるんです。それだけじゃない……」

効果を演出するかのように、スペンサーが言葉を切る。わたしはふと、初めて画廊の中をぐるりと見まわした。油彩も水彩画も、それぞれが計算しつくされた距離をとり、その絵専用のライトの光を一身に浴びている。この一幕を撮影するとしたら、これ以上の舞台装置はないだろう。

「リチャードはアキラの企《たくら》みに気づいてたんです。あの女を調査させてるって、ぼくにも話してくれました。《ナビガント》経営管理部門のグレアム・ヘインに話を聞いてみるといいですよ。リチャードの依頼でアキラの財務監査を担当してた人物でね、あの女が有限責任会社を所有していて、誰にも知られたくない収入の流れがあることをつきとめたんです。おそらく何か法律に触れることをしてるにちがいないと、リチャードは考えてたようでした」

「たとえば、どんな?」実のところ、ここまでの話はわれわれも知っていた。オリヴァー・メイスフィールドも同じことを、さらにあからさまに話していてくれたからだ。

「それは話してくれませんでしたけどね。ただ、アキラはどんな手を使ってでも、そのことを隠しておきたいようでした。ひょっとして、離婚の行方に大きな影響を与えるような内容だったのかも。離婚に際しては、夫と妻の双方が、自分の財産をすべて申告しなきゃいけないんです。アキラは嘘をついてるって、リチャードは思ってたんですよ」

ホーソーンはいまの話を、しっかりと頭の中に書きとめたようだ。実際にメモをとることはしない。とてつもない記憶力の持ち主なのだ――もちろん、いざとなったら記録役のわたしもついている。「いったいなぜ、前回このことを話してくれなかったんです?」ホーソーンは尋ねた。

「ハムステッドで事情を訊かれたときには、ぼくもすっかり動揺してて、まともに頭が働いてませんでしたからね。だからこそ、ファラズのことで嘘もついてしまったんです。あいつをこんな事件に引きずりこみたくはなかったから。でも、実際のところ、ぼくには隠すことなんて何ひとつないんですよ。さてと、そちらがかまわなければ、そろそろ仕事に戻らないと」

そう言うと、スペンサーは裏の執務室へ戻っていった。ホーソーンも、引きとめようとする様子はない。

街路に出ると、わたしはホーソーンに向きなおった。

「よくもまあ、あんなふるまいを！」思わず叫ぶ。「あそこでしたことを思い出してみるんだな……あのアリババの冗談もそうだし、そもそもきみの態度は最初から最後までなってなかった。あんな口のききかたをすべきじゃないだろう！」

「おれはすべきことをしただけだよ」今度ばかりは、さすがのホーソーンもわたしの剣幕に意表を突かれたようだ。「おれはスペンサーを怒らせなきゃならなかったんだ、トニー。わからないか？　あいつは自分のお洒落《しゃれ》な画廊に立ち、何百万ポンドもの美術品に囲まれてた。そのうえ、おれたちに嘘をついてたんだ！　そのまま逃げおおせられると、高をくくってね。その自信を突き崩し、動揺させてやる必要があった。だから、そうしただけじゃないか」

「だが、あんなことを本には書けないよ」

「どうしてだ？」

「読者が嫌がるからね」わたしは言葉を切った。「読者がきみを好きになれないからだ」

この言葉は、ホーソーンに衝撃を与えたようだ。ほんの一瞬、かつて幼い子どもだったころの表情、傷つきやすい無防備さがその目にひらめく。思いとどまる間もなく、ホーソーンは口走った。「そもそも、あんたはおれを好きなのか？」

どう答えていいのか、わたしは言葉を失っていた。「わからない」やがて、つっかえながら答える。

ホーソーンはわたしを見すえた。

「あんたに好きになってもらう必要なんか、これっぽっちもないね。おれはただ、あんたにそのくだらない本を書いてもらわなきゃならないだけだ」

わたしたちはそこに立ちつくしたまま、じっとお互いを見つめていた。これ以上、口にすべき言葉が見つからないままに。

14 《ドーント・ブックス》

ロンドンの書店でわたしのお気に入りのひとつが、この《ドーント・ブックス》だ。居心地のいい、古風なメリルボーン・ハイ・ストリートの中ほどに、この書店はある。この通りはショッピング街というより、まるで近所の街並みといったたたずまいだ。実を言うと、ここはわたしの住まいからさほど遠くないのだが、この通りに足を踏み入れるたび、ひときわ洗練された文明都市に戻ってきたような気分になる（かつてはチャリング・クロス・ロードもそんな場所だったが、いまでは賃貸料が高騰して、古書店のほとんどが姿を消してしまった）。《ドーント・ブックス》は八十三番地と八十四番地の二軒をまたいだ造りになっていて、入口もふたつ、中の通路も二本あり、その通路にはさまれた中央にレジのカウンターがある。中はメソジスト教会の礼拝堂のような雰囲気で、突きあたりのステンドグラスの窓までが完璧だ。本は古い木製の書棚に収められているのだが、この店がさらに独特なのは、それが作家でも分野でもなく、国別に分類されていることだろう。何もかもが、狭いところにぎっしりと並んでいる。店の中ほどまで進むと、真ん中に地下へ延びる階段。その横を通りすぎた先、奥の長方形の空間が、招かれた作家がトークショーを行う場所だ。わたしも一度か二度、ここで話したことがある。

アキラ・アンノのトークショーは、今夜六時半からここで行われることとなっていた。ホーソーンとわたしはちょうどいい時間に到着し、それぞれ後ろの席を確保した。書店でゆったりとくつろいでいるホーソーンの姿を見るのは、なかなか興味ぶかい――ヨークシャーにいたときとは大ちがいだ。トークショーの席につく、いかにも楽しげな姿を見て、そういえばこの男は読書会に入っていたんだったと、ふと思い出す。月曜の夜には、わたしもそこに出席することになっているのだ。『緋色の研究』を最後に読んだのは、いつのことだっただろうか。日曜には二時間ほど割《さ》いて、あらためて読みかえさなくては。

アキラのトークショーには百人ほどの聴衆が集まり、席はみな埋まっていた。さらに、後ろにはそれ以上の人々が立っている。やがて、ついにアキラが姿を現し、端の通路を歩いて前に進み出ると、熱狂的な喝采がどっと沸きおこった。わたしはただ驚くばかりだった。アキラは新刊を出したわけではないのだから、ここに来る理由はない――それを言うなら、聴衆たちも同じだが。さらに、今回のトークショーの主題は、わたしから見ると、わざわざ十一月の雨の夜に足を運びたくなるものとは思えなかったのだ。

名前はよく聞きとれなかったが、もつれた黒髪、黒縁眼鏡、黒いジャケットに黒いタートルネックという恰好をした、東洋アフリカ研究学院の講師だという細身の男性が、アキラの話の聞き手となる。以前の著作である『ヒロシマの涼風』についての話が、インタビューのほとんどを占めていた。主人公は韓国出身のジュンスンという慰安婦で、原爆が投下された後の日々にようやく救いを見出すが、ほんの数章の後に白血病により死を迎えることになる。わたしは裏表紙の推薦文しか読んでいないので、それからの四十分間はついうとうとしてしまったが、それでもアキラの発言のいくらかはメモをとることができた。

「比喩として、核兵器に性的な意味が付与されているのは自明のことです。実際に使用された二発の爆弾には、《ファットマン》《リトルボーイ》という名がつけられているいっぽう、それを投下された都市はどちらも、もともと女性的な響きの名を持っていました。とくにヒロシマのほうは、無声の音素から始まりますからね。先ほど説明したように、冒頭のジュンスンがレイプされる場面は、歴史が語るこれからの展開を、ある程度まで予見させるために入れたものです。歴史というか、この場合はジュンスンの物語ですね。ただ、ここは注意しなくてはならないと、わたしは思っています。ミサイルの拡散、サイバー戦争、核戦略といった事柄は、あまりに長い間、国家中心主義、男性優位の視点からしか語られてこなかった現状があるからです。いったん男性化された議論を受け入れてしまったら、それに挑むことはさらに難しくなるでしょう。政治に性の序列化を許してはいけません。そして、言語は実にたやすく、わたししたちの思考そのものに影響をおよぼすのです」

たしかにそのとおりかもしれないが、残念ながら、どうもわたしにはちんぷんかんぷんだった。これは内容が理解できなかったというだけではなく、アキラの話しかたにも原因がある。口調がごく柔らかいうえに、まったく感情を込めずに話すのだ。言ってみれば、医療ドラマでよく見る心電計の波が、つーっと一直線になってしまった状態を思い浮かべてみてほしい。

だが、聴衆はその話に夢中になっていた。〝無声の音素〟のくだりでは笑いが起きたし、東洋アフリカ研究学院の男性は、眼鏡がずり落ちそうな勢いでうなずいている。周囲の聴衆が楽しんでいる中、ひとり取り残されているときほど寂しいものはない――劇場でも、わたしはよくそんな気分を味わうことがあるが。やがて、ようやくインタビューが終わり、アキラが聴衆からの質問を受けはじめた。ほっとしたわたしを、ホーソーン（ここまでの話をずっと無表情で聞いていた）がひじで突き、五列前に坐るふたりを指さした。

カーラ・グランショー警部と革ジャケットの部下の姿が目に飛びこんできた瞬間、ふいに胃が締めつけられる。あのふたりがトークショーを聴きにきているということは、終わった後にもう一度、アキラの事情聴取を行うつもりなのだろう。だが、わたしたちもここに来るということを、わたしはグランショー警部に報告していなかった。警部たちがわたしに気づいたら、あの無理やり押しつけられた協定をわたしが守っていないことにも気づくにちがいない。それどころか、もしもホーソーンの前で、この前の電話の話を持ち出されたとしたら？

いまだ質疑応答が続いてはいたが、わたしはただただ焦るばかりで、ほとんど内容を聞いていなかった。ヴァージニア・ウルフからドリス・レッシング、アンジェラ・カーターにいたるまで、わたしはフェミニストの作家の作品に感嘆してきたが、どこにも笑う余地さえない、アキラならではの内省的な語り——そして聴衆の熱狂——には、まったくついていけない。やがて、ようやく質疑応答が終わって拍手が湧きあがり、最新刊の俳句集を含め、著書へのサイン会を行いますというアナウンスが流れて、聴衆はみな立ちあがった。ホーソーンとわたしは席に残り、サインを求める人々が短い列を作るのを眺める。あんなに喝采していたのに、本を買おうと残った聴衆はさほど多くはなかった。もっとも、おそらくはみな、すでに買っているのだろう。グランショー警部と相棒のダレンは、依然としてこちらに背を向けたまま、椅子にかけている。こちらに気づいているのだろうかと、わたしは思いをめぐらせた。

やがて、列に並んでいた人々がみな立ち去るのを待って、わたしたちは立ちあがり、四人で両側から挟み撃ちにするように、アキラに向かって近づいていった。わたしたちに気づいたアキラは明らかに警戒した顔になり、聞き手の講師の両頰におざなりなキスをすると、早く帰れとばかりに通路に送り出す。グランショー警部はホーソーンに気づき、まずはそっちに話しかけてきた。

「あんたたちが来るとは思わなかったね」ちらりとわたしに視線を投げる。そこに浮かんでいたのは、いまの言葉を敵意で彩《いろど》るかのような表情だった。

「おれたちがいたってかまわないだろう?」いかにも無頓着な口調で、ホーソーンが答える。

「ご勝手に」警部はアキラに向きなおった。「ちょっとばかりお話を聞かせていただきたいんですがね、ミズ・アンノ。かまいませんね？」

「かまうと言ったら、それが通るんですか？」

「残念ながら。どこか、話のできる場所はありますか？」

店の責任者が、わたしたちを地下へ案内してくれた。完全に人目につかない場所というわけではないが、壁の引っこんだところに籐を編んだテーブルと椅子が何脚か置いてあり、少なくともいくらかは静かだろう。ダレンを一階に残し、グランショー警部はひとりで下りてきた。ホーソーンは警部の隣の椅子に腰をおろす。その向かいにはアキラが脚を組み、薄紫色の眼鏡ごしに、じっと相手をにらみつけていた。わたしは立ったまま、西アフリカの本棚に寄りかかる。目の前には南アフリカ、通路の向かいにはイタリアの本が並んでいた。自然光はあまり入ってこない構造だが、天井にはガラスのブロックがはめこまれていて、さっきまでアキラがトークショーを行っていたあたりがぼんやりと見える。

全員がそれぞれの場所におちつくと、グランショー警部はまず、今回の最大の目的である質問から切り出した。「それで、日曜の夜、あなたはどこにいたんですか、ミズ・アンノ？」

「前にもお話ししたとおり……」アキラは口を開きかけた。

「あなたがリンドハーストのグラスへイズ・コテージにいなかったことは、すでにわかってましてね。まさか、あなたの言葉を鵜呑《うの》みにして、裏を取らないとでも思ってたんですか？」

まさにそう思っていたといわんばかりに、アキラは肩をすくめた。

「殺人事件の捜査で警察官に虚偽の供述をすることは、非常に重い罪に問われる可能性があるのはおわかりでしょうね？」

「虚偽の供述なんてしていません、警部。わたしはひどく多忙なの。思いちがいをすることもめずらしくないのよ」

これは嘘だ。アキラのほうも、真実らしくとりつくろう気さえないらしい。

「じゃ、どこにいたんです？」

アキラは二、三度まばたきし、それからわたしを指さした。

「この人がいるかぎり、わたしは話しません。しょせん商業作家のくせに。この場には、何の関係もない人でしょう」

こんなにも毒のこもった〝商業〟という言葉を、わたしはこれまで耳にしたことがない。

「この男は同席させますよ」と、ホーソーン。思わぬ方向からの援護射撃に驚いたが、それはまあ、わたしが事件の記録役であるというだけの理由だろう。

「あなたはどこにいたんです？」グランショー警部が、同じ質問をくりかえす。警部がわたしを追いはらおうとしなかったことは、かなり意外だった。

アキラもまた、どこにも逃げ道がないことを見てとっていた。ふたたび肩をすくめる。「友人といっしょでした。ロンドンで」

「お友だちの名は？」

それでもまだ、アキラはためらっていた。こんなにも隠したい相手とはいったい誰なのだろうと、いぶからずにはいられない。だが、もはや言い逃れはきかなかった。「ドーン・アダムズよ」

リチャード・プライスにグラスのワインを引っかけた夜、いっしょに食事をしていたという出版社の社長だ。

「週末ずっと、そのお友だちといっしょに?」

「いいえ。日曜だけ。ウィンブルドンの自宅を訪ねていたの」

これだけ話せばグランショー警部も引き下がってくれるだろうとばかり、しぶしぶながらに情報を漏らす。だが、警部のほうは、まだ追及を始めたばかりだった。「着いたのは何時ごろ?　何時にそこを出ましたか?」

アキラはいかにも不機嫌なため息をついた。これが〝無声の音素〟についての質問だったら、どんなにいいかと思っているにちがいない。ひょっとして、ふたりは恋人どうしなのだろうかと、わたしは考えをめぐらせたが、そんな情報ならアキラはむしろ嬉々として話してくれそうだ。それ以外に、何かどうしてもわたしたちに知られたくない事情があるのだろう。「着いたのは六時くらいかしら。出たのは翌日です」

「泊まったんですね?」

「おしゃべりをして、ちょっと飲みすぎてしまって。運転はしたくなかったの。それで、泊めてもらったんです」

「そうなると、ミズ・アダムズにも確認をとることになりますが」

「わたし、嘘なんかついていません!」アキラは怖い顔をした。「自分の私生活について、こんなところであれこれ話したくないだけ。とくに、この人の前ではね」またしても、長くとがった爪がわたしのほうを指す。「ドーンはわたしの友人です。それだけのことよ。昨年あちらも離婚して、いまはひとり暮らしなの」

「裁判所の手続きを経た離婚ですね？」

「ええ」

「代理人となった弁護士は？」

「知りません」

「元夫側の代理人は誰です？」

長い沈黙。どうしても、これだけは話したくなかったらしい。「リチャード・プライスでした」

認めたくはないが、これはグランショー警部のみごとな手並みだと言わざるをえない。片方は作家、もう片方は出版社の社長というふたりの女が、かつて同じ弁護士を相手に離婚訴訟を戦っていたとは。少なくともひとりのほうは惨敗を喫し、ボトルで殴ってやると弁護士を脅した。そして、いまやもうひとりは、同志のためにアリバイを提供しようとしている。

わたしは必死になってホーソーンの視線をとらえ、どうしても知っておきたいあのことを尋ねてくれと目で促した。このときばかりは、ホーソーンもわたしの願いを聞きとどけることにしたらしい。「おたくの書いた詩を読ませてもらってるんですがね」アキラに向かい、明るい口調で切り出す。

これには、さすがのアキラも気をよくしたかもしれない。だが、何も言おうとはしなかった。

「俳句のひとつに、ちょっと興味を惹かれて……」

「ちょっと、ふざけてるの?」グランショー警部が嚙《か》みつく。

「第百八十二句なんですがね」

これには警部も驚いたようだ。固唾《かたず》を呑んでホーソーンの言葉の続きを待ったが、実際に俳句を暗誦したのはわたしだった。

「君の息　耳にぞ告ぐる　裁きは死」

「これは、どういう意味なんですかね?」ホーソーンが尋ねる。

「あなたはどういう意味だと思うの?」アキラが問いかえした。

ホーソーンは動じる様子もなく、肩をすくめた。「まあ、どんな意味にもとれますよね。これがリチャード・プライス氏のことだとしたなら、おたくは氏に言われたことが気に入らなかったのかもしれない。プライス氏はおたくについて、法廷で虚偽の申し立てをした。たしか、おたくは前回そう言ってましたね。それが理由で、おたくはプライス氏を殺したのかもしれない」

短い沈黙。ふいに、アキラは笑い声をあげた。おもしろいことなど何ひとつないのに、なんとも奇妙な笑いだ。たとえばうっかり棘《とげ》だらけのイラクサをつかんでしまい、痛みにあえぐ声にも聞こえる。

「わたしの詠んだ俳句を、あなたは一語だって理解してはいないのね」アキラはわたしに向きなおった。「それと、上句は〝君が息〟よ。わたしの作品を引用するのなら、せめて正しく引用してくれないと！」わたしをやりこめ、いかにも満足げな顔だ。「こんなこと、本当にあなたたちに説明しなければいけないの？　この俳句は、リチャード・プライスのことではありません。あんな男の存在も知らないころに詠んだ句よ。題材は、わたしの結婚。エイドリアン・ロックウッドのことを詠んだの。本人にも聞かせてやったけれどね！　あの人はわたしを貶《おとし》めた。利己心とわたしの要求に対する無関心によって、わたしに屈辱を与えた張本人なの。読んだら目に浮かんでくるはずよ」小鼻が広がる。「上句から中句にかけては、性的な情景を描いているの。ハムレットの母ガートルードに対するクローディアスを想像してもらえればいいでしょう。あの人がわたしと同じベッドに横たわっている、吐息が感じられるほど近くにね。

〝裁きは死〟というのは、あの人からわたしへの言葉というだけではないの。あの人の存在自体を表しているのよ。この二度めの結婚により、わたしは生きて出られることのない監房に閉じこめられてしまった――つまり、わたしに宣告された、その裁きは死だったということ。ここで裁判《トライアル》の比喩を使っているのには、ふたつの意味があるの。わたしの日々の苦しみ《トライアル》を指すだけでなく、わたしが法的にあの人の妻だということ、つまり、それが法律によって定められたわたしの立場だということ。そもそも、わたしがあの人に死の裁きを言いわたす句ではないのよ。むしろ、まったく逆の立場にいるの。死に向かいつつあるのはわたしだけれど、でも、この下句には逆転の構造が仕込まれているんです。〝裁き《センテンス》〟という言葉にはふたつの裏腹な意味があって――その示唆するところは、ありとあらゆる証拠をものともせず、わたしは《アイ・ウィル》生きのびる《サヴァイヴ》ということ」

すべてはアキラのいつもどおりの話しかた、抑揚のないささやきで語られていったが、最後の短いひとことだけは力がこもっていて、どこかグロリア・ゲイナーの同名の歌を思わせた。グランショー警部はあまり興味を惹かれていないようだったが、ホーソーンはさらに食いさがった。

「リチャード・プライスがおたくを探ってたことはご存じですかね？」

「わたしに魅了されたんでしょう。わたしを理解したくなったのよ」

「そういう意味じゃありません。グレアム・ヘインという人物に、おたくの財務監査を依頼してたんですよ。おたくが何か隠してると感じてね」

「そんな、馬鹿げたことを」

「だが、本当のことです」

「監査したって、何も見つかるはずはありません。何も隠していないんですから」そう言いながらも、アキラの目はすっと細くなり、唇が固く引きむすばれる。ぴりぴりと神経をとがらせ、身がまえているのが伝わってきた。

「ミズ・ドーン・アダムズの連絡先をいただけますか」この事情聴取の主導権を、グランショー警部が握りなおした。

「《キングストン・ブックス》に連絡してください」

《キングストン・ブックス》というのは、インディペンデント系の出版社だ。わたしも、ぼんやりと聞きおぼえがあった。

「そこが勤め先なんですね？」

「経営者よ」

「ご協力ありがとうございました、ミズ・アンノ」グランショー警部が締めくくる。どうやら、警部は自分なりにアキラに対する評決を下したようだ――〝無罪〟と。

みなが腰をあげ、一階へ戻る。アキラが先頭に立ち、続いてホーソーン、何歩か後ろにグランショー警部。ひとりきりで最後になったわたしは、階段の中ほどでふいに警部が立ちどまり、こちらに向きなおったとき、もうどこにも逃げる場所がなかった。

「ここに来るなんてこと、あたしに言ってなかったじゃないか」グランショー警部は巨体で階段をふさぎ、いつもの無骨な黒縁眼鏡の後ろから、おそろしく敵意に満ちた目でこちらをじっとにらみつけている。

わたしはホーソーンを目で探したが、すでに視界から消えてしまっていた。「電話は今夜するつもりだったんだ。わたしから何か情報を得ようとしたって、ただの時間の無駄ですよ。ホーソーンはわたしに何も話さないんだから」

「あんたには耳がついてる。目だってね。それを使いな」警部の目が、ぎらりと光る。「これが最後の警告だからね」

「だが、そっちは『刑事フォイル』の撮影を――」

「もしもあんたたちがあたしの先回りをして、プライス殺害の犯人を見つけようもんなら、あんたは二度とそのくだらないドラマの撮影はできなくなる。よく憶えておくんだね」

グランショー警部はわたしに背を向けた。黒いズボンに包まれた尻と太股を揺らしながら、出口に向かって階段を上っていく。

これで《ドーント・ブックス》でのわたしの冒険は終わったものとばかり思っていたら、まだちょっとした一幕が残っていた。一階でわたしたちを待っていたダレンは、わたしが階段を上りきり、急ぎ足でホーソーンのほうへ向かおうとしたそのとき、いきなりぶつかってきたのだ。その勢いで、わたしは転びかけるほどだった。「失礼」と声をかけてきたダレンの様子から見て、わざとだったことはまちがいない。

アキラは扉のそばに立っていた。値引き本の並んだ台の後ろには売場責任者が控えており、ホーソーンはその台の手前にいる。入口の扉は開いたままで、また降り出していた雨が窓を叩いているのが見えた。わたしは傘を持ってきていない。これは、タクシーを呼ぶべきだろうか。

扉に向かって一歩踏み出したそのとき、カーラ・グランショー警部がわたしに向かい、いきなり怒声をあげた。「ちょっと！」

わたしはきびすを返した。「えっ？」

「この本の支払いはしないつもり？」店じゅうの人間に聞こえるような大声で、警部が尋ねる。

わたしは頭がくらくらするのを感じていた。「何の話なのか、さっぱりわからないな」

「ついいましがた、あんたが本を手にとったのを見たんだけど。それをかばんに入れるところもね」

たしかに、わたしは黒のショルダーを提げていた。これは妻のジルから誕生日プレゼントにもらったもので、外出するときはほとんどいつも持ち歩いている。たしかに、このかばんは店に入ってきたときより重くなってはいないだろうか？　わたしは片手でかばんの革を撫でてみた。外側のポケットに何かが入っているばかりか、いつのまにか蓋の留め金が外れているではないか。

「わたしは何も――」あわてて声をあげる。

「何かお困りですか？」値引き本の台の後ろにいた売場責任者が、こちらに歩いてきた。前にここでトークショーをしたとき、この女性には会ったことがある。教師ふうにショートカットにした灰色の髪と、明るい青い目の持ち主で、いつだってとても温かい対応をしてくれていた。

「ここの責任者？」グランショー警部が尋ねる。

「ええ。レベッカ・ルフェーブルです。あなたは？」

「カーラ・グランショー警部」それから相棒を指さし、わたしも初めて耳にするフルネームで紹介した。「そっちはダレン・ミルズ巡査」

ルフェーブルはわたしを見て、驚きに目を見はった。「かばんを見せていただいてもよろしいですか？」

わたしはホーソーンに目をやったが、いっこうに助けにきてくれそうな様子はなかった。むしろ、このなりゆきをおもしろがっているようだ。いったいどういうことなのか、すでにわたしは理解していた。これはついさっき階段を上りきったところで、ダレン・ミルズがぶつかってきたときに仕組まれた罠なのだ。わたしのかばんに本を滑りこませて、わたしに恥をかかせ、懲らしめ、いっそ逮捕してやってもいいという思惑で。後から考えれば、それ以上はとりあわずに店を出てしまうか、少なくともきちんと説明を試みたほうが賢明だったかもしれない。だが、わたしはかばんを開け、入っていた分厚いペーパーバッグを取り出した。マーク・ベラドンナ著《破滅界》シリーズの第二巻、『エクスカリバー復活』。グレゴリー・テイラーが死んだ日、買いもとめていた本と同じシリーズだ。もともとは店の正面の平積み台に飾ってあったものが、いまはわたしの手の中にある。

アキラ・アンノはその本をまじまじと見つめ、嫌悪と恐怖が入り混じったような表情を浮かべた。しばし言葉を探しているかのような沈黙があり、やがて声を張りあげる。「泥棒よ！」「泥棒じゃない……」わたしは必死に口を開いた。「はめられたんだ！」ダレン・ミルズ巡査を指さす。「その男が、わたしのかばんに本を入れた。階段を上ってきたわたしに体当たりしたんだ」

まいったな、とでもいうように、ミルズ巡査は両手を挙げてみせた。「いったい、どうしておれがそんなことをしなきゃならないんです？」詰問するような口調だ。

グランショー警部は怖ろしい顔をしてわたしをにらみつけた。「警察官が証拠を捏造《ねつぞう》したとでもいうつもり？」

「ああ、そうだ！」

「いま、あんたを逮捕したっていいんだよ」そう言うと、ルフェーブルをふりかえる。「この男を逮捕しましょうか？」

「ちょっと待ってください」途方にくれた目をして、ルフェーブルはわたしをじっと見つめた。以前はどこか教師に似た印象を受けていたが、いまや、かつてお気に入りだった子どもをじっと見つめる校長先生といった風情《ふぜい》だ。「あなたはこの書店を貶めたのですよ。あなたの読者を貶め、そして、あなた自身をも貶めたのです」そう説教する声が聞こえてくるような気さえした。「この本、元に戻してかまいません？」実際に口にしたのは、そんな言葉だったが。

わたしは本を手わたした。頬が熱く火照《ほて》るのがわかる。

「《ドーント・ブックス》では、万引はすべて警察に通報する方針をとっています」ルフェーブルは続けた。「言いたくはないですが、こんなにも驚き、こんなにも幻滅したことはありません。でも、この件への対応をどうするかは、すべて警察におまかせします」

「わたしはやっていないんだ！」自分の声が、どれほど情けなく聞こえるかはわかっていた。だが、どうしても黙ってはいられなかったのだ。

「ただ、これだけは言っておきますね。今後、当店であなたを歓迎することはありません、アンソニー。本当に残念ですが。おそらく、あなたの著書を置くこともないでしょう」

もうたくさんだった。これ以上、こんなことにつきあってはいられない。わたしはホーソーンとアキラを押しのけ、ふたりの視線を背中に痛いほど感じながら、急ぎ足で雨の街路に出ていった。

15　ラム&コーク

次にホーソーンと顔を合わせたのは月曜の夜、『幽霊』を観にいく代わりに読書会に参加するため、リヴァー・コートの呼鈴を押したときのことだった。少なくとも、今回はちゃんと約束を交わしての訪問だ。いつもなら、といっても過去二回にわたる訪問からにすぎないが、わたしはホーソーンの住む部屋に少しでも近づく口実を考えなくてはならなかった。だが、今回は七時に部屋を訪ね、そこからいっしょに読書会の場所に向かうこととなっている。

エレベーターのドアが開くと、ホーソーンはすでに通路に立っていた。ひょっとしたら、エレベーターに乗りこんでくるつもりかもしれない。このままふたりで下に降りることになるのかと、ふと懸念が頭をよぎった。だが、よく見ると、玄関のドアは開いている。ホーソーン自身もいたって上機嫌で、わたしを部屋に招き入れようとしていた。

「調子はどうだ、トニー？」

「まああだ」実のところ、《ドーント・ブックス》であんな目に遭わされたというのに、まあまあなはずがないではないか。ホーソーンにも、それをわからせてやりたかった。

「なんだか虫の居所が悪そうだな。よく言う、ベッドのまちがった側から起きたってやつか。入ってラム&コークでも飲むといい。それで、気分もよくなるさ」

わたしはめったにコーラなど飲まないし、ラム酒もさほど好きではない。だが、この誘いにはいろいろな意味で好奇心をそそられた。ホーソーンに続き、玄関から入る。

この部屋がもしも本人の持ちものだったら、きっとホーソーンの人となりについて、さまざまなことをわたしに教えてくれただろうに。だが、ここは前に来たときのまま、何ひとつ変わってはいなかった。せっかく見晴らしのいい景色が楽しめるはずなのに――いまなら、夕闇に包まれてゆったりと流れるテムズ川が見える――きちきちと狭苦しいこの部屋の窓にも似て、なんともじれったい。部屋にはあいかわらず写真も、花も飾られていなければ、ごみも散らかってはいなかった……おそらく、ここにはただ眠るために帰っているだけなのだろう。

とはいえ、もちろん、プラモデルだけは例外だ。最初にここを訪れたとき、ホーソーンがどれだけ《エアフィックス》のプラモデルを愛しているかを、わたしは目《ま》のあたりにした。ホーソーンも最初こそためらいがちだったものの、やがてこの趣味への熱中ぶりをはばからず見せてくれたし、その流れで交わした会話は、ほとんど事件についてしか話すことのなかったわれわれにとって、いまだに数えるほどしかない雑談のひとつとなっている。この部屋には、そこらじゅうに戦車、ジープ、傷病兵輸送機、対空砲、戦艦、空母、その他もろもろが所狭しと並んでいたし、何十機もの飛行機が天井から糸で吊るされていた。前回ホーソーンが作っている最中だったチーフテンMk.10も、すでに完成して飾られている。よけいな接着剤がはみ出した跡も、まちがった場所についてしまった塗料もなく、まさに完璧な仕上がりだ。きっと何千時間もの余暇を、ここに並んでいる完成品にすべて注ぎこんだにちがいない。ホーソーンが背中を丸めてテーブルに向かい、夜中まで作業に集中している姿が目に見える。そのときだけは外の世界をすべて遮断して、自分ひとりの時間を満喫することができるのだろう。

いつからプラモデル作りをやっているのかと、わたしは尋ねたことがあった。〝子どものころの趣味なんだ〟――返ってきたのはそんな答えだ。つきあいが長くなるにつれ、ホーソーンは子どものころに何か心に深い傷を負うようなできごとがあり、それがいまの人格を形成したのではないかと、わたしは思うようになりつつある。不用意なゲイ嫌悪や、むらっ気、わたしに対する態度といったことだけを指しているのではない。犯罪を捜査する仕事についたこと、結婚、別居、がらんとした部屋にひとりで住み、プラモデルを作りつづけていること……何もかもが、ひとつのある悲劇的なできごとに衝き動かされての結果だったのではないか、それが起きたのはヨークシャーのどこかで、そのために名前まで変えることになったのではないだろうか、と。

「新しいのを作りはじめたんだな」わたしは声をかけた。

テーブルに広げられているのは、側面に〝英国空軍《RAF》レスキュー〟という文字の入ったヘリコプターの模型だった。

「ウェストランド・シー・キング。WS-61だよ。フォークランド紛争や湾岸戦争、イラク、アフガニスタンでも使われた……捜索や救助にね。飲みものでもどうだ？」

「ワインはあるかな？」

「ないな。ラム酒ならある」

「なら、それでけっこう」

ホーソーンは酒を飲まない。そう宣言されたことはないが、およそアルコールの入ったものを口にしているところを見たことがないのだ。リブルヘッド駅の宿で食事をしたときにも、ひたすら水を飲んでいた。広い戸口で居間とつながっているキッチンへ、ホーソーンの後ろをついていく。キッチンを見れば、その家の住人について、かなりのことがわかるはずだ——だが、ここには何の手がかりもなかった。調度はすべて高級で真新しく、ここに据えつけられた日のまま、どこにも汚れひとつない。わたしが自分のアパートメントを掃除するときには、いつだってオーブンに手を焼く。客に見られるのは気恥ずかしいほど、数えきれない食事の記憶が炭化してこびりついているからだ。だが、ここのオーブンのガラスの扉はまっさらなままで、銀色のガスこんろも、どうやら一度も点火したことはなさそうだった。

そして、大理石のカウンターには、さっき勧められたラム酒のボトルが置かれている。ホーソーンは、これをわざわざ買ってきたのだろうか？　いや、おそらくは、リチャード・プライスの家にあった二千ポンドのワインのボトルと同じく、誰かからのもらいものだろう。どちらにしろ、栓に巻かれた封はまだ剝《は》がされていない。その隣にはグラスがひとつだけ、どこかうやうやしく並べられている。これはこの部屋にある唯一の酒で、わざわざわたしのために出しておいたのだということが、ひと目で見てとれた。

ホーソーンは冷蔵庫に歩みより、扉を開けた。あまり穿鑿《せんさく》がましくならないよう気をつけながら、わたしも何気なくそちらをふりかえり、冷蔵庫の中身に目を走らせる。キッチンの様子と同じく、冷蔵庫の中も殺風景なのは、さほど驚きではなかった。わが家では、冷蔵庫にあまりにぎっしりと食べものが詰めこまれているときもあれば、すっからかんのときもある。必要なたったひとつの材料はどこかと、必死に冷蔵庫じゅうを探しまわることだって、わたしにはけっしてめずらしくはない。それに比べ、ホーソーンの冷蔵庫はどこまでも禁欲的だ。どうやら、ふだんはできあいの料理を温めて食べているらしく、プラスティックの皿に納まった食品パックが五、六個、きっちりと積みあげられている。その周囲があまりにがらんと空いているせいか、まるでダミアン・ハーストの悪趣味な芸術作品のようで、食欲はまったくそそられない。野菜室はほとんど空っぽだったが、ニンジンのどっさり入った、霜のついたビニール袋だけは見てとれた。この冷蔵庫の持ち主が、食にまったく興味がないのは明らかだ。あそこに積まれた食品パックを取り出し、それを電子レンジに入れるだけ。これから自分が口に入れるのは何なのか、あらかじめ包装の文字を読むことさえしないのだろう。ホーソーンは扉の裏からコーラの缶を取り出すと、冷凍庫から氷を出し、まとめてテーブルに運んだ。

「きみはいっしょに飲まないんだな」と、わたし。

「さっきコーヒーを淹れたところなんでね」流しの脇に、白いマグカップがひとつ。さっきは見落としていたようだ。

グラスに氷をふたつ入れ、ラム酒を二センチほど注ぎ、コーラの缶を半分ほど足して、どこからか取り出したレモンをひと切れ載せる……機械的な手つきではあったが、こちらにグラスを滑らせてよこす様子は、いかにも誇らしげだ。まるで大人の真似をしている子どものような印象を、ホーソーンからはしょっちゅう受けることがある。

ホーソーンはコーヒーのマグを手にとり、テーブルについた。わたしはポケットから畳んだ紙の束を取り出し、その前へテーブル上を滑らせた。「きみが読みたがっていたやつだ」依然としてそっけない口調で告げる。

「何だったかな?」

「わたしの書いている本だよ。きみ抜きで、ダヴィーナ・リチャードスンと話していたときのことだ。読みたいと言っていたじゃないか」

「ああ、あれか」ホーソーンはその紙をかたわらに置いた。開いてみようともしない。

「せめて、礼くらい言ったらどうなんだ」

いったいどうしてそんなに機嫌が悪いのか訝《いぶか》しむように、ホーソーンはわたしをしげしげと見つめた。わたしが《ドーント・ブックス》でどんな目に遭ったか、まさか本当に憶えていないのだろうか?「わかったよ」ようやく認める。「どうやら、あんたはカーラの逆鱗《げきりん》に触れちまったらしいな」

「気がついてくれて何よりだ」グラスを手にとり、初めて口をつける。せめてワインかジン・トニックを出そうとでも思ってくれていたら、どんなによかったか。

「カーラがあの本を、あんたのかばんに滑りこませたんだろう。あんたの好みからいって、《破滅界》シリーズを読みたがるとはとうてい思えないしな」

「何だって? じゃ、あれがチャールズ・ディケンズかサラ・ウォーターズの本なら、わたしが万引するとでも思っているのか？」

「いや、相棒。そういうことじゃない」気の毒そうな口調ながらも、やはり、この事態をひどくおもしろがっていることはまちがいない。

「きみはわかっていないんだ。あの書店で、どんなに怖ろしいことが起きたのか！　わたしの作家生命は、あれで絶たれるかもしれないんだぞ。もし新聞に載りでもしたら、わたしはもう終わりだ」怒りと悔しさに、いまにも身体が震え出しそうだ。「それはそうと、本を入れたのはカーラじゃない。部下のほうだ。ミルズ巡査だよ」

「あっちも相当なろくでなし野郎だからな。カーラとは相性がいいんだ。それで、いったいあんたは何をやらかして、連中をそんなに怒らせちまったんだ？」

こうなってはもう、話すしかなかった。グランショー警部がアパートメントに押しかけてきて、わたしを脅した顚末《てんまつ》をすべてうちあける。「あの女は、きみより先に事件を解決したいんだ。だから、何か見つけたらすべて連絡しろと言うんだよ」

「馬鹿馬鹿しい！」ホーソーンは大声をあげた。「あんたは何も知らないってのに」

「ちょっと待ってくれ……！」思わず、グラスを握る指に力がこもる。「リチャード・プライスを誰が殺したのか、たしかにわたしは知らないかもしれない——だが、それを言うなら、きみだって同じじゃないか」

「おれはもう、容疑者をふたりにまで絞りこんだけどな」ホーソーンはコーヒーのマグごしに、目をぱちくりさせてみせた。

「ふたりというと？」

「そこなんだ。あんたは知らないほうがいい。知らなきゃ、何も言えないからな」

「実を言うと、わたしはあの女に電話したんだ」こんなに怒っていてさえ、これをうちあけるのは気がとがめた。「ほかにどうしようもなかった。『刑事フォイル』の撮影を中止させられてね。少なくとも、わたしはあの女のしわざだと思っている。電話では、わたしたちがヨークシャーに行ったこと、グレゴリー・テイラーは殺されたんだってことを伝えたよ。それから、エイドリアン・ロックウッドの事務所に侵入者があったという話もね」ホーソーンの反応を待ったが、何も返ってこないので、さらに続ける。「とにかく、何か情報を与える必要があったんだ。向こうからは、そんなことはみんな知っていたと言われたがね」

「そりゃ嘘だな」ホーソーンはさぞかしわたしに怒るだろうと思っていたのに、いかにも平然とした顔だ。「カーラ・グランショーとダレン・ミルズは、どっちもうすのろのくそったれだ。警察犬にだって、あのふたりより頭のいいやつは何頭もいたよ。おれたちがどんな捜査をしたか、何なら全部きっちり教えてやったらいい。何もかも知らされたところで、あのふたりはどうせ、お互いのけつの臭いを嗅ぎながらぐるぐる走りまわってるだけだろうよ」

「何もそこまで、あけすけにたとえなくてもいいんじゃないか？」

「あんたは毎日でも電話してやるといい、それで嫌がらせが止むんならな。もっと早く、おれに相談してくれてたらよかったんだ。本気で言ってるんだよ、相棒。おれたちは、連中のはるか先を走ってるんだからな。あんたが事件の原稿を書きあげて、その中古本がチャリティ・シヨップに並ぶころになっても、連中はまだ犯人が見つからずにうろうろしてるだろうよ。だからこそ、おれが呼ばれたんだ。あのふたりじゃいつまで待っても解決しないって、警察もわかってるからな。とにかく、どんな助けでもほしいんだろう」

長い沈黙があった。さらにラム&コークを喉に流しこむ。ほんもののコーラを使っているせいで、おそろしく甘ったるい。砂糖に砂糖を足しているようなものだ。

「誰がリチャード・プライスを殺したのか、きみには本当にわかっているのか?」わたしは尋ねた。

ホーソーンはうなずいた。「ふたりのうちのどっちかだ」

「それなら、せめて少しでもヒントを出してくれ! わたしはここまで、きみの捜査のすべてに同行してきた。きみの見たものと同じものを、わたしだって見てきたんだ。それなのに、いったい誰が犯人なのか、いまだにまったく見当がつかない。わたしが見落とした手がかりを、せめてひとつでも教えてくれれば——それにさえ気づけば、すべての辻褄《つじつま》がすっきりと合うような手がかりを」

「そういうものじゃないんだ、トニー」どうやら、ホーソーンはタバコを吸いたくてたまらないようだ。だが、他人の部屋で、他人の家具に囲まれていてはそうもいかない。「前に話したことがあったっけな。あんたは事件全体の形を見る必要がある。それだけのことさ」

どういう意味なのかわからず、わたしは眉間にしわを寄せた。

「前にも思ったんだが、きっとあんたが本を書くときと同じなんじゃないかな。本を書きはじめるときには、まず……やっぱり、全体としての形を決めるんじゃないか？」

ホーソーンの指摘が完璧に的を射ていることに、わたしは度肝を抜かれていた。小説を書くとき、わたしはたしかに、その物語ならではの形というところから考えはじめる。たとえば、わたしはいまシャーロック・ホームズのシリーズの続刊『モリアーティ』を書きはじめるところだが、最初に頭にひらめいたのは、まるでメビウスの輪のように最後にくるりとひっくり返る、ひねりのきいた物語の構造だった。『絹の家』のときは、Yという文字。小説とは八万から九万語を詰めこんだコンテナであり、ゼリーを流しこむ型と思ってもらってもいい。言葉をそこに流しこみ、きれいに固まるのを願うのだ。だが、まさか探偵も、自分の仕事の流れを同じように見ているとは。

「わかった」わたしは答えた。「だとしたら、リチャード・プライスが殺された事件は、どんな形をしているんだ？」

「死んだのはリチャード・プライスだけじゃない。列車に轢《ひ》かれたグレゴリー・テイラーの死には、三通りの説明がつけられることを忘れるなよ」

「事故。自殺。そして、殺人」

「そのとおり。それぞれの場合によって、事件全体の形が変わってくるってわけだ」

考えるうち、頭がぐらぐらと回りはじめる。ホーソーンの言っていることは、さほど筋が通っているようには思えない。ひょっとしたら、ラム酒が回っているだけかもしれないが。「きみはずっと、犯罪捜査を仕事にしたいと思っていたのか？」

この質問に、ホーソーンは意表を突かれたようだ。「ああ」

「子どものころから?」

とたんに、警戒心をあらわにした声。「何だってそんなことを訊く? どうしてそんなことが知りたいんだ?」

「前にも話しただろう。わたしはきみの本を書いているんだ」次の質問をぶつけるべきかどうか迷ったが、どうせ訊くなら、いまが絶好の機会なのはたしかだ。「ヨークシャーで会った男は、きみの知りあいなのか?」

「誰のことだ?」

「マイク・カーライル。あの男は、きみをビリーと呼んでいた。それが、きみの本当の名前なのか?」

返事はない。どうすべきか迷っているかのように、ホーソーンはほんのしばらく顔をうつむけた。やがて、ふたたびこちらを見た目には、初めて見る表情が浮かんでいて、それが何なのか理解するのに数秒かかった。痛みに耐えているのだ。

「言っただろう、おれはあの男と会ったことはない。向こうが誰かと見まちがえたんだよ」

「どうも信じられないな」

そのとき、シャッターが降りたのがわかった。ホーソーンには、ときどきこんなことがある。自分に近づきすぎた人間を、こうして切り捨てるのだ——もしかしたら、これまでの人生、ずっとこんなふうに生きてきたのかもしれない——そして、次に口を開いたとき、その口調はひどく柔らかく、何の感情もこもってはいなかった。「あんたに話したいことがあるんだ、相棒。あんたと組むのは、あらためて考えなおしたほうがいいのかもしれないな。こんなこと、そもそもやらなきゃよかったのかもしれない」

わたしは自分の耳が信じられなかった。わたしこそ、この企画に無理やり引きずりこまれた側なのに。この場にいたくなかったのは、もともとわたしのほうだったのだ。

「わたしが思いついたわけじゃない」すかさずそこを指摘する。「きみが考えたことじゃないか」

「だったら、ここでやめればいい。次の本なんて、誰が気にするもんか。それでなくったって、本なんぞ世の中にあふれてるんだからな」ホーソーンは玄関を指さした。「いますぐ、そこから出てったっていいんだ」

「それはもう遅すぎるよ。三冊書くという契約に、わたしは署名してしまったんだ……忘れたのか？　わたしたちの契約なんだぞ」

「別に、おれなんか必要ないだろう。いざとなりゃ、あんたが想像でひねり出しゃいいんだから」

「信じてほしいんだが、わたしだって喜んでそうしたいさ。そのほうがよっぽど楽だからね。だが、わたしはもう、この事件を一週間にわたって追っている。きみの言う事件の形だか模様だかを見つけ出し、リチャード・プライスが誰に殺されたかをつきとめるまで、けっして引き下がるつもりはないね」

わたしたちは坐ったまま、お互いをにらみつけていた。やがて、ホーソーンが腕時計に視線を落とす。「そろそろ下の階に行かないと。みんなが待ってるからな」

「わたしはきみの敵じゃないんだ、ホーソーン。きみを助けたいだけなんだよ」

「ああ。まあな、ずいぶん助けにはなってくれてるよ」

ホーソーンは部屋を出ていった。ラム＆コークは、まだ半分も減っていない。そのグラスを置いて、わたしも後に続いた。

16 読書会

わたしたちはいっしょにエレベーターに乗りこみ、下へ向かった。めざす階に着いたときには、どうにも奇妙なことだが、ホーソーンはすっかりいつもの調子に戻っていた。昔の映画でよくある、前の画面を端から拭い去るように消して、別の画面に切り替える手法を思い浮かべてみてほしい。まさにあれと同じく、エレベーターの扉が開くのとともに、さっきまでの険悪な空気が一転し、いつものふたりとして新しい舞台に足を踏み出したのだ。実のところ、四階に降り立った瞬間、それまでの口論はなかったことのように忘れられた。ホーソーンは意気揚揚とはしゃいでいて、いくらか緊張しているようにも見える。この男がどれだけ私生活を他人に見せたがらないか、わたしはよく知っていた。本来なら、わたしをこの読書会に参加させるのも、あまり気が進まなかったらしいが——おそらくは、読書会のほかのメンバーたちに頼まれて、どうしても断れなかったのだろう。とはいえ、きょうこれから顔を合わせる人々は、ホーソーンの親しい友人たちというわけではない。地元の図書館に来ている人々の集まりだと、前に聞かせてもらったことがある。あれは本当なのだろうか？ 少なくとも中のひとりは、同じアパートメントの部屋に住んでいる。ひょっとしたら、全員がそうなのかもしれない。

通路を歩いていくと、インド料理の香りが漂ってきた。途中に開いたままのドアがあり、わたしたちはそこで足を止めた。ジャケットのたったひとつのボタンを、ホーソーンが外す。これは、この男なりに〝くだけた恰好〟を演出したつもりなのだろう。

「ここに住んでいるのは？」わたしは尋ねた。

「リサ・チャクラボルティ」

「前にこのアパートメントに寄ったとき、車椅子に乗った青年と会ったんだが……」

ホーソーンはいかにも悲しげな目つきでこちらを見た。どうやら、ここはもう踏みこんでほしくない領域だったらしい。「リサの息子だ」

ケヴィン・チャクラボルティ。筋ジストロフィーを患《わずら》っていて、エレベーターのいちばん上のボタンに手を伸ばすことについて、わたしに冗談を飛ばした青年だ。

わたしたちは、その部屋に足を踏み入れた。

同じ建物内、同じような形と広さの部屋なのに、こうもまったくちがうものかと、わたしは驚かずにいられなかった。リサ・チャクラボルティの住まいは、ホーソーンのところの仕切りの少ない間取りとは正反対だ。壁にはさまれたL字の廊下を進むと、さらに暗くごちゃごちゃとした居間に出る。大ぶりな家具、派手な壁紙、シャンデリア。クッションが山と積まれ、むっちりとふくらんだソファは、装飾の多いコーヒー・テーブルを間にはさみ、古い敵どうしがにらみあうような配置となっている。絨毯《じゅうたん》は、久々に目にした渦巻き模様だ。ありとあらゆるところに、いろいろなものが飾ってあった——陶器人形、花瓶、ガラスの文鎮、モザイクガラスのランプ、さまざまな種類の銀器。まるで骨董屋のように、多種多様なものをぎっしりと詰めこんだ部屋だ。

だが、この部屋の配置で一ヵ所だけ、理由を理解するのにしばらく時間のかかった部分がある。こんなにもぎちぎちと混みあっているのに、廊下から部屋に足を踏み入れたあたりだけ、がらんと広い空間が何も置かれずに残っているのだ。よく見ると、入口のドアも廊下も、普通の規格より三分の一ほど広い。この空間は、ケヴィンが車椅子の向きを変えるために残してあるのだろう。

居間にケヴィンの姿はなかったが、ちぐはぐな取りあわせの人々が、飲みものを手にたたずんでいた。腰をおろす場所は周りじゅうにあるのに、客の誰もが坐るのを遠慮して立ちつづける、よくあるあのぎこちない雰囲気が漂っている。わたしの最初の印象は、いささか意地悪な見かたかもしれないが、奇人変人ばかりだというものだった——おそらく、それぞれがあまりに異なる顔ぶれだったからだろう。飛び抜けて長身の女性に、ひどく背の低い男性。そっくりの顔をした双子。サリーに身を包んだ、ふっくらとした女性。おそらくは南米の出身と思われる、品のいい銀髪の男性。とてつもないあごひげを伸ばし、キルトをはいた男性と、ツイードを着こんで丸いグラスを手にした、やはりごく小柄な男性。全部で十二、三人はいただろうか。これが読書会だと知らなければ、いったいどんなつながりで同じ部屋に顔を合わせているのか、まったく想像がつかなかったことだろう。

サリーを着た女性が満面に笑みを浮かべ、前に進み出た。銀の筋の入った黒髪に、大きな鋭い目の持ち主だ。こんなにも銀のアクセサリーをつけた女性を、わたしはこれまで見たことがない——三本のネックレス、すべての指にはめた指輪、そして鼻にはリング・ピアス、クジャクの形をしたブローチでサリーを留め、肩にじゃらじゃらと触れるイヤリングまでしている。年齢は五十くらいだろうが、肌にはしわひとつなく、温かで前向きなエネルギーを発散している女性だ。

「ミスター・ホーソーン！」大声で叫ぶ。「あなたって、本当にひどいかた！　もういらっしゃらないんじゃないかと、みんなで噂していたところよ。そちらがお友だち？」

わたしは自己紹介をした。

「来てくださって、みんな本当に喜んでいるんですよ。さあさあ、どうぞこちらへ。わたしはリサ・チャクラボルティ。でも、どうかリサって呼んでくださいな。わたしもあなたのこと、トニーってお呼びしますね」

「いや、それは——」

「ごめんなさい、夫婦でお迎えできればよかったのだけれど、今夜はわたしひとりなんです。

わたしたちの、このちっちゃな集まりに、主人は一度も顔を出してくれたことがないんですよ。実際ね、本にはぜんぜん興味がないらしいの。今夜も映画に出かけてしまって」早口で、熱意に押された言葉がぽろぽろとこぼれ落ちてくるような話しかただ。「わたしたち、まずはちょっとばかりのワインとおつまみをいただいて、それからじっくりと本の話をするんです。今回は、ほかならぬシャーロック・ホームズね！　きょうは実際にこの偉大な探偵について調べ、本をお書きになった作家をお招きして——とびきりの素敵な一夜になりそう！　ミスター・ブラニガン！　今夜のゲストにワインのグラスを持ってきてくださらない？」

ミスター・ブラニガンというのは、長身の妻と参加している小柄な夫だった。わたしが居間に入ってきたときと同じ笑みが、そのまま口もとに貼りついていて、どこか躁《そう》気質めいて見える。髪はほとんど残っておらず、相手を喜ばせたい一心という表情を丸い顔に浮かべ、上唇には口ひげがぶるぶると震えていた。「やあ、いらっしゃい！」大声で呼びかけると、生ぬるい白ワインのグラスをわたしの手に押しつける。「ケネス・ブラニガンです。お会いできて嬉しいですよ、トニー。来てくださってよかった。さあ、妻を紹介しましょう。こちらがアンジェラ」

ケネスの妻——瘦身《そうしん》で傲然《ごうぜん》とした雰囲気の女性——が、夫の隣にやってきた。「はじめまして」高く硬い声で、にこりともせずに挨拶する。「エリック・ライダーのシリーズを書いていらっしゃるのよね？」

「ええ、アレックス・ライダーのシリーズですが」

アンジェラは、悲しげな目をわたしに向けた。「うちの子たちは、一冊も読んだことないんじゃないかしら」

「ハミーは読んでいるよ！」ケネスが妻に異を唱える。そして、わたしに向かって目をぱちぱちさせてみせた。「うちのハミーは十二歳のころ、あなたの本をかなり読んでたんですよ。『アルテミス・ファウル――妖精の身代金』がいちばんのお気に入りでね」

「ああ、あれはオーエン・コルファーの本ですね」と、わたし。

「シャーロック・ホームズについて、あなたのご意見をお訊きしたかったのよ」わたしが答えようとするのにかまわず、アンジェラは言葉を継いだ。「わたし、個人的には、ホームズってずいぶん面倒な人だと思っているんですよ。どうして今回の題材にとりあげられたのかしらね」

「たしかに、われわれの好みとはちがうかもしれないね」ケネスはうなずいた。「だが、わが家ではみんな、ベネディクト・カンバーバッチの『シャーロック』をずっと見てましてね。あのドラマの原型はどんなだったか、あらためて読んでみるのもおもしろいんじゃないかな」

わたしはいろいろな人と話しつつ、部屋の中を回っていった。獣医師、精神科医、引退したピアニスト。ホーソーンは会話には加わらなかった。部屋の隅にぽつんと立ち、油断のない目でわたしをじっと見はっている。だが、もしも私生活を探られるのを警戒しているのだとしたら、それは杞憂《きゆう》というものだった。実のところ、ホーソーンについては何人かに少しばかり探りを入れてはみたのだが、誰もたいして知らない様子だったのだ。もっとも、わたしにそんなことを話したくなかっただけかもしれないが。みなが知っているホーソーンは、この建物の上階に住んでいて、かつては刑事だったというだけの人物だ。わたしのみならず、誰にとっても、同じくらい謎の存在らしい。とはいえ、キルトをはいた男性（スミスフィールド市場で肉を売っているという）からは、ちょっとした新たな情報を得ることができた。この読書会のメンバーのうちホーソーンだけは、自分の部屋にみなを招くのを拒否しているのだと、声をひそめて不満げに教えてくれたのだ。「何を隠してるんだか知らないが」苛立《いらだ》ちのこもった声でささやく。「どう考えても不公平だよ」

そうこうするうち、リサ・チャクラボルティがにぎやかに料理の皿を運んできた。サモサ、コロッケ、そのほか焼き菓子に見えるインドの軽食。ケネスもその後ろから、うやうやしくワインを運んでくる。わたしはあまり飲食したい気分ではなかったので、やがて、あと五分で討論を始めるとリサが宣言したときには安堵《あんど》したものだ。みながそれぞれ腰をおろしはじめるのをよそに、わたしは汚れた皿を何枚か手にとり、リサの後からキッチンへ運んでいった。

「あら、ご親切に、トニー。ありがとうございます。じゃ、食器洗い機に入れておいてくださいな」

「この読書会は、どんなふうに始まったんですか？」皿を運びながら、わたしは尋ねた。

「わたしが思いついたことなのよ。それで、近くの図書館の掲示板で呼びかけてね。もう、五年も続いているんです」

「ホーソーンも、ずっと参加を？」

「ええ、もちろん！　そもそもの初回からね。あの人とは、最初はエレベーターでいっしょになったのよ。ほら、ここの上に住んでいるでしょ」

　そのとき、ふいに柔らかい機械音が聞こえてきた。ふりむくと、ケヴィンが車椅子でキッチンに入ってこようとするところだった。自分の母親といっしょにいるわたしを見て、驚くよりもむしろ喜んでいるらしい。つまり、わたしがこの読書会に招かれるきっかけは、そもそもケヴィンだったということなのだろう。この青年は、エレベーターで顔を合わせたとき、わたしが誰なのか気づいただけではなく、今夜はわたしが読書会に参加するのも知っていたわけだ――つまり、ホーソーンからわたしのことを聞いていたにちがいない。あんなふうに一階と最上階を行ったりきたりしているわたしを見て、いったい何と思ったことやら。その疑問には、さっそく本人が答えてくれた。

「やあ、いらっしゃい」とっくにわたしに気づいていたケヴィンは、心得顔の笑みを投げてよこした。「あいかわらず、いろんなエレベーターを上ったり下りたりしてるんですか？」

「また会えて嬉しいよ、ケヴィン。調子はどう？」

「ひどいもんですよ。まあ、文句は言えないけど」

　リサが割って入った。「そろそろ読書会が始まるところなのよ、ケヴィン。何かほしいものはある？」

「サモサは残ってるかな？」

「もちろんよ」

「コーラももらっていい？」

リサは冷蔵庫に歩みより、取り出した缶の栓を開けてストローを差しこむと、車椅子の横のホルダーに入れてやった。それから、皿にサモサを三個ほど載せ、息子の膝に置く。

ケヴィンは明るい顔でわたしを見あげた。「これ、ばしっと弾いて口に放りこめるんですよ」

わたしが口にしなかった疑問を読みとり、それに答えてくれたのだろう。「おはじきみたいにね」

「いいかげんにしなさい」母親が怖い顔をする。「そんな冗談を言うもんじゃありません！ ケヴィンはデュシェンヌ型筋ジストロフィーなんですよ」リサは息子を叱った後、息をも継がずわたしに説明した。「でもね、両腕もまだ多少は動くんです。ものを食べられるくらいには」

人さし指をうねうね動かしてみせる。「それも、ずいぶんな大食漢で」

「それは母さんのせいだよ。母さんの料理は美味すぎるからな」

「そのうち、車椅子に乗れないくらい太っちゃったらどうするつもり？」

「それじゃまた、アンソニー！」ケヴィンはにやりとし、車椅子の向きを変えた。キッチンもまた、この住まいのほかの部分と同様、そのために広い空間を空けてある。わたしとリサは、ケヴィンが電気仕掛けのモーター音を響かせながら廊下を遠ざかっていくのを見おくった。いちばん奥のドアは開いていたが、部屋の中の様子は見えない。ケヴィンはその部屋に入り、わたしたちからは見えなくなった。

「あの子の腕は、だんだん動かなくなってきているの」さっきよりも静かな声で、リサが語った。「いつかは、ものを食べられなくなる日も来るでしょうね。そうしたら、もう流動食をとるしかなくなるの。わたしもあの子も、わかってはいるけれど、あえて話さないようにしているのよ。これがデュシェンヌ型のつらいところね。どんどん悪くなるばかりだから」

「お気の毒です」わたしはつぶやいた。どうにも居たたまれない気分だ。こんなとき、いったい何が言えるのだろうか。

「そんなふうに思う必要はないのよ。ケヴィンはすばらしい息子だもの。父親に似て、男前だしね。あんな息子がいてくれて、わたしは本当に幸せなの」リサは満面の笑みをわたしに向けた。「もちろん、あの子もときどきは落ちこむけれどね。そんなとき、わたしたちは自分に問いかけるの、どうしたらこれを乗りこえられるかって。いい日もあり、つらい日もあり、ってところ。でも、あなたのお友だちのミスター・ホーソーンは、まさに神さまからの贈りものよ。本当にすばらしい人。あの人が現れて以来、わたしたちの生活がどれほどめざましく変わったか、とうてい言葉では説明できないくらい。ケヴィンとは本当に親しい友だちなのよ。ふたりで何時間もいっしょにすごしているんだから」声をひそめる。「あの人がいなかったら、ケヴィンはもう心が折れてしまっていたかもしれないと、わたしはときどき思っているの」

わたしは居間にちらりと目をやった。ホーソーンは南米出身の男性と話しこんでいて、わたしのことはすっかり忘れているらしい。「だが、ホーソーンもケヴィンに助けてもらっているようですよ」

「ええ、そうなの。ミスター・ホーソーンは、何かとケヴィンに頼みごとをしているのよ」

「具体的には、どんな？」

リサ・チャクラボルティがまさに答えようとしたそのとき、ケネス・ブラニガンが戸口に顔をのぞかせた。「準備ができましたよ！」

「それじゃ、コーヒーを持っていくわね」

コーヒーはすでに淹れてあった。ポットを手に、リサがわたしのかたわらをすり抜けて居間へ向かう。わたしもその後に続きながら、たったいま、ホーソーンの私生活を裏口から垣間見るせっかくの機会を、すんでのところで逃してしまったことを思わずにはいられなかった。とはいえ、ケヴィンの部屋がどこなのかはわかり、新たな計画も頭の中で形をとりつつある。今夜はまだ終わっていない。

居間では、みながざっくりと円を描くように腰をおろしていた。中央のコーヒー・テーブルには、どこからともなく現れた『緋色の研究』の本がばらばらと置かれている。人数に比べて席が足りなかったため、ぎゅうぎゅうと身を寄せあうようにソファに坐っている客もいたし、あの双子は床の上に坐りこみ、まったく同じ形に脚を組んでいた。わたしのために、背もたれのまっすぐな椅子がホーソーンの隣に空けてある。わたしはそちらに歩みより、腰をおろした。

「どこにいた？」ホーソーンが尋ねる。

「キッチンに、リサとね。ケヴィンにも会ったよ」わたしはじっとホーソーンの目を観察していたが、何の反応もなかった。

「事件のことは話すなよ」そっけない口調だ。

「『緋色の研究』の読書会に来ておいて、ロリストン・ガーデンズでイーノク・ドレバーが殺された事件について話すなって?」

「おれの言いたいことはわかるだろう」

「できるだけのことはするよ」

ホーソーンが答える前に、リサ・チャクラボルティが開会の挨拶を始めた。「こんばんは、みなさん。このアパートメントにみなさんをお招きして読書会を行うことができるのを、心から嬉しく思っています。今夜の課題は『緋色の研究』。一八八六年に、サー・アーサー・イグナティウス・コナン・ドイルによって書かれました。討論に移る前に、まずは光栄にも今回この会に来てくださった高名な作家をご紹介しますね。こちらのトニーは、アガサ・クリスティ原作の『名探偵ポワロ』や『バーナビー警部』、『刑事フォイル』の脚本を手がけています。そして、ご自身も多くの探偵小説を、大人から子どもまで広い読者層に向けて書いているんですよ。きっと今夜も興味ぶかい洞察をたくさん聞かせてくださるでしょう。どうか、ゆっくりお話を聞くことができますように。まずはわれらが《リヴァー・コート読書会》から、トニーに歓迎の拍手を!」

ぱらぱらと手を叩く音。こんな少人数の場では、どうにも気恥ずかしい展開だったが、わたしは勇敢にも笑みを浮かべてみせた。ホーソーンは拍手に加わってはいない。

「それでは、わたしたちが胸躍らせたこの冒険譚について、語りあうとしましょうか……」

このころには、ここに集まったメンバーたちが『緋色の研究』についてどんな感想を持っていようと、わたしはもうさほど関心は持てずにいた。いまさらまったく驚きはしないが、全員がＢＢＣのドラマ『シャーロック』こそ楽しんでいるとはいえ、そしてリサがあんな口上を述べたにもかかわらず、どうやらひとりとして原典を愛している人間はいないようなのだ。

「わたしはがっかりしましたよ……話の運びがなんともぎこちなくてね！」ケネス・ブラニガンがまず口火を切った。「この物語は、ワトスン博士によって語られるはずでした。語り手はワトスンだったのに、なかばまで読みすすめると、ふいに舞台は北米のシエラブランコに飛んでしまうんですよ。しかも、物語の始まる三十年前まで、知らないうちにさかのぼっているんです。そこへモルモン教徒の一味などという、突拍子もないものまで登場して――」

「ドイルはモルモン教が好きじゃなかったのよ！　わたしに言わせれば、この作家の描写はきわめて差別的よね」

「この作品はひどく短い。少なくとも、それは作品にとって有利に働いているね」

「ぼくはこの締めくくりがまったく理解できないな。どうして最後の二行がラテン語で書かれているんだろう？」

「わたしはひとことだって信じられなかったのよ、この……」

『緋色の研究』は、ずっと愛してやまない作品ではあるが、こうして次々と自分の意見を引っさげて参戦してくる人々のやりとりを、わたしはぼんやりとしか聞いていなかった。奇妙なことに、わざわざ招かれてこの読書会に来たというのに、わたしがここにいることを誰もが忘れてしまったようだ――だが、わたしにとってはそのほうがありがたかった。別のことを考えていたからだ。

ケヴィンとホーソーン。前に十二階で小耳にはさんだ会話の中に、こんなひとことがあった——〝あんたがいなけりゃ、さすがにこれは無理だったよ〟いったい、何が無理だったというのだろう？　そもそも、どうしてケヴィンはホーソーンの部屋にいたのだろうか？　これは、どうしてもつきとめなくては。

討論が始まって四十分ほど経過したころ、いまだ何ひとつ意義のある発言をしていないまま、わたしはホーソーンのほうに顔を寄せ、こうささやいた。「トイレはどこかな？」

リサ・チャクラボルティにも、その声が聞こえたようだ。「その廊下を進んで、左側のふたつめのドアよ」室内の全員に届く声で、高らかに教えてくれる。みなが静まりかえる中、わたしは立ちあがって居間を出た。全員の視線を背中に感じながら。

「手がかりは壁に残されているんだ」誰かの声が聞こえた。「〝RACHE〟と、血で描かれてね。実際、これは馬鹿げてる。そんなことが現実に起きるはずはないんだから……」

廊下を進むにつれ、居間の声は厚みのある壁や絨毯、ぎっしりと置かれた家具に吸いとられて聞こえなくなる。わたしはトイレに行くつもりはなかった。こんな勝手なふるまいをするのは気がひけたが——それでも、決心は揺るがない。リサの住まいに招かれるのは、これが最初で最後だろう。この機会を逃したら、もう二度とめぐってはこないのだ。トイレの前を通りすぎ、さっきキッチンから出たケヴィンが入っていった部屋の前にたどりつく。わたしはそこに立ったまま、木のドアに耳を当ててみた。中からは、何の音も聞こえてこない。そっとドアのハンドルを回す。こんなひどいことをしてはいけないと、胸の奥で何かがささやいた。だが、別の声が、すでに言いわけの練習を始めている――〝これは失礼。ドアをまちがえてしまったんだ〟

わたしは部屋の中をのぞいた。

移乗リフトの付いた介護ベッド、浴室へ続く戸口の広さ、そして薬剤や消毒剤の奇妙な匂いを除けば、そこは典型的な十代の少年の部屋だった。あたりはだらしなく散らかっていて、照明は暗く落としてある。本来なら、ここで壁の『スター・ウォーズ』と『マトリックス』のポスターや、積まれた本や雑誌に、わたしは目を向けていたかもしれない。だが、わたしの視線は、まずはケヴィンに吸いつけられた。こちらに背を向け、机に置かれた、家庭用とは思えないサイズのコンピュータの画面に見入っていて、わたしが入ってきた音には気づいていないようだ。コンピュータはアップル製でないばかりか、わたしの知っているどのメーカーのものでもない。わたしの位置からは五、六メートルの距離があったから、もしも画面に映し出されているのが文字だったら、とうてい読むことはできなかっただろう。たとえ画像でも、それが何か見分けるのは難しかったかもしれない。だが、いま画面に映っているのは、わたしにとって見まちがえようもない、しかしあまりに意外な、あまりに動揺を誘うもので、一瞬、そのほかのすべてが頭から消し飛んでしまった。

そこには、わたし自身が映っていたのだ。

正確に言うなら、わたしと下の息子のキャシアンの画像だ。いま二十二歳で、シティ大学のジャーナリズム学科を卒業したばかり。ほんの二日ほど前、この画像を撮ったときのことは、はっきりと思い出せる。わたしのアパートメントの近くにあるパブ《ジェルサレム・タヴァーン》で、ふたりで飲んだのだ。何より衝撃的なのは、この画像はどこにも公開していなかったことだ。誰にも送信さえしていない。それなのに、なぜこれが、ケヴィンのコンピュータ画面に映し出されているのだろう？

「ケヴィン……？」もう、自分を抑えてはいられなかった。まだ、部屋の中に足を踏み入れてはいないまま、戸口から声をかける。

肩ごしにふりかえったケヴィンは、わたしに気づいた。その目に狼狽《ろうばい》の色が浮かぶ。同時に手をマウスに伸ばすと、一瞬の後、画面がふっと真っ暗になった。「ここで何をしてるんですか？」詰問する口調だ。いつもは冗談好きなケヴィンも、いまだけは真剣きわまりない。

「その画像は、どこで手に入れた？」わたしは尋ねた。

「あなたは、ここで何をしてるんですか！　ぼくの部屋なのに！」

「わたしはトイレを探していたんだ」

「だったら、出ていってもらえますか？」

「あの画像をどうやって手に入れたのか、きみから聞かせてもらうまでは、ここを出ていくつもりはないね」自分がひどいふるまいをしてしまっていること、こんな口のききかたをしてはいけないことはわかっている。車椅子に乗っている相手に怒りをぶつけるなんて、はたして許されるものだろうか？　だが、たったいま目にしたものに、わたしはひどい衝撃を受けていた。

ケヴィンはわたしだけでなく、息子のことまで探っていたのだ。「わたしのコンピュータに侵入したんだな！」思わず語気が強くなる。あの画像を持っている理由なんて、ほかに説明のしようがない。

「してないよ！」ケヴィンは車椅子の上で身をよじった。

「したさ！」わたしはケヴィンの後ろにある机に目をやった。さまざまな電子部品、アンテナの付いたいくつもの奇妙な黒い箱、迷路のようなケーブルに接続されたキーボードが、雑然と広がっている。わたしはモニターの画面を指さした。「ここには、わたしの息子が映っていた。そして、わたしもだ！」

どうにか言い逃れできないものかと、ケヴィンはしばらく必死に考えこんでいたが、やがて諦め、しゅんと小さくなった。

「あなたのコンピュータになんか侵入してません。携帯です」

わたしはもう、そんなことはどうでもよかった。「いったい、どうやって侵入したんだ？」厳しく問いつめる。「どうしてそんなことを？」そのとき、ふいにあることが頭に浮かんだ。

「このことを、ホーソーンは知っているのか？」

もちろん、知っているに決まっている。こんなふうにして、ケヴィンはホーソーンの手助けをしていたのだ。ふいに、すべてがはっきりと見えてきた。ナンバー自動読取装置の記録により、アキラ・アンノが車でハンプシャーを訪れていなかったと証明された件だ。フリートのサービスエリアで、防犯カメラがとらえた映像が決め手となったというが、カーラ・グランショー警部はいったいなぜ、そんな重要な証拠をホーソーンに見せたのだろうかと、わたしは不思議でならなかった。だが、警部が見せたわけではなかったのだ！　ホーソーンは同じアパートメントの四階に住む、敏腕な若い友人の助けを借りて、警察のコンピュータからその記録を盗み出したというわけだ。

ケヴィンは呆然として、わたしをじっと見つめていた。全身が、まるで制御できなくなってしまったかのようにねじ曲がって見える。「まさか、ミスター・ホーソーンには言いませんよね」

「きみはどうして、わたしの個人的なデータを盗み見ていたんだ？」わたしは問いつめた。

「あなたが好きだから」

「好意を示すには、ずいぶん奇妙なやりかたじゃないか」

「あなたのことが知りたかったんですよ。あなたの本をいっぱい読んでたから」

たしかに、そう言われて悪い気はしない。だが、だからといって、自分のコンピュータのカメラからケヴィンにのぞかれたり、ひょっとしてトイレにいるときにｉＰｈｏｎｅから聞き耳を立てられたり、そんなことまで喜んで受け入れる気にはとうていなれなかった。いっそ、もっと怒りくるいたいほどだったが、ケヴィンの状態を考え、どうにか穏やかに話をしようと自分に言いきかせる。

「ホーソーンのために、きみは具体的に何をしているんだ？」わたしは尋ねた。

「何もしてません。あの人にこんなことを知られたら、殺されますよ！」

「嘘はつかないでくれ、ケヴィン……」

「話せないんです。あの人のことはね。お願いだから……」

これが演技なのかどうか、わたしには判断がつかなかった。だが、ふいにケヴィンの目に涙がたまり、自分が世界最低のいじめっ子のような気分にさせられる。それでなくても、読書会を中座して、もうそれなりの時間が経ってしまった。ケヴィンの母親か、ひょっとしてホーソーンがわたしを探しにきて、ここにいるのを見つかってしまったらどうなることか。どちらがより怖ろしいことになるか、もはや想像もつかない。

わたしは息を吸いこみ、あくまで理性的に話そうと努めた。「ホーソーンには言わない。だが、これで終わりにはしないよ、ケヴィン。この件については、あらためてまた話そう」

「そんなの、無理でしょう」

「無理じゃない。わたしから逃げたりしないでくれ」

「そりゃ、走って逃げるわけにもいかないし」こんな状況でも、ケヴィンのひねったユーモアのセンスはやはり健在だった。

「それから、もうわたしの携帯には手を出すなよ！　まあ、どっちみち、もうすぐ買い換えるつもりなんだが」

「実をいうと、買い換えても同じなんですけどね」

「勘弁してくれ！」誰かがこちらへ来るのが聞こえたような気がした。ケヴィンに向かい、人さし指を振ってみせる。「とにかく、わたしのｉＰｈｏｎｅにも、コンピュータにも、ｉＰａｄにも……それから、玄関のインターホンにも、二度と侵入しないこと。約束してくれ！」

「約束します」ケヴィンは具合が悪そうだった。これ以上は締めあげるわけにいかない。

「この話は、またあらためて。わかったね？　これで終わりじゃないからな！」

部屋を出て、ドアを閉める。

「シャーロック・ホームズの言うことは、これっぽっちも信用できなくてね。たとえば、三十二ページでは、自分は葉巻の灰の研究をしてて、ほんのわずかな灰がありゃ、その銘柄を当てることができると言ってる」

ホーソーンの声だ。わたしが居間に戻ったときには、全員が固唾《かたず》を呑んでその話に聞き入っているところだった。わたしも自分の席に戻り、話の続きに耳を傾けているふりをする。

「実は、これと同じ研究を、米国で最近やった連中がいてね。硝酸と塩酸の混合液に灰を溶かし、プラズマ質量分析法を使って分析するんだ」ホーソーンは頭を振った。「だが、それでも精度は六十パーセントどまりだったらしい。何をもってホームズがそんなに豪語してたんだか、おれにはわからないね」

ホーソーンはいったん口をつぐんだかと思うと、今度は容疑者の身長と歩幅の相関関係について――またしても、架空の探偵の理論を否定しにかかる。だが、わたしはもう、その話を聞いてはいなかった。ホーソーンの言葉はふわふわとそのへんを漂うのにまかせ、ケヴィンのことを考える。わたしの携帯に指を触れることさえなく、みごとに侵入してのけた青年。ホーソーンはそんな犯罪者同然の手法を駆使しておきながら、よくもまあ、私立探偵としてロンドン警視庁と協力などできるものだと思わずにはいられない。実のところ、このことを知ったいま、これまでとはまったくちがうホーソーンの姿が見えてくる。

読書会の続きは、上の空のうちにすぎていった。誰かが『絹の家』の話を持ち出し、実のところ、集まった顔ぶれのうちふたり――例の双子――しか読んでいなかったにもかかわらず、コナン・ドイルの文体で作品を書くことについて、何か話してくれと求められる。二、三分ほどとりとめのない話をするうち、リサ・チャクラボルティが割って入って閉会の挨拶を始めた。

「さてと、今夜は本当にありがとう、アンソニー。とても興味ぶかいお話で、今夜の討論を締めくくる、素敵なひとときでした。次の幹事はクリスティーンね。新年の読書会にふさわしい課題本を選んでくれていますよ。さあ、みなさんに発表してくださいな」

クリスティーン――灰色の髪に眼鏡、ゆったりとしたカーディガン――が立ちあがった。

「次回の課題は、現代文学から選びました。まさに、傑作の名にふさわしい一冊よ。アキラ・アンノのデビュー作『数多《あまた》の神々』です」

なるほど、そんなことではないかと思っていた！　部屋じゅうに、熱気と興奮が湧きあがるのがわかる。

「最高だな！」

「とてつもない実力を持った作家だからね」

「『手水鉢《ちょうずばち》』は三度くりかえして読みました。泣ける本よ」

「すばらしい選択をありがとう、クリスティーン！」

喝采が起きる。

わたしはもう、早くここを出たくて仕方がなかった。いっしょに玄関を出たホーソーンから も、一刻も早く離れたい。ほとんど言葉を交わすこともなく通路を歩き、エレベーターに乗りこむホーソーンを見おくる。重い障害を持つ青年を使い、法律を破らせるような人間に対して、わたしははたして感嘆すべきなのか、嫌悪するべきなのか、それさえわからない。

ひとつだけ、はっきりしたことがあった。ホーソーンという人間は、深く探れば探るほど、どんどんわからなくなっていく。

17 追跡

その夜は、よく眠れなかった。あの読書会が『ローズマリーの赤ちゃん』めいた展開を見せる悪夢にうなされたのだ——まあ、現実のほうも夢とさほど変わらなかったが。夢の中心にいたのはホーソーンとケヴィンで、ふたりが背を丸めてのぞきこんでいるコンピュータの画面には、わたしの人生の最悪な瞬間ばかりを詰めこんだ映像が映し出されている。夢の中でさえ、こんなにもたくさんあったのかと驚くほどの映像集だ。

携帯が鳴る音にはっと目がさめ、ここが自分の寝室のベッドなのに気づいてほっとする。きっとホーソーンからだろうと思いながら、携帯に手を伸ばして電話に出ると、カーラ・グランショー警部の声が聞こえ、危うくうめき声が漏れそうになった。

「起こしちゃった?」わざとらしく心配げに、警部が尋ねる。時刻は七時をちょっと回ったところで、太陽もようやく顔を見せたばかりだ。

「いや」わたしは答えた。

「あんたが知りたいかと思ってね。《ドーント・ブックス》と話したんだけど、店側は告訴しない意向だって」

「それはご親切に」

「あたしは告訴しろって説得してるんだけど」言葉を切る。「別に、意地悪してるわけじゃなくてね。警察としては、軽犯罪を助長させるわけにいかないから」

わたしは目をつぶり、頭をふたたび枕に沈みこませた。「何が望みだ?」

「こっちの望みは、あんたにもわかってるはずだけど」

息を吸いこみ、口を開く。「ホーソーンはきょう、またエイドリアン・ロックウッドに会うことになっている」これは読書会の帰り、家にたどりつく前にホーソーンがメールで知らせてよこした情報だった。名前、カーゾン・ストリートの住所、時間。それ以外の言葉は、何もなし。わたしが行けないかもしれないなどとは、夢にも思っていないようだ。この情報をグランショー警部に流すのはいやだったが、流したところで害はあるまい。結局のところ、ホーソーン自身からも許可をもらっているのだから。

「ロックウッドは、こっちも二度にわたって事情聴取してるんだけどね」と、警部。「あの男には、弁護士を殺す理由なんかないじゃない」

「いや、実のところ、あるんだ」

「どういうこと?」

寝起きの電話だったからかもしれない。あるいは、グランショー警部を怒らせたくないという、心の奥底にひそむ恐怖のなせるわざかもしれない。とにかく、ふいに答えが頭にひらめいたのだ。これが、ホーソーンの言う〝事件の形〟というものなのだろうか? 衝動的に口から飛び出した言葉だったが、ちゃんと筋が通っていることが、わたしにはわかっていた。

「リチャード・プライスは〝なまくらな剃刀《かみそり》〟と呼ばれていた。どこまでも実直な男だからという理由でね」わたしは説明を始めた。「アキラ・アンノが収入の一部を隠しているのではないかと、プライスは疑っていた」

「それは知ってるけど」またしても、退屈げな口調に逆戻りだ。

「まあ、聞いてくれ。アキラについて、プライスが新たな情報を入手していた可能性はある。法曹協会に電話しようとしていたくらいだからね。アキラは何か法律に触れることをしていたのかもしれないと、スティーヴン・スペンサーは言っていた」

「だから、何?」

「違法なことをしていた確証が得られたら、リチャードは行動をためらわなかっただろう。裁判所の決定だって白紙に戻していたはずだ、たとえ、それが依頼人の利益に反することであったとしても。エイドリアン・ロックウッドは、プライスのそんな行動をとうてい許せなかっただろう。元妻のアキラを憎んでいて、これ以上はいっさいかかわりたくないと思っていたからだ。プライスの家を訪ねていったのも、けっして殺そうと思ってのことじゃなかったはずだ。だが、そこで言いあらそいになってしまった。元夫は暴力的な人間だったと、アキラも言っていたじゃないか。そして、ロックウッドはワインのボトルを手にとり――」

「ちょっと待った」グランショー警部が割って入った。「ロックウッドにはアリバイがあるじゃない。ハイゲートにある、ダヴィーナ・リチャードスンの家を訪ねていたんだから」

「車を飛ばせば、ほんの二、三分の距離じゃないか」

電話の向こう側で、しばしの沈黙があった。やがて、警部がまた口を開く。「ロックウッドが、リチャード・プライス殺しの犯人なんかじゃないのはわかってる」淡々とした口調だ。

「じゃ、誰が犯人なのか知っているのか？」

「あと少しってところ。もう、いつ逮捕できてもおかしくないくらい」

ホーソーンは容疑者をふたりにまで絞りこんだと言っていたが、そのことは警部には話さずにおいた。わたし自身は五人にまで絞りこんでいる、ということも。グランショー警部はこの事件の捜査を真実をめざすレースに見立て、ゴールまでの歩みはすべて、競争相手の目をくらませながら進んでいくつもりらしい。

「連絡は、ちゃんと入れること」そんな言葉を残して、電話が切れる。

わたしは静かにベッドを出て、シャワーを浴びはじめた。カーラ・グランショー警部との会話が、どうにも心を騒がせる。こうして湯に身体を打たせながらも、何もかもがあまりに不公平に思えてならない。これまで五十年あまりの人生、わたしはどうにかあの警部のような人間とかかわらずにすごしてきた。それなのに、ふと気がつけば、しょっちゅう脅迫されたり、自分の家で小突きまわされたりするはめにおちいってしまうとは。《ドーント・ブックス》の件も、心に重くのしかかっている。あの事件が公になったら、作家生命を絶たれかねないとホーソーンに言ったのは、けっして誇張などではない。二十年間にわたって、わたしはマスコミに無視されつづけた。その後、アレックス・ライダーのシリーズが売れるようになりはじめたところで風向きが変わり、とりわけ映画化されて以降は、好意的にとりあげられることが増えてきたのだ。ところが最近になって、ひょっとしたら誰かがわたしのことを、調子に乗りすぎているとでも判断したのだろうか。なかば嘘っぱちの、悪意に満ちた小さなゴシップ記事に、わたしの名がぽつぽつと登場するようになってきたのだ。児童文学作家が、広く愛されている書店で万引をしたなどということになれば、とうてい小さなゴシップ記事どころではすまない。この二〇一三年という社会は、まるで熊の檻《おり》のような場所に変わりつつある。ほんのわずかでも世に名を知られた人間は、たったひとつの糾弾によって、反論を吟味してもらえる猶予さえまったく与えられず、たちまち八つ裂きにされてしまうのだ。

もしかしたら、グランショー警部は嘘をついているだけかもしれない。このまま何ごともなく終わる可能性もあるが、かといって手をこまねいているわけにはいかないと、わたしは心を決めた。シャワーを出て、身体を拭い、服を着る。そして、ヒルダ・スタークに会いにいくのだ。

二年ばかり前から、ヒルダはわたしの著作権管理を担当している。三冊の契約のうちの一冊として、『絹の家』を《オリオン・ブックス》に売りこんでくれたのが、このヒルダだ。灰色の髪、きらきらと輝く小さな目をした小柄な女性で、やたらと勇ましい服装を好み、ソーホーのグリーク・ストリートに、自分の事務所をかまえている。もっとも、わたしがここを訪ねたことは、せいぜい二回というところだが——ふだんはレストランや出版社で会うことが多いのだ——まあ、さほどすばらしい事務所というわけではない。イタリアン・カフェの上の四階と五階を借りていて、そこまでは狭くがたがたした階段を上っていかなくてはならないのだ。きょう、事務所で働いていたのはせいぜい六人ほどだったが——見習いエージェントがふたり、受付、そしてアシスタントがふたり——薄暗く狭い部屋では、それでも混みあっているように感じられた。

当然ながら、あらかじめ電話はしておいたのだが、それでもヒルダはわたしを見て驚いたようだった。「こんなところで何をしているの？　次の本は順調に進んでいる？」

こんなに小柄だというのに、ヒルダの存在感にはいつも圧倒されてしまう。きょうはダブルのジャケットに大きな襟のシャツを着て、まるで水晶玉を見つめる占い師のように、背中を丸めてノートパソコンをのぞきこんでいるところだった——たしかに、ヒルダなら過去の契約やニールセンのチャート、国際的な流行などについてのおそろしく豊富な知識をもとに、未来を占ってくれそうだ。ハーラン・コーベンの新作の売れ行きは何部くらいか、あるいはいまアマゾンで売れている本の題名は、といった質問をぶつけてみると、検索さえせずに答えが返ってくる。もしも、ヒルダが結婚しているとしたら——そんな立ち入った話は話してくれたこともないが——夫はきっと、多弁な妻に口をはさむこともできないにちがいない。〝ベッドに本を持ちこむ女〟という形容も、ヒルダには生ぬるすぎる。それを言うなら、〝ベッドに図書館をかついでいく女〟というところだろうか。

わたしはヒルダの向かいに腰をおろした。「ちょっと、困ったことになりそうなんだ」

「シャーロック・ホームズの二冊めには、もうとりかかった?」

「いや」

「それこそ、困ったことじゃないの。《オリオン・ブックス》のほうじゃ、三月に間に合わせてほしがっているのに。『絹の家』は、なかなか健闘中よ。まあ、ベストセラー・リストからは落ちてしまったけれど、先週はとくに激戦だったから」売上が落ちるのには、いつだって理由があるのだ――天候の具合だったり、季節柄だったり、ほかの作家だったり。どんな理由にせよ、わたしががっかりするのは変わらないが。

「いまは、ホーソーンの次作を書いているんだ」

ヒルダは怖い顔でわたしをにらみつけた。この企画をうちあけたときから、もともとあまり乗り気ではなかったのだが、どうにか《ペンギン・ランダムハウス》との契約をとりつけて軟化したという経緯があったのだ。「どうしてまた、そんなものに手をつけているの? 一冊めだって、まだ出版されていないのに」

「そうするしかなかったんだよ。また、殺人事件が起きてね」

「誰が殺されたの?」

「被害者の名はリチャード・プライス。離婚弁護士だ」

残念ながら、ヒルダのお気には召さなかったらしい。「離婚弁護士がどうなろうと、気にする読者なんかいないでしょうに。ほかにもっと、読者に受けそうな職業もあるはず……俳優か、ミュージシャンなんてどう？」

「俳優が殺される話は、前回やっているじゃないか」と、わたし。「どちらにせよ、そんなふうに設定を動かすわけにはいかないよ。わたしが好きに選べるわけじゃないんだ。起きた事実を、そのまま書いていくだけなんだから」

「ああ、そうだった」ヒルダは憂鬱《ゆううつ》そうな顔になった。そしてまた、やりかけだった仕事に猛然ととりかかりながら尋ねる。「それで、困ったことって？」

《ドーント・ブックス》でのできごとを、わたしはヒルダに話した。

「ああ、なんてこと、アンソニー。盗むなら、せめてもっと格調の高い本にしてよ。《破滅界》シリーズなんて、救いようのない紙くずじゃないの――たとえ、五千三百万部売れていようと。まあ、ドーン・アダムズは強運だったとしか言いようがないかな。《キングストン・プレス》は経営が傾きかけていたのに、そこでたまたまあんな当たりをつかむなんて。でも、だからといって、あなたがこっそりふところに滑りこませるような本じゃないのに」

「ふところになんか滑りこませるものか。たったいま、ちゃんと説明しただろう。警察にはめられたんだ」

「それはどちらでも同じなのよね、残念ながら。あなたの言葉と、尊敬すべき警察官の言葉がぶつかったとなれば、新聞がどっち側につくかはわかるでしょう」

「カーラ・グランショー警部を尊敬している人間なんて、この世に実在するとも思えないんだが」

「ちょっと、その警部の誹謗ともとられるような言葉を使うのは慎重にね。あなただって、訴えられたくはないはずよ」

「被害者なのはこっちだ！」いっそ、怒りにまかせて部屋を飛び出そうかとさえ思う――もっとも、そういう行動をかっこよく決めてのけられるたぐいの人間ではないのだが。そのとき、ふといましがたヒルダが話した言葉が脳裏によみがえる。「ドーン・アダムズ」わたしは口の中でつぶやいた。「《破滅界》シリーズの出版元だったのか」

「何のこと？」

そもそもの最初から、わたしはその名を耳にしていた。ドーン・アダムズといえば、アキラ・アンノがリチャード・プライスを脅した夜、レストランでいっしょに食事をとっていた相手ではないか。殺人が起きた夜も、アキラは（本人の主張によれば）ドーンといっしょにいたという。さらに、ドーン自身も離婚に際し、リチャード・プライスと敵対する立場だったという話もあった。グレゴリー・テイラーが死ぬ直前、《破滅界》シリーズの第三巻を買っていたという事実は、とりあえず忘れてかまうまい。あれはただ、長旅に備えて厚い本がほしかったというだけだろうから。だが、ホーソーンの捜査対象には、まちがいなくドーン・アダムズも入っているだろうと、わたしははっきりと悟っていた。たとえドーンに事情聴取をする予定を、いまだわたしに告げていないとしても。

そうなると、わたしがヒルダの事務所に足を運んだことも、けっして無駄ではなかったというわけだ。ここでの話は、まだ終わってはいなかった。ふいにヒルダは優しい口調になり、こうつけくわえたのだ。「ジェイムズには、わたしからも口添えできると思うから」

「ジェイムズというと?」

「《ドーント・ブックス》創立者のジェイムズ・ドーント。あの人なら、あなたの作品もよく知っているしね。たぶん、何か誤解があったんだとわかってくれると思う」

「あれは誤解なんかじゃない!」

「まあ、それはいいとして。あなたのほうも《オリオン・ブックス》の二冊めに、そろそろとりかかってくれないと。モリアーティについて書くとかいう案はどうなったの?」

「いま、じっくり考えているところだよ」

「わたしがあなただったら、そろそろ考えるのはやめて書きはじめるけれど」

「ありがとう、ヒルダ」

「さてと、出口はわかるわね……」

*

馬を走らせつづけて、もう三日が経っていた。自慢の黒い軍馬は《惑い花》のよじれた棘《とげ》を巧みに避けながら、《時を超えた地》の暗く鬱蒼《うっそう》とした森をひたすら駆けぬけてきたのだ。銀色の月が招くように瞬《またた》き、北からの柔らかい風はたえまなく耳に何ごとかを語りかけている。男は腹が空いていた。ペラム王の宮廷での晩餐《ばんさん》以来、何も口にしていない。だが、いまやもっと原初の飢餓感が、深奥から男を蝕《むしば》みはじめている。旅の目的も忘れてしまった男のかたわらに、忠実な牡《おす》の軍馬は所在なげにたたずんでいた。

その少女はせいぜい十二、三歳というところだろうが、すでに男の欲望をかきたてる女として花開きはじめている。先ほど男が目をとめたときには、音をたてて流れる小川の上に身を乗り出し、両手で水を汲もうとしていた少女は、いまや男にそこへ投げ出されたままの姿で、柔らかな草に仰向けに横たわっていた。手を伸ばし、少女の毛織りのワンピースを引き裂くと、もはや熟して丸みを帯びた乳房、唇と同じく甘美に赤い乳首があらわになる。その素肌を、そしてワンピースの裂け目からわずかにのぞく陰毛を目にし、男ははらわたが湧き立つような感覚をおぼえていた。

「きみはわたしのものだ」男はつぶやいた。「偉大なる円卓の法と魔術師マーリンの力にかけて、わたしはきみをわがものとする」

「お心のままに」少女は両腕を広げ、全身をわななかせながら男を受け入れようと待っている。

もはや自分を抑えきれず、男は刺し子の防御衣を脱ぎ捨て、ベルトを外し、生まれたままの姿になると、少女の上にのしかかった。

ホーソーンとの待ちあわせに向かう途中、わたしはピカデリーの書店《ウォーターストーンズ》に立ち寄り、《破滅界》シリーズの三作めとなる『血の囚《とら》われ人たち』を手にとった。店に入ると円形の空間があり、そこに並んだ平積み台のひとつという栄誉ある場所に、マーク・ベラドンナの本は飾られている。台の脇にたたずんだまま、わたしは何ページか読んでみた。これがどんなにひどい作品か、あらためて確認したかったのだ。陳腐な言いまわしを羅列した、うんざりするような文体、ポルノまがいの味付け。このシリーズのおかげで、ドーン・アダムズは莫大な利益を得たことだろう。そして、ホーソーンとしばらくつきあううちに、わたしは金と殺人がどれほど密接な関係にあるかを知った。まちがいなく、近いうちにホーソーンはドーン・アダムズの事情聴取をするはずだ。アキラのアリバイを証明する、たったひとりの人物なのだから。そもそも、このふたりの女性にはどんな共通点があるというのだろうという疑問が、わたしの脳裏にちらちらと浮かびつつあった。よく考えてみれば、ふたりの文学的指向はこれ以上ないほどかけ離れているではないか。『血の囚われ人たち』をちらりと読んでみたのは、その問いに対する答えの一部でも見つからないかと思ったからでもあった。まあ、見つからなかったが。

わたしは本を戻し、すぐ近くのグリーン・パーク駅まで歩きながら、さっきカーラ・グランショー警部に話した仮説について、あらためて考えをめぐらせた。考えれば考えるほど、エイドリアン・ロックウッドが犯人にちがいないという確信が強まってくる。警部に話したことは正しかった。ロックウッドには動機があったし、アキラによれば、あの第百八十二句のことも知っているという。ロックウッドの自宅で、わたしは実際にあの句集を目にしていた。だとすると、《サギの泳跡》の壁にあの数字を、不気味な復讐の声明として描いたのは、ほかならぬロックウッドではないのだろうか？

駅で待っていたホーソーンを目にした瞬間、ケヴィンとの関係について訊いてみたいという欲求がこみあげてくる。ふたりはどうやって出会い、どんな取り決めを交わしているのだろう。ホーソーンは十代の青年に対して金を支払っているのか、それともただ、ケヴィンが遊びのつもりで引き受けているのだろうか？　考えるうち、さらに疑問は広がっていく。ホーソーンはいつだって、わたしがどこで何をしていたか、なぜか知っていたものだ。あれはみごとな推理によるものだったのか、それとも、わたしの電子機器に侵入し、メールを読んでいただけなのだろうか？

真っ向から問いただしてみたくはあったが、やはり、いまはやめておこう。ホーソーンのことを調べたいなら、いまはケヴィンという切り札がある。正面突破をはかるより、裏口を使ったほうがはるかに簡単だろうから。

わたしたちはハイド・パーク・コーナーの方角に向かって歩きはじめた。雨が降っているというほどではないが、空気中を細かい霧雨が漂っている。いまは、一年のうちでもごくひっそりとした時期だ。夏季休暇は終わったが、ガイ・フォークスの夜の興奮はまだ少し先となり、その先の角を曲がったところにクリスマスのきらびやかな飾りが待ちかまえている。こうした季節の歩みは、年を追うごとに早く感じられるようになってきた。

「もらったやつ、読んだよ」ホーソーンが愛想よく切り出した。

何の話だろうと考えこんだわたしは、一瞬の後、ダヴィーナ・リチャードスンを訪問し、例の俳句を見つけたときの記録のことだと気づいた。

「ああ」用心ぶかく言葉を選ぶ。「役に立ったかな?」

「あんたはどうも、ちょっとばかりおれを怖がりすぎじゃないかな、相棒。あえて言わせてもらうがね」しばらく記憶を探っていたかと思うと、あの記録の一節をほぼ正確に引用する——「〝こうやって、自分抜きでわたしとダヴィーナが話していると知ったら、あの男はきっと喜ぶまい。自分がその場にいるときでさえ、わたしが勝手に質問すると腹を立てるのだから……〟」

「だが、まさにそのとおりじゃないか!」わたしは言いかえした。「わたしが口を開くたび、まるで行儀の悪い生徒をにらみつける教師のような目で見るくせに」

「それはちがうな」ホーソーンは心外だという顔をした。「おれはただ、思考の流れを邪魔されたくないだけなんだ。あんただって、容疑者の前で何か言うときにゃ気をつけないと。そういう相手に、重要なことを漏らしたくはないだろう」

「そんなことはしていないよ」

ホーソーンは顔をしかめた。

「何か漏らしたかな?」わたしは身がまえた。

「そうじゃないことを祈るよ。まあ、たしかに、あんたの記録はかなり役に立ったがね。あんたって人間は、トニー、その重要さを自分では理解してないくせに、そのまますべて書きとめるんだな。たとえるなら、自分がどこにいるのかわかってない紀行作家ってところかね」

「そんなはずはないだろう！」

「いや、そうなんだ。たとえば、あんたがパリに行ったとする。大きくて背の高い金属製の建造物を見たとは書くだろうが、ぜひ訪れるべきお勧めの場所、とは書き忘れる、そんな感じだよ」

これは、あまりといえばあまりに不当な言いがかりではないか。わたしは自分の見たものを記録し、ホーソーンの言ったことをほぼすべて書きとめているだけだ。もちろん、何を描写するかは選ばなくてはならない――さもないと、何千ページにもなってしまうだろうから。たとえば、エイドリアン・ロックウッドの家を訪問したくだりを思い出してみよう。ロックウッドがビルベリーを食べていたことを、わたしは書きとめた。これは、ビルベリーが何か殺人事件に関係があると思ったからではない――まあ、まちがいなく関係ないと思っていいだろう――ただ、なんとなく目にとまっただけのことだ。いっぽう、その朝、ロックウッドがひげを剃っていて切り傷をこしらえたことは書いていない。あごの脇に小さな傷があったことに、気がついてはいたのだが。もちろん、後になってそれが重要なことだったとわかれば――たとえば、リチャード・プライスを殺したせいで手が震えていたとか――後から原稿に直しを入れるだけのことだ。本を書くとは、そういうことなのだから。

「じゃ、わたしの記録は、どんなふうに役に立ったんだ？　そこにあると気づかずわたしが描写したエッフェル塔が、いったいどこに建っていたのか、それくらい教えてくれてもいいじゃないか」

「そうだな、ダヴィーナがあんたに向かって、家に男の人がいてくれないとたいへんだと、しきりに訴えてただろう。あそこはおもしろかったな」

「それはまあ、十代の息子を女手ひとつで育てている身だからな」

「おれの言いたいのは、そういうことじゃないんだ」

わたしたちはピカデリーを横断し、カーゾン・ストリートにあるエイドリアン・ロックウッドの事務所に向かった。そのとき、ふとホーソーンが足をとめた。目の前にそびえる現代ふうの六階建ての脇、広々とした街角をじっと見つめている。入口の扉の上には、建物の名が掲げられていた。ルコンフィールド・ハウス——ロックウッドが二区画ぶんの事務所をかまえている建物だ。

その街角には、立ったままタバコをふかしている男がいた。湿っぽくもつれた髪、風にはためく灰色のレインコート、顔の片側には何かあざのようなものが見える。だが、何よりも目を惹くのは、これだけ距離が離れていても見まちがえようもない、明るい青の眼鏡だった。まるで、子どもがかける玩具《おもちゃ》の眼鏡めいて、どうにも現実味がない。

男は四階あたりを見あげていたが、ふと視線を下ろした瞬間、わたしとまともに目が合った。どちらもお互いの顔を知っていたわけではなかったが、たちまち相手の意図に気づいたようだ。わたしは前に飛び出した。男はタバコを落とし、きびすを返して走り出す。自分が何をしているか気づく間もなく、わたしは男を追跡していた。

追跡の場面なら、これまでさんざん書いている。結局のところ、そういう場面はテレビドラマの華なのだ。登場人物たちが室内で話しあう場面は、ただでさえ多い。だからこそ、最後のここぞというところで、何か派手なアクションを持ってこなくてはならないのだ。そうなると、人気の選択肢は次のとおり——殺人、格闘、爆発、そして追跡。

当然のことながら、この選択肢の中で、追跡は往々にしていちばん費用がかさむ。格闘なら、走るバスの上だとか、ギャングの一団を相手にするとかでないかぎり、たいていはセットの中で撮影できてしまう。爆発も、現代ではずいぶん簡単になった。ドラマで見る爆発は、たいていは圧縮した空気を破裂させ、ちりやら紙くずやらをいっしょに吹き飛ばしたものにすぎない。音は後から入れられるし、炎でさえもコンピュータで作り出せてしまうのだ。だが、追跡は、何もかも動かさなくてはならない。登場人物が動く。カメラも動く。撮影チーム全体が動く。さらに面倒なのは、追うものと追われるもの、ふたりの俳優がただ走るだけでは成立しないというところだ。そんな映像は、すぐに飽きられてしまう。途中で、何らかのアクションをはさまなくてはならない。車に危うくはねられそうになったり。何発か殴りあいになったり。邪魔だとばかりに老婦人を押しのけたり。

以上はみな、これから描写する場面への言いわけである。

わたしは五十代で、徒歩だった。それなりに運動はしているつもりだったが、アクション・ヒーローとはほど遠い。わたしが追いかけた男はもっと若く、痩せてはいたものの、喫煙習慣のせいで健康状態はお粗末なものだったようだ。そもそもの最初から、男はたいして走れていなかった。そのよたよたした足どりときたら、どんな才能のある監督が、どんなに惜しみなく金を注ぎこんでも、そこからの数分間を見る価値のあるアクション場面にはとうてい仕立てあげられないであろうしろものだったのだ。

青眼鏡の男は道路を渡った。白いワゴン車が警笛を鳴らしたが、さほどぎりぎりの距離ではない。わたしは左右を確認してから、その後を追って道路を渡る。男はひとつ先の歩道にたどりつき、二、三人の歩行者を押しのけるようにして追い越したが、実際には身体の接触はほとんどなかったようだ。わたしのほうは、すでに脇腹が痛くなり、呼吸を整えようといったん足をとめた。いっしょに追いかけてくれているはずと期待して、ちらりと後ろをふりむくと、ホーソーンは元の位置から微動だにしていない。その場に立ったまま、携帯を手にしている。自分の目がとうてい信じられず、わたしは心底から腹立たしかった。追いかけている相手のほうは、細い路地に飛びこんだ。その先のシェパード・マーケットは、狭い裏通りと広場から構成された、まるで十八世紀に入りこんだかのような魅力的な区画だ。男が急ぎ足でパブ――《ザ・グレープス》――の角を曲がったのを見て、わたしもその後を追う。男の速度はせいぜい時速十キロあまりだったものの、レインコートのはためきっぷりは、後ろから見てなかなかテレビ映えしそうではあった。

男はまた別の路地に飛びこんだ。並んだゴミ箱の脇を走り抜けるが、ひとつも倒しはしない。わたしもその後を追った。必死にどすどすと路面を蹴るものの、男の背中はしだいに遠くなっていく。男が広い道に出て、タクシーを停めたのが見えたが、そのときにはもう、けっこうな距離が開いてしまっていた。わたしはすでに汗まみれだった。あたりを漂っていた霧雨も、顔にべっとりとまつわりついている。やっと広い道にたどりつくと、すぐさま次のタクシーに飛び乗りたいところだったが、そんなものは走っていない。一分ほど待ってようやく、神の情けか、ピカデリー・サーカス方面に向かうタクシーが通りかかった。すかさず手を挙げる。タクシーが目の前に停まるまで、永遠の時が流れたような気がした。ドアを勢いよく引き開けると、わたしは後ろに乗りこんだ。

青眼鏡の男のタクシーは、まだ見える位置にいる。道路が混んでいたため、距離はさほど離れていない。

「どちらまで?」運転手が尋ねた。

「あのタクシーを追うんだ!」その言葉が口から飛び出した瞬間、自分が《破滅界》三部作の上をいく陳腐で滑稽《こっけい》な決まり文句を使ってしまったことに気づく。「お願いします!」わたしはあわててつけくわえた。

前方の信号が、緑に変わる。めざすタクシーはウィンカーを出し、セント・ジェイムズ・ストリートを右に曲がった。わたしたちもその後を追おうとしたが、その交差点にたどりつく前に、信号はまた赤に変わった。わたしのタクシーの運転手は、首の折れるようなUターンをして別の道を探そうとはしてくれなかった。タイヤを鳴らし、停まっている車の間をすり抜けようともしない。

「悪いね、相棒」運転手はゆったりとブレーキを踏み、信号待ちに入った。

18　ゴミ箱あさり

さっきの位置から、ホーソーンはまったく動いていなかった。わたしは何の収穫もないままそのへんを一周したあげく、タクシー代を十ポンド払うはめになったのに、あの男はルコンフィールド・ハウスの前でただわたしを待っていたのだ。タクシーを降り、近づいてくるわたしを、ホーソーンはじっと眺めていた。

「どうやら、つかまえそこなったらしいな」

「ああ。逃げられたよ」わたしは機嫌が悪かった。雨はようやく止んではいたが、すでに全身がじっとりと濡れている。「きみは何の役にも立たなかったな。せめて、追いかけるのを手伝ってくれてもよかったのに」

「そうする必要もなかったからな」

「なぜだ?」

「知ってる相手だったからさ」

わたしはまじまじとホーソーンを見つめた。「だったら、どうして止めてくれなかったんだ?」

「おれは叫んだんだがね、あんたは聞いちゃいなかった。鼻息荒い牡牛《おうし》みたいな勢いで駆け出していっちまったからな、どうしようもなかったんだよ」

「それで、あの男は誰なんだ？」ホーソーンもさすがにわたしが気の毒になってきたらしい。「そんな恰好でロックウッドに会いにはいけないな。よかったら、コーヒーでもおごるよ」

わたしたちはカーゾン・ストリートの突きあたりにある《コスタ》まで歩いた。わたしが洗面所に入っている間に、ホーソーンがカプチーノをふたりぶん注文する。鏡で自分を見てみると、たしかにホーソーンの言うとおりだった。いきなり激しい運動をしたため、顔はのぼせて真っ赤だし、髪は雨と汗でびしょ濡れになっている。できるかぎり身なりを整え、洗面所を出てみると、ホーソーンは三人ぶんの席があるテーブルを取っていた。

「誰か来るのか？」わたしは尋ねた。

「たぶんな」

「誰だ？」

「来たらわかるさ」

ホーソーンは何やらほくそえんでいる様子だった。わたしに種明かしをするつもりはなく、それがよけいにおかしくてならないらしい。その理由がわかったのは数分後、誰かがカフェの扉を開けて入ってきたときだ。男はびくびくしながら周囲を見まわし、わたしたちを見つけると、こちらに近づいてきた。わたしは顔をしかめた。それは、さっきセント・ジェイムズ・ストリートへタクシーで走り去ったのを見おくった、あの青眼鏡の男だったのだ。

「ホーソーン――」わたしは口を開いた。

だが、ホーソーンの視線はわたしを素通りした。「やあ、ロフティ」

「やあ、ホーソーン」

「コーヒーでも飲むか？」

「いや、別に」

「そう言わず、自分のぶんを買ってこい」

当然ながら、ロフティというのは本名ではないし――同じくらい当然ながら――わたしなら、この小柄で痩せぎすの男を形容するのに〝のっぽ《ロフティ》〟などという言葉は絶対に選ぶまい。身長はせいぜい百六十センチちょっとというところで、襟まで伸びたこしのない砂色の髪に、上向きの鼻の持ち主だ。肌が蒼白いのは、あまり外に出ないせいか、不健康な食事ばかりとっているせいか、ひょっとしたらその両方なのかもしれない。こちらに向かって歩きながら男が眼鏡を外すと、周囲を油断なくちらちらとうかがっている、怯えたような目が現れた。エイドリアン・ロックウッドの事務所の受付と、コリン・リチャードスンがどちらも触れていた肌の異常は――ふたりの話していた男が同一人物だとして――どうやら十代のころニキビを悪化させた結果、あばたが残っているだけのようだ。

「ロフティだって？」男が飲みものを買いにいっている間に、わたしはホーソーンに尋ねた。

「レニー・ピンカーマン。本名はな。おれたちはいつも、ロフティって呼んでた」

「なるほど。警察官なのか？」

「以前はな」

「そんなやつが、どうしてここに？」言いかけて、わたしはふと、あの男を追いかけながらふりかえったとき、ホーソーンが何をしていたかを思い出した。　携帯を手にしていた姿を。「きみが呼び出したんだな！」

「そのとおり。携帯の番号を知ってたからな。ここで会おうと誘ったんだ」

「それで、いったいあの男は何ものなんだ？　この事件に、どんな関係がある？」

「それは、あいつが自分で話すさ……」

ロフティはお茶を手に戻ってきた。席につくと、砂糖を四袋、次々と開けてはカップに流しこむ。そして、プラスティックのスプーンでかき混ぜた。その間ずっと続いていた沈黙を、ついに破ったのはホーソーンだった。

「会えて嬉しいよ、ロフティ」

「いや、冗談じゃない。あんたに会えたって、嬉しくもなんともないね、ホーソーン」ロフティの声は哀れっぽく、歯はがたがただ。おそらくは怒りをあらわにしたつもりだったのだろうが、せいぜいすねているようにしか思えない。テーブルに置いた眼鏡をよく見ると、度がまったく入っていない、ただの伊達《だて》眼鏡であることがわかる。レインコートもすでに脱いでいて、いまはくたびれたコーデュロイのズボンと、首もとまでボタンをとめたペイズリー模様のシャツという服装だ。この恰好で道ばたに坐っていたら、道行く人々はみな、ためらわず小銭を恵んでやるにちがいない。

「久しぶりじゃないか」

「もっとご無沙汰でもよかったさ」ロフティがテーブルごしに向けているむっつりとした表情を見れば、ホーソーンのことを怖れてもいるし、それと同じくらい嫌ってもいるのが伝わってくる。

「ルコンフィールド・ハウスの前で何をやってたんだか、聞かせてもらいたいんだがね」

「あんたにゃ関係ないね」

「ロフティ……！」

「何だって、あんたにそんなことを話さなきゃならない？」

「まあ、昔のよしみってとこかな」

「冗談じゃないね！」そう言っておいて、しばし考えこむ。「五十ポンドだ。五十ポンド出すんなら、話したっていい。いや、五十三ポンドだな。ここの茶代も払ってもらう」目の前の濁った茶色の液体を、ロフティはうんざりした目で見やった。「よくもまあ、こんな茶の一杯に三ポンドも請求できたもんだ。まったく、自由ってのは怖ろしいな」

「そんなにかつかつの暮らしなのか？」

「かつかつなんかじゃない。知りたきゃ教えてやるが、なかなかうまくやってる。ばりばり稼いでるさ。だが、金ももらわずにあんたと一分だって同席すると思うんなら、いっそどこへでも真っ逆さまに吹っ飛びやがれ。あんたはろくでなしのくそったれだ、ホーソーン。これまでもずっとそうだったし、いまもまったく変わらない。アボットの一件だってそうだ。あんなことで、おれが責任を取らされるなんて。あんたがおれをはめたんだ。いま、こうしてくそみたいな仕事をやってるのだって、何もかもあんたのせいなんだからな」

警察官という人種は、どうしてこう口汚く罵《ののし》らずにはいられないのだろう？　ホーソーン、グランショー、そして今度はこのロフティと、何か汚い言葉を吐き散らす病気にかかっているとしか思えない。とはいえ、わたしの耳は聞き捨てならない言葉を拾っていた。デレク・アボットというのは、かつてホーソーンに階段から突き落とされた、児童ポルノ売買の容疑者だった人物だ。

「あれは事故だったんだ」ホーソーンは両手を広げ、満面の笑みを浮かべてみせた。「よくあることだよ」

「あんたはおれに、ちょっと外で一服してこいと勧めたよな。親切で言ってくれたんだとばかり思ってたが、あんたは最初からそのつもりだったんだ。ほんの一本、タバコを吸ってたばっかりに、おれは仕事も、年金も、家庭も、人生のすべてを失っちまったんだよ」

「じゃ、マージは出てっちまったんだな？」

「マージはおれを捨てた。消防士のとこに転がりこみやがった」

ホーソーンはデレク・アボットを尋問室に連れていこうとした。そのとき、たまたま留置課に居あわせて、ほかに手の空いている人間がいなかったからだ。そして、事故が起きる。アボットは後ろ手に手錠をかけられたまま、コンクリートの十四段の階段から落ちた——まさに〝真っ逆さまに吹っ飛んだ〟というわけだ。結果として、ホーソーンは警察を辞めることとなった。本来なら、ロフティがアボットを尋問室へ連れていくはずだったのだろう。そして、ロフティもまた、この事故のため職を失ったということか。

「それで、エイドリアン・ロックウッドのことを話すつもりはあるんだな？」と、ホーソーン。「情報は五十ポンドだ！　さっさと払わなかったら、さらに値を吊りあげてやるからな」

ホーソーンはわたしをちらりと見た。「わかった。払ってやってくれ」

「わたしが？」だが、この件について、わたしに選択の余地はなかった。財布を取り出す。幸い、どうにか現金の持ちあわせがあった。十ポンド札を五枚、そして小銭をテーブルに置く。ロフティはそれをかき寄せ、さっさとどこかにしまいこんだ。

「おれの見るところ、おまえはグレアム・ヘインに雇われてるんだろう」ホーソーンが指摘する。

「あの男を知ってるのか？」

「会ったことはないけどな――どういう人間かは知ってるよ」

グレアム・ヘインは、リチャード・プライスが財務監査のために雇った人物だ。そのことは、スティーヴン・スペンサーが話してくれた。だが、わたしにはどうも理解できないことがある。スペンサーによれば、ヘインはアキラ・アンノが申告せずに隠そうとした、秘密の収入を探り出すために動いていたはずだ。言いかえれば、ロックウッドとアキラの離婚において、ヘインはロックウッド陣営の人間だった。それなのに、なぜロフティはロックウッドの事務所に侵入したり、ルコンフィールド・ハウスの周りを忍び歩いたりしているのだろう？　自分の依頼人を探りまわる必要が、どこにある?

「ロフティは〝ゴミ箱あさり〟をやってる」ホーソーンが説明した。そして、テーブルごしにちらりと視線を投げる。「それがどういう意味なのか、この男に説明してやってくれ」

ロフティは気を悪くしたようだった。「そんな言葉は、おれは使わないね」むっとしたようにつぶやく。「おれの名刺には〝資産調査業〟と書いてあるんだ」

「名刺なんか持ってるのか? たしかに、なかなかの出世っぷりじゃないか」

「あんたよりは早いさ、相棒」

「それで、〝資産調査業〟というのは?」わたしは尋ねた。こんな仲間内の冗談に、いささかうんざりしつつあったのだ。

ロフティはもうひと口、お茶をすすった。ようやく話しはじめたとき、その口調はなかなか説得力があった。この男は、ひょっとしたらろくでなしなのかもしれない。マージが逃げようが家庭にとどまっていようが、ロフティの私生活に、わたしはまったく興味がなかった。だが、少なくとも自分の仕事の内容に関しては、しっかり理解しているようだ。「ああいうでかい離婚、裕福なろくでなしどもの争いがどんなものか、あんたにゃとうてい想像もつかないだろうな! 連中は、自分の金をそこらじゅうに分散させてる。ジャージー島やら、ヴァージン諸島やら、ありとあらゆる場所にな。信託もあれば、ペーパーカンパニーも、税金逃れの海外法人もあって、名前を出してない〝影の取締役〟連中がうようよいたりする。いったい何が誰のものなのか、探り出すのは至難の業《わざ》でね。そこで、おれのような——資産調査業と名乗ってる

——人間が役に立つってわけだ。そうした目くらましの裏を、きっちり探り出すんだよ」

「元警察官」ホーソーンがつぶやいた。「元ジャーナリスト。元保安局員。なぜか、元のつく人間ばかりが集まる仕事でね」

「おれはちゃんとやってる」ロフティは言いかえした。「あんたの下にいたときより、よっぽど稼いでるぜ」

「じゃ、さっさとエイドリアン・ロックウッドのことを話してくれ」

ロフティはためらった。もっと値段を吹っかけておけばよかったと、いまになって後悔していることが、その目にはっきりと表れている。

「あんたってやつは、どこまでむかつく野郎なんだ。自分でもわかってるんだろうな？」ホーソーンにいったんそうぶちまけてしまうと、それまでよりは機嫌のいい口調で先を続ける。「ロックウッドの離婚についちゃ、おれもちょっとばかり仕事をした。だが、女房のほう、アキラ・アンノが……おれたちの調査に勘づいてね。おれたちが資産の周りを嗅ぎまわり出したとたん、あの女はぴりぴりしはじめ、そして」——ロフティはひゅっと指を振ってみせた——「こんなふうに方針をひっくり返して、何もかもロックウッド氏の思うとおりにすると降伏したんだ。自分の資産がどれくらい銀行に眠ってるか、おれたちに探り出されるのが怖かったんだろう……銀行といっても、おそらくパナマかリヒテンシュタインか、そんなあたりだろうけどな。これで、すべてはめでたしめでたしってわけだ。ロックウッド氏も満足。裁判所も満足。そうなりゃ、おれたちの仕事も無事終了だ。

だが、そこで思ってもみないことが起きた。プライス氏はずっと、自分の依頼人を疑ってたんだ……何か、弁護士にも隠してることがあるんじゃないかってね。つまり、プライス氏は満足してなかった。これっぽっちもね」

「依頼人というのは、エイドリアン・ロックウッドのことだね」わたしは確認した。

「そのとおり。プライス氏は、はなっからロックウッドが悪人だと見抜いてた。まあ、あそこの依頼人の半分は、どうせA百五十七といい勝負のねじ曲がりっぷりだろうけどな」

「A百五十七？　いったい何の話をしてるんだ、ロフティ？」

「ラウスからマーブルソープへ走ってる、A百五十七号線のことだよ。やたらぐねぐね曲がる道なんだ」

わたしは笑いたかったが、ホーソーンはため息をついただけだった。「さっさと先を続けろ」

「つまり、プライス氏ってのはいつだってやたら潔癖でね、ときとして古きよき時代の牧師館の令嬢みたいになっちまうんだよ。何はともあれ離婚がまとまり、アキラはおかんむりだったが、ほかのみんなはにんまりしてる、そんなとき、プライス氏がいきなりとんでもないことを言い出したんだ。おれの雇い主《ナビガント》の連中に向かって、いかにも思慮ぶかい口調で、ロックウッド氏の資産をざっと調査する、とね」ロフティは言葉を切り、目玉をぐるりと回してみせた。「それも、やたら的を絞って。高級ワインについて調べたいとさ」

「ワインか」ホーソーンが、その言葉をくりかえした。

「そうなんだ。ロックウッドがワインを好きか……通り一遍のたしなみじゃなく、本気で好きかどうか。実際に、どれくらい飲んでるか。どの産地、どの銘柄が好みか。どれだけのボトルを蓄えこんでるか。こうして範囲を絞ってもらえると、こっちもはるかに調査しやすいんだ。プライス氏の探していたものを見つけ出すのに、さほど時間はかからなかった。

エイドリアン・ロックウッドがワインにはまってるっていうのは、ごくひかえめな表現でね。実のところ、正気じゃないくらいの金を注ぎこんでた。《リッツ・ホテル》、あるいは《アナベルズ》みたいなナイトクラブでの支払いも、クレジット・カードの控えを見たよ。エシェゾー・グラン・クリュが三千二百五十ポンド。ボランジェ・ヴィエイユ・ヴィーニュが二千ポンド……」フランス語の発音こそかなりあやしかったが、値段はしっかりと記憶しているようだ。「ここまでが、まずは出発点でね。おれはアンティーブにまで足を伸ばして、ロックウッドの持ってる家の地下をのぞいた……」

「どうやって侵入したんだ、ロフティ?」

「そりゃ職務上の秘密でね、ホーソーン。そういう仕事を、おれはやってるんだ。さて、そこまでごみを掘りかえしたあげく、どれだけの酒が見つかったと思う? あんたらはとうてい信じられないだろうよ! 中には、調べなきゃならん名前もいろいろあった。聞いたこともない名前がね。その値段ときたら、まあ! ここまでくそ馬鹿げた話は聞いたこともないね。考えてもみろよ、ただのつぶしたブドウにさ!

そうやっていろいろ調べてるうちに、おれは《オクタヴィアン》にぶつかった。あんたらは聞いたことがあるか?」

わたしはかぶりを振った。ホーソーンは無言のままだ。

「《オクタヴィアン》ってのは、コーシャムにあるワイン貯蔵施設の名でね。そういう会社なんだ。ヘッジ・ファンド・マネージャーみたいな連中のために、預かったワインを貯蔵してる。まったく、奇妙な話だよな。近所の住人たちさえ、そこが何の施設なんだか知らずにいる。だが、中に入ってみると、世界最高級のワインが並んでるんだ――総計何百万ポンドにもなるボトルの数々が――ウィルトシャーの丘陵の地下三十メートルの暗がりに、ひっそりと隠してあるんだからな。もちろん、いろんな税の優遇措置がある。保税倉庫ってやつでね。付加価値税はなし。資本利得税もなし、なぜって、ワインは減耗資産あつかいだからな」

何の話なのか、わたしにはさっぱりわからなかったが、口ははさまないことにした。ロフティは、いまやとうとう弁舌を振るっている。

「ロックウッドが《オクタヴィアン》の顧客のひとりだってことは、すぐに探り出せたんだ。だが、そこに何を預けてるかを探ろうとしても、まったくつけいる隙がなくてね。連中も馬鹿じゃないからな、がっちり守りを固めてる。おれはコーシャムに出かけてって、あたりを嗅ぎまわってみたんだが、何も見つかりそうになかった……」

「それで、ロックウッドの事務所に押し入ったってわけか」と、ホーソーン。

「押し入ったりなんかしてない」またしても、ロフティは気を悪くしたようだ。「おれはただ、ロックウッド氏が昼めしを食おうと外に出てくのを待ってただけさ。あんな簡単なことはなかったね。IT企業から来ましたと言ったら、受付の娘がロックウッドの執務室に案内してくれてね、そこのコンピュータのパスワードまで教えてくれたんだ。まったく、馬鹿な娘だよ。そこから《オクタヴィアン》に登録されたロックウッドのアカウントが見つかって、いくら投資してるかもわかったってわけさ」

「いくらだったんだ？」

「三百万ポンド弱、ってところかな。その金はすべて、ロックウッドが英領ヴァージン諸島に作った会社のひとつから支払われてる。言うまでもなく、プライス氏はこれを聞いて怒りくるってたな。どうせロックウッドは、離婚時の資産申告に使うE用紙に、こんなことは何ひとつ書かずにおいたんだろう」

わたしたちはこれまでずっと、リチャード・プライスはアキラ・アンノの資産を調査していたものと思いこんでいた。だからこそ、事件当日にリチャードが弁護士事務所の共同代表者であるオリヴァー・メイスフィールドに電話をかけ、法曹協会に相談しようかと漏らしたと聞いて、それはアキラの件についてだと決めつけてしまったのだ。だが、真実はそうではなかった。リチャードがずっと警鐘を鳴らしていたのは自分の顧客、ロックウッドに対してだったとは。資産を隠し、弁護士を欺《あざむ》いていたのはロックウッドのほうだった――〝なまくらな剃刀《かみそり》〟という通り名を持つ相手に、愚かなことをしたものだ。

だが、どうしてホーソーンはこの発見に、もっと興奮しないのだろう？　わたしに言わせれば、これは事件を根底から揺るがす大発見にまちがいない。それなのに、ホーソーンは淡々とコーヒーを飲みおえ、いまは取り出したタバコをテーブルにころころと転がしている。「あと

「ふたつだけ訊いておきたいことがある、ロフティ」ホーソーンは切り出した。「いまだにルコンフィールド・ハウスの前をうろうろして、いったいおまえは何をやってるんだ？　どうしてあんなふうに、いきなり逃げ出した？」

「何をやってたと思う？」ロフティはせせら笑った。「プライス氏はおれの依頼人だった。おれはあの人が好きだったし、こんなことになって責任も感じてる。誰が犯人なのか考えずにはいられなくて、ひょっとして、ロックウッドかもと思ったんだよ」

「それはありえないな」わたしは口をはさんだ。「日曜の夜、リチャード・プライスが殺されたまさにその時間、ロックウッドは別の人間といっしょにいたんだ」

「そいつも共犯じゃないって誰が言える？　とにかく、おれはあの男が誰かに会ったり、何かをやらかしたりして、真実が暴かれる瞬間がくるんじゃないかと思って、じっと目を光らせてただけだ」

「じゃ、逃げ出したのは……」

「なにしろ殺しが起きてるからな、おれだって当然、自分の身の安全には気を配るさ。おれがやってきた仕事は、そういう用心が必要なことがしょっちゅうだった。顔を見たこともない人間が、いきなりこっちに向かって走ってきたら、そりゃくるっと向きを変えて逃げ出すに決まってる。もちろん、あんたから電話をもらってすぐ、その必要はなかったと気づいたけどな。だからって、あんたにまた会いたかったわけじゃない、ホーソーン。あんたにだって、それはわかってるはずだ」

ホーソーンはしばし考えた。「それじゃ、おまえはロックウッドを監視してたんだな。何か気づいたことはあったか？」

ロフティは椅子を引き、立ちあがった。テーブルには、まだお茶が半分ほど残っている。

「あったって、あんたには教えないね」

「例の件を、まだ根に持ってるのか！」

「ああ、根に持ってるね。おそろしくな。正直なところを教えてやるよ。あんたはおれの人生をめちゃくちゃにした。この件だって、どうしてこんなに親切にいろいろ話してやったのか、自分でもわからないくらいだ。とにかく、これで終わりだよ。五十ポンドぶんの話は聞けたはずだ。くそったれが、もう、おれにかまうな」

そう言うと、カフェを足早に出ていく。

「アボットというのは？」わたしは尋ねた。ホーソーンが階段から突き落とした児童ポルノ売買の容疑者だということは、前回の事件で別の警部から聞かされてはいるが、実際に何があったのかはいまだ知らないままだ。

「警察にいたころに顔を合わせた相手だよ。ちょっとした健康面、安全面の問題が起きた。担当してたのがロフティで、あいつが責任を取らされたんだ。どうしておれを恨んでるのか、それは見当もつかないが」

これ以上ないほど無邪気な目で、ホーソーンはわたしを見かえした。だが、それが嘘だということが、わたしにはわかっていた。これまで、ずっとそうだったように。

19　剣と魔法

エイドリアン・ロックウッドは、わたしたちには会えないという。本当か嘘かはわからないが、ルコンフィールド・ハウスの事務所の、小さな受付にちょこんとコンマのような恰好で腰をおろしている、とりすました若い娘はそう告げてきた。おそらく、ロフティをうっかり侵入させてしまった前の娘が首になり、新たにここに据えられたのがこの娘なのだろう――まちがいなく、来客をそっけなくあしらう術の上級講座をしっかり修了しているにちがいない。

「残念ながら、ロックウッドはただいま電話会議中です」

「お待ちしますよ」

「その後は、すぐに別の会議が入っております」

四十五分も遅刻してしまったのはこちらなのだから、これは仕方あるまい。とはいえ、受付の後ろに並ぶ閉ざされたドアのどれかの後ろで、ロックウッドが息をひそめ、わたしたちが追いかえされる様子をうかがっているのではないかと、つい想像をめぐらせてしまう。最終的には、あらためて五時にまた訪問することで話がまとまった。それまで、わたしたちはどこかで二、三時間つぶさなくてはならない。

建物を出ながら、ホーソーンは何やら電話をかけはじめた。名を名乗るところから聞き耳をたてていると、どうやらドーン・アダムズとの面会を——「警察にかかわる件で」——申しこんでいるようだ。電話が終わると、さっそくタクシーに乗りこみ、《キングストン・ブックス》へ向かう。友人の家はウィンブルドンにあると、アキラ・アンノは話していた。キングストンはそのすぐ隣なのだが、実際に《キングストン・ブックス》があるのはロンドンの中心部、ブルームズベリーなのだという。

《破滅界》シリーズの国際的な成功ぶりは、建物に足を踏み入れる前からはっきりと見てとれた。クイーン・スクエアの角に位置する小綺麗な四階建てで、正面の扉に浮き彫りの社名が掲げられ、ウィンドウには十数冊の本が飾られている。この建物には、ほかの会社は入っていないというわけだ。おそらく自社ビルなのだろう。ここと契約している著名な作家は、ケイト・モス、ピーター・ジェイムズ、マイケル・モーパーゴの三人だ。

正面の扉を開けると、そこは広々としたロビーとなっていて、壁にはクエンティン・ブレイクの原画が飾られ、受付のデスクに置かれた大きなガラスの器には、キャンディやチョコレートが盛られている。こちらの受付は、ずいぶん愛想よくわたしたちを迎えてくれた。

「はい、ドーンがお待ちしております」

なるほど、この会社では苗字を使わないらしい。実習生らしい青年が現れ、ふたつの窓から広場を望める二階の部屋にわたしたちを案内した。机には本や契約書が高く積みあがっていたが、そのかたわらに置かれた低いコーヒー・テーブルのソファに、ドーンは膝をそろえ、足を畳んで坐っていた。すばらしく優雅な黒人女性で、年齢は五十代、アキラ・アンノと同じくらいだろう。ひかえめながら上質な服装、ダイヤモンドのピアス、細い銀の鎖で首に掛けているデザイナーズ・ブランドの眼鏡、何もかもがはっと息を呑むほど印象的だ。

コーヒー・テーブルの向かいには、二脚の椅子が置かれている。勧められ、そこに腰をおろしたわたしたちは、ドーンを見おろす恰好となった。これは人間心理の逆を衝くために、わざとこういう配置になっているのだろう。これなら、わたしたちは弱いものいじめをしてはならないと、自らの行動を戒《いまし》めるからだ。いくらか低い位置に身をおちつけ、居心地よさそうにソファに坐っているドーンは、静かに主導権を握るため、巧妙に手を打っていたことになる。

ドーンにほほえみかけられて、わたしは驚いた。「アンソニー、お会いできて嬉しいわ」たしか、これが初対面のはずだったが。「《オリオン・ブックス》とはどう?」

「ありがとう、うまくいっていますよ」

「『絹の家』、とってもよかったわよ。ふと思ったんだけれど、あなた、『ソロ』は読んだ?」

『ソロ』というのは、別作家によるジェームズ・ボンドのシリーズとして、セバスチャン・フォークス、ジェフリー・ディーヴァーに続き、ウィリアム・ボイドが出したばかりの新作だ。

「いえ、まだ」

「ひょっとして、次のボンドの新作をあなたが書いたら素敵なんじゃないかと思ったの。イアン・フレミング財団とはつきあいがあって。よかったら、わたしから話しておきましょうか……」

「それはすばらしいお話ですね」ただの社交辞令ととられないよう、心を込めて返答する。ボンドの新作は、わたしがこれまでの生涯、ずっとやりたかった仕事のひとつなのだ。

「じゃあ、伝えておくわね」今度はホーソーンに向きなおり、いくらか冷ややかな口調になる。

「どんなご用かしら。わたしで何かお役に立てるかどうか」

「電話でお話ししたとおりですがね。わたしはリチャード・プライス殺害事件の捜査をしてまして」

「そう。でも、レストランでちらっと見かけたときをのぞけば――そのときも、口をきいたわけではなかったのよ――わたし、プライス氏とはもう一年以上も顔を合わせていませんし、氏の事務所とも、あれから何のかかわりもないんです。亡くなったことは新聞で読んだけれど、だからって、別に涙にくれたわけでもないし」

「それはわかりますよ、ミズ・アダムズ。プライス氏と初めて会ったのは、おたくの離婚のときでしたね」

「一対一で会ったことは一度もないのよ、ミスター・ホーソーン。わたし宛てに、氏がいろいろ書いてよこしたことはあります。わたしについて書いたことも。プライス氏が法廷で描き出したわたしの姿は、経済面で夫の鋭い判断力に頼りきりの女性だった。でも、その夫の実像はといえば、実は酒びたりの女好きで、同じくろくでもない父親から莫大な財産を相続しただけの人間だったんです。そのころ、わたしは自分のこの出版社を育ててあげるため、七年間にわたって懸命に努力を続けていたの。プライス氏にそんなふうに形容されて、どれほど悔しく、どれほど屈辱的な思いを味わったか、あなたにはわかっていただけるんじゃないかしら。ううん、わからないかもしれないわね」ドーンは手で払いのけるようなしぐさをした。「プライス氏の逝去について、わたしはいっさい、何のかかわりも持ってはいません。そうね、その知らせを聞いて、シャブリのグラスを掲げるくらいはしたかもしれないけれど」

「いや、それはちがうんじゃないですかね」と、ホーソーン。「プライス氏の〝逝去〟とは何のかかわりもないと、おたくは言う。しかし、そもそもの最初から、おたくは傍観者としてこの事件にかかわってたんだ」

「何のことか、わたしにはさっぱり」

「《ドローネー》というレストランでアキラ・アンノがプライス氏を脅したとき、おたくもその場にいましたね。そして、どういう偶然か、殺人があった夜にも、おたくはそのご友人といっしょだった。最初に事情を訊いたとき、ミズ・アンノは残念ながら、いささか記憶障害を起こしてたようでね。その夜は、リンドハーストの別荘とやらに泊まってたと言ってましたよ。だが、その主張がひっくり返されて、おたくといっしょだったことを仕方なく認めたんです」

この言いようにどんな反発がくるかと、わたしはじっと見まもっていた。だが、ドーンはホーソーンを無視し、ふとこちらに向きなおった。「いったい、あなたはここで何をしているの？」朗らかな口調でわたしに尋ねる。

「この男のことを書いているんですよ」嘘をついても仕方あるまい。わたしがどういう人間か、ドーン・アダムズには知られているのだ。ひょっとしたら、わたしがいま何をしているかについても、本当は知っているのかもしれない。

「新聞に載せるの？」とはいえ、ドーンは驚いたようだった。

「いや、本にするんですよ」

「実録犯罪ものということ？」

「ええ、まあ、そんなところかな。ものごとをいくつか入れ替えたり、名前もいくつか変えたりしますが、基本的にはノンフィクションです」

ドーンはしばし考えこんだ。「おもしろそうね。出版社はもう決まっているの？」

「《ペンギン・ランダムハウス》のセリーナ・ウォーカーと、三冊の契約をね」

ドーンはうなずいた。「セリーナは腕利きよ。あまり無茶な締切を押しつけられないように、そこだけ気をつけて」そしてまた、ホーソーンをふりかえる。「さっきのお話だけれど、そもそも、アキラはリチャード・プライスを脅してなんかいません。わたしたちは《ドローネー》で夕食をとっていて、そのときたまたま、レストランの反対側にプライス氏がいるのをアキラが見つけたの。当然、そこからはプライス氏の話になって、そのとき初めて、わたしたちはお互い同じような体験をしていることを知ったわけ。たしかに、少しばかりお酒を飲みすぎていたせいかもしれないけれど、アキラはここで、ちょっとばかり派手な見せ場を作りたくなってしまったのね。プライス氏のテーブルに近づいて——あちらは、お連れあいといっしょでね。そこにあったワイングラスを手にとり、頭から引っかけてしまったの。たしかに、愚かな行いだった。それは、誰よりも先にわたしが認めます。でも、とても胸のすく瞬間だったのも本当よ」

「ボトルで殴ってやると、ミズ・アンノは脅した」

「それは嘘よ。アキラはただ、グラスで注文していて運がよかったわね、ボトルがあったらそっちを使ったのに、と言っただけ。たぶん、ボトルがあったら、その中身を全部ぶちまけてやったのに、という意味だったんじゃないかしら」

「だが、それにしてもすごい偶然だと思いませんかね？　ほんの一週間かそこらのうちに、プライス氏はワインのボトルで殺されたんだから」

「まあ、たしかに偶然だったのかもしれません。でも、ひょっとして、レストランにいた誰かがその言葉を聞いていたとしたら？」

それは、わたしが思ってもみなかった可能性だった。アキラ・アンノのあの言葉は、リチャードを知っていて、たまたまあの場に居あわせた誰かに殺害方法を示唆してしまったとも考えられるのか。だとすると、犯人はわざとアキラに罪を着せようとしたのかもしれない。あの夜《ドローネー》にいた客の名前を、ホーソーンはすでに調べあげているのだろうか。

「日曜の夜、アキラがわたしの家にいた件についても、何ひとつおかしなことなんかありません。わたしたち、ずっと以前からの友人なんです」

「知りあったのは、どこで？」

「文学祭よ。ドバイでね。《インターコンチネンタル・ホテル》のプールを囲んで、一週間にわたって開催されたんです。いろいろな人と知りあうのには、もってこいの場だったのよ」

「日曜の夜は、何時から何時までいっしょにいました？」

「ねえ、こんなことをしつこく調べて、本当に何か意味があると思っているんですか、ミスター・ホーソーン？　いいわ、お答えしましょう！　アキラは夕食のため六時にうちに来たんだけれど、わたしたち、またしてもちょっと飲みすぎてしまったの。わたしたちのこと、きっとよくいる呑んだくれのふたり組だと思っているでしょうけれど、そういうわけじゃないんです。呑んだくれていたわけじゃないのよ。実をいうと、仕事をしていたの。でも、アキラはわたしとグラスに二、三杯は飲んだから、車で帰らないほうがいいと思って、うちに泊まっていくよう勧めたんです」

「なるほど、仕事をしてたと。いったい、ミズ・アンノはおたくのために、どんな仕事をしてるんですか？」

ドーン・アダムズは一瞬ためらった。ここまで、あれだけ威勢がよかったこととも考えあわせ、次に出てくる言葉はきっと完璧に真実ではあるまいと、わたしは身がまえた。「文芸作品の原稿について、意見を聞かせてもらっていたんです」

「報酬も支払ってるんですかね？」

「もちろん」ドーンは腕時計に目をやった。いかにも繊細な、金の細いベルトがついたカルティエ製だ。「電話でもお話ししたとおり、あまり長くは時間をとれないんですけれど」

ホーソーンは無視して続けた。「アキラ・アンノはおたくといっしょだったことを、どうして嘘をついてまで隠そうとしたんですかね？　出版社をやってる古い友人と夕食をとる……こんなに罪のない時間のすごしかたもないでしょうに」

「さあ、わたしにはわかりません。アキラ本人に尋ねてみてくださいな。ひょっとしたら、あなたの訊きかたに腹が立って、一泡吹かせてやろうと思ったのかも」

「警察官に嘘をつくのは犯罪ですがね」

「あら、あなたは警察官じゃないというお話でしたよね」

ドーン・アダムズはたいしたものだと、わたしは認めざるをえなかった。ホーソーンに対し、まったく怖《お》じる様子もない。だが、この男をもう少しよく知っていたら、ここまで横柄な態度はとらなかっただろうに。ホーソーンの目に、怒りがくすぶっているのが見える。その表情は、泥の中からじわじわと浮上してくるクロコダイルを思わせた。

「ミズ・アンノには、文芸作品の原稿について意見を聞いてたって話でしたね。おたくの出版社では、実際にどれくらい文芸作家をあつかってるんですか?」

これはなかなか鋭い指摘だ。一階のウィンドウには、ひとりふたり高名な作家の作品も交じってはいたが、このドーンの執務室の本棚を見ると、さほど高尚な本は見あたらない。子ども向けの絵本、空港のスタンドに置くような娯楽小説が二、三冊、そして《破滅界》三部作。ヴィクトリア・ヒスロップによるギリシャ料理のレシピ集もある。

またしてもほんの一瞬ためらった後、ドーンはまた態勢を立てなおした。「まだ、全然。でも、これからはそちらの分野に移行していきたいと思っているの。もう、原稿もかなりの数を預かっていて、それをアキラに読んでもらっているんです」

「だったら、どうしてミズ・アンノの作品を出版しないんです? そんなに仲のいい友人どうしなのに……」

「それは、わたしも提案してみたんです。でも、アキラには《ヴィラーゴ・プレス》との契約があって。さあ、もうこれでいいかしら?」コーヒー・テーブルには電話機が置いてあった。ドーンはそれを取り、番号をひとつ押す。「トム、お客さまがお帰りよ。わたしの部屋に来てもらっていい……?」

「いや、話はまだ終わってませんよ」ホーソーンの冷たい声。

ドーンは受話器を手にしたまま、しばしためらった。「やっぱりまだいいわ、トム。しばらく後で、また電話するから」そう告げると、受話器を置く。

ホーソーンはしばし間をとった。こんなとき、次は何かとてつもない展開が来ることは、経験から知っている。だが、それでも、次の言葉には完全に意表を突かれることとなった。「おたくの出版社の、別の作家さんから話を聞きたいんですがね」

「誰のこと?」

「マーク・ベラドンナ」

ドーンはまじまじとホーソーンを見つめた。「残念ながら、マークがあなたとお話しすることは絶対にありません」

「それはどうして?」

「まず第一には、この事件とまったく何のかかわりもないからよ。第二に、マークはまさに世捨て人のような生活を送っているの。ノーサンバーランドに住んでいるんだけれど、重度の広場恐怖症でね。けっして外に出てくることはないのよ」

「だが、おたくが《ドローネー》で食事をしてた夜、マークもあの場にいたはずだ」

「そんなこと、ありえないわ」

「いや、けっしてありえない話じゃないんですよ、ミズ・アダムズ。本当のことです。しかも、たまたまもうひとりの男……グレゴリー・テイラーの死とも、ベラドンナ氏はかかわってましてね。テイラーは死を迎えたその日、リチャード・プライスを訪ねてるんです。ふたりは長年にわたる友人でした。だが、死ぬ前に、テイラーは駅のホームから転落し、電車に轢《ひ》かれた。テイラーは本を買ってたんですよ、マーク・ベラドンナの新刊をね。読みたいから買ったわけじゃない。その本を買ったことで、何かをわれわれに伝えたかったんだ……わたしがいまここにいるのも、それが理由でしてね」

何もかもが、わたしにとっては初めて耳にすることばかりだった。あの夜の《ドローネー》の客をホーソーンが調べあげていたとしても、まちがいなくわたしには話してくれていない。だが、グレゴリー・テイラーがキングズ・クロス駅の《W・H・スミス》で購入した『血の囚《とら》われ人たち』に、ホーソーンがわたしの注意を向けさせようとしたのはたしかだ。〝いったい、なぜテイラーはあの本を買ったんだろう?〟——そんなふうに、ホーソーンは問いかけていた。いまや、ドーン・アダムズはこの場の主導権をすっかり失ってしまっていた。さっきまで居心地のよかったソファが、いまや自分を丸呑みしようとしているかのように、なすすべもなく身をよじる。「何のお話なのか、さっぱりわかりませんけれど」

そのとき、何の前ぶれもなくいきなりドアが開き、ほかならぬアキラ・アンノが部屋に飛びこんできた。わたしと同じくらい、ドーン・アダムズも驚いたようだ。「アキラ……?」

「あなたから電話があって、すぐに飛んできたの」アキラは憎しみに燃える目をわたしたちに向けた。「このふたりがどんな人間か、わたしはよく知っているから。わたしも前に立ちむかったことがあるのよ。このふたりのやりくちも、どんなふうにあなたを脅し、怯えさせようとしているかもわかる。だからこそ、あなたひとりで戦わせるのは心配だったの」

なるほど、ドーンはわたしたちが来ることを、電話でアキラに伝えていたのか。やはり、このふたりは何か秘密を抱えているようだ……だが、どんな秘密を?

「ちょうどいま、マーク・ベラドンナの話をしてたところでしてね」ホーソーンのほうは、この乱入にもまったく動じていない。アキラが来るのも予期していた、むしろ歓迎しているかのようだ。

アキラは三脚めの椅子に歩みより、腰をおろした。いつもどおりの完璧な装《よそお》いではあるが、ふいに奇妙なほど不安げに、怯えているようにさえ見える。

「ベラドンナ氏の住所と電話番号を教えてもらえますか」

「お教えできません」

「そういう態度をとりつづけたいなら、それでもいいですよ、ミズ・アダムズ。こっちはグランショー警部とミルズ巡査を呼ぶだけだ。警部の協力要請を拒んだらどうなるか、じっくり見物させてもらいましょうか」

「教えられないんです……」

「それは、どうして？」

「あなたはわかっていないのよ。マークはけっして――」

そのとき、思いがけない方向から、ふいに静かなひとことが響いた――「マークは知っている」アキラの声だ。血の気の失せた、怖ろしい顔。視線を床に落としたまま動かない。

いったい、マークは何を知っているというのだろう？　そして、わたしはなぜ、何のことかさっぱりわからないのだろうか？

「持ってまわった言いかたはやめて、さっさと認めたらどうですかね？」ホーソーンが声を荒らげた。「わたしがそこまで間抜けだとでも思ってるんですか？　真実を見抜かれるはずなどないと？」

言葉を切り、ふたりの女性のどちらかが声をあげるのを待つ。だが、どちらも黙りこくっているのを見て、ホーソーンは自分で種明かしをした。「マーク・ベラドンナの正体は、アキラ・アンノだ！　マークなんて人間は実在しない」そして、アキラのほうをふりむく。「おたくが、あのくだらない本を書いたんだ」

またしても沈黙が広がる。誰がいちばん衝撃を受けているのか、わたしには測りかねた――そんなこととは夢にも疑っていなかったわたしか、それとも、ホーソーンに見抜かれるなどと思っていなかったドーンか。

「これでもまだ否定するつもりですかね？」ホーソーンが詰問する。

わたしはアキラに目をやった。まるで放り出された操り人形のように、手足を力なく投げ出している。いっぽう、ソファにかけたドーンは心底すくみあがっているようだ。「誰にも言わないで」力なくささやく。

「待ってくれ！」わたしは声をあげた。「本当にアキラ・アンノが書いたっていうのか、『エクスカリバー復活』と『血の囚われ人たち』、それから……」第一巻の題名が、どうしても出てこない。

「『十二人の鋼鉄の男』」わたしと目を合わせないまま、アキラがつぶやいた。

「だが、そんなことはありえない。あんな、全編ポルノのような作品」《破滅界》シリーズの最悪な部分を指摘しようと、わたしは言葉を探した。「あんな、女性を性的対象化している作品を！」

「あの本は何千万部も売れているのよ」何をおいても友人をかばおうと、ドーンは敢然と割って入った。ソファから立ちあがり、自分の机をはさんでわたしたちと向かいあう。アキラとの距離も近くなり、ドーンはこの場の主導権を握りなおした。「これはわたしが考えたことなの。アキラとドバイで出会ったことは、さっきお話ししたとおりです。アキラはすばらしい作家よ。数々の賞も獲り、映画さえ作られている。でも、純文学がどれほど売れないか、アンソニー、あなたも知っているでしょう。購買層なんて、ほとんど存在しないようなものなのよ」

机の上には、水のボトルが置いてある。ドーンはそれを取り、自分のグラスに注いだ。「アキラの思いつきじゃない。わたしが考えたの。渋るアキラを説得したのよ、剣と魔法をあつかえば、どれだけ購買層が広がるかわかっていたから」

「剣と魔法、そしてセックス」わたしはつけくわえた。

「レッテルを貼りたいなら、どうぞお好きに。『ゲーム・オブ・スローンズ』がどれだけ売れたか……テレビドラマ化される以前からね。いっしょにプールサイドでカクテルを飲みながら、わたしはアキラに提案したの、ほとんど冗談だったけれど。ジョージ・R・R・マーティンのファンタジー小説があんなに大ヒットするんだから、あなたくらい才能のある作家なら簡単よね、って」

「だが、あれはアキラが嫌悪してきたものすべてじゃないか！」わたしは食いさがった。本人が目の前にいることなど、いまはまったく頭になかった。アキラの存在は頭から消え、代わりにマーク・ベラドンナが広場恐怖症を克服し、はるばるノーサンバーランドからここまで出かけてきているような気がしていたのだ。

「売れることを願わない作家なんて、世界のどこにもいない！」ドーンが言いかえす。

「もちろん、それはそのとおりだ！」わたしは認めた。「だが、アキラは……！」本人を指さす。「これじゃ、とんでもない偽善者じゃないか！」

アキラは目をあげた。「誰にも知られたくない」かすかな声でつぶやく。色のついた眼鏡ごしにさえ、その目に恐怖が浮かんでいるのが見えた。「誰にも言わないで！　わたしはもう終わりよ！」

ドーンはうなずいた。「もしも《破滅界》の作者の正体を世間が知ったら、アキラの評判は地に墜ちるでしょうね。わたしの事業にも、けっして追い風にはならないし」アキラよりも理性的、現実的な反応だ。しょせんドーンは本を出す側であって、書く側ではないからだろう。

「わたしたちがどんなに苦労して、マーク・ベラドンナの正体を世間の目から隠してきたか、あなたにはわからないでしょう。たしかに、《破滅界》以外の作品では、アキラはまったく別の顔を世間に見せてきた。でもね、別名を使っている作家なんて山ほどいるじゃない」ドーンはため息をついた。「最初にこの思いつきを提案したときは、ほんの冗談のつもりだったの。ふたりとも、まさかこのシリーズがこんなに売れるだなんて、思ってもみなかったのよ」

なるほど、これがスティーヴン・スペンサーの言っていた、アキラがリチャード・プライスから隠しつづけた収入源だったのか。もちろん、ドーンの言うとおりだ。だまされていたと世間が知ったら、アキラも、マークも、そして《キングストン・ブックス》も、おそらく破滅への道をたどることになる。

だが、ホーソーンはそう簡単に許すつもりにはなれないらしい。「さあ、どうなることか。この件をグランショー警部から隠しとおすのは、そう簡単なことじゃないと思いますがね」

アキラは口をつぐんだままだ。

「アンソニー、あなたならきっとわかってくれるでしょう」ドーンはホーソーンの説得を諦め、直接わたしに訴えかけてきた。「わたしはこの出版社に、人生のすべてを賭けてきたの。《破滅界》が、すべての土台となって支えてくれていたのよ。そもそも、アキラは何も悪いことをしていないじゃない」こちらに身を乗り出す。「あのシリーズはみなに愛されているの。テレビドラマにもなるのよ。何のため、そんなアキラを踏みにじる?」

「俳句みたいだな!」つい、わたしは口走った。

「何ですって?」

「いや、いまの言葉の韻律がね」アキラのほうをちらりと見やる。身体を力なく折りたたみ、ただただ悲嘆にくれているようだ。これまでの経緯はさておいて、アキラの心中を思うと胸が痛んだ。「わたしにできるだけのことはしますよ」

隣で、ホーソーンが身じろぎする。「まあ、たいして頼りにゃなりませんがね」

建物を出て街路に戻ったホーソーンは、声をあげて笑っていた。これまでもごく些細な、いささかひねりのきいたできごとににやりとするのは見たことがある。だが、笑い声を聞いたのは、おそらくこれが初めてだった。

「どうしてわかったんだ?」わたしは尋ねた。「アキラ・アンノがマーク・ベラドンナだったなんて」

「実際、ごく単純な話なんだ」ホーソーンはタバコを取り出し、わたしたちはホルボーン駅に向かって歩きはじめた。「まず最初に、われわれはアキラが収入源を隠してることを知ってた。スティーヴン・スペンサーが話してくれたからな。アキラが金を稼ぐ方法といったら、ものを書く以外に何がある? そのうえ、ドーン・アダムズと会ってたことを隠そうとしてただろう。何もないど田舎の別荘にいたなんて話を、何でまたでっちあげる必要がある? 出版社の社長と食事をとってたなんて、もの書きにゃごく普通のことじゃないか——よっぽど普通じゃないことを、ふたりで企《たくら》んでないかぎりな。

だが、決め手となったのは《ドーント・ブックス》でのできごとだった。あんたが『エクスカリバー復活』を万引したとしてつかまったとき、アキラの顔を見なかったか？　まさに、恐怖に固まってたよ。いまにも吐くんじゃないかと思ったね。あれは、あんたが本を万引したからってわけじゃない。あんたがわざわざあの本を選んだからだ。アキラにしてみりゃ、あんたにかまを掛けられてると思ったにちがいない」

たしかに、ホーソーンの言うとおりだった。あのとき、アキラはわたしを見てさえいなかった。ただひたすら、あの本を凝視していたのだ。

「だが、それでもずいぶん飛躍した発想じゃないかな」

「そうでもないさ。アキラは作家だ。作家ってのはみんな、どこかにちょっとばかり自己肥大した部分を抱えてるからな。あんな紙くずみたいな小説でも、自分が書いたって印をどこかに残しておかずにいられなかったんだろう。ベラドンナ（Belladonna）を後ろから読めば、最初の四文字はアンノだ。マーク（Mark）のうち三文字は、アキラから取られてる。あんたがこれに気づかないなんて、そっちが驚きだよ、相棒」

自分でも驚かずにはいられない。《タイムズ》紙のクロスワードだって、毎日欠かさず解いているのだ。アナグラムも、暗号も、折句も愛してやまないわたしとしたことが……

それでも、まだわからないことは残っている。「ついさっき、きみはキングズ・クロス駅でのことを言っていただろう。あれは本当なのか？　グレゴリー・テイラーが、あの本によって何かを伝えようとしていたというのは？」

「ああ、本当だ。伝えたかったのは、あんたが考えてるようなことじゃないけどな」

それなら、いったい何を伝えたかったというのだろう？　そもそも、さっきの事情聴取で、アキラ・アンノは容疑者から外れたと考えていいのだろうか？　アキラとドーン・アダムズ、ともにリチャード・プライスから屈辱を受けたふたりが、殺害当夜のお互いのアリバイを証明しているのだ。それに加え、リチャードはアキラの収入源も調査していたではないか。その結果、マーク・ベラドンナの真実をつきとめるにいたったとしたら？　ふたりには、リチャードを殺す強い動機があったということになる。

ちょっと前まで、わたしは容疑者を五人にまで絞りこめたと思っていた。だが、いまや六人に逆戻りしてしまったようだ。

20　緑《りょく》煙《えん》

「アキラがわたしに罪を着せようとしてることは、きみたちだってわかってるだろう。やってもいないことでわたしが逮捕されたら、あれにとってこんなに痛快なことはないからな。ほら、わたしについてあれがさんざんきみたちに吹きこんだ話さ。気が短いだの、乱暴だの、冗談じゃない！　それが本当なら、とうの昔にあんな女は始末してただろうよ。あんなに腹の立つ女には、これまで会ったことがないくらいだからな。神道の聖人だって、あれには耐えられまいよ——もう、とっくに逆鱗《げきりん》に触れた後かもな。

あのくだらない俳句なら、ああ、アキラから見せてもらったよ。自分じゃずいぶん鮮やかな出来だとご満悦のようだったが、残念ながら、わたしにはさっぱりわからなかったな。〝裁きは死〟だって？　そりゃ、いったい何の話なんだ？　わたしに読んできかせるのが、あれは楽しくて仕方ない様子だったがね、わたしにしてみりゃ、日本製洗濯機のマニュアルを読みあげられるのと同じくらい意味不明だったね」

エイドリアン・ロックウッドの奇妙なところは、たとえばいまのように不機嫌なときでさえ、いかにもくつろいで陽気なことだった。サングラスと後ろで束ねた髪、そして大きく襟の開いた白いシャツは変わらない。事務所は自宅ほど豪勢なかまえではなく、たとえば月単位で事務所を借りている資産運用会社によくありそうな、ごく実用的で趣《おもむき》のない家具が並んでいた。こうした様子を見るに、ロックウッドはさほどこの事務所には顔を出さないのかもしれない。ロフティ・ピンカーマンがのぞき見たというノートパソコンは、目の前の机に置かれている。詰めものをした革張りの椅子は、背もたれの傾きを何段階かに調整でき、身体にぴったりと合う作りだ。そこに身体を預けたロックウッドは、両手を頭の後ろに組んでいた。

「わたしたちのどちらかが、その数字を壁に描いたっていうんなら、それはまちがいなくアキラのほうだな。ええと、いくつだと言ったっけ？　182？　そんな数字を、わたしがいちいち憶えていられると思うか？　第百八十二句なんていったって、駐車場に咲いた花とか、羽毛の抜けたハイタカとか、いかにもあれが俳句に詠みそうなたわごとかもしれないじゃないか」

「あの句はおたくを詠んだものだそうですよ」と、ホーソーン。

「そうなのか？」

「アキラから聞いてるはずですがね。そもそもそれは、おたくにもごく憶えやすい番号のはずですが」

「なぜだ？」

「おたくらの結婚記念日だからですよ！　誕生日のすぐ後に結婚したと、われわれに話してくれたでしょう――二月十八日だって」ホーソーンはいつもの危険な笑みをロックウッドに向けた。「そう、二月十八日《ジ・エイティーンス・オブ・フェブラリー》だ」

これは、わたしももっと早く気づくべきだった。その日付をロックウッドが口にしたとき、わたしもその場に居あわせたのだから。メモ帳に書きとめさえした。だが、またしてもその一致を見落としてしまったのだ。

「聞いてくれ！」男どうしの連帯を訴えるかのように、ロックウッドは両手を広げてみせた。「あの結婚はとんでもない大失敗だった。きみたちにも話したが――」

「そう、二度めの結婚は大失敗に終わった、って話は聞きましたよ」ホーソーンがさえぎった。「最初の奥さん、ステファニー・ブルックは――」

「ステファニーのことは放っておいてくれ！」ロックウッドの顔が真っ赤になる。これまでわたしたちに見せたことのなかった一面だ。「そんなことを聞いたって、何の意味もないだろう。実のところ、きみたちは前の妻の件を報じた記者たち並みの下衆《げす》野郎だな。ステファニーは本当に、本当に愛らしい女だったし、しばらくはわたしと幸せな日々をすごしたんだ。どうしようもない女でもあった。酒びたりになり、嗜好性《しこうせい》のある薬物にはまりこんで、最後はバルバドスで死んだよ。だが、そのとき、わたしは同じ船にさえ乗ってなかったんだ。不幸な事故さ。世間でささやかれたとおり、自殺だったのかもな。わたしには何とも言えないがね。だが、きみたちのような間抜けがいくら嗅ぎまわったところで、何も変わりはしない。どう考えたって、リチャードの死とは何の関係もないできごとだしな」

「どちらの死にも、おたくがかかわっていたことをのぞけばね」

「リチャードのときだって、わたしは近くにいたわけじゃない」

「ハイゲートにいたでしょう。すぐ近くだ」

この話がどこへ向かいつつあるのかを察知し、ロックウッドはためらった。「ああ、たしかにな。そこにいた」

「ダヴィーナ・リチャードスンといっしょに」

ロックウッドは大きなため息をついてみせた。「ああ。話しただろう……一杯やりに寄ったんだ」

「一杯やっただけですかね?」

「きみが何をほのめかしてるのか、さっぱりわからないな」

「じゃ、もっと率直にお尋ねしますよ、ミスター・ロックウッド。おたくはリチャードスン夫人と寝るために、あの家に行ったんですか?」

「これはまた、とんでもなく無礼な質問だな。きみが刑事だからといって——元刑事か——わたしの私生活を探りまわる権利があるとでも思ってるのか?」

ホーソーンはうんざりした顔をした。「〝はい〟か〝いいえ〟で答えてほしいんですがね。ここにいるのは全員が大人なんだから」

「そんな質問が、捜査にどう役に立つというんだ?」

「夫人がおたくを守ろうとして嘘をつく可能性があるかどうか、それを見きわめる材料として」ホーソーンは言葉を切った。「あるいは、その逆もありうるかもしれませんからね」

ロックウッドは考えこんだが、さほど長くはかからなかった。「くそっ、わかったよ。ああ、そうだ。わたしたちはちょっと前から、ベッドをともにする間柄だった」

「離婚が成立する前から?」

「ああ」ロックウッドは深く息を吸いこんだ。「きみが思うほど簡単なことじゃなかった。全員が大人だときみは言うが、ダヴィーナは十代の少年といっしょに暮らしてるんだからな——息子のコリンと。当然のことながら、コリンが家にいるときにはおおっぴらにいちゃつけないし、だからといって、アキラがいるエドワーズ・スクエアの家に連れこむわけにもいかなかった。アキラって女は、ブラッドハウンド並みに鼻がきいてね。自分の留守中に別の女が入りこんだりしたら、絶対に嗅ぎつけるんだ。だから、わたしとダヴィーナはホテルを使ってた——

正直に言わせてもらえば、そういうのはあまり好きじゃないんだが。どうにもわびしい気分になるからな」

「おたくの浮気を、アキラに嗅ぎつけられたことは?」

「ないね」

「リチャード・プライスには? プライス氏にはこのことを話しましたか?」

「どうしてそんなことをリチャードに話さなきゃならない? これもE用紙に記入しなきゃいけないとでも思ってるのか? 誰にも知られちゃいないさ」

「いまや、おたくは晴れて自由の身になったわけですが、リチャードスン夫人といっしょに住む予定は?」

ロックウッドは高笑いした。「冗談だろう。たしかにダヴィーナは魅力的だし、ちょっと抱くにはいい女だ。だが、みすみすそんな足枷《あしかせ》に、二度と自分からはまりにいく気はないね。わたしの最初の結婚は……そう、さっきも言ったな。あれは悲劇だった。二度目の結婚は茶番劇だ。ひとりの人間の生涯に、これ以上の芝居はいらないさ」

ロックウッドの忍耐は、もう限界に達していた。まるでスイッチを切り替えるかのように、すっと空気が変わるのがわかる。「必要なことは、これですべて話したはずだ。もう質問がないようなら……」

「実をいうと、おたくが知りたいだろう情報もあるんですがね」ホーソーンのほうは、いっこうに切りあげる様子がない。「ここの事務所に侵入した人物ですが……」

「ほう?」

「見つけましたよ」

さすがにもう、ロックウッドもホーソーンをそう簡単に信用しないすべを身につけていた。

とりわけこんな、いかにも協力的な態度のときには。「それで……?」

「名前はレナード・ピンカーマン。ある種の調査員をしてる男でした。雇い主がリチャード・プライスだったと聞けば、おたくもちょっとは興味が湧くんじゃないですかね」

「何だって? リチャードに雇われてた?」

「おたくはプライス氏にワインのボトルを贈った。そうですね?」

「それはもう、すでに話したはずだが」

「そしてもちろん、プライス氏殺害の凶器がワインのボトルだったこと、そのボトルによって殴打されて亡くなったことも知ってますね?」

ロックウッドは凍りついた。わたしたちを迎えたときの陽気さは、いまや影も形もない。

「わたしの贈ったボトルが凶器となった、そう言いたいのか?」

「ポイヤック原産、シャトー・ラフィット・ロートシルトの一九八二年もの」ホーソーンが銘柄も生産年も正確に記憶していることは、いまさら驚くにはあたらない。

「そうだ。わたしが贈った品だ」数秒の後、誰も口を開かないのを見て、さらなる説明を求められていることにロックウッドは気づいたようだ。「リチャードはわたしの代理人として、すばらしい仕事をしてくれたんでね、わたしとしては礼がしたかったんだ。もちろん報酬は支払ったよ、充分な額をな。だが、出廷せずにすんだおかげで、わたしもずいぶん金を使わずにすんだ。だからこそ、感謝の気持ちを伝えたかったんだ」

「二千ポンドのワインで？」

「ワインはたくさん持ってるのでね」

「正確にはどれくらい？」

「何だって？」

「ウィルトシャーのコーシャムにある《オクタヴィアン》という会社に、おたくはワインを預けてますよね。いったい、どれくらい持ってるんですかね？」

ロックウッドの顔に、ゆっくりと笑みが広がった。けっして温かくはない笑みが。「ずいぶん熱心に調べたようだな、ええ、ミスター・ホーソーン？」

ホーソーンは答えを待った。

「あそこには、フランス産を中心に、市場価格で二百五十万ポンドほどのワインを預けてある。どうして申告しなかったのかと、きみは訊くつもりだろうな。気の毒なリチャードも、調査員を雇ってうちの事務所に侵入させたとなると、おそらくはそれを気に病んでいたんだろう……実のところ、あまり倫理的な行いとはいえないがね！

申告しなかったのはなぜかというと、あのワインは実はわたしの持ち会社が購入したものでね。巨額の融資の担保にしてあるんで、もはや資産には当たらないんだ。バタシーに新しい住宅地を開発するという、わたしの計画のための融資だよ。後ろ暗いところは何もない。もしもリチャードが訊いてくれさえしたら、喜んで答えただろうに。だが、正直なところ、まさかそんなことを心配されてるとは、こっちは夢にも思ってなかったんでね。わたしには、リチャードは何も言ってくれなかった」ロックウッドは両手のひらを机に置いた。「さてと、まだ何か訊きたいことは？」

今度は、ホーソーンも立ちあがる。わたしもそれにならった。「たいへん参考になりましたよ、ミスター・ロックウッド」

「役に立てて嬉しいとは、あえて言わずにおくよ」なかなか計算された返しだ。

出口に向かって一歩踏み出したところで、ホーソーンはふと何ごとか思い出したようだ。

「あとひとつだけ。おたくはダヴィーナ・リチャードスンの家を夜八時十五分に出たって話でしたね。いったい、どうしてそんなにはっきりと時間を憶えてるんですかね？」

「きっと、腕時計を見たんだろう」

「キッチンにも時計がありましたが」

「キッチンにいたわけじゃないんでね。わたしたちはダヴィーナの寝室にいた。そこで服を着て、家を出たんだ。ひょっとしたら、ダヴィーナが時間を口にしたんだっけな。正直なところ、はっきりとは思い出せないんだが」

ホーソーンはにっこりした。「ご協力に感謝しますよ」

この笑みからは、はからずも心のうちが読みとれた。エイドリアン・ロックウッドは腕時計の話をしながら、いかにも耐久性の高そうなロレックスの巻かれた手首をこちらに見せたのだ。

そのとき、わたしは見のがさなかった。腕時計ではなくシャツの袖、なかばカフスボタンに隠れたあたりの、ごく小さな何か——緑色のペンキの染みだ。

その緑の色合いに、わたしは心当たりがあった。《ファロー&ボール》社製のペンキからダヴィーナが選んだ、洒落《しゃれ》た色名はいまでも憶えている。

緑煙色《りょくえんしょく》。

あれにちがいない。


その夜、自宅に帰りつくと、ちょうどジルも撮影現場の難題を山ほど背負いこみ、ぐったりとして戻ってきたところだった。またしてもロケが中止になり、これでまる二日、予定から遅れているのだという。いまや、順調に進むものは何ひとつないように思えた。

わたしたちはいっしょに夕食をとった——といっても、夕食といえるほどのものではない。ジルは缶詰のツナを載せたサラダ。わたしは冷蔵庫をさんざん漁《あさ》ったあげく、売れ行きトップテンに入ったお祝いに《オリオン・ブックス》から送られたシャンパンと、卵をふたつ取り出した。卵はスクランブルにして、パンは切らしていたのでクラッカーに載せることにする。

「あなたのほうはどうだった?」

「まあまあかな」

「脚本の手直しは終わったの?」

「今夜やるよ」

夕食の後、ふたりともまた仕事を始めるのは、わが家ではごく普通のことだった。わたしたちは共同の仕事部屋を持っていて、真夜中まで肩を並べて机に向かうこともしょっちゅうだ。わたしよりよく働く人間など、これまでジル以外に見たことがない。会社を切りまわし、ドラマ制作を監督し、夫婦としての人づきあいも舵をとり、家が荒れないよう目を配る。わたしたちが出会ったのは、広告の仕事をいっしょにやったときだ。ジルは広告代理店の顧客担当で、わたしはコピーライター。二日間にわたるわたしとの打ち合わせの後、ジルはどこでもいいから別の担当に替えてくれと頼んだ——いや、泣きついたという。それでも、わたしたちはなぜかつきあうことになり、二十五年の後も、いまだいっしょにいる。これまで四シリーズにわたるドラマを、わたしはジルのために書いてきた——『刑事フォイル』、『インジャスティス』、『コリジョン』、そして『メナス』。わたしが書いた作品を最初に、ヒルダ・スタークよりも先に読むのもジルだ。こうして妻のことを書くのは奇妙な気分だし、あなたの作品の登場人物になどなりたくないと、本人からはっきり言われたこともある。だが、真実はこうなのだから、諦めてもらうほかはない。わたしの人生という物語で、主役を演じるのはジルなのだ。

「あなた、また例の探偵と仕事をしているんじゃない？」ふたりでテーブルに向かい、食事をとりながらジルが尋ねた。

「ああ」実のところ言わずにおきたかったのだが、わたしは妻に嘘をついたことがない。ごまかしたところで、どうせ見透《みす》かされてしまうのだ。

「それ、本当にいい企画だと思っている？」

「いや、あまり。だが、三冊の契約をしてしまったし、事件も起きてしまったからね」わたしは後ろめたい思いを噛《か》みしめていた。妻が脚本を待っているのはわかっているのに。「どちらにしろ、もうすぐ終わるんだ。誰が犯人なのか、ホーソーンにはすでに見えているからね」

はっきりとそう言われたわけではない。だが、わたしにはわかっていた。ホーソーンにはどこか、ひどく野生生物めいたところがある。真実に近づくにつれ、目の色が、坐ったときのたたずまいが、肌の張りが変わってくるのだ。まるで骨をかじる犬のように、あの男は一心不乱に事件に向きあっている。エイドリアン・ロックウッドの事務所を出た後、わたしは何か飲みながらでも話したかったのだが、ホーソーンはもう、家に帰るのが待ちきれない様子だった。あのテーブルに向かい、犯罪捜査に向けるのと同じ飽くなき貪欲《どんよく》さで、細部にまできっちりと目を配りながらウェストランド・シー・キングを組み立てていく姿が目に浮かぶようだ。

「それで、あなたには見えているの？」

これは痛いところを突く質問だった。いまではもう、真相が目の前に見えているはずなのはわかっている。この事件を追っている間、わたしはずっと、ホーソーンより先に真相にたどりつきたいと願っていた。それなのに、いまだまったく近づけた気がしない。これはあまりにむごい仕打ちというものではないか。最終章に――物語の核となる部分に何の寄与もできなかったら、いったいどうして作者を名乗れるというのだろう？

「いや」そう認めてから、希望を込めてつけくわえる。「まだ、いまはね」

食事が終わると、わたしは上階の仕事部屋へ向かった。ここは、このアパートメントの最上階に、ジルがわたしたちのためにあつらえてくれた部屋だ。十五メートルもの奥行きを持つ、ごく細長い形をしていて、中央刑事裁判所やセント・ポール大聖堂のあたりを、さえぎるものなく見晴らすことができる。とはいえ、今年に入って完成した新しい建物が、空に伸びる一条の銀となって、これまでの眺めを一変させてしまった。《破片《ザ・シャード》》という名で広く知られることとなった建物だ。わたしは机に向かい、夜空をじっと眺めていた。ジルにはあんなふうに言ったものの、脚本の手直しをする気分にはなれなかった。代わりにメモ帳を引っぱり出し、事件について考えはじめる。

ホーソーンに解ける謎なら、わたしにだって解けるはずだ。頭の回転の速さが、そんなにちがうとは思えない。答えはきっと、すぐ目の前にある。わたしはあらためて、容疑者の一覧に目を走らせた。

エイドリアン・ロックウッド。

容疑者の最右翼にいるのは、まちがいなくこの男だろう。あんなふうに言ってはいたものの、リチャード・プライスが秘密のワイン資産を調査していたこと、その結果、離婚の裁定が覆される可能性があることを知っていた可能性は充分にある。

アキラ・アンノによると、ロックウッドは短気だという。最初の妻は死んでいる。そのうえ、シャツの袖には緑のペンキの染みがあった。あれは、殺害現場の壁に描かれた数字の色と同じ緑だろうか？　もちろん、そうにちがいない。だが、そうなると、あれはロックウッドが描いたということになるが、その理由はまったく見当がつかない。

問題は、殺人の起きた時刻、ロックウッドには強固なアリバイがあるということだ。そのアリバイを証明するのは……

ダヴィーナ・リチャードスン。

《長路洞《ロング・ウエイ・ホール》》での夫の死について、ダヴィーナがリチャードを責めていたとは思えない。あの事故はもうかなり昔のことだし、それ以来、リチャードはずっとダヴィーナを支えてきたのだから。それに――どちらにしろ――事故の責任はグレゴリー・テイラーが自ら背負っていたではないか。

とはいえ、ダヴィーナはロックウッドの愛人だった。それに、リチャードの連れあい、スティーヴン・スペンサーが何と言っていたかも忘れてはならない。リチャードはダヴィーナにうんざりしていたという。〝もう血の最後の一滴まで絞りつくす勢いでせっつかれてた〟――リチャードがついに経済的援助を打ち切る決心をして、それを知ったダヴィーナが激昂し、殺意を抱いたのだとしたら？　やはりリチャードの死を望む動機のあるロックウッドに、そのことを相談していたとも考えられる。ふたりは共謀していたのかもしれない。

アキラ・アンノ。

わたしにとっては、いまだ重要な容疑者だ――元夫の次に。あのレストランでリチャードに向けた脅しはすべてのきっかけとなったし、殺人が頭にあったことを示唆する俳句も詠んでいる――あれはエイドリアン・ロックウッドに向けた句だと、本人は抗弁していたが。アキラが復讐心をつのらせ、リチャード・プライスを殺すところは容易に想像できるし、壁に１８２の数字を描くところも、さほど無理なく目に浮かぶ。あの数字は、どこか独特の書体の文字を添えた日本の壁画を思わせた。つまり、アキラに似合っているということだ。もっとも、こちらもアリバイがあることには変わりない。

ドーン・アダムズ。

離婚を経験したふたりの女性が、自分たちに苦汁《くじゅう》を飲ませた舌鋒鋭い弁護士に、ふつふつと恨みをたぎらせていた。そのうえ、もしもリチャードがマーク・ベラドンナと《破滅界》の真相をつかんでいたとしたら、ふたりはさらなる苦境へと追いこまれていただろう。あらためて考えてみると、殺害現場の壁に文字を描き、何かを伝えようとするというのは、きわめて文学的な行為といえないだろうか。ドーンとアキラ、ロックウッドとダヴィーナという組みあわせは、ある意味で、鏡に映したようによく似ている。同じ目的を持ち、協力しあうふたり組。

スティーヴン・スペンサー。

わたしから見て、あまり殺人者らしくは見えないが、だからといって除外するわけにはいくまい。母親の見舞いという話は嘘だったのだから、結婚生活についても真実を語っていたとはかぎらないのだ。そもそも、スペンサーが連れあいを裏切っていたのは事実だ。リチャード・プライスもそれを知っていて、《メイスフィールド・プライス・ターンブル》をともに経営していた仲間の弁護士に、遺言の変更を相談している。もしもスペンサーがリチャードと別れ、家も相続財産も失いかねない瀬戸際に立たされていたとしたら、それはまさに、もっとも明白な殺人の動機となりうるだろう。

スーザン・テイラー。

容疑者として、グレゴリー・テイラーの未亡人を忘れるわけにはいかない。夫はリチャード・プライスが殺害される前日に死んだ。そして殺害当日、スーザンはロンドンに出てきていたのだ。ロンドンでいったい何をしていたのか、誰もスーザンに詳しい説明を求めてはいない。だが、安ホテルの部屋でひとり坐っていたという、あの話は本当なのだろうか？〝あたしが何をしてたと思う？〟――あのとき、スーザンの目にひらめいた奇妙に残忍な表情を、わたしは思い出していた。《長路洞》で何があったのか、スーザンはまだ何か隠しているのかもしれない。リチャード、チャールズ、そしてグレゴリー――みるみる水位の上がる洞窟で、身動きのとれなくなった三人。いまや、誰ひとり生きてはいない。これには、何か意味があるはずだ。

これらの容疑者の中に、犯人はきっと隠れている。

六人のうちのひとり。いったい、誰が？

ジルが仕事部屋にやってきた。わたしがじっと考えこんでいるのを見ると、中央の間仕切りを閉め、自分の側に閉じこもる。この間仕切りを、わたしたちは〝離縁ドア〟と呼んでいた。

わたしはさらにメモ帳をめくり、ホーソーンに同行しながら、自分が書きとめてきた数々の手がかりにあらためて目を通していった。リチャードの家の玄関脇の、折れた蒲《がま》。グレゴリー・テイラーがキングズ・クロス駅で購入した本。エイドリアン・ロックウッドの袖に飛んだ、緑のペンキの染み。壁に描かれた数字について、ホーソーンが口にしたこと。リチャード・プライスが電話の向こうで口走ったという最後の言葉――〝いったい、どうして？　もう遅いのに〝わたしはこれらをメモ帳に書きとめ、○印で囲んでいた。いまのところ、何の役にも立ってはいないが。

ほかに、何か見のがしてはいないだろうか？　ホーソーンはたしか、〝事件の形〟ということについて語っていた。あの男の部屋で、ラム＆コークを飲んでいるときに。わたしはメモ帳をめくり、あのときの正確な言葉を探し出した。

〝そういうものじゃないんだ、トニー。前に話したことがあったっけな。あんたは事件全体の形を見る必要がある。それだけのことさ〟

だが、もし事件の形などというものがあるのだとしても、わたしにはそれが見えなかった。目の前に存在するのにその重要な意味に気づかずにいる、たったひとつの手がかりに、きっと答えは隠れているのだと、いまだそんな気がしてならないのだ。

エイドリアン・ロックウッドの自宅を訪ねたときのことを、わたしは思い出していた――コート・スタンドの下に立てられた傘、ビタミンの錠剤、ビルベリー。どうしてこんなことをわざわざ書きとめておいたのだろうかと、記憶をたどる。そもそも、どうしてそんなものに目をとめたのだろう。

そのとき、ふいに目の前がぱっと開ける瞬間が訪れた。

コンピュータの電源を入れ、インターネットのページを開く。何と便利な道具だろう……作家にとっても、探偵にとっても！　数秒のうちに、わたしはめざす答えを手に入れ、その瞬間、何もかもがきっちりと嚙みあう感覚を味わった。誰がリチャード・プライスを殺したのか、真実がまばゆいほどくっきりと、目の前に立ち現れる。こんなことを体験することがあろうとは、夢にも思っていなかった感覚だ。アガサ・クリスティも、そのほか思いつくかぎりのミステリ作家も、この瞬間を描写してはいまい。ポワロはどうして、感動のあまり口ひげをくるくるとひねらなかったのだろう？　ピーター・ウィムジイ卿はなぜ、歓喜のあまり宙に身を躍らせなかったのだろうか？　わたしなら、きっとそう書いていただろうに。

さらに一時間、じっくりと考える。ジルの側の照明が消え、寝室へ向かう音が聞こえてきた。わたしはメモ帳にあれこれと書き加えた。それから、ホーソーンに電話をかける。時間が遅くても、こんな場合はかまうまい。

「トニー？」もう真夜中も近かったが、わたしからの電話に、ホーソーンが驚いている様子はなかった。

「誰が犯人なのかわかったよ」

電話の向こうからは、しらじらとした沈黙が返ってきた。当然のことながら、わたしの言葉など頭から信じていないのだろう。「話してくれ」やがて、ホーソーンが促す。

言われたとおり、わたしはすべてをうちあけた。

21　事件解決へ

アキラ・アンノの事情聴取のとき同席した、ラッドブローク・グローヴの角にある警察署をふたたび訪れ、入口の階段を上りながら、わたしは興奮と恐怖の混じりあった感情に襲われていた。ホーソーンと交わした会話が、いまだ頭の中に鳴り響いている。

「当たっていると言ってくれ」

「たいしたもんだ、相棒。まあまあ、悪くはない……」

「ホーソーン……！」

「当たってるよ」

そもそもの最初から、ホーソーンの先を越すことだってできないはずはないと、わたしにはずっとわかっていたのだ。もっとも、この快挙をホーソーンが手放しで感心してくれなかったことに、ひそかに失望してもいた。ひょっとしたら、いささか機嫌が悪かっただけかもしれないが。まあ、公平を期すなら、わたしがいくつか勘ちがいをしていた部分の訂正はしてくれた。さらに重要なのは、これからわたしがとろうとしている行動にも同意してくれていることだ——もっとも、そこまでカーラ・グランショー警部に知らせるつもりはないが。

自分がつきとめたことを、わたしは警部とその不愉快な部下、ミルズ巡査に教えてやらなくてはならない。あんな連中の手柄にしてほしくはないが、ジルと『刑事フォイル』のためを思えば、そうするほかはなかった。ドラマの制作チームがいま直面している数々の難題は、グランショー警部の仕掛けにちがいないと、わたしはいまだ確信している。警部に手を引かせるには、この方法しかないのだ。ホーソーンにとっても、それはそれでかまわないのだという。この仕事の報酬は日払いで――あそこまで丁寧にひとりひとり事情を聞いてまわるのも、ひとつはそれが理由なのだそうだ。事件解決の手柄には、どうやらあまり興味がないらしい。とはいえ、今回は同行しないから署にはひとりで行ってくれと、ホーソーンはわたしに告げた。その決断を責めることはできない。わたしだって、グランショー警部に会うのはまったく気が進まないのだから。

前回と同じすすけた取調室で、警部はわたしを待っていた。明るいオレンジのセーターに色とりどりの珠《たま》をつないだネックレスという服装と、にこりともしない不機嫌な表情の対比が、ただただ不気味だ。ダレン・ミルズのほうは、スポーツ・ジャケットに、裾が気持ち広がったズボンという、いかにも颯爽《さつそう》とした恰好だ。わたしは原則として、英国の警察には多大なる称賛の念を抱いている。わたしたち作家にもつねにとことん親切で、捜査本部や指令室、そのほかすべての場所を喜んで見せてくれるのだ。いつだって乱暴だったり、腐敗していたりするかのように小説内で描かれて、いいかげんうんざりしているだろうに――とはいえ、このふたりに対しては、そんな申しわけない気持ちなど微塵《みじん》も感じないが。

「それで、何をしにきたわけ？」グランショー警部が尋ねた。警部はテーブルに向かう椅子にかけ、ミルズはその後ろの壁に寄りかかっている。コーヒーの一杯も勧められさえしない。わたしが訪ねてきたことが、まるで迷惑であるかのようだ。

「情報がほしいと、そっちが言っていたんじゃないか」と、わたし。「われわれはリチャード・プライス殺しの犯人をつきとめたよ」

「つまり、ホーソーンがつきとめたってこと？」

「ふたりで協力しあってね」正確に言うならこれは真実ではないが、ホーソーンのお墨付きがないと警部を納得させられまい。

「あんたがここに来てるってこと、あいつは知ってるの？」

「いや。それは話さずに来たよ」

信じてもらえるかどうか、ほんの一瞬、不安に苛《さいな》まれる。だが、警部は嘘に気づかなかったようだ。「そう、じゃ、話して」

「水を一杯もらえるかな？」

「だめ。馬鹿馬鹿しい、水なんて出すわけないでしょ。さっさと話せば？　こっちも暇じゃないんだから」

わたしはいっそ、立ちあがってここを出ていきたかった。だが、それにはもう遅すぎる。わたしにとっては、ここが踏んばりどころなのだ。覚悟を決めて、話を切り出す。

「われわれは、ひとりの死についてのみ捜査をしてきたわけじゃない。リチャード・プライスは、フィッツロイ・パークの自宅で殺害され――」

「はいはい」グランショー警部が割りこんだ。「被害者の住所なんか、こっちはとっくに知ってるんだけど」

わたしは譲らなかった。「申しわけないが、警部、わたしの説明は、わたしのやりかたでやらせてもらう」

「好きにすれば」警部は顔をしかめた。「ただの無駄話だったら許さないからね」

その後ろでは、ミルズが腕を組んで足を交差させ、肩甲骨《けんこうこつ》を壁に押し当てて身体を支えている。

「リチャード・プライス殺害のほんの二十四時間前には、グレゴリー・テイラーが死を迎えていた。このふたつの死の関連を――関連があるのだとしたら――調べあげることが、この事件の捜査をよりいっそう難しくしていたんだ。グレゴリーは殺されたのか？　それとも、自殺だった？　あるいは事故だったか？　それぞれの可能性を、ひとつずつ検証してみよう。

これが殺人だったはずはない。グレゴリーがロンドンにいることを知っていた人間は、たったふたりしか存在しないんだ。ロンドンで会った相手であるリチャード・プライス、そしてグレゴリーの妻。リチャードがキングズ・クロス駅までグレゴリーの後を尾《つ》けて、ホームから突き落としたと考えられなくもないが、そんなことをする理由がどこにある？　グレゴリー・テイラーは難病の末期症状に苦しんでいた。その生命を救ってくれるかもしれない手術の費用を、リチャードは出すと言ってくれたばかりだったんだ。もしもグレゴリーを殺したいなら、手術の費用など断ってしまえばそれですむ。スーザン・テイラーのほうも、夫を殺す理由など何もない。ふたりは幸せな結婚生活を送っていたし、手術費用を援助してもらおうと、グレゴリーをロンドンに送り出したのは妻だったんだ。グレゴリーに敵意を抱いていた可能性のある人物はただひとり――ダヴィーナ・リチャードスンだけは、ひょっとしたら夫が事故死したことを、いまだに恨みに思っていたかもしれない。《長路洞《ロング・ウェイ・ホール》》で遭難したとき、三人のリーダーはグレゴリーだったから。だが、グレゴリーがロンドンに来ていることを、ダヴィーナは知らなかったんだ。それに、ハイゲートのすぐ近くにグレゴリーがいた形跡はあるものの、ふたりが会っていた証拠はない。

　だとしたら、自殺だったのだろうか？　こちらも筋が通らない。グレゴリー・テイラーは手術費用の援助を求めロンドンに出てきた結果、妻に電話をしている。喜びの絶頂にいたときに残した伝言を、わたしたちも聞いているんだ。リチャード・プライスは二万ポンドや三万ポンドどころか、費用の全額を出すと言ってくれた、とね。もちろん、それでもやはり、グレゴリーは不安に耐えきれなくなったのかもしれない。手術が失敗する可能性もある。いまだ病気が治ったわけではない。だが、死ぬ直前の行動を見てみると、まだまだ生きるつもりだったとしか思えないんだ。お祝いに外でご馳走を食べようと、妻を誘っている。《長路洞》でのことを話したいと、長年の友人、デイヴ・ギャリヴァンと会う約束もとりつけていた……いったい何を話すつもりだったのかは、もうわからずじまいだが。帰りの列車で読むために、六百ページもある本を買ってさえいたんだ！

　つまり、あれは事故でしかなかった。そう考えるしか、説明がつかないんだ。きみたちも転落の瞬間の防犯カメラ映像を見ただろう。グレゴリーの心ははやっていた。早く家に帰って、妻と喜びあいたかったからだ。プラットホームには、サッカー観戦帰りのサポーターたちがひしめいていて、誰かがぶつかってきた。『気をつけろ！』グレゴリーはそう叫びながら転落していったんだ」言葉を切り、やがて続ける。「もしも本当に自殺するつもりだったなら、電車がゆっくり入ってくる駅の中を死に場所に選んだだろうか？　鉄道警察はそうは思えないと言っていた。わたしも同じだ」

グランショー警部もミルズも口をつぐんだまま、むっつりとこちらを見つめていた。少なくとも、ふたりとも話をしっかり聞く気にはなってくれたようだ。

「リチャード・プライス殺害事件の容疑者は、結局のところ六人しかいなかった」わたしは続けた。「いま、ここでひとりひとりを吟味していくつもりはない。それより、重要なのはここなんだ。もしもグレゴリー・テイラーが殺されたのだとしたら、リチャードの死もまた、何年も昔の《長路洞》でのできごととかかわりがあったということになる。だが、あれが事故だったということなら、見えてくる事件の形も変わってくるはずだ。つまり、事件とかかわりがあるのは、エイドリアン・ロックウッドとアキラ・アンノの離婚のほうだった。そもそも、事件の始まりはそこだったんだ――レストランでの脅迫。アキラは自分の本音を率直にぶちまけた。リチャード・プライスを嫌悪し、ワインのボトルで懲らしめてやりたいと思っていたことをね。

それだけじゃない。アキラはリチャードを怖れてもいた。自分の財政状況を調べられていたからだ。アキラには、誰にもうちあけていない秘密の収入があった。もしもリチャードにその収入源をつきとめられていたら、それは殺人の大きな動機になっていただろう。もっとも、つきとめられたことをアキラが知らないかぎり、この説は成立しない。残念ながら、われわれの知るかぎりでは、知っていた形跡はないんだ」

「いったい、アキラはどうやってその金を稼いでたんですかね？」ミルズが尋ねる。

わたしは答えずにおいた。

「殺人があった夜のことを考えてみよう。まず、すでに判明している事実から。その日は雨が降ったため、地面にはいくつか水たまりができていたが、それ以外の場所はもう乾いていた。さほど暗かったわけではない――夜空には満月が出ていたしな――だが、八時になる直前、フィッツロイ・パークの住人のひとり、ヘンリー・フェアチャイルドによると、懐中電灯を手にした人物がハムステッド・ヒースから出てきたのを目撃している。この人物は《サギの泳跡》の呼鈴を押し、リチャードは家の中に招き入れた。だが、それ以外にも何かが起きていたらしい。その人物は玄関までの小径《こみち》を外れて花壇に足を踏み入れ、蒲《がま》を何本か折っているほか、地面に小さな窪みを残している。忘れてはいけないことが、もうひとつ。玄関を開けたとき、リチャードはスティーヴン・スペンサーと携帯で話している途中だった。『いったい、どうして？』と訪問者に問いかける声がしたという。つまり、見知らぬ人間ではなかったということだ。そして、『もう遅いのに』と続けた。

この最後の言葉は、いささか奇妙に思える。日曜の夜八時。たしかに冬時間に切り替わったばかりではあるが、さほど遅い時間じゃない。いったい、リチャードは何が言いたかったのか？

　正直に認めるが、これについては、ずいぶん長いこと頭をひねったよ。ホーソーンも、やはり手こずっていたようだ。だが、ふと、わたしはエイドリアン・ロックウッドの自宅で目にしたものを思い出したんだ。些細ではあるが、なぜか目にとまっていたもののことを。ロックウッドはビルベリーを食べていたんだ」

「さっさと結論を言いなさいよ」グランショー警部が怖い顔をする。

　わたしは無視し、先を続けた。

「ビルベリーにはアントシアニンという抗酸化物質が豊富に含まれている。目によく効くと言われているんだ――とくに夜盲症という、暗いとものがよく見えなくなる病気にね。英国空軍のパイロットたちは戦時中、夜間任務をこなすためによくビルベリーを食べていた」この知識を披露しながら、わたしはいささか得意にならずにはいられなかった。『刑事フォイル』の脚本を書くとき、調べあげた事実のひとつなのだ。「夜盲症は、網膜の光受容体が機能しなくなることによって起きる。決定的な治療法というのは存在しないが、ビルベリーはいくらか効きめがある。そのほか、ビタミンAを摂取するのもいい――だからこそ、母親は子どもたちに、ニンジンを食べなさいと言ってきかせるんだ。中には、日中はサングラスをかけてすごす人間もいる。エイドリアン・ロックウッドはサングラスをかけていたね。そして、キッチンにはビタミンAの大瓶もあった」

　それがどういうことなのか、ふたりが理解するのをじっくりと待つ。ミルズは肩で壁を押しやり、身体を起こした。まるでヌード写真でポーズをとるモデルのように、逆向きの椅子に腰をおろすと、背もたれをはさんで脚を伸ばす。

「つまり、リチャード・プライスを殺したのはエイドリアン・ロックウッドだってこと?」と、グランショー警部。

「リチャードはロックウッドを調査していた。離婚を申し立てるときに、虚偽の申告をしたからだ。ロックウッドには隠し資産があった――高級ワインだ――総額三百万ポンド近い資産を持ちながら、ありとあらゆる規則に反して申告しなかったんだ。だが、そこで愚かな過ちを犯してしまった。離婚成立の謝礼として、リチャードにとんでもなく高価なワインを贈るという過ちをね。ひょっとしたら、ワイン通なところをひけらかしたくなったのかもしれないな。だが、リチャードはこの贈りものに疑念を抱き、調査員を雇う。レナード・ピンカーマンという名の調査員は真実をつきとめ――それを知ったリチャードは激怒した。なにしろ、融通がきかなすぎるほど実直だと評判が立つほどの弁護士だ。たとえ法律的な手続きがすべて終わり、自分の依頼人が勝利を収めた後であっても、そのまま見すごすわけにはいかなかった。自らの信念に真っ向からぶつかる行為だからね。自分が殺されることになるあの日曜日、リチャードは弁護士事務所の共同代表者に電話をして、法曹協会に相談することを考えていると話した。これで、事件の背景は理解してもらえたかな?

エイドリアン・ロックウッドは元妻を憎んでいて、離婚の裁定が覆されるのを防ぐためなら、どんなことだってしただろう。法廷に引きずり出されることになれば、けっこうな大金を払わされることになるかもしれない。弁護士には、すでに嘘をついてしまっている。とてつもない隠し資産があるとなれば、国税当局だって放ってはおかないだろう。だが、ロックウッドには、この窮状をすべて解決できる名案があったんだ。その日の夕方、愛人のダヴィーナ・リチャードスンのもとを訪れ、夕方七時にそこを出た」

「ちょっと待った」ミルズが割りこんだ。めったに口を開かない男だが、たまにこうして話すと、おそろしく苛立《いらだ》った口調だ。「リチャードスン夫人によると、ロックウッドは八時に家を出たって話でしたがね！　まちがいない、って言ってましたよ」

わたしもずっとそう思っていた。だが、メモ帳を読みなおすうち、ついに真実にたどりついたのだ。これがエッフェル塔だと気づく瞬間が、わたしにも訪れたことになる。

「ああ、そうなんだ。だが、ダヴィーナはわたしに、男の人が家にいてくれないと、自分は何ひとつまともにできないとこぼしていたよ。夫人にできないことはいろいろあってね。車を駐めること。テレビのリモコンを使いこなすこと。そして、冬時間と夏時間の切り替えを、いつだって忘れてしまうと言っていた。リチャード・プライスが殺されたのは、まさに冬時間に切り替わる十月最後の日曜日のことだったんだ！　少なくとも、日曜の午前二時には切り替わっているはずだったんだが、ダヴィーナは忘れていた。だから、ロックウッドがあの家を出たのは、本当は七時だったんだ。ダヴィーナは八時だとばかり思いこんでいたがね。

ロックウッドはハムステッド・ヒースの北側まで車を走らせたが、そのままフィッツロイ・パークに乗り入れる危険は冒さなかった。あそこは私道で、静かな日曜の夜に入りこんできた車は目立つし――目撃者の記憶に残ってしまう。普通のナンバープレートではなく、個別登録のナンバーならなおさらだ。あの男が乗っているのは銀のレクサスで、《RJL 1》というプレートを付けているんでね。そんなわけで、ロックウッドは車を降り、ハムステッド・レーンからヒースを通り抜け、フィッツロイ・パークに出た。満月が出てはいたが、夜目がきかないため、懐中電灯が必要だったんだ。手には、傘も持っていた。フェアチャイルド氏は懐中電灯の光で見えなかったらしいが、わたしは《サギの泳跡》を訪れたときに気がついたんだ。玄関へ向かおうとして、ロックウッドはよろめいた。これもきっと、夜目がきかないせいだったんだろう。花壇に踏みこんで、蒲を何本か折ってしまったが、手にしていた傘を使って身体を支えた。そのときの小さな窪みが、地面に残っていたんだ。

そのとき、リチャード・プライスは電話をしている最中だった。玄関を開けたら、そこに依頼人が立っていて、リチャードは驚いたにちがいない。『いったい、どうして?』と尋ねた。そして、こうつけくわえたんだ、『もう遅いのに』と。これがどういう意味なのか、きみたちにはわかるか? その日の午後、リチャードは共同代表者に電話をして、これから自分がとろうとしている行動を告げたばかりだった。もう決意を固めていたからこそ、話しあうにはもう遅かったんだ。

それでも、ロックウッドはどうにかリチャードを説きふせて家に入れてもらい、ふたりは書斎で話をすることにした。あのワインのボトルは、リチャードが話の流れで見せたのかもしれない。あるいは、ロックウッドが自分の計画で必要だったからこそ、あのボトルを出してくれと頼んだのかもしれないな。つまり、《ドローネー》で起きたことを、ロックウッドも耳にはさんでいたんだ。レストランじゅうの客の前で、元妻がリチャードを脅した一件をね。そのとき、アキラが正確に何と言ったかはわからない。だが、誰の証言を信じたところで、大きなちがいはないんだ。アキラにワインのボトルで脅され、その後、本当にボトルによって殺されてしまうリチャード。当然アキラが疑われるであろうことを思い、ロックウッドはほくそえんだにちがいない」

「それで、あの壁の数字は？」グランショー警部が尋ねる。

「あれもまったく同じ理由だよ。最初から計画していたわけではないのかもしれないが、廊下に置いてあったペンキの缶を見て思いついたんだろう。アキラが殺人をめぐる詩を……俳句を詠んだのを、ロックウッドは知っていた。その俳句の番号も、アキラとの結婚記念日と重なる数字だったから、記憶に残っていたんだ。ちなみに、ロックウッドの最初の妻がバルバドスでどんな運命を迎えたか、よかったら調べてみるといい。あの男の周囲で不審な死を遂げたのは、けっしてリチャードが初めてではないんだ。とにかく、ロックウッドは嬉々として、アキラがどんなに不安定で、いざとなったら人を殺しかねない人間かを語っていたよ。あの数字を壁に描いたのは、それによって、いつかはわれわれがアキラの詠んだ俳句にたどりつくのがわかっていたからだ――〝裁きは死〟の句にね。ついに手を下し、勝ちほこっているアキラという図を描き出したかったんだ」

長い沈黙。

グランショー警部とミルズがじっくりと考え、納得していく光景に、わたしはこのうえない満足を味わっていた。わたしに陽の当たる瞬間が、ようやく訪れたのだ。何か説明し忘れたことがないかどうか、しばし記憶をたどる。だいじょうぶだ、すべて話した。

「このこと、誰かにもう話した？」グランショー警部が尋ねる。

「ホーソーンだけだ。そりゃ、あの男に話さないわけにはいかないからね」

「あんたたちのどっちも、このことでロックウッドに連絡をとってないでしょうね？」

「ああ」

「これからもしないで」何やらひとりで考えこみ、ひとりでうなずいているミルズに、グランショー警部はちらりと視線を投げた。「ここからは、あたしたちが引き継ぐから。あんたの推理が正しいなんて言うつもりはないけどね。どうせ、ひとつふたつは穴があるに決まってるんだから」それが嘘だということはわかっていた。あの夜、わたしは何度もくりかえし全体に目を配ったし、ホーソーンもいくつか誤りを正してくれた。いまや、この推理には、どこからも水の漏れる隙はない。「とはいえ、まずはあたしたちがロックウッドの話を聞きにいって、あいつがどう答えるか見てやらないとね」

「わかった」わたしは立ちあがった。「これでもう、『刑事フォイル』には手を出さないでもらいたいな。それから、いちおう言っておくが、きみたちもホーソーンをもう少し信用してやったほうがいい」

カーラ・グランショー警部は、まるで哀れむような目をわたしに向けた。「念のために教えといてあげるけど、あたしはあんたの間抜けなドラマなんかに何の関係もないんだ。そもそもあたしが何をするか、何をしないか、あんたにいちいち指図されるいわれはないね。ひとつだけ助言してやるとすれば、ホーソーンにはかかわらずにおくことだね。あれはやっかいな男だよ。そんなこと、誰だって知ってる。あんなやつの後をついてまわってると、あんたもきっと痛い目に遭うだろうよ」

いささか意気消沈してノッティング・ヒル・ゲート警察署を出たわたしも、家に帰りつくころにはかなり気をとりなおしていた。選べるものなら、犯人はロックウッド以外の人物のほうがありがたかった――終わってみれば、最初から見え透《みす》いた犯人像ではないか？――とはいえ、そんなことを気に病んでどうする？　事件は解決した。本にまとめるのに充分な材料も手もとにある。あとは書きあげてしまうだけだ。

わたしはすっかり元気をとりもどし、まずは『刑事フォイル』の脚本の手直しにさっさととりかかった。三時ごろまでには終わらせて、制作会社にメールで送信する。それから二回ほどホーソーンに電話をかけたが、留守電にしかつながらなかった。四時になったところで、わたしは出かける決心をした。ロイヤル・アカデミーでドーミエの展覧会が行われており、なかなかすばらしいと評判を聞いていたのだ。一時間くらい絵を鑑賞して、それからジルといっしょに映画と食事を楽しむことにしよう。

そのとき、呼鈴が鳴った。インターコムで応答すると、訪ねてきたのはホーソーンだった。

「上がっていいかな?」

わたしは玄関の電子錠を解除した。

ホーソーンがわたしのアパートメントに上がるのは、これでようやく二回めだ。それぞれ異なる理由から、わたしたちはお互い、できるだけ相手を自分の家に入れないようにしていた。エレベーターから出てきたホーソーンは、いかにも上機嫌だった。「カーラ・グランショーと会ったんだな」

わたしは思わず身がまえた。「会ってもかまわないと言っていたじゃないか」

「ああ、かまわないさ」

「警部から電話があったのか?」

「いや」ホーソーンは持ってきた《イヴニング・スタンダード》紙を、わが家のテーブルに広げた。わたしは眼鏡をかけ、第二面のいちばん下に載っている小さな記事を読んだ。

容疑者を逮捕　ハムステッド殺人事件

先週、離婚専門弁護士のリチャード・プライス氏が自宅で殺害された事件の容疑者として、本日の昼前、警察は五十八歳の男性を逮捕した。カーラ・グランショー警部はこう述べている。「きわめて残虐な殺人事件ではありましたが、警察の緻密かつ広範囲の捜査により、犯人に正義の裁きを下すことができるのを心から嬉しく思います」なお、詳細はいまだ発表されていない。

読みおえて目をあげると、そこにはホーソーンの顔があった。新聞の上に身を乗り出し、にやにやしている顔が。わたしは、ふいに胸の奥が冷え冷えとするのを感じた。もう一度、記事を読みなおす。ホーソーンはいまだににやにやしていた。耳まで裂けようとするかの笑みだ。

真実がひらめく。

「わたしはまちがったんだな、そうだろう」じわりと吐き気がこみあげてくる。

ホーソーンはうなずいた。

「エイドリアン・ロックウッドは犯人じゃなかったんだ」

頭を振ると、ホーソーンはつぶやいた。「カーラも気の毒にな。はりきったあげくに誤認逮捕か」

22　百分間

「きみって男は、いったいどこまで人でなしなんだ」わたしのそんな言葉もどこ吹く風と受け流し、ホーソーンはいまだ得意満面だ。「わたしがまちがっていたことを、きみはずっと知っていたんじゃないか。知っていて、グランショー警部にしっぺ返しを食らわすために利用したんだ」

「あんたは喜ぶと思ったんだけどな、相棒。カーラの顔に、生卵をぶつけてやれるんだから。こうなっちゃ、警視正もさぞかし腹を立ててることだろうよ」

「だが、わたしが仕返しされるじゃないか！　警部はきっと、わたしのドラマを――」

「カーラは何もしやしないよ。あれはとことん口だけの人間だからな。信じてくれていい。あんたにはもう、二度と連絡は来ないさ。あいつはこれまでも何度となくへまをやらかしてきたんだ、このちょっとしたやらかしで、ついに首も涼しくなるかもな。言っただろう、あれはうすのろだって！　誰だって知ってる事実だ」

「どんなにうすのろだろうが、わたしほどじゃないさ」落ちこむのも仕方あるまい。栄光の瞬間が幻と消えてしまっただけではないのだ。自分がどこでまちがったのか、わたしにはまだ何も見えていなかった。

ホーソーンとわたしはタクシーに乗り、ラッシュアワーの混雑した道をのろのろと進んでいるところだった。ロンドンは渋滞税を課し、中心部への車の乗り入れを減らそうとしているが、あまり効果は上がっていない。たいていは脚を引きずってでも歩くほうが、車に乗るより速いくらいだ。わたしはいつも、自分のアパートメントからオールド・ヴィック劇場まで歩くが、たったバス一台にも追い越されることはめったにない。そんなわけで、たいていの場所に、わたしは歩いて向かうことにしている。だが、今回だけは、たとえ料金メーターがんがん上がっていこうとも、渋滞はいっさい気にならなかった。とにかくいまは、邪魔が入らずホーソーンと話せる時間を確保したかったのだ。どういうことなのか、説明してもらわなくては。

「あんたは別にうすのろってわけじゃない」今度ばかりは、さすがのホーソーンもどこか気の毒げな口調だ。「ただ、すべての可能性を考えてみなかっただけだ」

「すべての角度から検討してみたさ」わたしは言いかえした。「ビタミンの錠剤。ビルベリー。サングラス。ワインのボトル。わたしの推理にひとつでも穴があったとしたら、いったいどこだったんだ？」

「そうだな、ふたつは指摘できるけどな」と、ホーソーン。

「言ってくれ！」

まるで悪い知らせを告げようとしている医師のように、ホーソーンは唇をすぼめた。「わかったよ。じゃ、例の目の病気の件からいくか。病名は何といったっけな？」

「夜盲症だ」

「どうせ、インターネットから拾ってきたんだろう」

「ああ」

ホーソーンはかぶりを振った。「まあ、たしかにロックウッドはそんな症状が出てるのかもな。だが、わかったもんじゃない。ビルベリーだって、好きで食ってるだけかもしれないだろう。ビタミンAも、服用する理由は人それぞれだ。歯にいいから、肌にいいから、不妊に効くから……」

「それも、インターネットから拾ってきたのか？」

「いや。もともと知ってるだけだ。それに、サングラスだって、流行に乗ってるだけかもしれないだろう――まとめてくくった長髪や、チェルシー・ブーツと同じにな。だが、問題はここだ。もしも本当に夜目がきかないなら、たとえ懐中電灯を持ってたって、ロックウッドははるばるハムステッド・ヒースを突っ切ったと思うか？　何ならハイゲートに車を駐めて、坂を下りていったっていい。あっちの道なら、街灯が途切れないしな。いっそタクシーに乗るって手もあった」

たしかに、それは一理あるとわたしも認めざるをえなかった。「じゃ、もうひとつの穴は？」

「動機だな――あんたが動機だと思ってるもの、とでもいうべきか。エイドリアン・ロックウッドは、三百万ポンド近いワインをウィルトシャーに隠し持ってた。だが、リチャード・プライスはそれについて何も言わなかったと、本人が言ってたじゃないか。そう、たしかに隠し資産の存在はつきとめただろう。そんな資産の隠しかたに、いい印象も持たなかっただろうな。だが、だからって、ロックウッドにはたいした打撃にはならないんだ」

「そりゃ、ロックウッドはそう言うだろうよ」わたしは反論した。「リチャードに調査されていたことを、ロックウッドはわれわれに知られたくなかった。だから、嘘をついていたんだ！」

「だとしたら、会社に侵入されたなんて話を、どうしておれたちに聞かせたと思う？　よく考えてみるんだ、トニー。リチャードが財務監査の調査員を雇ってることを、ロックウッドは知ってたか。ロフティのことだって、ひょっとしたら知ってたかもな。実際、ロフティはアキラの調査もしてるんだから。そうなると、もしも自分が調査されてるとロックウッドが知ってたなら、そんな話はおれたちには絶対に知らせなかっただろう。いちばん知られたくないことなんだから」

たしかに理にかなっていると、またしてもわたしは認めざるをえなかった。

「だったら、傘の件はどうだ？　花壇に残った小さな穴は？」

「傘を持ってる人間なんてぞろぞろいるが、事件とは関係ない。そもそも、あの穴は傘の跡じゃないしな。それを言うなら、ヘンリー・フェアチャイルドの証言もまちがってた。問題の人物が持ってたのは、懐中電灯じゃないんだ」

「じゃ、いったい――」

ホーソーンは片手を挙げ、わたしを押しとどめた。「二度も説明するのは面倒なんでね、相棒。目的地に着くまで、もうちょっと待ってくれ」

ホーソーンが運転手に告げた住所を、わたしは聞き逃してしまっていた。だが、ユーストン・ロードを突っ切り、北へ向かっているのはわかっている。おそらくは、フィッツロイ・パークにあるリチャードの自宅へ戻ろうとしているのだろうか……いわゆる、振り出しに戻るというやつだ。だが、タクシーはアーチウェイからシェパーズ・ヒルに右折し、やがてわたしが料金を――チップ込みで三十ポンド――払うときには、ある意味でなるほどと思える場所に到着していた。

ダヴィーナ・リチャードスンが、玄関のドアを開けてくれる。ひどく心配そうな顔だ。「エイドリアンが逮捕されたって聞いたけど。それって、本当なの？」わたしたちに問いただす。

ホーソーンはうなずいた。「残念ながら」

「でも、そんなの馬鹿げています。エイドリアンは誰かを傷つけたりしない。そんな人じゃないんです。それに、そもそも、そんなことできるわけがないのに。言ったでしょ。あの人はここに、わたしといたのよ！」

「入ってもかまいませんか、リチャードスン夫人？」

「ええ。もちろん。うっかりしていてごめんなさい……」

わたしたちは万華鏡のような廊下を歩き、最初のときと同じくキッチンに通された。ダヴィーナはすでにワインを飲みはじめていたようだ。ロゼのボトルとグラスが出してあり、その隣にはタバコの箱が並んでいる。さらに、プリングルズのポテトチップの缶も、ばりばりと食べ進んでいたらしい。これまでの二回と比べ、ダヴィーナはいっそう荒れているように見える。夫が死んでからはかなり経つものの、もっとも近しい友人を失い、さらに今度は恋人まで留置所に入れられてしまったのだ。テーブルに並んでいるのは、そんな自分を少しでも支えてくれればと、ダヴィーナがかき集めた品々なのだろう。

「コリンは家にいるんですか？」ホーソーンが尋ねた。

「ええ。二階にいます。でも、心配しないで――わたしたちの邪魔はしないはずよ。コンピュータにかじりついているから」

わたしたちはテーブルを囲み、腰をおろした。ダヴィーナはタバコを一本取り出し、火を点《つ》ける。「わたしにできることなら、協力は惜しみません。エイドリアンのことは、何かのまちがいに決まっているんです。わたし、みなさんにお話ししたのよ。事件の夜、あの人はわたしとここにいた、って」

「それは本当にたしかなんですかね、リチャードスン夫人？」ホーソーンがよくやる、相手に逃げ道をまったく残さない追及だ。「あれは十月二十七日、日曜の夜だった。十月最後の日曜ってことは、その日の未明に、夏時間から冬時間に切り替わったわけですが」キッチンの入口の脇に置かれた〝おばあさんの時計〟にちらりと目をやる。「日曜の夜には、この時計もきちんと冬時間に切り替えてあったんですかね？」

「もちろん、切り替えてありました！」ダヴィーナはまじまじと時計を見つめ、それからタバコを口もとに運んだが、手の震えを隠すことはできないようだ。「たしかよ、憶えているもの！」

「しかし、おたくはここにいるわたしの友人に、時計の時間を切り替えるのをいつだって忘れてしまうと話したそうですが」わたしの友人――ホーソーンがそんな形容をしてくれるとは。

「そんなこと言ったかしら？」ダヴィーナの何もかも――栗色の長い髪、スカーフ、光沢のあるセーター、その全身――が、自らぐずぐずと崩れおちていくかのようだ。

「そんなふうに言っていたと、わたしは思いますよ」

「そう、だったら、そうなのかもね。月曜日まで忘れていたのかも。わたし、本当に思い出せないの」

いったい何が起きているのか、わたしにはよくわからなかった。わたしがカーラ・グランショー警部に開陳した推理のすべてを、ホーソーンはあっけなく覆したものと思っていたのに。

そう、もちろんロックウッドのアリバイを崩したところまで含めて。だが、いまの話を聞くと、どうやらホーソーンはわたしの推理に部分的には賛成してくれていたようだ。こうして、わたしの解き明かした部分をダヴィーナに認めさせ、ロックウッドが犯人である可能性を残したのだから。

「お役に立てなくてごめんなさい」悲鳴のような声だ。ダヴィーナは追いつめられ、いまにもわっと泣き出しそうに見えた。「ええ、そうね。わたし、時間を切り替えるのを忘れていました。わたし、いつも忘れちゃって、学校に遅刻したってコリンに怒られるの。でも、だからって、何も変わらないでしょ？ エイドリアンはまっすぐ家に帰っただけよ。家に着いて、電話をくれたもの」

「それは何時でした？」

「ここを出てから、一時間くらいだったかしら」

「携帯にですか、それとも、固定電話に？」ホーソーンは厳しい追及をゆるめようとはしない。「着信があったかどうか、警察が確認できるのは知ってますね？」

「もしかしたら、翌日だったかも。わかりません。もう、何もわからなくなっちゃった」ワインのお代わりをグラスに注ぐと、大胆にあおる。

ホーソーンはいったん短い間を置いた。ふたたび口を開いたときは、いままでよりいくらか柔らかい口調になっている。「われわれがここに来たのは、ほかならぬロックウッド氏を助けるためなんですよ、リチャードスン夫人。グランショー警部はたしかにロックウッド氏を逮捕しましたが、わたしは氏による犯行とは思ってないんでね」

「本当？」希望とも恐怖ともつかない感情に、ダヴィーナの目が揺れ動く。

「実際には何があったのか……わたしの考えを説明してもかまいませんかね？　その後でいくつか質問をさせてもらいますが、それが終わったら、もうお邪魔はしませんよ」

「ええ」ダヴィーナはうなずいた。「お願いします」

「では、そうしましょう」

ホーソーンはちらりとわたしに目をやると、口を開いた。

「すでにもうひどく動揺してるおたくを、さらに動揺させるつもりはないんですがね、リチャードスン夫人、この事件ははるか以前、《長路洞《ロング・ウエイ・ホール》》でのご主人の死から始まったことなんです。こんな偶然があるものだろうかと、おたくだって思いませんか？　ヨークシャーのリブルヘッドからはるばる三百キロあまりの道程をいとわず、グレゴリー・テイラーはやってきた。もう何年も来たことのなかったロンドンに、古い友人リチャードと会うためにね。そして、それから二十四時間ほどのうちに、どちらも奇妙な死を遂げた。まさか、このふたりの死がまったく無関係だなどと、おたくだって言うつもりはありませんよね？　こんな偶然が起きる確率が、はたしてどれくらいあるものか？」

「グレゴリーのことは新聞で読みました」と、ダヴィーナ。「あれは事故だったたって」

「事故だったとは、わたしは思ってないんですよ」ホーソーンが答えた。

「つまり……殺されたということなのか？」わたしは尋ねた。またしても、わけがわからなくなる。あれは殺人ではありえないという結論に、ホーソーンも同意してくれたと思っていたのに。

「いや、トニー。グレゴリーは誤って転落したわけじゃない。押されたわけでもない。あれは自殺だったんだ。最初からそれは明らかだと、おれは思ってた」

「だが……どうして?」

「よかったら、タバコをもらってもかまいませんかね?」ホーソーンはダヴィーナの箱に手を伸ばした。そして、いつもの手順をこなす——一本を抜きとり、指の間でくるくる回してから火を点けるのだ。あたりにはもう、すっかり煙が充満していた。「あんたにはずっと言ってただろう、全体にしっくりとくる形を見つけなきゃならないって」ホーソーンはわたしに向かって語りかけた。「殺されたと考えると、しっくりこない。うっかり転がり落ちて、首を刎ねとばされたと考えても、やっぱりしっくりこない。だが、自殺だったと考えてみると、すべてがしっくりと納まるんだ」

「だが、自殺する理由なんか、グレゴリーにはなかったじゃないか!」

「女房に残した伝言をそのまま信じるんなら、そのとおりだ。だが、あれは嘘だったと考えてみようじゃないか」

ホーソーンは煙を吐き出すと、それが目の前でゆったりと広がっていくのをしばし眺めた。

「真実はどうだったのか、わたしの推理を話しますよ。グレゴリー・テイラーはエーラス・ダンロス症候群と診断され、考えうるかぎり最悪の経過をたどってた。手術するか、それとも脳幹が機能しなくなるかの瀬戸際だったんです。ヨークシャー暮らしで金もないグレゴリーだったが、裕福な友人がひとりいた――それが、リチャード・プライスだ。ふたりはもう六年、お互いに顔を合わせてなかったって話でしたね。共通の友人を死なせちまった日から、ほとんど口もきいてなかった。だが、それでもグレゴリーは、女房に説きふせられるうち、こんな生きるか死ぬかの瀬戸際なら、リチャードはきっと自分を助けてくれると思うようになったんですよ。

だが、リチャード・プライスのほうは、実際にはグレゴリーに向かって、とっとと失せろと言いはなったと考えてみましょう。どうしてか、この筋書きはわたしにとって、あまり意外とは思えなくてね。あの土曜の午後、《サギの泳跡》で顔を合わせたふたりを想像してみてください――それにしても、こんなに間抜けな家の名前もないだろうと思いますがね――リチャードが身も蓋もなくきっぱりと、金は出さない、おまえとはいっさいかかわりたくない、帰ってくれと告げるところを」

「でも、どうしてそんなことを?」ダヴィーナは尋ねた。「洞窟での事故については、ふたりのどちらも責任を問われたりしていなかったのに。検死審問もありました。わたし、リチャードとそれについて話しあったんです。ふたりとも、チャールズを助けるため、できるだけのことをしてくれたのよ。もうちょっとで、自分たちまで死んでいたかもしれないくらい。あれ以来ふたりが会っていないのは、事故のことですっかり傷ついていたからにすぎないのに、あなたの言いようったら、まるでふたりが憎みあっていたみたいじゃないの」

「実際に憎みあってたのかもしれない」と、ホーソーン。「だとしたら、本当は何があったのか、ふたりとも隠してきたからでしょうね。いいですか、リチャードスン夫人。人が抱えこんだ秘密は、しだいに膿《う》みただれていくんです。人はその秘密に蝕《むしば》まれる。ついには生命を落とすことだってあるんだ」

「何のことなのか、さっぱりわかりませんけど」

ホーソーンはため息をつき、灰を落とした。「《長路洞》で本当は何があったのか、われわれには結局わからずじまいかもしれない。三人の当事者はいまや全員この世にいないし、もう何年も前のことですからね。だが、グレゴリー・テイラーとリチャード・プライスの証言が、どうにも辻褄《つじつま》が合わないことはたしかでね。ふたりの友人で、救出に駆けつけたデイヴ・ギャリヴァンも、そのことに気づいてましたよ。検死審問にも出席してたが、あえて疑問の声はあげなかった。死因ははっきりしてたし、誰の気持ちも騒がせたくなかったんでしょう。

だが、それでも、ぶつけるべき疑問はいくつかあった。第一に――おたくのご主人は《ドレイクの抜け道》をうっかり通りすぎ、《スパゲッティ交差路《ジャンクション》》に出てしまったわけですがね、実のところ、こっちのほうが地面の位置は高かった。だとしたら、どうしてその場にとどまって、流れこんだ水が引くのを待たなかったのか？　そりゃ、居心地はよくなかったでしょうが、それでも《スパゲッティ交差路》のどこかに腰をおろし、二十四時間も粘ってりゃ、きっと誰かが救出に来て、見つけてくれたでしょうに。

第二の疑問は、さらに重要でね。地元の農場主、クリス・ジャクソンによると、雨がひどくなったのは午後からだそうです。それで、窓のすぐ外を流れる小川を見てたって話ですよ。その小川が大雨の目安なんだそうで。四時にはもう、それは小川どころじゃない、ざあざあ流れる川と化してて、こんな日に地下に閉じこめられたら死ぬしかないって勢いだったと言ってましたね。一時間後、農場のドアを誰かがノックした。開けてみると、そこにはグレゴリー・テイラーとリチャード・プライスが立ってて、悲嘆に暮れながら自分たちの体験を語った、ってわけです。

スーザン・テイラー――グレゴリーの奥さん――によると、一行が洞窟を出ようとしたのは、もう水が流れこみはじめた後だったそうでね。ここに最初にお邪魔したとき、おたくも話してくれましたね、そこから出口までは四百メートルくらいの距離だったと。だが、そのときチャールズがいっしょにいない、どこか後ろに遅れてしまってることに気づいて、ふたりは勇敢にも来た道を戻ったって話でしたね。さんざん探して、名前も呼んだ。だが、できることはもう何もなかった、と。ふたりは洞窟を出て、助けを呼びにいきました。イング・レーン農場までは、洞窟の出口から三キロあまり。ふたりはもう疲労困憊《ひろうこんぱい》してただろうに、そこまで歩かなきゃならなかったんです。

さて、ここでちょっとした算数の問題ですがね。四時には雨水がざあざあと流れてた。余裕を見て、それから十五分ずっと洞窟を歩きつづけたところで、チャールズ・リチャードスンがいないことに気づいたとしましょう。来た道を戻るのにまた十五分。さらに十分間、あちこち名前を呼びながら探したとします。やがてふたりは諦めて、助けを呼びにいこうと決める。そこから洞窟を出るまでに三十分。車を使わず、徒歩でイング・レーン農場まではどれくらいかかりますかね？　さらに三十分というところかな？　これを合計すると、百分間。だが、地元の洞窟救助隊にいたデイヴ・ギャリヴァンによると、救助要請の電話が来たのは五時五分だったそうですよ。つまり、水が流れこんでからたったの六十五分後だ。こりゃ、どう考えたって計算が合わないでしょう！」

「どういう意味なのか、わたしにはさっぱり」と、ダヴィーナ。ホーソーンの話を聞きながら、かなりの勢いでワインをあおりつづけたせいで、いまではもう、ボトルに五センチも残っていない。

「つまり、ふたりはチャールズを助けようとしなかったんですよ」淡々とした口調で、ホーソーンは告げた。「《長路洞》で何があったにせよ、勇敢な英雄なんぞどこにもいなかったし、グレゴリーとリチャードも、それはよくよくわかってた。だからこそ、あれからずっと、ふたりは会おうとしなかったんです。お互いの顔を見るたび、真実と向きあうはめになるんでね」

「チャーリーはふたりに殺されたってこと？」

「チャーリーはふたりに置き去りにされたんですよ。助けようとさえしてもらえずにね。さて、十月二十六日の土曜に戻りましょう。グレゴリーは行き詰まってました。金がなければ手術を受けられず、後は死を待つばかりだ。リチャードにはすげなく追いはらわれた。さあ、グレゴリーはどうしたか？」

「それで、自殺したんだ！」わたしは叫んだ。ほかの答えなど、あるはずもない。

「そのとおりだ、トニー。だが、その前に、グレゴリーは友人のデイヴ・ギャリヴァンに電話をかけた。《長路洞》で何があったのか、本当のことを話したいと言ってね。だが、それは単なる目くらましだった。自分がデイヴと会うことは二度とないと、グレゴリーにはわかってたんだ。これからどうするかは、すでに決めてあった。あんたも知ってのとおり、グレゴリーは二十五万ポンドの生命保険に入ってたからな」

なぜ忘れていたのだろう。スーザン・テイラーから聞いていたのに。〝そんな保険に入っていても、生命を救うための手術には使えないお金だったと、陰気な冗談を飛ばしていたではないか。

「自殺では保険金が下りないのではないかと、グレゴリーは気にしてたんですよ。ひょっとしたら、契約に何かそんな条項があったのかもしれない。たいていは二年間の免責期間をすぎれば保険金は出るんだが――まあ、これぱっかりはそれぞれの契約ですからね。保険金の支払いに支障が出るのを怖れ、自殺だということに気づかれないよう、グレゴリーはいろいろな手を打った。まだまだ自分は生きるつもりだ、未来は希望にあふれてると、そんなふりをしつづけたんです。

自分の妻にも電話して、安心させるために嬉しい知らせの伝言を残し、翌日の夜《マートンの紋章亭》で食事をしようと誘った。だが、ここでひとつ疑問が出てきます。娘をダンスのレッスンに連れていく時間だと知ってて、なぜそんなときに電話をかけた？　ひょっとしたら、グレゴリーは妻に電話に出てほしくなかったのかもしれない。妻に嘘をつきとおす自信がなかったか、あるいは伝言を録音に残しておいて、後で警察に聞かせたかったのか。月曜の夜には一杯やろうと、デイヴを誘ってもいます。さらに、ホーンジー・レーンまで足を伸ばし、笑顔の自撮り写真まで残してる。ハイゲートの〝自殺橋〟まで、歩いて一分って場所でね。これは全世界に向けて『自殺なんかするつもりはない』と言ってるとみてまちがいない、ほかに何が考えられるっていうんです？　そして仕上げに、分厚い本を駅で買った。これから列車でゆっくり読むつもりだとみなに思わせようとしたんだろうが、残念ながら、それはこれまで読んだこともないシリーズの三冊めだったというね……実のところ、グレゴリーは本を読まない人間だったんですよ。自宅を訪れたとき、わたしもこの目で確かめましたがね。一冊の本も、本棚もなかった」

「グレッグは自殺したのね」ボトルに残った最後のワインを空けながら、ダヴィーナはつぶやいた。

「だが、その前に、周囲を巻きこむ自爆スイッチを押してからね」と、ホーソーン。「ここから歩いて五分のホーンジー・レーンで、いったいグレゴリーは何をしてたと思います？」

「あなた、いま言っていたじゃない！　自撮りしていたって……」

「それだけじゃないんですよ。グレゴリーはこの家に来た。《長路洞》で本当は何があったのか、おたくに話していったんだ」

広がった重い沈黙は、ふと何か動くようなかすかな音にさえぎられた——きっと、風がカーテンを揺らしたのだろう。ホーソーンはちらと目をあげたが、キッチンにはわたしたち三人しかいないのだから、何も気にすることはなかった。

「ありえないこと、あなたが知っているはずはないのに」ダヴィーナがつぶやく。

「ありえないことを排除していけば、最後に残るのは、どんなに信じられないことであっても、それが真実なんですよ」ホーソーンが答えた。

「グレゴリーがここに来た？」この情報、あるいは推理、何と呼ぶべきかはわからないが、わたしはただ呆然とおうむ返しするばかりだった。

「キングズ・クロス駅に戻る途中でね。ああ、そうだ。そして、リチャードスン夫人に、本当は夫がどんな最期を迎えたか話してきかせたんだ。おれの推理によると、夫人の親友であり、その息子の名付け親であるリチャード・プライスが、友人を見殺しにして溺れさせた、とね。そうでしょう、リチャードスン夫人？」

のろのろと、ダヴィーナはうなずいた。涙がひと粒、すーっと頬の輪郭をなぞる。

「あの事故のことで、ふたりは嘘をついていたんです。チャーリーは、ふたりからはぐれたりなんかしていなかった。あなたの言うとおりよ。あの人はねじれ穴に引っかかってしまったの。ふたりはすぐ手を貸せる位置にいたのに、すくみあがってしまって何もできなかった。リチャードのほうがひどかったんですって。早くここを出ようと、グレッグを説きふせたのよ。チャーリーがあげる悲鳴を聞きながら、ふたりはうちの人を見捨てた。ふたりはどうにか逃げのびて、うちの人は溺れたの」

「心から、お気の毒に思いますよ」ホーソーンにはめずらしく、本心からの言葉に聞こえた。

「もう質問はやめてちょうだい。続きはわたしが話します」

ダヴィーナ・リチャードスンは、それまでとはまったくの別人に見えた。まるで、何かが心の奥ではじけてしまったかのようだ。いまはただ、これを早く終わらせてしまいたいと思っているのだろう。

「いまはもう、わたしも真実を知っている。リチャードがわたしたちを裏切っていたってことをね。あの人はわたしたちにお金を出してくれた。仕事もくれた。わたしの友だちのふりをしていた。その間じゅうずっと、わたしたちに嘘をつきながらね。《長路洞》で起きたのがどういうことだったのか、はっきりとわかっていたくせに。あの人があんな腰抜けじゃなかったら、わかっていたの。リチャードはまだ生きていたのよ。わたしはそんな愚かな女じゃありません、ミスター・ホーソーン。リチャードがわたしとコリンにしてくれたことは、すべて罪滅ぼしのためだったのはわかっています。罪悪感から逃れる道を、お金で買おうとしていたのよ。でも、ある意味で、それは逆効果だったけど。わたしたちをただ無視してくれていたら、わたしはもっとリチャードに敬意を持てたかもしれないわね。

自分が何をしたか、グレッグ・テイラーが話してくれたとき、わたしはリチャードを殺さなきゃならないと悟ったの」ダヴィーナは立ちあがり、冷蔵庫に歩みよった。ワインのボトルがもう一本ないかと、扉を開けてしばし探したが、もうどこにも見あたらなかったらしい。今度は戸棚を開き、ウオッカの壜を取り出すと、それを手にテーブルへ戻ってくる。「自分が邪悪な人間だなんて、わたしは思ってません。わたしはただ、空っぽなだけ。どういうことか、あなたにわかる？　人生にこんなにも大きな穴が空いたまま、わたしは六年間も生きてきたのよ。自分もまたその穴に、じわじわと蝕まれていくにまかせていたのかもね。グレッグになんか会いたくなかった。いきなり戸口に現れた姿を見て、自分の目が信じられなかったくらい。わたしにとっては、もう見知らぬ人も同然だったから。でも、グレッグが帰ったときには、自分が何をすべきか、わたしにははっきりとわかっていた。

日曜の夜、エイドリアン・ロックウッドがうちに来たとき、時計はわざと夏時間のままにしておいたの。あなたも言ってたとおり、リチャードが死んだ時間にわたしはここにいたと証言してほしかったから。そして、車でフィッツロイ・パークに向かった。通りの入口に車を駐めて、そこからは歩いてね。ナイフを持っていったの……バッグに入れて。あの人を刺してやるつもりだったから」

「ハムステッド・ヒースを徒歩で突っ切ったのではなく？」ホーソーンが尋ねる。

「ええ」

「玄関を開けたリチャード・プライスは、電話の途中じゃなかったですかね？」

「手に携帯を持っていたかも。よく憶えていないけどね。リチャードはわたしを見て驚いていたけど、中に入れてくれた。わたしのことを心配するふりをしてたわね。でも、これまでかけてくれた言葉すべて、寄せてくれた心遣いすべてが見せかけだったと、わたしはもう知っていたから。書斎に入ったところで、いったい何があったのかって、リチャードはわたしに訊いたの。あの人のわたしを見る目つき、まるでわたしを気づかっているようなそぶりが、どうにもたまらなかった。どうしようもない怒りがこみあげてきて。どんな気持ちだったかなんて、あなたにだってうまく説明できないくらい。そのとき、ワインのボトルが目に入ってね。それを手にとって、わたしはリチャードを殴りつけた。何度も、何度も。途中でボトルが割れたから、さらにそれで刺してやったの」

「ナイフはどうしました?」

「すっかり忘れてたのよ。どっちにしろ、本当は使いたくなかったしね。そこから持ち主がたどれるのはわかっていたから」ダヴィーナは中空をじっと見つめていた。「何もかもがすごく奇妙な感じだったの、ミスター・ホーソーン。あの人を殺したとき、わたし、何も感じなかった。まるで、その部屋に自分がいないみたいな。音を消したテレビに自分が映っているのを、ただ眺めてるような気がしたの。そのときはもう、怒りも何も湧いてこなかった。ただ、リチャードに死んでほしかっただけ」

「それから、どうしたんですか? 壁に182と書いたのはなぜです?」

「エイドリアンが見せてくれた俳句が、記憶に残っていたから。アキラ・アンノの書いたやつね。どうしてかはわからないけど——あの言葉はわたしに語りかけているような気がしたの。リチャードの本質を、わたしに教えてくれているような。リチャードはわたしの耳にささやきかけ、ある意味で、わたしとチャールズの両方を殺したようなものよ。この気持ちを訴えるものを何か残していきたくて、ペンキと刷毛《はけ》で壁に描いたの。馬鹿みたいではあるけど、そのときのわたしはまともじゃなかったから」

またしても長い沈黙。ダヴィーナはさっきまで使っていたワインのグラスに、ウオツカを注いだ。

「これからどうなると思います？」ホーソーンが尋ねた。

ダヴィーナは肩をすくめた。言葉を探しているのか、ややあってようやく口を開く。「こんなこと、どうしても明らかにしなければならないの？　あなたはもう、本当は刑事じゃないんでしょ。言わずにおいたらいけない？」

「エイドリアン・ロックウッドは逮捕されてるんですがね」

「でも、あの人は真犯人じゃないって、そのうち警察もつきとめるはずよ。それで、結局は釈放されるの。そうならなきゃおかしいもの」

「それで、おたくは殺人の罪を逃れるってわけですかね？」ホーソーンの声には、いつしかさっきまでの険しさが戻ってきている。ダヴィーナがほのめかしているようなことをこの男が受け入れるはずはないと、わたしにははっきりとわかっていた。「そんなことをわたしが許すと、本気で思ってるんですか？」

「どうしてだめなの？」このとき初めてダヴィーナは声を荒らげ、ホーソーンに挑みかかった。「わたしは女手ひとつで息子を育ててきた未亡人で、身寄りもないのよ。わたしの夫、人生でたったひとり心から愛した人が奪われてしまったのも、わたしのせいじゃない。そんなわたしを刑務所に入れて、どんないいことがあるっていうの？　コリンはどうなると思う？　近い親戚だって、ひとりもいないのに。あの子は施設に入れられてしまうのよ。あなたはただこの家を出ていって、事件を解決できなかったって言ってくれるだけでいい。あなたさえそうしてくれたら、解決できる人なんて出てこないでしょう。リチャードはどのみち、チャーリーへの仕打ち、そしてわたしへの仕打ちの報いをいつかは受けていたはずよ。それで終わりにしたっていいじゃない」

ホーソーンがダヴィーナに向けた悲しげなまなざしには、どこか敬意も混じっていたかもしれない。「それはできません」ただひとこと、きっぱりと答える。

「そう、じゃ、コートを取ってきます。近所の人に様子を見にきてくれるよう頼まなきゃいけないけど、あなたがお望みならすぐ出られるわよ。罪もすぐに認めるつもり……誰にもよけいなお手数をかけるつもりはないの。あなたはきっと、得意の絶頂なんでしょうね、ミスター・ホーソーン。犯罪者をつかまえると、ボーナスでももらえるの？　息子にお別れを言うのに、数分でいいからちょうだいね」

わたしはといえば、すっかり茫然自失していたことを認めなくてはならない。突然の急展開にも、細かいところをすっかり端折《はしよ》った告白にも、まったくついていけずに取り残されたままだ――まるで、洞窟に置き去りにされたチャールズ・リチャードスンのように。ダヴィーナがなぜリチャード・プライスを殺したのか、そこはよく理解できたものの、全体を見れば、どうにもしっくりこない。ダヴィーナはハムステッド・ヒースを突っ切ってはいないというが、だとしたら、ヘンリー・フェアチャイルドが見たという、明かりを手に（懐中電灯ではないと、ホーソーンは言っていた）現れた人物は誰だったのだろう？　それに、もしも玄関を開けたとき、リチャードが連れあいと電話をしている最中でなかったとしたら、スティーヴン・スペンサーが漏れ聞いた会話の相手は誰だった？　ひょっとして、事件が起きる前に、もうひとり別の人物があの家を訪れていたということだろうか？

　これら以外にも十を超える疑問が頭の中で渦巻いていたとき、ふいにゆっくりとした拍手が響きわたった。ホーソーンだ。

「おみごとでしたよ、リチャードスン夫人。だが、それが嘘なのはわかってましてね」

「嘘なんかついてません！」

　ホーソーンはドアのほうをふりかえった。「コリン――そこにいるんだろう？　入ってきて、いっしょに話さないか？」

　返事はない。だが、ダヴィーナの十五歳の息子は戸口に姿を現した。今回は、胸に〝悪に手《ブレーキン》を染める《グ・バッド》〟というテレビドラマのロゴの入った大きめのTシャツ、そしてジーンズという恰好だ。顔を合わせたのは、これでようやく二回めか。最初のときより、いくらかがっしりとして大人っぽくなったように見える。ひょっとしたら、それは少年がしかめっつらをして、もつれた髪の後ろからこちらをにらみつけていたからかもしれない。あごのニキビは、前回よりもひどくなってしまったようだ。ここまでの会話をどれくらい聞いていたのだろうかと、わたしは思わずにいられなかった。

「コリン！　いったい、そこで何をしていたの？」ダヴィーナが声をあげる。だが、息子に歩みよろうとしたところで、ホーソーンがそれをさえぎった。

「どうやら、またしても戸口で聞き耳を立てていたようだ。おたくの息子さんの悪い癖ですね」

自分が間に入ってやらなくてはと、わたしは感じた。こんな場に、十代の少年を立ち会わせていいはずがない。「わたしが二階へ連れていくよ」そう言うと、立ちあがってコリンに歩みよる。

「動くんじゃない、トニー！」ホーソーンが叫んだ。「わからないのか？　リチャード・プライスを殺したのは母親じゃない。息子のほうだ！」

だが、もう遅すぎた。わたしはもう、少年のすぐそばにいたのだ。

何もかもが、いちどきに起きた。コリンが何かをキッチンの作業台から引っつかむ。ダヴィーナが悲鳴をあげる。ホーソーンが前に飛び出す。コリンはわたしの胸を強く殴りつけた。わたしは後ろに倒れかかり、ホーソーンに抱きとめられる。コリンはきびすを返し、走り出した。玄関のドアが開き、そしてまた閉まる音。気がつくと、刃渡り十五センチほどのナイフが、そのなかばまで自分の胸に突き立てられているのを、わたしはただ呆然と見つめていた。

23　ふたりで探偵を？

それから数分間のできごとをすべて書きつづるのは、そう簡単なことではない。ひとつには、わたしがすっかり呆然としていたうえ、とうていメモをとれる状態ではなかったからだ。ダヴィーナが力なく椅子に坐りこみ、ひたすらウオツカをあおっていたこと、ホーソーンが携帯を取り出したことは憶えている。電話をかけた先はまず救急で、警察ではなかった。わたしはただ、まじまじとナイフを見つめるばかりだった。この物体が、少なくともいまのところは自分と一体化していることがどうしても理解できず、完全な異物としか思えない。とにかく抜いてしまいたかったが、それには指一本触れるなとホーソーンに釘を刺されていたのだ。ホーソーンはわたしを椅子に坐らせると、ウオツカの壜をつかみ、たっぷりと注いだグラスを握らせた。そのときのわたしには、まさに必要なものだった。ひどく気分が悪いうえ、痛みはじわじわとつのるばかりだ。言うまでもなく、前回の事件で初めて刺されたときと状況はまったくちがう。見かたを変えれば、なかなか笑える場面でもあったかもしれない——とはいえ、当然ながら、わたしにはそんなふうに思えるはずもなかった。

通報から十分足らずで救急隊は到着したが、待ち時間はそれよりはるかに長く感じられた。プライオリー・ガーデンズをひた走るサイレンの音が、しだいに近くなってくる。わたしはじっと自分の胸を見つめ、おろしたての《ポール・スミス》のシャツがだめになってしまったことにがっかりしていた。血はさほど出ておらず、それがせめてもの慰めではあったが。こんなひどい状況でなくとも、わたしは血を見るのが苦手だし、それが自分のものならなおさらだ。ホーソーンはわたしのすぐそばに腰をおろしていた。ほんのしばらく、わたしの腕を握っていたようにも思えたのだが、あれは思いちがいだろうか？　ひどく心配げな様子だったことはたしかだ。

その間、ダヴィーナはこちらの様子などおかまいなしのようだった。「コリンを探さないと！」その声は、キッチンにむなしく漂った。

「後にして」ホーソーンが指示する。

ダヴィーナは立ちあがった。「わたし、探してくるわ」

ホーソーンは人さし指を突きつけた。声を荒らげたわけではないが、ぎりぎり抑制された怒りのこもった口調には、とうてい抗《あらが》えない力があった。「ここを動くんじゃない！」

ダヴィーナはまた腰をおろした。

やがて、ようやく救急隊員がどっとなだれこんできて、手早くわたしの様子を確かめた。ナイフが抜かれたような気がしたが、ここもあまり記憶がたしかではない。何かの注射を打たれ、それから数分後には、わたしは仰向けで酸素マスクを付け、救急車に乗せられて、すぐ近くにあるハムステッドの《ロイヤル・フリー病院》に運びこまれた。

結果として、わたしの傷は見た目ほどひどくはなかった。ナイフが刺さっていたのは心臓から離れた場所だったし、そのほかの重要な臓器も傷ついてはいなかったのだ。刺さっていた深さも、せいぜい四センチ半というところだったらしい。その日の夜、ジルが病院に駆けつけてきたときには、わたしはもう二針縫っただけの傷に分厚い絆創膏を貼ってベッドに起きあがり、テレビのニュースを見ているところだった。

妻はむっつりしていた。「本の最後にいつも自分が殺されかけるのは、いいかげんやめてちょうだい」

「まだたった二度めじゃないか。それに、あの少年はわたしを殺そうとしたわけじゃないんだ。まだ、ほんの子どもなんだよ。わたしに取り押さえられると焦って、とっさにやってしまっただけさ」

「その子はどうなったの？」

「さあ、どうかな。きっと、警察が探しているだろう」

「母親のほうは？」

そう、母親はどうしたのだろう？　おそらくは、殺人の従犯として起訴されることになるのだろうが。ダヴィーナの消息が聞けたのは、ようやくホーソーンに会えたときのことだった
——「いまは尋問が続いてる」と。

わたしのベッドに、ジルは腰をおろした。

「すまなかった」わたしは声をかけた。

「いつ家に帰れるの？」

「明日の朝だよ」

「何かほしいものはある？」

「いや。だいじょうぶだ」

ジルがわたしに向けた目には、心配と苛立《いらだ》ちが混じりあった表情が浮かんでいた。「わたしだったら、このことは本には書かないでおくけれどね。読者はとうてい信用しないし、あなたが馬鹿みたいに見えるじゃないの」

「この本のことなんか、まだ考えてもいないよ」

「ホーソーンなんて人に、最初から会わなければよかったのにね」

「まったくだ」

わたしはそう答えた。いまや、本気でそう思いはじめていたのだ。


翌朝の朝食後、予定どおりに退院すると、わたしはまずホーソーンに電話をかけた。具合はどうかと訊かれることはなかったが、どうやら病院に問い合わせをして、わたしの容態についてはあらかじめ知っていたようだ。ブラックフライアーズ橋のこちら側、お互いのアパートメントのちょうど中間地点にあるコーヒー・ショップで、わたしたちは会う約束をした。

「本当に、もう出てこられるのか?」ホーソーンが尋ねた。

「自分が救急車で運ばれてからのことを、どうしても知りたいんだ」

「傘を忘れるなよ。雨になりそうだ」

ホーソーンの言うとおりだった。出かけるころには雨が降りはじめ、傘の重みが胸にかかって傷口がうずいた。気候のいいときでも、ファリンドン・ロードはけっして美しい通りではない。きょうは不機嫌な車の列が、油じみた黒い縞となって信号を待ち、色とりどりの雨具をまとって自転車に乗る人々が、その合間を縫うように走っていく。わたしたちがコーヒー・ショップに到着したのは、ちょうど同じ時間だった。ホーソーンが窓ぎわに席をとり、わたしが腰をおちつけたとたん、雨が勢いよくガラスを打ちつけはじめ、やがて昔の白黒テレビの画面のように、ゆらゆらと滝のように流れおちていく。冬が訪れるのは、まだ少し先のことだ。外は暖かかったし、わたしたち以外ほとんど客のいない店内は、どこか蒸し暑かった。

水のしたたるレインコートを、ホーソーンは椅子の後ろのフックに掛けた。レインコートの下のスーツは、きれいに乾いている。わたしのほうは、ここまで歩いたことですっかりへばってしまい、今回はホーソーンが飲みものをおごってくれた。自分にはダブルのエスプレッソ、わたしにはホット・ココア。わたしはとにかく、何か心安らぐものがほしかったのだ。ホーソーンは飲みものをテーブルに運んでくると、腰をおろした。

「具合はどうだ？」ようやく尋ねる。

「いまひとつかな」わたしは答えた。ナイフで刺された傷そのものよりも、縫われたところのほうが痛む。おかげで、昨夜はあまりよく眠れなかったのだ。「あの子は見つかったのか？」

「コリンか？　ああ、見つかった。友だちの家に泊まってたところを、今朝になって警察がつかまえたよ」

「あの子はこれからどうなるんだろう？」

「殺人罪で起訴されるさ」ホーソーンは肩をすくめた。「だが、まだ十六歳未満だからな、さほど厳しくは裁かれないだろうよ」

わたしは続きを待った。「その先を話してくれる気はないのか？」しびれを切らして尋ねる。

「そのためだけに、わたしはきょう、ここに来たんだ。本来ならまだベッドで安静にしていたかったのに」

「おいおい、トニー、相棒、いったいどうしちまったんだ？　何もそんなに惨《みじ》めったらしい声を出す必要もないじゃないか。おれたちは事件を解決したんだからな！」

「解決したのはきみだよ。わたしは何もしていない。わたしはただ、とことん馬鹿な真似をさらしてしまっただけだ」

「それは、さすがに言いすぎじゃないか？」

「きみだったらどう言うんだ？」

ホーソーンはしばし考えた。「あんたはグランショーを、まんまとはめてやったじゃないか」

その程度のことで、とうてい気分は納まらなかった。「とにかく、話してくれ。リチャード・プライス殺害の犯人はコリンだった。きみは、どうやってその答えにたどりついたんだ？」

何を言っているのか理解できないというような顔で、ホーソーンはわたしを不思議そうに見つめた。だが、やがて口を開き、わたしが聞きたかった部分を語りはじめる。

「容疑者ふたりのどっちか、ってところまで絞りこんだと、おれはあんたに話したよな。ダヴィーナ・リチャードスンかその息子のどっちかにちがいないと、そんな気は最初からしてたんだ――だが、後から考えれば、リチャード・プライス殺害事件には子どもの指紋がべたべたつきまくってた。昨日、おれがダヴィーナにした話は――チャールズ・リチャードスンの死の真相、グレゴリー・テイラーが死ぬ前にあの家に寄ったこと――すべて真実だ。だが、ダヴィーナがナイフを持って《サギの泳跡》に行ったたって話、あれは嘘だよ。息子を守りたい一心で、ダヴィーナはあんな嘘をついたんだ。いい母親だよ。それだけは言える。ダヴィーナはずっと、息子を守りつづけてたんだ。

　つまり、コリンはグレゴリー・テイラーと母親との会話を、ドアごしに盗み聞きしてたにちがいない。最初にあの家を訪問したときのことを憶えてるか？　階段で立ち聞きしてたのかって、ダヴィーナが息子を叱っただろう。昨夜もそうだった。すぐ外にあの子がいることに、おれは気づいてたんだ。コリンの悪い癖なんだよ。やれやれ、《長路洞《ロング・ウエイ・ホール》》でのできごとをグレゴリーから聞かされるだけでも、ダヴィーナにとっちゃこれほどつらいこともなかっただろうにな。いままで並べられてた嘘。友人と信じてた相手の卑怯さ。だが、さらにこれを十五歳の視点から見てみようじゃないか。リチャードはコリンにとって、第二の父親ともいうべき存在だった。知ってのとおり、リチャードには自分の子どもはいないしな。学費も出してやった。高価なプレゼントも買ってやった——たとえば、例の望遠鏡とか。リチャードはいつだってコリンの助けになってやってたんだ。そのあげく、こんな真実を明かされたら、あの子はどんな気持ちになったと思う？　そりゃ怒りくるうさ、まちがいなくな。

　行動に出たのは、次の日の夜だった。あの夜、コリンが家にいなかったのはわかってる——」

「どうしてわかるんだ？」話をさえぎって、わたしは尋ねた。

「どうしてって、ダヴィーナがエイドリアン・ロックウッドと寝てたからさ。コリンが家にいるときにゃ、そんなたぐいのことはできないって、ロックウッドが言ってただろう。だから、あの夜はおそらく、友だちの家に行くとか何とか言って、家を空けてたんだろうよ。だが、本当は、コリンは自転車でフィッツロイ・パークに向かってた。ハムステッド・ヒースを突っ切る近道でな」

たしかに、わたしはあの家の玄関からの廊下に、自転車が置いてあるのを見ていた。その横を、三、四回は通りすぎていたのに。

「ヘンリー・フェアチャイルドが見たっていう明かりは、懐中電灯じゃなかった。満月の夜に、そんなものはいらないからな」

「自転車のライトだったってことか」

「そのとおり。公園の出口の近くにでかい水たまりがあっただろう。だから、コリンは自転車を降り、押して歩いてたんだ。そのまま《サギの泳跡》に着くと、玄関脇に自転車を放り出した。うちの息子も、しょっちゅうあれをやるんだよ。壁に立てかけるのが面倒なんだろう、急いでるときにはなおさらな。自転車から手を離し、その場に倒すんだ」

「そして、自転車が倒れたのは蒲《がま》の上だった」

「そういうことだ。土の小さな窪みは、ペダルの跡だよ。そして、コリンは呼鈴を鳴らした。ドアを開けたリチャードは、当然ながら驚いた。『もう遅いのに』そう、そのとおりなんだ。ハムステッドのあのあたりは、夜の八時には本当に静かだからな。子どもがひとりで出歩くには遅い時間だったんだよ。

リチャードはコリンを招き入れた。おそらく、少年がひどく動揺してるのを見てとったんだろうな、どんな理由で訪ねてきたかはまったく知らないにしても。そして、ふたりぶんの飲みものを用意した。書斎のテーブルに何があったか、あんたも憶えてるだろう?」

「コーラの缶が二本あったな」

「まさに、そのとおり。家には酒も置いてあったが、リチャードは飲まない――そして、客のほうも。ダヴィーナを容疑者から外した理由のひとつが、これなんだ。あの女は底なしに飲むからな。あらためて考えてみよう、夜の八時にコーラを飲む客といったら？」

「子どもだな」

「正直に言うとな、トニー、この事件にはどうにも子どもっぽく見える点が山ほどあった。そもそも、壁に描かれた数字なんてものはその筆頭だろう！　いったいどんな人間が、人を殴り殺した直後に、わざわざ貴重な時間を使ってまで暗号めいたものを壁に描きのこし、警察に発見させようとする？」

「だが、あれはいったいどういう意味だったんだ？　コリンもあの俳句を読んでいたのか？」

「いやいや、とんでもない。182とあの俳句は何の関係もないんだ。あれはただ、ダヴィーナが目くらましのためにこじつけただけでね。あんたも十五歳の少年の身になって考えてみりゃよかったんだ。この事件の話を最初にしたとき、まだアキラ・アンノの間抜けな俳句なんぞ聞いたこともなかったころに、182の意味について、おれが何と言ったか憶えてるか？」

「そう、たしか、バスの路線かもしれないし、レストランの名前かもしれないとか言っていたな……」

「……あるいは、ネットスラングかもしれない、とね。十代の子なら、そういうことはたいてい知ってるものだろ？」

「それで、182はどういう意味になるんだったっけな？　ネットスラングだとすると」

「〝大嫌い《アイ・ヘイト・ユー》〟だ」ホーソーンはにっこりした。「これ以上ないほど、コリンの気持ちにぴったりの言葉じゃないか？」

「だが、なぜそんな数字をわざわざ描いたりしたんだろう？　きみはコリンがどう考えたか理解できると言ったね。わたしには、どんな子どもであれ、どうしてそんなことをしなきゃならないのか、まったく想像がつかないんだが」

「コリンのお気に入りの作家は誰だったっけな——あんたの本を卒業した後で？　母親があんたに話してただろう。おもしろいのは、この事件の捜査中ずっと、おれたちの三歩後ろを、まさにその作家が忍び足でついてきてるように思えたことさ」

「コナン・ドイルか！」

「そのとおり！　かのシャーロック・ホームズどのだ。『緋色の研究』の読書会に出てみて、あんたはあの奇妙な類似に思いあたらなかったか？　ちなみに、おれはあの本がすごく好きでね。ほかの連中はちょっとばかり辛辣《しんらつ》すぎたよな。ついでに言っておくと、『数多《あまた》の神々』のほうはとうてい読めたもんじゃないな。おれには最後までたどりつけるかどうか……」

「奇妙な類似というと？」

「そりゃ、壁に描かれた文字のことだよ！　ロリストン・ガーデンズでイーノク・ドレバーが毒殺されたとき、犯人は壁に〝RACHE〟と描きのこした……使われたのはペンキじゃなくて、血だったがね。物語の後半、舞台をユタに移すと、今度はジョン・フェリアの家のあちこちに数字が現れる……モルモン教の長老たちからの警告としてな」

「何だって？　コリンはその真似をしたのか？」

「あるいは『四人の署名』が頭にあったのかもな」

　ホーソーンはため息をつくと、先を続けた。

「いいか、ひょっとしたらコリンは最初からリチャード・プライスを殺すつもりじゃなかったのかもしれない。ただリチャードを、思いきりどなりつけてやりたいだけだったのかもな。十代の荒れくるう胸のうちをちょっとばかり吐き出して、ずっと優しかった名付け親に、二度と自分にかかわるなと言ってやりたかっただけとも考えられる。だが、あんたにも想像はつくだろう。ものごとってのは、ときとして思いもしない方向に転がるもんだ。水の流れこむ洞窟になぜ父さんを置き去りにしたと、コリンが責めはじめたとする。最初はリチャードも否定しただろうが、あの男も馬鹿じゃないからな、とうてい言い逃れはできないと、すぐに悟っただろう。そこで、今度は言いわけをしようとした——だが、事態はさらに険悪になっちまった。コリンは怒りのあまり叫びまくる。リチャードはそれをなだめようとする。ひょっとして、リチャードが肩に置いた手を、コリンが何か勘ちがいしたのかもしれない、相手がゲイだってことを思い出してな。どんな可能性だって考えられる。とにかく、すっかり取り乱したコリンの目に、リチャードが机かどこか、あの書斎に置いておいたワインのボトルが目に入った。自分が何をしてるのかも、コリンにはわかってなかったんだろう。そのボトルを手にとると、名付け親の頭を殴りつけた。割れたボトルで刺し、さらにまた刺す。気がつくと、かたわらには死体が転がってて、あたりはワインと血にまみれてたってわけだ。
さて、どうする？　いまや、コリンはすくみあがってた。人を殺しちまったんだ。どうにかして、自分の痕跡を消し去らなきゃならない。そんなときにシャーロック・ホームズを思いつくのはやっぱり子ども、しかも、さほど聡明ってわけでもない子どもだからこそだろう。廊下にペンキの缶があったことは憶えてた。それで、コリンは刷毛《はけ》を手にとり、シャーロック・ホームズの物語さながらに、壁に数字を描いたってわけさ。頭に最初に浮かんだのは、自分がよく知ってて、自分の気持ちをそのまま表してくれる数字だった。〝大嫌い《182》〟だ」

ホーソーンが言葉を切る。いまの描写より的確に、まざまざと当時の状況を描き出すことは、わたしにはとうていできそうもない。

「だが、それで終わりってわけじゃない」ホーソーンは先を続けた。「おれたちがダヴィーナ・リチャードスンを訪ねていったとき、コリンもキッチンに来ただろう。どうにも話に加わりたくて仕方ない、って様子でな。あの生意気な小僧ときたら、そのころにはもう、すっかり逃げおおせたと思ってたんだろう。またしてもシャーロック・ホームズから借りてきた話を聞かせて、おれたちをきりきり舞いさせにかかったんだ。リチャード・プライスは誰かに尾行されていた。尾《つ》けていた男はどうも普通じゃなかった。顔にどこか不自然なところがあった、そんな話をしてたよな」

「あれはてっきり、ロフティのことを言っていたんだと思っていたが」

「そりゃ、ロフティはとうてい美人コンテストで優勝するようなタマじゃないが、だからって、とくに見かけに問題があるってわけでもないだろう。それに、あいつはリチャード・プライスを尾行なんかしてない。むしろ、リチャードに雇われてたんだからな！　ちがうんだ。やはりシャーロック・ホームズに、似たような話があっただろう――『黄色い顔』だよ。グラント・マンローって依頼人が訪ねてきて、気味の悪い顔が二階からこちらを見ていた、と訴える話がさ。自分のメモを見てみるといい。たしか、コリンもまったく同じような言葉を使ってなかったっけな」

わたしは恥じ入った。そんなことに気づくのは、ホーソーンではなく、このわたしであるべきだったのに。シャーロック・ホームズの登場する作品を書いたわたしが、どうして気づかなかったのか。この事件の捜査中、ホームズの影はずっと見え隠れしていた。途中では、コナン・ドイルの作品について語りあう会にまで出席していたというのに。だが、おそらくはドイルの作品が一世紀以上も昔に書かれていることが目くらましとなって、いま自分たちが追いかけている事件との相似に気づくことができなかったのだろう。

「母親は、息子のしたことにいつ気づいたのかな？」わたしは尋ねた。「最初からずっと、息子をかばっていたんだろうか？」

答えをためらう様子を見て、これはホーソーンが訊かれたくなかった質問だったのだと、わたしは悟った。ふいに、訊かなければよかったという後悔が押しよせてくる。「実をいうと」ホーソーンは切り出した。「あんたの言葉を聞いて、ダヴィーナは気づいたんだ」

傷口がずきずきとうずく。ココアの糖分が、ねっとりと唇にまとわりつくのがわかった。

「詳しく話してくれ」

「おれが話を聞いてるときに口をはさむなと、あんたには言ってあったよな。あんたが悪気なくすべてを変えちまったのは、おれたちが最初にダヴィーナ・リチャードスンの家を訪ねたときだった」

「いったい何を言ったんだったっけな?」

「壁に数字が描いてあったって話だよ。緑のペンキが使われてたって、あんたがダヴィーナに話しちまったんだ」

「それの何がいけなかったんだ?」

「おれたちが訪ねていったとき、あの家のキッチンがどんな様子だったか憶えてるか?」

わたしは記憶をたどってみた。「ダヴィーナはタバコを吸っていたな。流しには皿が置いてあった」

「そして、洗濯機が回ってた。コリンの服を洗ってたんだ。おれの推測はこうだ。日曜の夜、コリンはジャケットかシャツに緑のペンキの染みをつけて帰ってきたんだ。おそらくは血やワインもたっぷり浴びてただろうが、それは洗面台で自分で洗ったか、あるいは泥か何かを上からなすりつけてごまかしたのかもな――だが、緑のペンキは落とせなかった。母親は汚れたままの服を見つけ、洗濯機に放りこんだんだ。だからこそ、あんたが緑のペンキのことを話したとたん、ダヴィーナは息子をさっさとキッチンから追い出した。それから、立ちあがって洗濯機の前に移動し、そこから動かなくなったんだよ。まるで、洗濯機の丸窓の中を、おれたちに見られたくないといわんばかりにな。息子がキッチンに入ってきたときにゃ、にこにこして迎えてたくせに、急に風呂に入れだの、宿題をしろだの言いはじめてたじゃないか。息子が何かうっかり口を滑らすんじゃないかと、ふいに怖くなったんだよ。

そこから、ダヴィーナはそれまでの話を変えはじめた――というより、うまく脚色を加えはじめたんだ。それまでは、年齢にしちゃ背も高く、自分の面倒は自分で見られる少年だったはずのコリンが、急にいじめられっ子になっちまった。そんなとき、相談に乗ってくれるのが優しいリチャードおじさんだ。リチャードとコリンには切っても切れない絆がある。こんな可愛いぼうやがリチャードの家に押しかけて、ボトルで殴り殺すなんて、そんなことが起きるわけないでしょ、ってね。

それだけじゃない。次におれたちがあの家を訪ねたときには――今度はコリンが家にいないよう、ダヴィーナはうまく手を回してた――万全の仕掛けを整えてたんだ。とにかく、おれたちの注意を別の誰かに向けさせなきゃならない。息子を容疑者にしないためには、誰か別の人間に罪を着せなきゃいけないってわけだ。そこで選ばれたのが、エイドリアン・ロックウッドだった。ダヴィーナにとっちゃ恋人ではあるが、自分の息子を救うためなら、何のためらいもなく犠牲にできたってことだな。182って数字の意味を、ダヴィーナは知ってたのかもしれない。コリンから聞いたことがあったのかもな。だからこそ、これについても、おれたちのために別の答えを用意したんだ。まず、あんたにあの俳句を読ませた。あんなまっさらな本が、たまたま目の前に伏せてあって――それを手にとったら、たまたま読むべき俳句の一ページ前だったなんて、そんなことが起こりうると思うか？」

「だが、実際にページをめくったのはわたしだったんだ」

「あんたがめくらなきゃ、代わりにダヴィーナがめくってくれてただろうよ。本を手にとったあんたは、第一八一句を読んだ。目の前に、その数字があったわけだ。どんな間抜けだって、次の句は何だろうと思うに決まってるさ」

「親切な解説をどうも」

「あの俳句がエイドリアン・ロックウッドのことを詠んだものだと、ダヴィーナは知ってた。二月十八日《ジ・エイティーンス・オブ・フェブラリー》がアキラとの結婚記念日だからこそ、第一八二句に持ってきたんだってこともな。さらに、ダヴィーナはあんたに向かって、女がひとりでやっていくのはたいへんだの、時計の時間を切り替えるのをいつだって忘れてしまうだの、巧妙な愚痴を聞かせたんだ。あんたが気づかなかった場合に備えて、次はおれの前でもやってみせた。『四時半には出かけてしまったから。あら、ちがった。三時半だったわ。もう、混乱してばっかり！』ってね。いかにもあからさまな台詞《せりふ》じゃないか！　言うまでもないが、ダヴィーナはわざとロックウッドのアリバイを崩しにかかってたんだ。あの男が実際には一時間早くここを出た、ちょっと回り道してリチャード・プライスを殺す時間は充分にあったと、おれたちに伝えてたんだよ。さらに、ロックウッドがリチャードに腹を立ててたなんて話までつけくわえてたな、理由は言わなかったが。ああやって、ダヴィーナはおれたちに、ロックウッドという餌をちびちびと撒きつづけてたんだ」

「あの男の袖に、緑のペンキの染みをつけたのもダヴィーナだったんだな」

「あんたもあれに気がついたかな、と思ってたところだったんだ。まさにそのとおり。ダヴィーナの工作の中でも、あれはまさに——なんて言うんだったかな、ほら、フランス語で……」

「〝圧巻〟《ピエス・ドウ・レジストーンス》かな」

「そうそう、それだ」ホーソーンはにっこりした。

「きみも見たんだな。だったら、言ってくれればよかったのに」

「だって、ありゃあまりにあからさまだったからな、相棒。あそこにあんな染みがつく理由はふたつしかない。ロックウッドがリチャード・プライスを殺し、ペンキをはね飛ばしながらあの数字を壁に描いたか、あるいは……」

「……ダヴィーナがわざとつけたか」

「ふたりがときどき寝てたんだったら、ロックウッドの服に細工する機会はいくらでもあった。そのうえ、どの色を選ぶべきかも、ダヴィーナはもちろん知ってたわけだ」

「わたしが教えたから、か」

ホーソーンはコーヒーを飲みおえ、窓の外に目をやった。雨は小降りになりつつあったが、ガラスにはいまだ灰色の雨粒がへばりついている。「何もそう自分を責めることはないだろう、トニー。おれたちは事件を解決したんだ。おれは報酬を受けとり——あんたも本の材料を手に入れた。そういや、おれはまだ一冊めを見せてもらってなかったな。まだ送られてきてないのか？」

「ああ。わたしも、まだ何も見ていないんだ」

「恰好いい装幀になるといいな。あまり芸術気どりじゃないほうがいい。ちらっと血が流れるのもありだ」

「ホーソーン……」わたしは口を開いた。

ここに腰をおろす前から、わたしはどうしてか、自分がこの話を切り出すだろうことを予感していた。ジルの言うとおりにすべきだと、つくづく思い知ったのだ。

「やはり、これはあまりいい企画じゃなかったと思うんだ。つまり、この本のことなんだが。わたしは小説家であって、伝記作家じゃない。こういう仕事は、どうにも性《しょう》に合わないんだよ。すまない。今回の本は、きちんと完成させるよ……材料がそろったからには、やはり書くべきだろうから。だが、三冊めについては、ヒルダ・スタークに電話をして、契約を打ち切ってもらうつもりだ」

ホーソーンががっかりした顔になる。「何だってまた、そんなことを？」

「理由はもう、きみがすべて話してくれたじゃないか！ ここまで、わたしたちはふたつの事件を捜査してきた。だが、その二度とも、わたしはひどく間抜けなことを口走っては、捜査をだいなしにしてしまったうえ、最後には毎回あやうく殺されかかる始末じゃないか。自分がどれだけ馬鹿かを人前にさらして、いい気分でいられるわけがないだろう。きみはわたしを利用したんだ。わざとわたしをけしかけて、グランショー警部に一泡吹かせた。だが、いちばん腹立たしいのはそこじゃない。きみはわたしを祝福したじゃないか。みごと事件を解決したと思いこませたんだ、わたしの推理など、何もかもがまちがっていたのに」

「何もかもまちがってたわけじゃない。おれも調べたよ。エイドリアン・ロックウッドは、たしかに目を病んでた」

「そんなことはどうだっていいんだ！　たしかに認めるよ。わたしはホームズになれるほど頭脳明晰《めいせき》じゃない。だが、正直に言わせてもらえば、ワトスン役を楽しめる人間でもないんだ。こんな企画はうまくいかないよ。ここで終わりにして、別々の道を進むことにしようじゃないか」

ホーソーンはしばらく押し黙ったままだった。表情に、動揺の色が見える。

「傷が痛むから、そんなことを言いたくなるんだ」ようやく口を開くと、ホーソーンはぼそぼそとつぶやいた。「なにしろ、刺されてるからな。こんなに早く退院させるなんて、まったく、病院にも驚くよ」

「そういうことじゃないんだ――」

「しかも、きょうはこんないまいましい空模様だ」わたしに何も言わせまいとするかのように、ホーソーンは言葉を継いだ。「これで日射しの降りそそぐご機嫌な天気なら、またちがった気分にもなってたさ。ほら、作家がよく言う言葉があっただろ、自然現象と人間の感情を重ねて表現するような……」

「感傷的誤謬《ごびゅう》かな」

「それだ！」ホーソーンはぱっと明るい顔になった。「おれの言いたいのは、それなんだ。あんたはそういうことをよく知ってる。作家だもんな。賭けたっていい、今夜うちに帰ったら、あんたはさっそく下書きを始めて、たとえばきょうがどんなにうんざりする一日だったか、楽しみながら生き生きと描写するんだろうよ。ブラックフライアーズ橋がどんなだったか。ファリンドン・ストリートはどうか。ぴったりの言葉を見つけては、そういったものに生命を吹きこむんだ。おれにはとうていできることじゃない。だからこそ、おれたちが組むのはうまい思いつきなんだよ。おれはもっぱら外回りだ。あんたはそのほかの部分をやる」ホーソーンはにっこりした。「『ふたりで探偵を』──今度の本は、こんな題名でどうかな」

「その題名の本は、すでに存在するんだ、ホーソーン」

「あんたにまかせるよ、相棒。あんたならきっと、もっといいのを思いつくさ」

わたしは窓の外を見やった。ようやく雨もあがったようだ。陽光が幾筋か、もうすぐ分厚い雲を突き抜け、ここまで射しこんでくるにちがいない。

補遺　グレゴリー・テイラーからの手紙

二〇一三年十月二十六日

愛するスーザン、

ハムステッド・ヒースのカフェで、いまこの手紙を書いている。さっきまでリチャードと会っていて、あいつと話したうえで、おれは心を決めた。きみにまず知っておいてほしいのは、おれはいま、そう悪い気分じゃないってことだ。きみのことを、心から愛している。おれたちのちっちゃな宝もの、ジューンとメイジーのふたりも。こうならなければよかったのにとは思うが、こうなってしまった以上、ここでえんえんと愚痴を垂れ流すつもりはない。このカフェでは、お茶とでかいジャム入り焼き菓子《ベイクウェル・タルト》を注文したよ。きみのお手製ほど美味しくはないな。今朝はいくらか雨模様だったが、いまはもうすっかり晴れて、そのへんで子どもたちが遊んだり、犬が散歩していたりするのを見ると、結局のところ、この世界もそう悪くない場所に思える。

きみがこの手紙を読んでいるってことは、つまり、おれはもうこの世にいないというわけだ。こんなことを書くつもりじゃなかったが、これが真実である以上、おれたちはしっかり直視しなきゃならない。この手紙をすぐにきみに送れたら、どんなにいいか。きみのそばにいて、きみを慰めてやれたら。だが、どうしてそれができないかを話せば、きっときみもわかってくれるだろう。きみがこの手紙を手にするのは、いまから六ヵ月後のこととなる。何もかも、計画どおりに進むことを願うよ。この手紙は妹のグウェンドリンに送って、けっして封を開けず、来年の四月にきみに転送するよう頼んでおく。きみを怖がらせずにすむといいが！　どうしてこんなふうにしなきゃならなかったか、これを読めばきっとわかってもらえるはずだ。

こんなことをするのは、保険のためだ。おれが死んだら、きみには二十五万ポンドの保険金が入る。なかなかの大金だ。これから先、きみとふたりの娘たちが暮らしていくのに充分な額だろう。きみがそうしたければ、リブルヘッドから出ていくことだってできる。そうなったら、きみはリーズに戻るかもしれないな。ヨークシャー渓谷くんだりにまで、きみをはるばる連れてきてしまったのはおれだ。あれは自分勝手な決断だったと、これまでもよく思うことがあったし、結局のところは失敗に終わってしまったようだ。だが、この金があれば、きみは自由に選ぶことができる。きみには、どうか幸せになってほしい。いま、ここに坐って考えることはそれだけなんだ。きみと、ふたりの娘たちのこと。

だが、この手紙のあつかいにはくれぐれも気をつけてくれ。読んだらすぐ破棄してしまったほうがいい。けっして誰にも見せてはいけないよ。誰にも話してはいけない……たとえ、デイヴにも。契約条項をちゃんと読んだわけじゃないが、保険会社ってところは、狡猾《こうかつ》なイタチ野郎の集まりだからな。保険金を払わないですむ理由があれば、すぐさま飛びつくに決まっている。やつらには、おれが事故で死んだと思わせておくんだ。おれは、まもなくそんな最期を迎える。おれにとっては、けっして楽な道じゃない。そして、きみにとってもな。だが、こうするしかなかったんだ。

どうか、おれを許してくれ。おれにとって、きみはずっと、たったひとりの心から愛する人だった。

きみに、二〇〇七年四月の話をしておかなくてはならない。そう、これは《長路洞《ロング・ウエイ・ホール》》でのことにまでさかのぼるんだ。きみには真実を話しておかないと。おれのことを怒らないでくれ、スー。あのとき、おれは本当のことをうちあけられなかった。そうしたかったが、できなかったんだ。ひとつには、どっちにしろ、結局はおれが悪いのに変わりなかったこともある。探検のリーダーはおれだった。計画もおれが立てた。あんな天候で、決行に踏み切ったのもおれなんだ。いまふりかえってみると、あんな探検にずっと出かけていたのは、もう失われてしまっていたものに、いつまでもしがみついていたかっただけかもしれない。リチャード、チャーリー、そしておれ。オックスフォードでおれたちは本当に仲がよくて、いっしょに無茶もしたもんだ。卒業してからも毎年、おれたちが顔を合わせていたのは、なつかしい空気にくりかえし浸りたかったからだろう。だが、年を重ねるにつれ、あのころの日々がじわじわと遠ざかっていくのは、三人ともわかっていたんだ。一年、また一年と何かが薄れていき、おれたちはそのぶん、わざと気づかないふりをして盛りあげていたにすぎない。結局のところ、リチャードはいまや大物弁護士だ。チャーリーもマーケティングの専門家として、なかなかうまくやっていた。だが、おれは、こんな片田舎の誰も聞いたことのないちっぽけな会社で、細々と経理を担当しているにすぎない。いつしか、ふたりといっしょにいても、おれは心底からくつろげなくなってしまってね。いくらビールで酔っぱらっても、そんな気持ちはごまかせなかった。

あの日、《長路洞》へ行くべきじゃないのはわかっていた。それがそもそもの真実だ。あの日の空、あの積乱雲を見たとき、まずいことになりそうだと予感したんだ。空気も不安定だった。嵐が来るのはわかっていたのに、あの雲はまだ遠い、こっちには来ないはずだと、ついつい自分に言いきかせてしまったんだよ。このときは、おれがリーダーをまかされていたからかもしれない。リチャードも、チャーリーも、おれを信頼してくれていた。あの洞窟は、滝の脇にある十八メートルの縦穴から降りていく。装具を取りつけ、おれたちは穴に入った。

ドリアー・ヒルの出口まではたった三キロあまりだが、《長路洞》がどんなところかは、きみも知っているよな。最初の縦穴で使ったワイヤーはしごとロープは、それから先もほとんど全行程、洞窟を出るまで使いまくるはめになる。次は水の流れおちる三十五メートルの縦穴を降り、しんどい登りが二ヵ所続いて、その先が《ドレイクの抜け道》や《スパゲッティ交差《ジャンク》路《ション》》だ。気の小さい人間には向かない場所だよ。だが、おれたちは意気揚々と出発した。さんざん笑って、冗談を言いあって。昔のおれたちそのままだったよ。

洞窟の中でのことを、こと細かにすべて綴《つづ》るつもりはない。きみもそんな話は飽き飽きだろうし、おれもこの手紙を書きおえるのに、そう時間がたっぷりあるわけじゃないからな。だが、言いたいのはここなんだ。おれはきみに嘘をついた。検死審問でもな。チャーリー・リチャードスンは、おれたちが証言したように、はぐれて死んだわけじゃなかったんだ。

嵐がやってきたとき、おれたちは洞窟をかなりのところまで進んでいた。おれが先頭、真ん中がリチャード、しんがりがチャーリー。まずいことになったと、おれたちはすぐに悟った。長いこと洞窟にもぐってきたおれも、あんなことは初めてだったんだ。まず最初に、洞窟内の気圧が変わった。自分の声が、いつもとはちがうふうに聞こえはじめてね。そして、耳の奥や、はては骨の髄にまで、どくどくと鼓動が伝わってくるのがわかる。洞窟の壁がじっとりと濡れはじめ、やがてぽたぽたと水がしたたりはじめた。だが、これはまだまだ手始めだったんだ。そのうち、まるで地球のはらわたがごろごろと鳴っているような音が、あたりにこだましはじめた。その音はどんどん大きくなるばかりで、おれたちは声をかぎりに叫ばないと、お互いが何を言っているのかもわからないほどだったよ。このとき、おれたちは地下八十五メートルに、三人だけで孤立していた。まるで、全世界がおれたちめがけ、雪崩《なだれ》を打って襲いかかってくるような気がしたね。とにかく、どうすべきか方針を決めなきゃならなかった。それも、いますぐに。

選択肢はふたつあった。ひとつは《スパゲッティ交差路》にまで登るという案。おれはこっちを推していたんだ。いまより高い位置に移って、流れこんだ水がここまで上がってこないことを祈りながら、下を通りすぎるのを待つ。だが、ふたりはこの案に反対した。《スパゲッティ交差路》に入ったら、道に迷うだろうことはわかっていたからだ。そうなると、暗いところにじっと坐りこみ、救助隊が来るのを待つしかない。だが、通路の水が引くまで、いったいどれくらい待つことになるだろう？　そもそも、《スパゲッティ交差路》にいたって、安全だって保証はない。水がどんどん上がってきたら、もうそこからは出られなくなる。狭いところに追いつめられて、結局は溺れ死ぬんだ。

ほんの数分で、心を決めなきゃならなかった。水流がどんどん近づいてきているのは、三人ともわかっていた。洞窟に流れこむ水の勢いがどんなものか、きみには想像がつくかな？　ずんずんと殴りかかられているような感覚を、おれたちはもう味わっていた。洞窟も、空気も、びりびり震えつづけている。天井の細かい石がゆるんでは、おれたちに落ちかかってくる。もう、どうしようもなく怖ろしかったよ。

どんな結論にいたったかは、きみも知ってのとおりだ。このまま先を急ごう。《ドレイクの抜け道》さえ越えてしまえば、あとはもうだいじょうぶだとわかっていた。垂直の裂け目までたどりつけば、手足や身体を両側の壁に突っぱって体重を支え、その下を水が通りすぎるのを待つことができる。しばらくは足止めを食らうかもしれないが、こちらのほうがましに思えた。なにしろ、少しでも出口に近づくことができるからな。それが、おれたちの何よりの望みだったんだ。おれたち三人とも。

おれが先頭で、次がリチャード。さほど難しい道じゃなかった。三メートル真下に降りて、そこからぐるりと穴がねじれる。おれたちふたりはそこを通りすぎ、立つ余地のない狭い通路を這いながら進みはじめた。だが、そのとき、おれたちはチャーリーが遅れていることに気づいたんだ。あいつは途中で動けなくなっていた。必死に叫んでいたよ。おれたちにも、その声は聞こえた。「おーい！　待ってくれ！」そして、何か別のことも。だが、あまりに水流が近くまで迫っていて、言葉ははっきりと聞きとれなかった。きみにも、何度となく話したことがあったよな、地下にもぐっていると、水の流れはまるで人の声のような音をたてるんだ。そう、そのときは、まるで全世界がおれたちに向かって叫びたてているかのようだった。

おれはリチャードの耳に口を寄せ、声をかぎりに叫んだ。「戻って助けないと！」

「いやだ！」

聞きまちがいではないのかと、おれは信じられなかった。

「いやだ！」ふたたび、リチャードは叫んだ。「危険すぎる」

「そんなことをしたら、あいつは死んじまう」

「知るか！　置いていくさ！」

とうてい信じられなかったよ。だが、リチャードを見たら、すっかりすくみあがり、赤んぼうのように泣きじゃくっているのがわかった。おれはあいつを罵《ののし》り、這ってねじれ穴に戻った。そこにいたよ。チャーリーがね。立った姿勢で、足を下にぶらさげて。おれからは、顔は見えなかった。膝あたりから下だけが、穴から突き出している。おそらく、ロープか何かが途中に引っかかったが、そこには手が届かない状態だったんだろう。外すには、身体を上に持ちあげる必要があった。おれが手を貸せば何とかなりそうだったが、そのとき、水が勢いよく噴き出してきた。頭に着けたライトに照らされて、なお真っ黒な水だ。周囲の壁全体ががたがたと震動しはじめて、もう次の瞬間にも、自分はここで死ぬのかもしれないと思ったとき、おれは向きを変えて、必死に手足を動かし、這いつくばって逃げていたんだ。チャーリーをそこに、溺れるままに残して。

愛するスー、これが真実だ。あいつを絶対に助けられたなんて言うつもりはない。だが、せめて助けようとしてみることはできたはずなのに。ひょっとしたら、いちばん激しい流れが来る前に、あいつを引っぱり出してやれたかもしれない。だが、おれたちはそうしなかった。どうにか垂直の裂け目にたどりつき、そこで水流が下を通りすぎるのを待った。流れが収まってから、その後をたどって出口にたどりついたんだ。ふたりともずぶ濡れで、息も絶え絶えだった。そこらじゅう切り傷だらけだったのは、天井から落ちてきた石にやられたんだろう。生きていただけでも幸運だったが、とうていそうは思えなかった。ふたりとも、自分たちのしたことに虫酸《むしず》が走る思いだったんだ。おれも、リチャードも、同じくらいにね。

おれのほうがリチャードよりましだったなんて、そんなふりをするつもりはない。だが、いったん洞窟を出てしまうと、次にどうすべきかを口に出したのはあいつのほうだったと、それだけはきみに話しておきたい。いったん弁護士になった人間は、骨の髄まで弁護士だってことかな。あいつが真実を語る弁護士だという評判はよく耳にするが、あのときだけは、自分に終生つきまとうであろう悪評を怖れ、あいつは口を拭って知らんぷりをした。これを知られたら、あいつの弁護士生命も危うかっただろうからな!!! 〝なまくらな剃刀《ブラント・レイザー》〟なんてとんでもない。むしろ〝泣きじゃくる負け犬《ブラビング・ルーザー》〟だ。チャーリーがおれたちからはぐれ、《スパゲッティ交差路》まで行ってしまったという話をでっちあげたのはリチャードだった。おれたちは、チャーリーを探しに戻ったふりをしていたんだ。実際には、まっすぐイング・レーン農場のクリスを訪ね、洞窟救助隊を呼んでもらったというのに。

ここまでで、話しておきたいことのようやく半分だ。ここにずっと坐って手紙を書いているうち、手もすっかり痛くなってしまったよ。とにかくこの手紙を書きおえ、次に進まなくては。この先は、手短にいこう。

あれ以来、おれはリチャードとちゃんと話してはいなかった。もちろん、検死審問にはふたりとも出席したし、おれたちがいっしょにいるところを、きみも一度か二度は見たはずだ。だが、おれはあいつの目をまともに見られなかった。心底からあいつを軽蔑していたし、あいつのことを思うと吐き気がしたんだ。実のところ、自分に対しても同じくらい嫌気がさしていたんだが。もしも、おれたちふたりがすぐにチャーリーのところに駆けつけていたら、たぶんチャーリーを助け出してやれただろう。だが、あんなふうに揉めているうちに、取りかえしのつかないことになってしまった。あれ以来、おれは二度と洞窟に出かけてはいない。きみも、そのことは知っているね。これで、やっとその理由がわかっただろう。

やがて、おれは病気になり、この国の保険医療じゃ手の施《ほどこ》しようがないとわかったとき、きみはおれにロンドンへ行って、リチャードに頼んでみてくれと言ったね。どうしておれがあんなに突っぱねつづけたか、きみは不思議に思わなかっただろうか？　なぜあんなにも頑なに、絶対にいやだと言いはったのか？　おれたちはさんざん口論をくりかえしたね。きみがどんなに心を痛めているかはよくわかっていたものの、それでもおれは、二度とリチャードの顔を見たくなかったんだ。どっちにしろ、おそらくあいつはおれを助けようとはすまいと、心のどこかで悟ってもいた。おれの姿を見るだけで、あいつは自分がどれほど臆病で、どれほど嘘つきだったかを思い知らされることになるんだからな。だが、きみはもう、おれにいやとは言わせないかまえだった。おれを引きずるようにして、ロンドン行きの列車に乗せたんだ。その結果がこれさ。そうして、おれはここにたどりついた。

実をいうと、ハムステッドのあいつの小綺麗な邸宅に、おれはもうちょっとで行かずにすませるところだった。あいつに電話をかけ、気が変わった、そちらには行かないと、もうちょっとで告げるところだったんだ。リチャードから援助を断られた、もうこの件は放っておいてくれと、きみには言えばいいと思った。だが、きみにそんな嘘はつけなかったんだ、スー。きみといっしょになってこれだけの年月がすぎたが、《長路洞》のこと以外、おれは一度だってきみに嘘をついたことはなかった。だからこそ、あの嘘がこんなにも胸の奥でうずくんだ。だから、おれはきみの望んだとおり、あいつに会いにいったよ。そして、あいつはおれが予測したとおり、にべもなくそれを断った。

おれの記憶にあるリチャードと、あいつはまったく別人のようだった。まあ、最初に出会ったときには、あいつはまだ十九歳だったからな。リチャードはごく礼儀正しく、おれを迎えたよ。そして、家の中に招き入れた。お茶も出してくれたさ。だが、おれがここに来た理由をうちあけると、あいつは援助を断った。過去に何があったかを鑑《かんが》みるに、きみの人生にこれ以上かかわることは不適切だと思う、とね。まさに、こんな言葉づかいだったな。奇妙なことだが、あれから年月を重ねるうちに、あの事件の責めを負うべきはおれだと、あいつはいつのまにか記憶を書き換えてしまっていたらしい。そう、たしかにおれは雲を見て、嵐が来るのに気づいていた。そのことは検死審問で明らかにされたし、出発を決断したのもおれだったと、公式記録に残されているのはたしかだ（あいつにも同じことを言われたよ……こんな言葉を聞かされて、おれはいっそ殴りつけてやりたかった）。だが、あいつはすべてをいっしょくたにして、だからこそ、チャーリーを見捨てたのもおれの決断だったと、どうしてか思いこんでしまっているようだ。やれやれ、書きたいことはもっと山ほどある。いつまでだって書いていられるくらいにな。だが、つまるところ、あいつはすげなくおれを放り出したんだ。

　ここからはいささか書きにくいんだ、スーザン。おれ自身、本当は書かずにおきたい部分でね。そして、きみが真実を知るまで六ヵ月という長い期間、待たされなくてはならない理由でもある。

　おれは自殺するつもりだ。病人暮らしがおれに向いていないことは、きみもよく知っているね。医者も、薬も、病院がらみのごたごたも嫌いだし、坐りこみ、苦しんでいるところを、きみや娘たちに見られるのもいやなんだ。きみや娘たちには、かつてのおれの姿だけを――いい部分も、悪い部分も――憶えていてほしい、痛みに苦しむ病人としての姿ではなく。自分がこれからどうすべきか、おれはじっくり考えぬいた。そして、保険会社のずる賢い連中がまちがいなく金を払うよう、事故にしか見えない形で死ぬつもりだ。

　だが、まずはその前に、ダヴィーナ・リチャードスンに会って、夫であるチャーリーに本当は何があったのか、すべてを話してこようと思う。おれが死んだと聞いたら、リチャードはきっと安堵《あんど》の吐息をつくだろうが、あいつがこのまま逃げおおせるなんて、そんなことを許しておけるものか。ダヴィーナはここからわりと近くに住んでいて、いま固定電話にかけてみたら、まちがいなく在宅していた。電話では、何も話さなかったよ。話すのはこれからだ。おれが訪ねてきたことは誰にも話さないと約束してもらったら、あとはきっとダヴィーナが、おれの代わりに汚い仕事をやってくれる。リチャードの嘘で固めた安泰な暮らしを揺るがし、あの弁護士じみた笑みをはぎ取ってくれるだろう。

リチャードのことばかりを書きつらね、この手紙を終えたくはない。リーズできみがおれに初めてビールを出してくれたとき、この娘こそは自分が生涯かけて愛する人だと、おれは悟ったんだ。きみはすばらしく美しかったし、いまもそれは変わらない。おれたちがともにすごした年月は、いいときも悪いときもあったが、それはどんな結婚生活でも同じだろう。こうしてここに坐り、これまでのことをふりかえっていると、思い出すのはいいことばかりだ。まずは、おれたちの可愛いふたりの娘。そして、みんなでスカイ島を訪れたこと。ヨークシャー三山を走ったときのこと。コニストン湖にも行ったよな。パリで週末をすごし、パスポートをなくしたときのこと。みんなで笑ったあのとき、このとき。きみが再婚してくれたらと願っているよ。そうすべきだ。きみはこんなにもすばらしい人だから。

おれがこれから選ぶ道を、どうか許してほしい。

きみを愛する夫、

グレッグ

＊

この手紙は、ハダースフィールドに住むグウェンドリン・ジェイムズが受けとり、警察に提出したものだ。グレゴリー・テイラーの未亡人、スーザン・テイラーから許可をもらえたことに感謝し、ここに全文を掲載する。

謝辞

ホーソーンとの事件捜査について本を書くとき、もっとも奇妙に思えることのひとつは、作中に登場した人々に対して、最後に感謝の気持ちを述べるところだろうか……といっても、けっして登場人物全員にではないが。読んでもらえればわかることではあるが、中にはわたしをさんざん苦しめた人物もいるし、また、自分の名前を変えるか、あるいは物語から完全に削除しろと要求してきた人物もいる――そのうちのひとりは、いまやまさに弁護士を立て、わたしを脅しにかかっているが、その女性についての作中の描写は、すべて真実のままだということを書き添えておきたい。

中でも、とりわけふたりの人物の助けがなければ、『その裁きは死』の執筆は不可能だっただろう。《長路洞《ロング・ウエイ・ホール》》で救助隊を率いたデイヴ・ギャリヴァンは、たっぷり時間を割《さ》き、洞窟救助の実際についてわたしに語ってくれた。クリス・ジャクソンは、さらに一歩踏みこんで、わたしを洞窟探検に連れていってくれたのだ――想像していたよりもはるかに胸躍る体験だった。《ドレイクの抜け道》を実際に通り抜け、チャーリー・リチャードスンが亡くなった場所をも、クリスに教えてもらえたのだ。さらに、書きおえた原稿に目を通してもくれ、多くの技術的なまちがいを指摘してくれた。デイヴ、そしてクリスと、わたしはどれだけ楽しい時間をすごしたことだろう。リブルヘッド駅の宿で、ともに食べたステーキ・アンド・キドニー・プディングは、けっして記憶から薄れることはあるまい。

《ナビガント》の財務監査員、グレアム・ヘインも、本書に名前が登場する。結局、リチャード・プライスとは会わずじまいだったということだが、裕福な夫婦の離婚とはどういうものなのか、非常に有益な洞察を聞かせてもらうことができた。《ウィンクワース・シャーウッド》所属の事務弁護士であるアレックス・ウーリーと、《ワン・ヘア・コート》所属の法廷弁護士であるベン・ウールドリッジは、どちらもわたしのために惜しみなく時間を割き、さまざまな法律的背景について知識を与えてくれた。本書に誤りがあったとしたら、それはわたしの思いちがいによるものである。

《オクタヴィアン・ヴォールツ》の取締役社長であるヴィンセント・オブライエン、そして施設管理人のアンディ・ワズワースは、存在すら知らなかった業界の実際をわたしに教示してくれた。この施設では、三十九ヵ国に散らばる一万人もの個人蒐集家所有のワインを保管しているのだという。また、ユーストン駅の英国鉄道警察分駐所に所属するジェイムズ・マッコイ刑事にも、心から感謝を述べたい。本書でも触れたとおり、あの秘密の世界は、いつもわたしの心を躍らせてくれる。

デュシェンヌ型筋ジストロフィーと共存している（けっして病気に〝苦しめられている〟のではないと、本人からそのちがいをはっきり教えてもらった）ヴィヴェーク・ゴーヒルには、特別に感謝の念を伝えたい。この病気について、けっしていいかげんな描写はしたくなかったのだが、本書を読めばわかるとおり、ケヴィン・チャクラボルティとはじかに連絡をとりにくい状況にあるのだ。ヴィヴェークはすばらしい影響力を持った青年で——そして、やはり素敵な母親を持っている。また、わたしたちを引き合わせてくれた《筋ジストロフィーUK》の首席広報担当者、ジェーン・マシューズにも感謝したい。

《ペンギン・ランダムハウス》のセリーナ・ウォーカー、およびそのほかの担当者のみんなとは、今回も気持ちよく仕事をさせてもらった。わたしのすばらしい家族——妻のジル・グリーン、息子であるニコラスとキャシアン——は、自分たちの私生活を一語ずつ切れ切れに暴露されていくのを見ながらも、つねに温かく支えてくれた。わたしの敏腕エージェントであるヒルダ・スタークと、アシスタントのジョナサン・ロイドにも感謝している。わたし自身のアシスタント、アリスン・エドモンドスンは、わたしの毎日の予定をきっちり整理し、この謝辞に登場するほとんどの人々に連絡をとってくれた。そして、最後にはやはり、このシリーズを書かないかと最初に持ちかけてくれたダニエル・ホーソーンに感謝しないわけにはいくまい。結局のところ、これはそう悪い企画でもなかったようだ。

二〇一八年八月十六日

解説

大矢博子

二〇一八年に翻訳刊行された『カササギ殺人事件』（創元推理文庫）がその年の年間ランキングなどで七冠制覇という偉業を成し遂げ、翌年の『メインテーマは殺人』（同）も各種ランキングを総舐《そうな》めにするに至り、今やアンソニー・ホロヴィッツは翻訳ミステリファンが最も訳出を楽しみにする作家のひとりになった。次に来るのは『カササギ』のアティカス・ピュントか、『メインテーマ』のダニエル・ホーソーンかと楽しみにしていた読者も多いはず。

お待たせしました。さあ、来たぞ。二〇二〇年はホーソーンのターンだ。

本書『その裁きは死』は、『メインテーマは殺人』に続くダニエル・ホーソーン・シリーズ第二弾である（なお、ピュントと編集者スーザンの続編については、今年八月に第二作 *Moonflower Murders* がイギリスで刊行されたばかり。二〇二一年に邦訳刊行予定なので、しばしお待ちを）。

さて、前作をお読みでない方のために、まずはホーソーン・シリーズの設定を説明しておこう。

語り手は小説家・脚本家のアンソニー・ホロヴィッツ。つまり本書の著者自身だ（詳細は後述）。ある日ホロヴィッツは、元刑事のダニエル・ホーソーンから「おれの本を書いてほしい」と頼まれた。ある事情で警察を辞めたホーソーンだが、今でも非公式に警察から相談を受けることがあり、要は諮問《しもん》探偵のようなことをしているという。彼がかかわった事件のことを書き、ホーソーンを主役にしたシリーズにする。つまりはシャーロック・ホームズとワトスンの関係である。印税の取り分は半々。その第一作が『メインテーマは殺人』というわけだ。

そして本書では、ホーソーン＆ホロヴィッツが挑む第二の事件が綴《つづ》られる。

離婚専門の有名弁護士、リチャード・プライスが殺害された。未開栓のワインボトルで殴られた上に、砕けたボトルで喉を切られたのだ。実はこれより前、彼によって離婚裁判が不満足な結果に終わった女性作家アキラ・アンノが、彼にグラスのワインをぶちまけた上に「ワインのボトルでぶん殴ってやる」と脅していたという。まさにその方法で殺されたわけで、捜査当局は当然アキラに注目した。

事件自体はシンプルだ、とホロヴィッツは考えた。しかしこの事件には他に奇妙な点があった。たとえば、事件現場の壁にペンキで書かれた「１８２」という謎の数字が残されていたこと。殺された状況から、被害者が書いたとは考えられない。では犯人が？　その意味は？

また、事件直前の夜八時、リチャードのところに来客があったことがわかっている。たまたまそのとき、電話でリチャードと通話中だった人物がいたのだ。その人物によると、リチャードは訪問者に向かって「いったい、どうして?」「もう遅いのに」と話しかけていたという。その訪問者が犯人である可能性が高いが、「もう遅いのに」とはどういう意味だったのか?

なんてワクワクする導入部だろう! 個性的かつ怪しげな容疑者(アキラが東京生まれで日本に因《ちな》んだ著作があるというのが特に日本人読者の興味を惹く)、不可解な犯行状況、現場に残された謎のメッセージ、そして被害者の意味不明な最後の言葉。解くべき謎がいくつもあって、しかもそれがイカニモな古典的フーダニットの風合いに満ちている。犯人当てミステリが好きなら、思わず前のめりになってしまうこと請け合いだ。

トラディショナルなフーダニット。

これがまず、ホーソーン・シリーズの特徴のひとつだ。前作もそうだったが、真正面からの、奇を衒《てら》わない、とても端正な本格ミステリである。

手がかりの出し方も絶妙だ。調査の過程で、リチャードが過去にある死亡事故にかかわっていたことが判明する。そこにも動機があるかもしれない。ここで『メインテーマは殺人』の被害者もそうだった、ということを思い出す読者も多いのではないか。同じパターンなのか? それともそう見せかけて逆を突くのか? 読者は(特に深読みしがちなミステリマニアは)混乱必至である。

中でもホロヴィッツの技が光るのは、読者を惹きつける印象的な一言だ。たとえば四章の最後、犯人らしき人影の目撃者に話を聞いたあとで、ホロヴィッツは地の文にこう書いている。

「この時点で、わたしはすでに手がかりを三つ見のがし、二つ読みちがえていた」

……どこだよ！　と思わず前の数ページを再読したのは私だけではないだろう。この言葉が意味するのは、ここまでですでに少なくとも五つの手がかりが読者に提示されているということだ。そして確かに、すべてがわかってから読み直すと「これかあ！」とのけぞることになる。「そっちか！」と臍《ほぞ》を嚙《か》むことになる。この徹底したフェアプレイを見よ。

縦横無尽に張り巡らされた伏線。何気ない一場面があとでまったく別の意味を持って立ち上がる興奮。鮮やかなレッド・へリング。そして真相がわかったときのカタルシスとサプライズ。トラディショナル・フーダニットの粋がここにある。

ホロヴィッツは二〇一九年五月、ロサンゼルス公共図書館のインタビューで、島田荘司の『斜め屋敷の犯罪』を愛読していると語っている。日本のファンにとっては実に嬉しい、本格への愛が感じられる言葉ではないか。

とは言え、古典的な本格ならいくらでも名作があるわけで、この令和（なのは日本だけだが）の時代に新たにトラディショナル・フーダニットを送り出す意味はあるのか？あるのだ。ホロヴィッツはこのシリーズを始めるにあたり「これまでに誰もやってないことは何か」を考えたという。伝統的犯人当ての構造に、ホロヴィッツは複数の挑戦を込めているのである。

そのひとつが、ホロヴィッツ自身を語り手にするというメタフィクションの試みだ。

いやいや、待て。作者とワトスン役が同じ名前なんて、いくらでも例があるじゃないか——と思われるだろう。だが本シリーズの場合、著者のホロヴィッツと作中のホロヴィッツが同一人物として構成されているのが特徴だ。現実のホロヴィッツが手がけるドラマの話が出たり、執筆途中の新作の話が出たり。日本でも、たとえば有栖川有栖の「火村英生&作家アリス」シリーズのように著者と作中の語り手を重ねたものはあるが、本シリーズの語り手・ホロヴィッツの〈本物度合い〉はその比ではない。家族などのプライベートな情報まで入ってくるのだから。

そもそもホロヴィッツにはかねてより執筆作法についての本を書いてみたいという希望があり、それを物語の一部にしてはどうかと考えたのだという。またイギリスでは作中の記述が事実かどうか検索する読者が多いそうで、ホロヴィッツはそれをふまえてプライベートな情報を作品に盛り込んでいるのだそうだ（BookPage のインタビュー、二〇一八年七月）。

だがこの手法は決して受けを狙っただけのものではない。著者と語り手が同一人物であることは何を意味するか。著者も話の行き先がわからない、ということだ。神の視点を持つ著者の立場から、山の谷間にいて全体の景色を見ることができない作中人物への移動は、このシリーズを書く上で大きな発見をもたらしたとホロヴィッツは語っている（Entertainment Weekly のインタビュー、二〇一八年六月）。

この象徴とも言えるセリフを、作中でホーソーンが語っている。

「たとえば、あんたがパリに行ったとする。大きくて背の高い金属製の建造物を見たとは書くだろうが、ぜひ訪れるべきお勧めの場所、とは書き忘れる、そんな感じだよ」

本書でホロヴィッツが試している伏線隠しのテクニックを、ここまで明確に表したセリフがあろうか。

ただ自分を登場させることについて問う複数のインタビューは常に、同じ回答へ帰着する。自分はあくまでも語り手に過ぎず、これはダニエル・ホーソーンの物語である、という言葉だ。

これがふたつめの挑戦である。ホーソーンとホロヴィッツの組み合わせがシャーロック・ホームズとワトスンを意識したのは明らかで、本編にもホームズの有名なセリフをホーソーンが口にする場面がある。特にホームズの……いやいや、そこは本編でお楽しみいただこう。

しかし、このダニエル・ホーソーンという人物は——ありていに言って、一般受けするタイプではないのだ。

自分勝手だし、人の迷惑を顧みない。ホロヴィッツを振り回す様子は、読んでいて時々本気で腹が立つことがある。喫煙マナーを守らず、同性愛嫌悪を隠そうともしないのは、二十一世紀のヒーローとしてどうなのか。

何より、その秘密主義。本書でほんの少しだけ、ホーソーンの過去が顔を覗かせる。どうもその過去をホーソーンは隠したいようだ。彼のプライベートはまったくわからず、作中のホロヴィッツもそれを不満に思っている。主人公の詳細を著者が知らないなんて!

本書がイギリスで刊行されたあと、前述のロサンゼルス公共図書館のインタビューで、ホロヴィッツはこう言っている。

このシリーズは全十冊を予定しており（中略）、この先二冊のタイトルもう私の頭の中にあります。ただ、私がこのシリーズで最も興味を持っているのは、『その裁きは死』から本格的に始まったホーソーン自身に関する謎解きです。今の彼を作ったものは何か？　なぜ彼はこうも同性愛を嫌悪するのか？　なぜ彼は一人暮らしをしているのか？　ホーソーンの過去に何が起きたか、私にはすでに考えがありますが、物語の中でそれが明らかになるにはあと八冊を要します。

つまり本書は——本シリーズは、全巻をかけてホーソーンという人物の謎を解く物語なのである。

と、いうことは。

ここまでの二冊が、トラディショナル・フーダニットとして徹頭徹尾フェアプレイだったこと、手がかりの出し方が絶妙だったことを今一度思い出していただきたい。無駄な文はなく、すべてが伏線で、あるいは目眩《めくらま》しで、些細に見えたことに大きな意味があったことが終盤に判明する。それを私たちはたった二冊で何度も体験した。

シリーズ十冊を通して、このフェアプレイと、この手がかりの出し方が徹底されているとしたら？

自らが語り手となる遊び心満載のメタフィクショナルな趣向も、一般受けを拒否したような探偵のワケありな造形も、見たままではないかもしれない――というのは穿《うが》ち過ぎだろうか。

いや、あまり先走るのはやめておこう。ここまでの原題は word、sentence の順で来ている。単語ひとつ、文ひとつでは何かを判断するには早すぎる。これがこの先 paragraph になり、story になり、series になるであろう頃に見えてくるものを、今は楽しみに待つとしよう。

新しい内容を古い形式に入れ込んだとき、よく「新しい酒を古い皮袋に入れる」という表現を使う。そういう意味では、現代のテクノロジーを使ったり現代のドラマや出版の状況をふんだんに盛り込んだりしつつも、ホームズとワトスンの形式に倣《なら》い、あくまで古典的犯人当てにこだわった本書は、まさに新しい酒が古い皮袋に入っていると言えるかもしれない。

だが見方を変えれば。フェアプレイのフーダニットかつホームズ物へのオマージュという古い酒を、メタフィクションとシリーズを通した仕掛けという新しい皮袋に入れたのがこのシリーズという解釈もできる。

古さと新しさの共存。定番とオリジナリティの融合。それがアンソニー・ホロヴィッツだ。ダニエル・ホーソーン・シリーズに限らない。クリスティさながらの世界を現代のサスペンスと融合させた『カササギ殺人事件』や、かつての名作の公式な「新作」と認められた『シャーロック・ホームズ　絹の家』『モリアーティ』（ともに角川文庫）も然り。またホロヴィッツはイアン・フレミング財団公認の００７の続編『００７　逆襲のトリガー』（角川文庫）も手がけている。

古典を愛し、伝統を大事にし、先人をリスペクトする。その上で、自分にしかできない新たな挑戦をする。

アンソニー・ホロヴィッツ、本領発揮の一冊である。

訳者紹介　英米文学翻訳家。ホロヴィッツ『カササギ殺人事件』『メインテーマは殺人』、ギャリコ『トマシーナ』、ディヴァイン『悪魔はすぐそこに』、ベイヤード『陸軍士官学校の死』、キップリング『ジャングル・ブック』など訳書多数。

検印
廃止

その裁きは死

2020年9月11日　初版
2020年12月11日　4版

著者　アンソニー・ホロヴィッツ

訳者　山《やま》田《だ》　蘭《らん》

発行所　(株)東京創元社
代表者　渋谷健太郎

162-0814/東京都新宿区新小川町1-5
電話　03・3268・8231-営業部
03・3268・8204-編集部
URL　http://www.tsogen.co.jp
DTP　キャップス
萩原印刷・本間製本

乱丁・落丁本は、ご面倒ですが小社までご送付ください。送料小社負担にてお取替えいたします。

ISBN978-4-488-26510-6　C0197

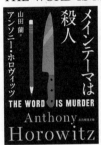